筆生花

原著　清·心如女史
編寫　劉玉娟

三民書局

主編的話

在經典故事中成長

我常常思索著，我是怎麼成了一個說故事的人？

有一段我已經忘卻的記憶，那是一個沒有什麼像樣娛樂的年代，大人們忙著養家活口或整理家務，大部分的孩子都是自己尋找樂趣，妹妹告訴我，她們是在我說的故事中度過童年的。我常一手牽著小妹，一手牽著大妹，走到家附近那廢棄的老宅前，老宅大而陰森，厚重而斑駁的木門前有一座石階，連接木門和石階的磚牆都已傾頹，只有那座石階安好，作為一個講臺恰到好處。妹妹席地而坐，我站上石階，像天方夜譚般開始一千零一夜的故事。

記憶中的小時候，我是個木訥寡言的人，所以當小妹說起這段過去時，我露出不可思議的神情，懷疑她說的是另一個人的事。雖然如此，我卻記得我是如何開始寫故事的。那是專三的暑假，對所有要上大學的人來說，這個暑假是很特別的假期，彷彿過了這個暑假就從青少年走入成年。放暑假的第一天，我從北部帶著紅樓夢返家，想說漫長的暑假適合讀平日零碎時間不能完整閱讀的大部頭。當我花了兩個星期沒日沒夜看完紅樓夢，還沒從寶黛沒有快樂結局的悲悽愛情氛圍中脫身，突然萌生說故事的衝動，便在酷暑時節，窩在通鋪式的臥房，以摺疊成山的棉被權充書桌，幾個下午就完成我的第一篇短篇小說、我說的第一個故事。寫完時全身汗水淋漓，用鉛筆寫的草稿也被手汗沾得處處字跡模糊，不過我不擔心，所有的文字都在我腦海中，無需辨認。之後我又花了幾天把草稿謄在稿紙上，投寄到台灣日報副刊，當那個訴說青春少女和遲暮老人忘年情誼的小說變成鉛字出現在報紙副刊，我知道我喜歡說故事、可以說故事，於是寫了一篇又一篇的小說，直到今天。

原來是經典小說帶領我走入說故事的行列，這段記憶我始終記

得，也很希望在童年時代還耐不下性子閱讀原典的孩子們，能和我一樣在經典故事中成長。

雖然市場上重新編寫經典小說的作品很多，但對我這個有兩個少年階段孩子的母親來說，卻總覺得找不到適合的版本，不是太簡單，就是太難，要不然就是刪節得不好，文字不夠精確等等，我們看到了這當中的成長空間，於是計畫進行一套經典小說的改寫版本。

首先我們先確定了方向，保留較多文學性，讓這套書適合大孩子閱讀；但也因為如此，讓我們在邀請撰稿者方面碰到不少困難。幸好有宇文正、石德華、許榮哲等作家朋友們願意加入，加上三民書局之前「世紀人物 100」的傳記書系列，也出現了不少有文采、有功力的寫作者，讓這套書可以順利進行。對於文字創作者來說，創意是珍貴的資產，但改寫工作就像化妝師，被要求照著一張照片化妝，不能一模一樣，又不能不一樣，一些作者告訴我，他們在撰寫這系列的書時，常常因為想寫的和原著不太一樣而卡住，三民書局的編輯也常常要幫著作者把寫作節奏拉回來，好幾本書稿都是初稿完成後，又大幅刪修，甚至全部重寫。辛苦的代價便是呈現在讀者面前的這套書──文字流暢、故事生動，既有原典的精華，又有作者的創意調拌，加上全彩印刷、配圖精美。這是我為我的孩子選擇的一套書，作為他們告別青春期的最佳禮物，希望能和天下的學子、家長們分享，也期待這套「大部頭的套書」，經過作家們巧妙的改寫、賦予新生命後，保留了經典的精神，又比文言白話交雜的原典更加容易親近，讓喜歡聽故事、讀故事的孩子，長大後也能說故事、寫故事，於是中國經典文學的精華就能這麼一代一代傳誦下去。

iii

林黛嫚

公主，妳是幸福的創造者

小時候讀童話，特別著迷王子與公主的故事，因為結局大多是二人過著幸福快樂的日子，所以認為王子和公主是與幸福快樂畫上等號的，但是公主必需靠王子的拯救才能獲致幸福，可見王子何其重要。

成年以後接觸中國古典小說，看到男女主角雙雙出身世家大族，才貌卓絕群倫，縱然經過顛沛流離之苦，最後都能結為連理，安享榮華富貴，才恍然發現，原來中國古代也有類似王子與公主的故事。這些故事大多出自女性作家之手，在相異的時代背景之下，內涵與西方故事不同，邱心如所作的筆生花正是其中的代表作之一。

筆生花的重點是一枝生花彩筆，它不是現實世界的實體之筆，而是夢境裡的虛幻之筆，在中國傳統典故中代表著「文才」。如果夢到他人贈筆，表示將來的文才一定出類拔萃，如南朝東宮學士紀少瑜和唐代大詩人李白都曾有此夢境；相反地，如果夢到筆被索回，就表示寫作的才華已經到了盡頭，最有名的例子即是南朝詩人江淹的「江郎才盡」。

不過，中國傳統典故裡的「夢筆」之士都是男性，到了邱心如的手中卻反向操作，把這枝奇幻之筆派給了女性，創造出一個比天下男子更優秀的女子——姜德華。

姜德華在閨門裡的時候，便以出色的文采和學識著名，等她走出閨門之外，用金蟬脫殼之計擺脫「不事二夫」的貞節枷鎖之後，更以豐富的才學、卓越的膽識及堅定果決的魄力，轟轟烈烈的做出匡正明朝王室的大業。她的情況就像囚鳥出籠一般，獲得自由翱翔的空間與盡情發展的機會，不但與同期男性平起平坐、共同競爭，

所展現的能力與成就還在眾男子之上，這正是有才識的古代女性可望而不可求的事。

　　但是姜德華的豐功偉業不是以她本來的面目造就出來的，她必需經過變裝的過程，將美麗的女兒身轉化為翩翩男子的外形之後，透過仙丹和武術累積男性的能量才能達到。一旦變身破功，就必須放棄所有的事業，換上女裝，回到閨門裡去。此一情節安排，反映出古代女性在封建社會裡無從發展的困境。

　　然而，邱心如顯然不想被此困境所打倒，她花了將近三分之一的篇幅描述姜德華回復女兒身的生活。在公領域方面，姜德華從一人之下、萬人之上的高位轉入家庭，雖然沒有入朝處理國事，但以輔佐者的角度幫助夫婿，並以女性之便進入後宮，協調太皇太后與皇上之間的紛爭。在私領域方面，姜德華孝順祖母與雙親，克盡為人子女的職責，另一方面努力調和丈夫與諸妾的關係，展現不妒不嫉的正房氣度，營造出和樂美滿的家庭榮景。

　　雖然有人認為姜德華以女兒身重返家庭的表現，仍然回到了以男性為主體的窠臼裡，是與現實妥協的無奈。然而仔細想想，這種不得不為的無奈，可能還有一些正面的意義。

　　事實上，邱心如藉由一個虛構的故事，任意馳騁她的想像，把一個深閨女子改造為才容兼備、文武雙全的宰相，一方面滿足了她自己有志不得伸的感慨，也同時滿足了其他女性內心深處的想望。而當姜德華從位極人臣的高位轉為人婦，善盡女兒、人妻及人媳的職責，則滿足了男性的期待。如此一來，本書的內容不僅如邱心如所願，囊括忠、孝、節、義種種美德，也將男、女閱聽觀眾一網打盡，無論是創作本身或閱聽觀眾的期待，都能獲得圓滿的結果。

更何況姜德華回復女兒身，嫁給未婚夫文少霞後，原本的宰相職位由文少霞接任，無法決議的重大事件仍然要找姜德華商量，而文少霞的武功也是妻子所傳授的，就這樣一步一步成為獨當一面的棟梁之臣。如此看來，文、姜二府的榮耀都是由姜德華支撐起來的，這種內外兼修、能屈能伸、剛柔並濟的大器風範，應該是邱心如以女性作家的立場，給予女性最大的肯定。

　　走筆至此，筆者回顧幼時所迷戀的王子與公主故事中，那一個個英勇過人的王子形象，不禁好笑起來：

　　「公主一定需要王子解救，才能通往幸福之路嗎？」

　　那可不一定，至少在中國古典小說中是顛覆這樣的想法的。而我們也該慶幸自己生在一個自由開放的時代，只要有心，肯努力付出，無論男性或女性都能盡情揮灑自己的天空，開創不同的人生。

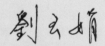

筆生花

目次

導讀　　古代女子的夢幻人生

　　筆生花是清代女作家邱心如的作品。邱心如為江蘇淮陰人，大約生於清嘉慶九年至同治十三年（西元 1804?～1874? 年）。她的原生家庭是一個祖父輩歷代為官的書香門第，從小在父母的督導下接受傳統儒家教育，除了勤習女工之外，更愛閱讀和寫作，所涉獵的書籍包括經書、古史及彈詞小說等，其中以彈詞小說對她的影響最大。

　　彈詞是一種流行在民間的說唱藝術，由一人獨挑大梁表演，或由二、三個人一起搭配演出，透過「說」和「唱」的方式講述故事，並用三弦和琵琶伴奏。這種曲藝表演在元代末年就已經出現，明代嘉靖、萬曆時期曾經流行全國各地，但是到了清代乾隆以後，就只盛行於江蘇、浙江一帶。

　　彈詞藝人既有專門的書場可以表演，有時也會受邀至私人家裡彈唱，成為婦女的休閒娛樂之一。而藝人所用的腳本後來發展為供人賞閱的文學作品——彈詞小說，更是官家婦女所喜愛的讀物。有些婦女不僅熱衷於閱讀，看到有感而發時，也會提起筆來寫作，進而躋身彈詞小說家之列。

　　由於女性在古代社會裡並沒有發展的空間，但在彈詞小說的虛構故事裡卻可以天馬行空的任意馳騁，因此女性作家往往會把現實生活所不能實現的願望寄託到小說角色之中，創造出一個個才容兼備的女強者，因緣際會變裝為男性，從科舉制度中脫穎而出，建功立業，攀至人生的頂峰。最後雖然被迫回復女兒身，卻都能與風流才子結合，過著幸福美

滿的生活。

此類女作者的箇中翹楚首推清代陳端生，她的著作再生緣一書稱冠當時，內容描述一個名叫孟麗君的女子，聰穎伶俐，美貌過人，本來許配給皇甫少華，因為受到奸人設計，被聖旨逼迫改嫁，她只好喬裝男子出逃，後來考上狀元，立下大功，位極人臣，並讓奸人飲毒酒而亡，大快人心。

再生緣的精彩故事於清代傳誦一時，但在深受傳統思想薰陶的邱心如眼裡並不十分完美。因為她認為故事中的孟麗君為了保持喬裝身分，不認父母，有悖於傳統孝道；而配角劉燕玉與人私訂終身，也違反禮教「未嫁從父、既嫁從夫、夫死從子」的三從之道。為了彌補上述兩項缺點，邱心如決定寫一個忠孝兩全、守貞持義的故事，因而才有筆生花的創作。其中一至四回寫於邱心如出嫁之前，在她婚後二十一年裡，又陸陸續續寫了五至十八回，等她公婆逝世之後，她搬回娘家照顧母親，完成了後半段的十九至三十二回。

這本耗時近三十年的鉅著，從婚前寫到婚後，隨著作者生活時空的轉變而逐漸進行著。剛開始，邱心如在原生家庭過著富裕安樂的日子，她是懷著消遣的心情來寫作的。等她結婚之後，由於丈夫平庸無能，家境非常窘迫，堂上公婆對她也不友善，讓她的物質生活與精神生活都陷入困頓的境地。後來原生家庭家道中落，邱心如的父親與哥哥相繼逝世，妹妹守寡，貧窮的母親無所依靠，更加深了她的悒鬱。在她搬回娘家之後，招收學生在家授課，雖能勉強維持生計，卻始終脫離不了貧困。這種坎坷的人生，讓寫作從閒暇的消遣轉為一種精神的寄託，而書中人物的際

遇，也成為她道德觀念與理想人生的反映。

筆生花完成之後，於咸豐七年（西元 1857 年）首次出版，可惜此一版本已經亡佚，目前所能看到的版本有光緒中期上海申報館的仿聚珍版印本、光緒二十年上海書局和申江袖海山房的石印本、西元 1933 年商務印書館的鉛印本、西元 1984 年中州古籍出版社的點校本，以及西元 2000 年三民書局的點校本等等，可謂歷久不衰的古典名著。

這本書的體裁屬於散體和韻文交雜的長篇小說，散體部分是說白，韻文部分則是唱詞，以七言為主、三言為輔的形態串連成篇。全書長達數十萬字，共分三十二回，每回皆有四個標題，每個標題就是一個重要的事件，總計一百二十八個事件。

書中場景包含天界、人間及水域，主角名叫姜德華，她原本是天庭裡的掌書仙子，因罪謫降人間，成為杭州首富姜近仁的女兒，她既有沉魚落雁之容，又有傲視群倫的才華，十四歲即與表哥文少霞訂親。文少霞是姜近仁妹妹的次子，由星宿之神所降生，才貌皆與姜德華相當，二人是緣定三生的佳偶，但是因為姜近仁得罪了浙江巡撫柏固修，讓姜德華被欽差大臣選為後宮佳麗，從此二人分道揚鑣，各有一番波折。

姜德華在入京途中經歷自殺、獲救的奇遇，改扮男裝為姜小峰，投奔山東姨母家，卻與表姐謝雪仙成親，並在父親入獄的刺激下考上狀元，順利救出父親之後告假返鄉，以庶子身分闔家團圓。而文少霞在姜德華入京之後負氣出走，冒然娶了鄉間女子慕容純，不得返家，只好北上求取功名，以些許之差排名第二，在京師任職期間，因為直言進諫而獲罪入獄。

姜小峰奉父之命返回北京，援救文少霞，在奸臣篡位之際，二人聯手除奸勤王，復興大明王朝，立下不朽的功業。後來姜德華的喬裝身分被拆穿，與文少霞完婚，她一方面幫助丈夫輔佐國事，一方面對家庭盡心盡力，使全家和樂融融。夫妻兩人在皇上多次封賞之下，達到前所未有的榮耀與富貴，過完極其安樂的一生。

　　小說裡出場的角色也很多，由於姜德華與文少霞皆有祖母、父母、兄長或姐妹，從其家人衍生而出的親戚、朋友及仇人，再加上神祇、婢女、家丁等出場人物多得不勝枚舉，有名有姓者即達二百多位，其中包含了將近二十個家庭，以聯姻、尋隙、復仇、謝恩等關係，鋪展出錯綜複雜的恩怨情仇，是一本內容豐富、篇幅宏大的鉅著。邱心如的文字優美，透過語言與動作的描繪，賦予每個角色不同的性格與特色，情節安排跌宕起伏，使其人物形象躍然紙上，極為生動。

　　當然，書中有些角色的行為和想法，如今看來並不恰當。例如書中角色若是才貌兼具者多出於有德之人，悍婦惡妾則多生逆子逆女，即使生出賢良後代者，也無法獲致富貴，顯然具有「好竹理當出好筍，壞竹則否」的觀念。其次是為了凸顯閨房不嫉的美德，花了不少篇幅讓書中主要男子紛紛蓄妾；或是為了強調妻子忠於丈夫的貞節，即使有罪也可以不追究；甚至為了塑造姜德華的孝女形象，不顧他人意願而騙婚，以保住文少霞入贅姜家的身分，以及長達一年焚香祝禱，為父親求嗣等等。

　　這些情節或許是時人觀念的真實反映，卻也大大削弱了原本所

欲傳達的「巾幗不讓鬚眉」的氣勢與魄力。所以本書捨棄了這些內容，側重描寫姜德華如何從深閨女子變成處理國事的宰相，以及她與家人親戚之間的互動，呈現一位有膽有識、有情有義的女子傳奇。

寫書的人
劉玉娟

　　淡江大學中國文學系畢業，在古董公司工作多年，喜歡藝術、閱讀及寫作。雖然不諳水性，也無登高本領，但她喜歡踏青，常常帶著孩子漫步山林和水濱。她還喜歡古老的建築和遺址，看著舊時的巷弄、屋宇的形式、家具的陳設，懷想前人生活的情景。

筆生花

第一章 掌書仙子下凡塵

　　明朝正德年間，浙江杭州的仁和縣裡熱鬧非凡，全縣最高級的仁和酒館裡人聲鼎沸、座無虛席，杭州首富姜近仁坐在靠窗的位子上，端著酒杯聽朋友談論時事。

　　「聽說皇上又出巡了。」

　　「他真是一個愛玩的皇帝，北京什麼都不缺，還有一個專門提供他玩樂的地方，怎麼老是往外跑？」

　　「哈，皇上不只愛玩，還喜歡領兵打仗。他曾經封自己為『威武大將軍』，親自帶兵去討伐韃靼＊，一去就是四個多月，不曉得朝廷大事由誰決定呢？」

　　「當然是皇上的岳父——楚元方！聽說皇上對他言聽計從，任由他操縱朝廷政事。」

　　「真是荒唐！」姜近仁搖搖頭，卻又帶著慶幸的口吻說：「還好我早就辭官返鄉，否則遲早會被他們氣死。」

　　其中一位朋友開玩笑：「是啊！像你這麼直率的

人，真的不適合待在北京呢！」在座的朋友們全都笑了起來。又有人問：「對了，嫂夫人的預產期應該快到了吧？」

「快了，快了。」姜近仁愉快的回答：「我太太前幾天做了一場夢，夢到一個風流俊雅的掌書仙子下凡，手中拿著光芒四射的五彩筆和編織著詩文的錦緞請她保管，我想這是個好兆頭。」

「確實不錯。」另一位朋友點頭稱讚，笑著說：「南朝的江淹是個有名的大才子，本來在文壇上稱霸一時，可是自從夢到郭璞向他討回五色筆之後，就『江郎才盡』，再也寫不出好文章了。嫂夫人的夢境與江淹的夢境相反，卻有點像春秋時代鄭文公的妾所做的『蘭夢』＊，這次肯定會生下一個才子，我在這裡預先恭喜姜兄生得貴子！」

朋友們紛紛舉杯向姜近仁敬酒，姜近仁豪邁的飲

＊韃靼：種族名。元朝以後泛稱為蒙古人。

＊蘭夢：生子的吉兆。鄭文公的妾夢到天上使者贈蘭後生一男，為鄭穆公。

盡杯中餘酒，帶著三分醉意離開酒館。

　　姜家是仁和縣頗富盛名的世家，歷代祖先都在朝廷當官。姜近仁曾經擔任執掌營建工作的工部侍郎，因為個性正直，看不慣虛偽的官場文化而辭官返鄉。回到家鄉之後，他每天飲酒賦詩，日子過得逍遙自在。唯一遺憾的是沒有子嗣，因為元配莫氏早年不孕，二個妾花氏和柳氏雖然各生了一個女兒，卻始終沒有兒子。如今他過了六十歲，莫氏竟然懷孕了，讓他重新燃起傳宗接代的希望。

　　「如果這次能夠生個兒子，我對祖宗就有交代了！」姜近仁邊走邊想，很快的回到姜府門口。一名僕人匆匆忙忙的跑了出來，一看見他便大喊：「老爺，您回來的正好，夫人快要生了，小的正要去酒館找您呢！」

　　「啊，這麼快？」姜近仁連忙趕到房間門口，姜老太太已經等在那兒。姜老太太說：「近仁，別進去，你太太要生了，花氏和柳氏都在裡面幫忙，我們在這裡等著就好。」

　　這時，一陣芳香從房裡飄了出來，紅光照遍整個姜府，祥雲也圍繞在姜府外面，天空彷彿傳來悠揚的仙樂。姜老太太看到這些吉兆，滿心的歡喜與期待。

她雙手緊握，嘴裡不停的祝禱，以為自己終於可以抱到孫子了，沒想到，呱呱墜地的仍然是一個女嬰。

「哎呀！怎麼又是個女兒？」

剛生產完的莫氏禁不起打擊，難過得昏了過去，姜老太太與姜近仁則是錯愕得說不出話。正當眾人手忙腳亂的把莫氏喚醒時，善解人意的柳氏抱起小女嬰，走近姜老太太，說：「老夫人，您看新生的小姐多漂亮，全身還散發著香氣呢！」

姜老太太難掩失望的抱過女嬰，低頭一看，竟被她吸引住了：「近仁，這孩子好美啊！」

「是啊，真的很漂亮呢！」姜近仁摸摸女嬰的臉，說：「娘，您別難過了。媳婦生產前曾經夢見仙子下凡，孩子出生時又出現了祥雲仙樂等現象，可見這個孩子將來必定不凡。」

姜近仁看著新生的女兒，一股前所未有的慈愛湧上心頭，剛剛的失望已經悄悄消失，取代的是滿滿的喜悅，便立刻為女嬰取名為「德華」。

日子一天天的過去，姜德華和

二位姐姐漸漸長大了。她們與貼身婢女住在正屋後方的院落裡，彼此相處得十分融洽。

大姐姜九華為花氏所生，雖然花氏心胸狹窄、爭寵善妒，但是姜九華沒有受到任何影響，個性平和，明辨是非，在很小的時候就已經訂了親。

二姐姜玉華為柳氏之女，與柳氏一樣溫柔婉約，卻因為出生時柳氏難產，差點生不出來，讓姜老太太和姜近仁受到很大的驚嚇，所以並不受寵。還好莫氏把她當作親生女兒一樣，對她十分疼愛，目前待字閨中，還沒有人提親。

姜德華的個性剛柔並濟，為人義氣，是姜近仁最疼愛的女兒。由於她喜歡讀書，姜近仁特地請堂兄姜壽仁幫她上課。姜德華年紀雖小，卻聰敏靈慧、十分勤學，在姜壽仁的教導下，很快就有亮眼的成績。她七歲能吟詩，九歲懂得作詩，十四歲的時候，已經遍讀群書，成為遠近馳名的才女。

「嬸嬸，您這小孫女真是個出類拔萃的人才，將來一定可以像許多女豪傑一樣名傳千古。」姜壽仁真心讚美。

「可惜德華不是個男孩啊！」姜老太太的語氣中有著無限的惋惜。

「是啊，堂兄，就算德華能夠出口成章，擁有豐富學問，但她畢竟是個女孩子，無法替我們姜家傳宗接代。」姜近仁與姜老太太有著相同的感嘆。

沒有男孩繼承香火的遺憾始終籠罩著姜家，所以姜老太太要姜近仁再納燕氏為妾。可是成婚一年多，燕氏仍然沒有懷孕。姜老太太忍不住感嘆：「近仁，我們家真是男丁不旺啊！你看你妹妹，一連生了二個兒子和一個女兒，個個都很俊秀聰明，我們家怎麼一個男孩也生不出來？」

「娘，這件事實在沒辦法勉強。」姜近仁無奈的回答。

「唉！你說得也對，我看只能順其自然了。」姜老太太長嘆一聲：「你妹妹跟著夫婿到北京當官已經十幾年了，真不知道什麼時候可以回來聚一聚？」

「妹夫在朝廷裡擔任重要官職，短時間內大概不會回來。不過他們的長子少雯去年已經通過初試，正在準備第二次的考試，次子少霞還沒考過，剛好今年我們這裡要舉辦初試，我正打算寫信要妹妹帶少霞回來考考看。」

「嗯，這個主意不錯。」姜老太太說：「你妹妹教

育孩子非常嚴格，聽說在她的督促之下，二個兒子都很出色。尤其是少霞，你妹妹在他出生前也曾夢到星宿下凡，他的資質一定不錯，是該回來試試。你趕快寫信，要他們趕緊安排行程，以免耽誤時間。」

「是，娘，我現在就去寫。」當天晚上，姜近仁寫好信，隔天一早就派人送往北京。

第二章　文上林避禍離京

北京是明朝國都，文武百官每天進城向皇帝報告大小事項，但是正德皇帝不愛上朝，整天沉迷在各種娛樂裡，把政事都交給楚元方處理。

楚元方原本是一個低階武官，知道正德皇帝愛好美色，便把大女兒獻給皇帝，女兒被封為楚貴妃後，他也因此封侯，人稱「楚侯爺」。楚元方有了權勢，野心越來越大，竟然想要篡位，奪取明朝天下。為了這個目的，他與兒子楚廷輝到處與人勾結、貪汙受賄，使得政治一片黑暗。

姜近仁的妹婿文上林在朝廷中擔任翰林學士，負責草擬詔書等工作。他為人清廉公正，因為不滿楚元方的行為，一向不與楚元方來往。但他萬萬沒想到，楚元方居然主動找上門。

原來楚元方的小女兒楚春漪還沒有訂下婚約，他的妻子藍氏擔心如果有一天楚元方和楚廷輝的野心被揭露，會連累楚春漪，因此急著想幫她找個清高家族

聯姻，以躲避未來可能發生的災禍。然而藍氏一時想不出人選，於是委託弟弟藍章幫忙尋找適合的對象。

身為朝廷大臣的藍章，一聽到藍氏的請求，馬上想到文上林有二個優秀的兒子，長子文少雯已經訂了親，次子文少霞則還沒有婚約，是很好的對象，連忙前去文府求親。沒想到文上林聽到對方是楚家，雙眉一皺，以「少霞年紀還小，不急著成親」為理由拒絕親事。

楚元方聽到婚約談不成，氣得大罵：「這個不識好歹的文上林，既然你不想當親家，那我就和你當仇家，讓你知道我的厲害。」

隔天早上，楚廷輝一改平常吊兒郎當的模樣前往文府，說要拜文上林為師。文上林雖然懷疑楚廷輝別有居心，卻不便拒絕。從此以後，楚廷輝時常出入文府，努力與文家人建立交情。文少霞因為辭婚一事，對楚廷輝懷有戒心；文少雯則認為事不關己，加上年少輕狂，竟然與玩世不恭的楚廷輝相處融洽，成為要好的朋友，完全不曉得自己已經掉入楚家父子設下的圈套。

一天，楚廷輝邀請文少雯到楚府賞花飲酒。文少雯心想：「早就聽說楚府富麗堂皇，我可以趁這個機會開開眼界。」他欣喜赴會，沒想到楚家父子心懷不軌，

一直灌他酒。幾杯烈酒下腹，<u>文少雯</u>便昏沉沉的醉倒在桌上了。

「哼，這小子落到我們手中，是插翅難逃了。」<u>楚元方</u>得意的叫來二個歌女：「等他醒來，妳們就大聲喊叫，說<u>文</u>公子非禮妳們，到時候不管他怎麼辯解，妳們直接叫人把他捆起來，送到衙門，知道嗎？」兩名歌女不敢違抗<u>楚元方</u>的命令，只好答應。<u>楚元方</u>認為計畫沒有缺失，便前往他的心腹<u>王霸</u>家飲酒作樂。

<u>楚元方</u>離開後，帶有幾分醉意的<u>楚廷輝</u>耐不住花園中越來越重的寒氣及昏沉的睡意，搖搖晃晃的想走回房間，卻在半路跟<u>藍</u>氏碰個正著。

「天都暗了，你怎麼把<u>文</u>公子丟在花園裡？這可不是對待賓客的道理啊！」<u>藍</u>氏隨口問。

「哼！管他什麼『賓』，不過是隻『甕中鱉』罷了！」半醉的<u>楚廷輝</u>忘了母親向來不贊成他與父親的做法，竟然將陷害<u>文少雯</u>的計畫全說了。

「什麼，你們要把<u>文</u>公子害死在牢裡？」<u>藍</u>氏又驚又氣，暗自心想：「<u>文</u>家拒婚雖然令人生氣，但也不應該這樣害人。我絕對不能袖手旁觀。」

<u>藍</u>氏打定主意後，便先哄<u>楚廷輝</u>回房休息，隨即帶著心腹婢女趕到花園。她先對兩個歌女講道理，並

再三保證她們的安全，才說服她們合作。等歌女離開後，她便命令婢女喚醒文少雯。

文少雯昏昏沉沉的醒來，看到藍氏坐在旁邊，吃了一驚，接著又得知楚元方父子的詭計，嚇得酒意全消。

藍氏看文少雯風度翩翩，內心非常歡喜，心想：「上次文家拒絕婚事的理由是二公子年紀還小，如果把春漪嫁給這個大公子，文家就沒有理由推託了。」於是她對文少雯說：「文公子不必害怕。他們父子一向心狠手辣，今天我能夠救你，恐怕也是上天的安排，這真是難得的緣分啊！」

文少雯連忙對藍氏行禮，說：「夫人的救命之恩，我一輩子都不會忘記，日後一定盡心報答您的恩情。」

「好，好，別說什麼報不報恩的話……」藍氏高興的說：「不過我有一件事想拜託你，你千萬不要拒絕，才不會辜負我的心意。」

文少雯回答：「不敢當，夫人請說。」

藍氏笑逐顏開，說：「今晚的事都是因為令尊拒絕與我家聯姻而起，不過，既然你弟弟不急著成親，那也不能勉強。我見你一表人才，年紀也適當，所以我想把女兒嫁給你，請你不要推辭。」

文少雯嚇了一跳，連忙說：「夫人，這件事萬萬不可，一來我有婚約，絕不能拋棄妻子再娶，二來不能委屈您的女兒做妾，更何況楚大人絕不可能同意這門婚事，還請夫人原諒。」

藍氏搖搖頭，說：「古代聖人也有娶二妻的例子，只要你誠心相待，哪有什麼妻、妾的分別？至於楚大人那裡……」藍氏想了想，說：「目前先瞞著他，等到你有了官位後，我自然會安排，讓你們完婚。」

文少雯一聽，急得不得了，趕緊再拒絕：「婚姻大事不能如此輕率，而且沒有父母做主，我實在不能答應，請夫人不要怪罪。」

藍氏突然站了起來，氣憤的說：「如果你不答應，那就別怪我無情，見死不救！」

文少雯真是進退兩難，眼看著夜已深，要是楚元方這時候回府，自己的性命恐怕就不保了，只好勉為其難的答應婚事，讓藍氏安排他離開。

楚元方回府後，發現文少雯脫逃，以為是楚廷輝酒醉誤事，非常惱怒，但是他並不打算輕易放過文家。首先他私底下運用權勢，使文少雯無法通過第二次的考試，接著又在政事上處處找文上林的麻煩。幸虧朝廷裡的楊太師與文上林交情不錯，向正德皇帝推薦文

上林轉調江西，正德皇帝同意後，便派文上林至江西掌管當地的教育和考試等事務。

「哈哈，我們終於可以離開北京這個是非之地了。」文上林鬆開緊繃的神經，內心十分高興，巧的是姜近仁的信也剛好送達，夫妻倆決定前往江西上任前先繞回杭州家裡祭拜祖先，並讓文少霞留在杭州準備考試。

「相公，這次返鄉，我還想辦一件大事……」文夫人若有所思的說。

「什麼事？」文上林問。

「就是少霞的婚事啊！」

「什麼？又是他的婚事？」文上林緊張得站了起來：「夫人想找哪家姑娘呢？我們就要離開北京了，這時千萬別再節外生枝！」

「相公，你太緊張啦！」文夫人微微一笑，說：「我說的對象不在北京，而是在杭州，那姑娘正是我哥哥的小女兒德華。聽說她長得美若天仙、多才多藝，有浙江第一才女的美稱。」

「既然有這麼好的姑娘，夫人怎麼不早說？」文上林的語氣有些埋怨：「要是早點訂下這門親事，就不會惹到楚元方了。」

「哎！因為距離太遠，我擔心傳聞不是真的，才遲遲沒有跟你提起。這次回去，正好可以看看實際的狀況。」

「妳哥哥學問深厚、家教嚴謹，我想傳聞應該不假。」文上林很有興致，說：「要不然先寫封信，請岳母幫忙安排一下，我想憑著我們兩家的關係，妳哥哥應該不會拒絕。」

「那可不一定，」文夫人不以為然，「哥哥的脾氣古怪，德華又是他的掌上明珠，我覺得一定要當面提親，哥哥才有可能答應。」

「呵呵！這麼說，我們要早點出發才好，免得夜長夢多，讓別人把才女給訂走了。」

「沒錯。」文夫人開心一笑，接著說：「對了，算算時間，少雯小時候訂親的小姐也已經成年，我想在離開北京前完成他們的婚事，讓她跟著我們一起走，省得以後還要千里迢迢的來娶親，不知道你覺得怎麼樣？」

「當然好啊，這件事就交給妳處理。」文上林高興的一口答應。

於是，文家上下就在調任與迎親的喜悅中揮別北京，朝杭州前進。

筆生花

第三章　文少霞情定三表妹

　　文上林一家回到杭州，按照禮教規定，由文上林和文夫人分別帶著男眷與女眷前往姜府拜訪姜家親戚。文少霞自從知道要與表妹姜德華聯姻後，便滿心期待，但他到了姜府，才知道姜德華到舅舅家祝壽去了。

　　「哎，以為今天可以看到德華表妹，沒想到她卻不在，真是不巧。不過二位表姐已經是如花似玉的美人，那麼傳聞中美貌更勝她們，而且有『浙江第一才女』之稱的德華表妹，不知道是如何的絕世無雙？」文少霞既興奮又失落的想著，隨即在短暫的寒暄之後，與父兄一起告辭，讓他的母親、嫂嫂及姐姐文佩蘭進來。

　　姜老太太看到分別許久的女兒，喜極而泣的說：「你們在北京一待就是十幾年，今天終於回來了。剛剛看到二個外孫長得英姿煥發，現在又看到亭亭玉立的孫女和孫媳婦，我真是太高興了。」

姜老太太擦了擦臉上的淚水，拉起文夫人的手，說：「少雯和少霞都有他們父親年輕時的風采，將來不愁沒人繼承家業。妳哥哥比不上妳，妻妾四人居然沒有一個兒子，恐怕姜家的血脈就要斷了。」

文夫人看到姜老太太的臉龐在憂慮中更顯得衰老，心裡非常不捨：「娘，從古至今有許多老來得子的例子，您不用太擔心，何況哥哥還年輕呢。」

「是啊，外祖母，」文佩蘭站在一旁，笑嘻嘻的開口，「人家說：『屢經翠雞協兆，不愁玉燕無徵。』＊舅舅一定會老來得子啦！」

「哎呀，妳還是個大閨女，說這話不怕人家笑嗎？」文夫人瞪了她一眼，俏皮的文佩蘭吐一吐舌頭，退到嫂嫂身後，眾人不禁都笑了起來，連姜老太太也一掃愁容，說：「佩蘭啊，妳的能言善道和機智，跟妳娘還真像呢！」

不久，姜德華返家，前來向姜老太太請安。文夫人終於親眼看到芳名遠播的姪女，只見她容貌清雅，

＊屢經翠雞協兆，不愁玉燕無徵：「玉燕」出自「玉燕投懷」一語。唐朝名相張說的母親，夢到玉燕飛入她的懷中後，就懷孕生下張說。後來「玉燕投懷」便用來祝福他人生得貴子。此處用「翠雞」和「玉燕」對比，是指姜近仁連生三個女兒，正是要生兒子的好兆頭，以安慰姜老太太無男孫之苦。

筆生花

姿態曼妙，簡直就像仙女下凡；再聽她言談不俗，出口成章，果真是名不虛傳的「浙江第一才女」！

　　文夫人十分喜歡姜德華，因此回家便立即與文上林商量，決定請莫氏的哥哥莫太常到姜府求婚。

　　沒想到，姜近仁並沒有因為對象是自己的外甥就答應婚事。他想，文少霞的相貌雖然出色，但是才見過一次面，不知道品行好不好，還得多多觀察。於是他對莫太常說：「少霞是個英俊瀟灑的美少年，卻不曉得他性格如何？況且您也知道，我只有德華這個女兒可以繼承我的學問，實在捨不得把她嫁出去，所以希望能找一個謹慎穩重的女婿入贅姜家。少霞怎麼可能入贅我家呢？」

　　「妹夫啊！」莫太常笑了起來：「你我都是幾歲的人了？雖然不能說閱人無數，處世經驗也算豐富。少霞的相貌不凡，你妹妹又持家嚴謹、教子有方，這樣的家教還會有什麼問題？至於入贅一事……我聽說他們本來就有意將少霞過繼給你，好讓姜家能延續香火，所以我想他們不會反對讓少霞入贅。這麼好的對象，你就不要再猶豫了。」

　　「哦，有這回事嗎？我沒聽說呢！」姜近仁不相信的搖搖頭，說：「反正德華年紀還小，並不急著成

親，我看還是再等一等吧！」

莫太常知道姜近仁個性固執，見他不肯答應，也不再勸說，閒談一會兒就起身告辭了。

文夫人得知姜近仁沒有答應婚事，十分不悅，決定親自走一趟姜府。姜近仁看莫太常早上才走，文夫人下午就來，一定是為了聯姻的事，便笑著對文夫人說：「妹妹做事一向果決，有話直說沒關係！」

作風明快的文夫人直截了當的說出自己的不滿：「好，既然哥哥已經知道我的來意，那我就直說了。我來，正是為了少霞的婚事。爹過世後，我的婚事全由哥哥做主。那時候你說上林出身名門，既有才德又有學識，所以將我許配給他。如今少霞也是出自文家『名門』，雖然他還沒有功名，但是才學、相貌比起他爹更是出眾。當初我既然可以嫁給上林，德華為什麼不能嫁給少霞？」

姜近仁聽出文夫人的不悅，笑著說：「妹妹，妳的質疑很有道理，但是當初為妳選擇夫婿，只要考慮才貌、人品及家世就可以了。如今我沒有兒子，晚年的生活都要依靠女婿，情況當然不同。」

「有何不同？」文夫人不解的問。

姜近仁笑了一笑，繼續解釋：「其實我也很中意少

霞作我的女婿，只是不知道他的性情是不是與我相處得來，所以才說要緩一緩，沒想到妳這麼快就跑來質問我了。」

　　文夫人聽見他的話裡出現轉機，馬上接口：「少霞的個性我最清楚，他對長輩謙和有禮，一定能與哥哥處得來，要是你不相信我，不妨試一試。」

　　「妳這麼說，又顯得見外了。」姜近仁鄭重的說：「其實，以我們兩家的關係，我的確沒有理由拒絕這門好親事，但是我希望少霞能入贅姜家，你們同意嗎？」

　　文夫人低頭沉思：「入贅姜家是一件大事，還得好好想想，但是難得哥哥態度沒有之前那麼強硬，我也捨不得錯過那麼一個舉世無雙的美麗佳人，再猶豫下去恐怕就沒機會了，還是先答應吧！」

　　她抬起頭，笑著說：「謝謝哥哥給我這麼大的面子，願意把德華許配給少霞。其實上林與我原本就想將少霞過繼給你，所以入贅的事，他應該不會反對。那麼這門婚事就一言為定，等少霞考取功名，再找個日子完婚。」

　　文少霞與姜德華的婚事決定之後，文姜二府親上加親，互動更為熱絡。姜近仁常與文少霞一起談天說

筆生花

地，<u>文少霞</u>才思敏捷、對答如流，令<u>姜近仁</u>十分欣賞。

「嗯，<u>少霞</u>不愧是我的準女婿，只是……不知道他的文章寫得如何，能不能配得上<u>德華</u>的文采？」想到這裡，<u>姜近仁</u>對<u>文少霞</u>說：「<u>少霞</u>，我還沒看過你的文章，不如拿一篇作品來給我看看。」

<u>文少霞</u>正想找機會表現才學，馬上回答說：「拿以前的作品給舅舅看，沒有什麼意思，不如請您出個新題目，順便指點我一下。」

<u>姜近仁</u>見他充滿自信，嘴角揚起一絲微笑，當場便出了一道考題。只見<u>文少霞</u>下筆迅速，充滿自信，文章很快的就完成了。

<u>姜近仁</u>看完之後，不禁讚嘆連連：「<u>少霞</u>果然厲害，文筆不同凡響。不過你仍然要虛心學習，千萬不可以驕傲而虛度光陰，耽誤自己的前程。依我看來，你就留在這兒，等考完試再去<u>江西</u>，也可以有多一點時間念書。」

<u>文少霞</u>接受<u>姜近仁</u>的建議，帶著二個侍童在<u>姜</u>府住下，準備考試。而<u>文上林</u>夫婦則帶著<u>文佩蘭</u>、<u>文少雯</u>夫婦前往<u>江西</u>赴任。

第四章　文少霞偷窺佳人玉貌

文少霞住進姜府之後，每天用功讀書，心裡卻始終有件遺憾的事，那就是他還沒有見過姜德華。

原來姜德華謹守未婚女子的禮儀，沒有父母召喚，絕不輕易到前廳去，如果文少霞要到內院向姜老太太與莫氏請安，姜德華也會在婢女通報下先行迴避。所以無論文少霞如何費心尋找一睹芳容的機會，卻從來沒有成功，心裡不免有些失望。

一天早上，文少霞依照慣例到內院請安，只見兩名婢女拿著扇子在庭園裡面撲蝶，她們一看到文少霞連忙站好，向他行禮：「姑爺早。」

文少霞點點頭，隨口笑問：「一大清早，妳們怎麼有閒情逸致在這兒玩耍？」

兩名婢女輕輕的笑了起來，說：「我們是三小姐房裡的瓊箋和翠墨，因為小姐在書房讀書，不需要我們陪伴，想不到第一次偷偷出來玩耍，就被姑爺看見，真不好意思。」

文少霞一聽到姜德華獨自在書房裡，竟然高興的忘了禮儀，興起偷窺的念頭：「這真是千載難逢的機會！我只偷看她一眼，應該沒有關係。」

文少霞避開婢女，偷偷的走入內院深處。內院裡的庭園花香濃郁、鳥兒輕啼，綠蔭遮蔽處有一座精緻典雅的書房。他沿著園內小徑往書房走去，想要尋找姜德華的身影，只見臨窗處坐著一位女子，正全神貫注的看書。

「啊，那一定是三表妹了。想不到世間竟然有這樣的絕色佳人，古人所說的沉魚落雁、閉月羞花，恐怕都還無法形容三表妹的美，那種與俗世不同的靈動之美，根本就是仙女下凡。」

文少霞欣喜若狂的凝視著姜德華，雙腳不受控制的一直往書房走去，一不小心碰到了窗邊的簾鉤，「叮」的一聲，驚動了正在看書的姜德華。姜德華發現有人偷窺，立刻躲入書房隔壁的房間。

文少霞在窗外看得如痴如醉，沒想到姜德華瞬間就消失了身影，他突然覺得好像失去了什麼似的，一顆心飄飄然沒有著落，整個人像著魔一般，被那離去的身影所吸引。

他恍恍惚惚的走入書房，隨手翻閱桌上的書籍，

看到<u>姜德華</u>的習作本，心想：「聽說三表妹的才華洋溢，沒想到今天可以觀看她的詩文，我真是太幸運了！」

他帶著微笑翻開本子，端正典雅的字跡一一躍入眼簾，心中萬分訝異：「這字體頗有<u>王羲之</u>＊的風采！」細讀內容之後，他發現<u>姜德華</u>的文章用字簡練，見解獨到深刻，篇篇都是巧妙佳作，不禁大為敬佩：「這世間少見的才華，竟然出自一位深閨女子，真是令人自嘆不如。」

他一時興起，隨手拿起筆來，龍飛鳳舞的在本子上寫了二首詩，表達讚美和佩服之意。

<u>姜德華</u>躲在房間裡，納悶的想：「奇怪，這間書房的位置偏僻安靜，連家人也很少到這裡，怎麼會有陌生人溜進來呢？」她反覆推敲細想：「除了那位<u>少霞</u>表

＊王羲之：晉<u>臨沂</u>人，曾任<u>右軍將軍</u>，世稱<u>王右軍</u>。擅長書法，筆勢極美，以<u>蘭亭集序</u>、<u>黃庭經</u>為最，後人譽為書聖。

哥，家裡沒有陌生人可以這麼隨意四處走動。」

姜德華突然想通他的身分，心裡非常生氣：「家中每個人都讚美他，說他文采卓越、為人真誠，但他怎麼能如此莽撞，把禮儀全都忘記了？別說我跟他已經訂了親，就算只是表兄妹，也要謹守男女不能私自接觸的規矩，免得引來別人批評。他的行為完全不像一個知書達禮的君子，真是太可笑了。」

她心裡又氣又急，害怕有人進來撞見文少霞，會以為她不守禮儀，與文少霞婚前私會，因此決定要把文少霞趕走。她開口大叫：「瓊箋、翠墨，妳們到哪兒去了，怎麼把外面的客人放進來了？」

文少霞被她的叫喊嚇了一跳，才猛然驚覺自己的莽撞，匆匆離開。

姜德華走回書房，看到桌上的書籍被翻得亂七八糟，很不高興，又看到自己的本子上多了二首文少霞題的詩，更加生氣：「這人未免太冒失了！可惜爹娘那麼讚賞他，在我看來，他不過就是個輕浮的人。」

當姜德華在書房裡生氣的時候，翠墨奉莫氏的命令來請她去前廳見表哥謝春溶。

謝春溶是掌管地方軍政大權的山東巡撫謝秋山的長子，他的母親是莫氏的妹妹。謝家本來住在杭州海

筆生花

寧縣，因為謝秋山任職山東，全家北上多年，很少回來，謝春溶這次返鄉主要是為了參加考試，其次是來姜家求婚，對象正是姜德華。

謝春溶在山東時就曾經聽說姜德華的芳名，這次見到本人，更是驚為天人，久久無法回神，等姜德華告退離去後，他便將父母所寫的信函交給姜近仁和莫氏，稟明想迎娶姜德華的意願。

姜近仁笑著對謝春溶說：「德華不久前已經與文家二公子訂親了，因為距離遙遠，來不及通知你們，真是非常抱歉。不過，你別失望，你長得一表人才，不怕沒有才德兼備的女子與你相配。」

「是啊，我們也會幫你留意更好的對象。」莫氏看謝春溶一臉失望的樣子，不捨的安慰：「你從那麼遠的地方來，乾脆就在這兒住下，至少有個照料，等考完試再回去吧。」

謝春溶本來因為求婚不成，心中十分懊惱，準備告辭姨父姨母後，回到海寧縣的故居，但姜近仁與莫氏的盛情令他難以拒絕，只好答應留在姜府，與文少霞一起準備考試。

一第五章 姜玉華過繼二房

考試放榜，文少霞和謝春溶高中杭州地區的前二名，姜九華與姜玉華從婢女口中得到消息，連忙跑到姜德華的房裡。

「小妹，妳聽說了嗎？文公子是杭州地區的榜首，謝公子排名第二呢！」

「哦，真的嗎？二位表哥果然都很傑出。」

姜德華發自內心的讚美，卻也不免興起一股有志不得伸的遺憾。她從小勤讀書籍，雖然不敢誇口說學富五車，卻也有著胸藏萬卷書的氣概，如果生為男子，一定可以從考場上脫穎而出，大展學識，偏偏她是個女子，空有滿腹學問，卻無處發揮。

想到這裡，姜德華不禁發出一聲感慨：「要是我也能上考場就好了！」

「如果妳能上考場，恐怕文公子奪不下榜首呢！」姜九華點點頭說。

「那還得了？」一旁的姜玉華起閧說：「如果小妹

贏了<u>文</u>公子，將來成親之後，誰是一家之主啊？」

「哈，哈，哈！」旁邊的婢女都笑了起來。

<u>姜德華</u>滿臉通紅的阻止姐姐們開她玩笑：「妳們少耍嘴皮子了，哪有還沒出嫁的女孩這樣說話的，小心傳了出去，娘要罵人的！」

「好啦！好啦！我們只是開個玩笑，妳別認真。一起去向祖母請安吧！」

姐妹三人說說笑笑的走到內廳，陪著<u>姜</u>老太太閒聊，大家都沉浸在放榜的喜悅裡。

突然僕人進來稟報<u>姜顯仁</u>來訪。<u>姜近仁</u>開心的傳下指示：「快請！快請！」他對<u>姜</u>老太太說：「娘，二堂兄前些日子寫了信來，說他要升調到<u>湖廣</u>，中途會繞到<u>杭州</u>住幾天。我最近事情繁多，忘了向您提起，沒想到他這麼快就到了。」

「哦，原來如此。聽說他的兒子粗魯駑鈍，整天惹是生非，不過女兒倒是生得乖巧聰慧，可惜體弱多病，不知道是不是好些了？」<u>姜</u>老太太嘴裡正叨念著，就看見<u>姜顯仁</u>走了進來，她立刻高興的站起身來：「<u>顯仁</u>，好久不見，恭喜你升官了。」

<u>姜顯仁</u>臉上沒有升官的喜悅，反而是一臉憔悴。他搖搖頭，不停擦拭眼角的淚水，哽咽的說：「這官不

如不升！我女兒受不了長途跋涉的勞累，已經……病逝了。」姜府的氣氛一下子凝重起來，大家都沒想到久別重逢，竟然會得到這樣的壞消息。

「唉，可憐了這樣一個好女孩，真是紅顏薄命啊！」姜老太太傷心得連連嘆息。

「堂兄，人死不能復生，你要看開一點。」姜近仁上前拍拍姜顯仁的肩膀，說：「難得回來，我們一定要好好聊聊，我準備一下酒菜，你先休息一會兒吧。」

酒席雖然是臨時準備的，但是山珍海味樣樣不缺，然而悲傷的姜顯仁根本吃不下，只是沉默的不停喝酒。

「堂兄，慢點兒喝。」姜近仁壓住姜顯仁即將端起酒杯的手，並替他夾上一些菜餚，嘴裡勸著：「女兒走了，你還有兒子，不用擔心沒人繼承家業＊、傳宗接代。」

「哼！別提那個逆子！」姜顯仁的語氣突然非常激動，「那小子哪裡是個可以寄託的人？」

姜顯仁想到他的兒子從小在溺愛中長大，個性暴躁，不學無術；娶了妻子之後，情況更糟糕，夫妻倆目中無人，把家裡鬧得雞犬不寧。想到這裡，姜顯仁忍不住又多喝了一杯酒。

「堂兄，俗語說：『自古名駒多劣性＊。』只要好好教育他，將來一定是個人才。」姜近仁說。

「你別安慰我了，那個逆子已經壞到無可救藥了。」姜顯仁搖搖頭，說：「只可惜了我那乖巧體貼的女兒……唉！自從女兒去世之後，我妻子每天以淚洗面，不是哭著要女兒回來，就是嚷著要與她同去，看得我很心疼，卻又無可奈何。」他說著說著，眼眶漸漸泛紅，忍不住流下淚來。

姜近仁也被勾起心中隱隱的痛，感嘆的說：「堂兄再怎麼說還有個兒子可以繼承香火，不像我只有三個女兒……來，乾杯乾杯！」兩人又猛喝了幾杯。

不久，酒罈已經見底，兩人都有一些醉意。姜顯仁說：「唉！你那三個女兒，個個都是端莊有禮的美

＊家業：家族的事業與門望。
＊名駒多劣性：有名的好馬常常具有強硬而不易調教的性格。

女，令人非常羨慕……如果，我能有一個這樣的女兒就好了。」

　　醉醺醺的姜近仁聽了這番話，竟然不假思索的說：「那有什麼問題，我們兄弟情深義重，不要說是女兒，假使是我有兒子而你沒有，我也會把兒子過繼給你的。」他豪邁的把手一揮，「大女兒九華已經成年，過些時候就要出嫁了，小女兒德華也已經訂親，不方便過繼，我就把二女兒玉華過繼給你吧。」

　　姜顯仁喜出望外，連忙說：「堂弟，你不是在說笑吧？如果你肯割愛，我們夫妻一定會把她當親生女兒一般，加倍疼愛。」

　　「好！」姜近仁豪爽的說：「君子一諾千金，絕無更改！」

　　要將姜玉華過繼的消息震驚了姜家所有女眷，等姜顯仁離開之後，她們紛紛聚集到姜近仁旁邊。

　　莫氏焦急的問：「老爺，玉華雖然不是我親生的，但我對她跟親生女兒一樣，你怎麼忍心把她過繼

給別人呢？」

「是啊，老爺，我對你一向百依百順，但是這次我實在無法照辦。玉華是我的女兒，我怎麼捨得和她分開？嗚……」柳氏哭得肝腸寸斷、泣不成聲。

姜玉華扶住傷心欲絕的柳氏，心裡也十分不平衡：「爹，為什麼三個姐妹中，就只送走我一個？就算爹不重視我，我也不能就這樣丟下娘。請爹明天回絕伯父吧！」

「爹，您今天喝多了！」姜德華也幫忙勸說：「等您酒醒之後，我們到伯父家去解釋，他們一定會諒解的。」

這時姜近仁的酒意已經退了不少，他對自己的草率決定雖然有些後悔，但是礙於兄弟情面實在無法悔約，只好開口：「德華，妳別胡說，我什麼時候喝醉過？妳們要知道，君子最重視承諾，絕不食言！這件事就這麼決定了。」

接著，姜近仁把姜玉華喚到身邊，對她說：「玉華，妳從小學習女子禮儀，應該知道順從父親的道理，

就算我今天做錯決定，妳也必須遵從，更何況伯父、伯母都很慈祥，妳在他們家一定會受到寵愛的，放心吧。」

姜玉華不敢回嘴，只能讓眼淚撲簌簌的流個不停。柳氏忍不住又苦苦哀求：「老爺啊，我們成親十多年，只生了這個女兒，雖然不能繼承家業，倒是可以朝夕相處，談天說笑，請你再考慮考慮！」

莫氏也接口說：「是啊！你體貼別人失去女兒，卻讓我們嘗到骨肉分離的痛苦，這是什麼道理？還是請你明天去一趟堂兄家，說我們難以割捨，想必他們不會勉強的。」

「這是什麼話！」姜近仁不耐煩的吼了起來：「家裡的事情由我做主，別說是個女兒，如果二堂兄沒有兒子，我有兒子也會過繼給他，這些事輪不到妳們女人決定！」他把袖子一甩，氣呼呼的回房，留下哀傷的妻女。

幾天之後，姜玉華與姜顯仁一家人前往湖廣。姜德華面對姜玉華空蕩蕩的臥室，內心無限惆悵。這是她第一次體會到人生的悲歡離合與聚散無常之苦。

第六章 胡月仙花園示警

生活裡少了姜玉華，姜德華常常陷入思念的情緒中，什麼事都提不起勁。

「三小姐，妳別這樣悶著，柳姨娘失去女兒已經很難過，如果連妳也悶出病來，老爺、夫人要怎麼辦？今天下午的天氣很好，不如我們到花園走走吧！」

燕氏拉著柳氏和姜德華走出房門，同時邀來花氏和姜九華二人，一起向花園走去。園子裡百花爭豔、蝴蝶飛舞，茂盛的樹林在斜陽的映照下，顯得更加光彩動人。姜德華一行人邊走邊看，不知不覺走到了花園深處。

「前面就是玩月亭，我們到那裡休息一下吧。」在姜九華的提議下，眾人走入玩月亭，靠著欄杆休息。看守花園的張媽聽到眾人的歡笑聲，趕緊進亭伺候。

「各位姨娘、小姐，怎麼好久沒來花園，冷落了這一園子的好花呀！」張媽一邊倒茶一邊說。

「是啊！最近大家都忙，辜負了一整園的春天。

看樣子，這裡的好花好景都讓張媽一家人獨享囉！」姜德華難得輕鬆的開起玩笑。

　　沒想到張媽的表情卻突然變得嚴肅，壓低聲音說：「我們可不敢來喲！妳們不知道，最近這裡有妖怪出現，非常嚇人呢。」

　　「怎麼可能，妳別唬人了。」大家都不相信，紛紛笑著搖頭。

　　「妳們別懷疑，」張媽東張西望，像怕被誰發現似的，「這件事情最早發生在今年的元宵節，我家幾個孩子到府裡看花燈，回花園的路上經過梅竹軒，那裡已經廢棄很多年，門一直都關著，那天夜裡卻突然開了。孩子們看見一個女子在窗邊賞月，長得跟三小姐

41

一模一樣，於是高興的跟她打招呼，想不到那女子轉眼間就不見了。從那天以後，園子裡就很不安寧。」

「怎麼不安寧？妳說說看。」花氏好奇的問。

「從那天開始，我們常常在夜裡聽到有人丟磚瓦和敲門的聲音。」張媽瞪大眼睛說：「有一次，我女兒聽到奇怪的聲響，打開門，對著外面罵了幾句，原本安靜的園子突然颳起大風，憑空飛來一把石灰，害她差點瞎了。妳們說可不可怕？所以我要奉勸各位姨娘、小姐，天色有些晚了，等一下還是趕快回房裡去吧！」

姜德華不以為然的說：「哪來什麼妖怪，還長得跟我一模一樣？一定是孩子們看錯了。」

柳氏低聲對其他人說：「聽說張媽本來在夫人那裡工作，因為講話不老實，又喜歡搬弄是非，才被調來看守花園，所以我覺得她的話不能信。」

其他人本來有一點害怕，聽柳氏這麼一說，也開始懷疑起這件事的真實性。張媽見眾人都不相信，覺得自討沒趣，就摸摸鼻子退下了。

天色漸漸暗了，心情很好的姜九華說：「我們好不容易出來一次，要玩得盡興一點，不如留下來賞月吧。」眾人都十分贊成，便在亭子裡談談笑笑。突然有個婢女大喊：「妳們看，有人在放風箏呢！」

大家抬頭一瞧，果然看見天上有一個蝴蝶造形的風箏。<u>燕</u>氏想起自己也有一個美人跨鶴的風箏，便叫婢女回去把風箏拿過來。

在晚風的吹拂下，<u>燕</u>氏的風箏很快就飛到天上，只見那美人的衣袖不斷飄動，白鶴也像在振翅飛翔，看得大家又叫又笑，非常熱鬧。

過了一會兒，夜色籠罩了花園，一鉤新月悄悄的出現在天邊。

「時候不早，也該回去了！」<u>姜德華</u>叫婢女把風箏收下來，準備離開花園。想不到，不管婢女怎麼用力，風箏好像在天上生了根一樣，拉不下來。

「是不是被樹枝或屋簷勾住了線？」<u>柳</u>氏說。

「哪裡是被勾住，」<u>花</u>氏不認同的搖搖頭，「我看是放太遠了，被天上的風勢給纏住了。」

「妳們不知道訣竅，我來收。」<u>燕</u>氏從婢女手中接過線繩，可是不管她拉得多大力，卻怎麼也拉不動。

<u>姜德華</u>仰望天空，發現風箏有了變化：「奇怪，那

個美人好像活生生的人一樣，手裡還拿著拂塵在擺動呢！」

「這麼黑，哪裡看得清楚？」大家都笑<u>姜德華</u>眼花了，胡言亂語。

<u>燕氏</u>突然感受到風箏的力量減弱，便加快雙手收線的動作，說：「線鬆了，妳們快來幫忙。」

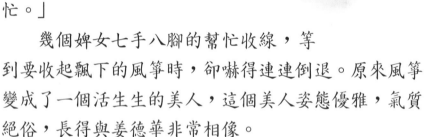

幾個婢女七手八腳的幫忙收線，等到要收起飄下的風箏時，卻嚇得連連倒退。原來風箏變成了一個活生生的美人，這個美人姿態優雅，氣質絕俗，長得與<u>姜德華</u>非常相像。

眾人不敢出聲，只有<u>姜德華</u>走向前，問：「妳是鬼怪還是妖精，為什麼跑來這裡？陰界和陽界是不同的兩個世界，不應該有所接觸，妳還是快走吧！」

「果然是個膽量過人的女子，難得！難得！」美人呵呵一笑，對<u>姜德華</u>說：「我叫<u>胡月仙</u>，不是鬼怪，也不是妖精，而是一個即將修道成功的半仙人，因為

還有些俗事纏身，所以暫時留在人間。平常我在青城山上修行，因為這兒的花園十分漂亮，所以特地過來遊玩，順便來提醒妳一件事。」

「妳要提醒我什麼事？」姜德華不明白的問：「又為什麼要變成我的模樣來嚇人呢？」

胡月仙笑了起來，說：「我不是故意要變成妳的樣子。事實上，我就是妳，妳就是我，我們有說不清的緣分牽繫著。我是半仙人，妳也不是普通的凡人，所以才會有那麼高的智慧與才華。」忽然她收起笑容，語帶玄機：「小心喔，災禍和福分是並存的，妳的厄運即將來臨，但是只要妳堅定信念，便可以逢凶化吉。切記！切記！」

話才說完，胡月仙立刻化成一縷青煙，消失無蹤。

這景象嚇得眾人直發抖，只有姜德華若有所思的愣了一會兒，才安慰眾人說：「看她沒有要加害我們的意思，大家不必害怕！現在已經很晚了，我們回去吧！」

除了姜德華，眾人早已經雙腿發軟，使不上力，只能互相攙扶，搖搖晃晃的往廳堂走去，口中還不停討論著胡月仙。

「她是狐仙嗎？怎麼真的出現了？」

45

「今天真是倒楣，嚇死我了。」

姜德華默默走著，沒有加入討論，只是想著胡月仙的話中玄機。

第七章　柏固修公報私仇

　　姜德華得到胡月仙的警示之後，原本就很少拋頭露面的她，更是過著足不出戶的生活，但是災難仍然一步步的向她逼近。

　　一天夜裡，負責治理杭州的太守杜學裳突然來到姜府，姜近仁聽到這個昔日的得意門生深夜前來，一定有不尋常的事，便趕緊請他進府。

　　杜學裳一見到姜近仁，也不寒暄，直接開門見山的說：「皇上在御花園蓋了十二座宮樓，準備找十二位才貌雙全、出身名門的美女進住，另外還要挑選一千名女子陪襯。欽差大臣已經奉旨前往各地選美，不久就會到浙江了，我聽說已經有一些官員的女兒被迫進宮，您的三個千金都是絕色佳人，要趕快想辦法避免才好。」

　　「唉，真是荒唐，這都是小人掌握政權的緣故。」姜近仁皺著眉頭，想了一下，說：「我的大女兒九華早就訂親，可以早點完婚；二女兒玉華過繼給堂兄，我

無法做主；小女兒德華前些日子許配給外甥文少霞了，可是她年紀還小，少霞也沒有功名，所以還不適合成婚，我看只好把德華藏在家裡了。」

「可是，」杜學裳憂心忡忡的提醒，「我堂兄家的二個女兒，都已經訂了親，卻還是被強行選進宮了。」

「什麼？連訂了親的女子也被選去？這真是太過分了！」姜近仁氣憤的大罵：「法律規定，官員與百姓都不許娶有夫之婦為妻妾，即使是皇帝也應該遵守。」

「唉！皇上恐怕不知情。」杜學裳無奈的說：「您三女兒才貌雙全，鄰里皆知，恐怕也逃不過皇詔，我能力有限，只能提醒您千萬要小心。」

姜近仁點點頭，表示明白。送走杜學裳後的隔天，他立刻開始籌備姜九華的婚事，但是他實在捨不得姜德華出嫁，便將她的婚期一延再延。姜德華得知這件事後，心裡非常不安，她有預感──這就是胡月仙所說的厄運。

果然，姜家辦完姜九華的喜事不久，災難就降臨了，而帶來這個災難的人，正是浙江巡撫柏固修。

柏固修是楚元方的妹夫，為人貪婪狡詐，靠著楚元方的關係才得到浙江巡撫的職位。他上任之後，到處搜刮錢財，多次要姜近仁進獻銀兩，卻總是被拒絕，

因此懷恨在心，想要報復姜近仁，只是沒有機會。

此次聽說欽差大臣要來挑選美女入宮，柏固修馬上想到一個奸計：「嘿嘿，聽說姜近仁的小女兒傾城傾國，還沒出嫁，如果把她選進後宮，皇上一歡喜，我就可以升官，同時還可以氣死姜近仁，挫挫他的威風，真是一舉兩得啊！」想到這裡，他忍不住露出陰險的笑容。等欽差大臣一到浙江，柏固修立刻帶他們前往姜府。

姜近仁看到柏固修和欽差大臣，知道對方存心不良，肯定沒有好事，他沉下臉，問：「我辭官多年，現在只是一個平民，不知道欽差大人與巡撫大人一同前來有什麼事嗎？」

柏固修冷冷一笑，說：「姜大人，你別裝糊塗了。皇上下旨挑選美人，我早就聽說你家三小姐才貌出眾，所以特地來請她入宮，你快請她出來接旨吧！」

「大人可能不知道，我女兒已經有了婚約，女婿目前就住在我家呢。」姜近仁一臉不悅的說。

「哼！你應該知道，不遵從聖旨的人會有什麼下場吧，趕快把你女兒獻出來！」柏固修語帶威脅。

姜近仁不客氣的說：「就算你們有聖旨在手，也要講道理，法律明明白白的規定，官員與百姓禁止迎娶

筆生花

有夫之婦，大人不知道嗎？你根本就是公報私仇……」

不等姜近仁說完，柏固修就打斷了他的話，大喝：「住口！再不把女兒交出來，我就當作你違抗聖旨，死罪一條！」

「放肆！」姜近仁氣急敗壞，連話都說不穩，怒斥：「你……你這個欺君誤國、不顧禮法的傢伙，簡直欺人太甚！」

柏固修氣得拍桌大罵：「你竟敢違抗聖旨，還辱罵朝廷大臣，實在該死！來人啊，把他給我捉起來！」

旁邊的隨從得到命令，衝上前架住姜近仁，姜府僕人想救姜近仁時，柏固修立刻大聲喝斥：「你們這些奴才，誰敢過來？快叫你家小姐出來，我就放了他。」

「不准去叫小姐！」姜近仁怒視著僕人。

僕人們聽到姜近仁的命令，一時之間不知道該怎麼做才好，只好站在原地，動也不動。

柏固修扯住姜近仁的衣領，說：「今天你不把女兒獻出來，我肯定讓你吃不完兜著走。」

欽差大臣也在一旁勸說：「姜大人，你就請女兒出來吧，免得大家傷了和氣。你

女兒才華和相貌都十分出色，入宮後肯定是皇上最寵愛的妃子，到時候你們就有享受不完的榮華富貴了。」

姜近仁咬牙切齒的說：「我女兒已經許了親，絕對不能入宮。」

「你再拒絕，我就讓你一命嗚呼，看你還能不能嘴硬？」

柏固修舉起拳頭，惡狠狠的瞪著姜近仁；姜近仁也不甘示弱，橫眉豎眼的對著柏固修叫罵。

緊張的氣氛越升越高，二人似乎就要打起來了。

第八章 姜德華挺身救父

大廳鬧得沸沸揚揚的消息傳到了內院，姜德華心急如焚，立刻轉身想出去為姜近仁解圍，卻被姜老太太和莫氏攔住：「孩子，躲都來不及了，妳千萬別去啊！」

一群人還在拉拉扯扯，被派去探查消息的婢女匆匆回來報告：「夫人、小姐，那些人捉住老爺，又打又罵，好可怕呀！」

姜德華再也無法忍耐，她推開姜老太太和莫氏的手，毅然決然的說：「爹現在這麼危險，妳們卻不讓我去救他，要是爹出了意外，我還是會跟他們拼命，到時候父女雙亡怎麼辦？不如先讓我出去救爹，皇詔的事日後再說！」她一臉堅毅的走向大廳，眾人攔不住她，只好跟著她出去。

這時，文少霞和謝春溶躲在大廳的屏風後面，想找機會去救姜近仁，沒想到卻看到姜德華等人出現，不禁嚇了一跳。文少霞趕緊上前，低聲問莫氏：「舅

母，妳們怎麼出來了？」

莫氏無奈的說：「德華說要來救老爺。」

文少霞臉色一變，連忙阻止：「這絕對不行！還沒出嫁的女子，怎麼可以隨隨便便見外人，何況表妹這一去，不正是自投羅網嗎？」他兩手一伸，擋在門口，不讓她們繼續向前。

莫氏還來不及開口，姜德華已經氣得漲紅了臉，瞪著文少霞說：「你聽過楊香打虎＊的故事嗎？她為了救父親，空手與老虎搏鬥，考慮過自己的安危嗎？何況今天的災禍是因為我而發生的，我怎麼能夠躲在內院裡袖手旁觀？未婚女子的禮儀雖然重要，但是絕對比不上孝道，請你讓開！」

這幾句話說得文少霞無法反駁，只好讓路。

姜德華一進大廳，便大聲喝斥：「我就是姜德華，你們快把我爹放了！」

看到眼前的女子美得不像凡人，柏固修不禁客氣起來，笑著問：「妳就是姜德華？果然名不虛傳。」他

＊楊香打虎：晉朝楊香十四歲時，跟著父親到田裡工作，忽然竄出一隻老虎咬住楊父，手裡沒有武器的楊香忘記自己安危，衝上前去勒住老虎脖子，不肯放鬆。老虎最後因為無法呼吸，倒在地上，父女才得以脫險。

鬆開捉著<u>姜近仁</u>的手，不懷好意的說：「我奉皇上聖旨，要選些美人進宮，因為妳實在太有名了，所以特地來召妳進宮。沒想到妳父親這麼大膽，竟然想抗旨，還辱罵我……不過既然妳已經出來，我就不和他計較了。」

<u>姜德華</u>的出現讓<u>姜近仁</u>勃然大怒：「<u>德華</u>，妳已經許配給<u>少霞</u>了，怎麼跑出來自投羅網？難道妳貪圖富貴，想要入宮？」

<u>姜德華</u>滿腹委屈，說：「爹，您不要生氣，我從小就受到您的教誨，怎麼會不知道禮教的重要？但是今天的情況這麼危急，我擔心您的安危，才會不顧一切。」說到這裡，她鼻頭一酸，眼眶含淚，繼續說：「爹，禮教雖然重要，但也應該根據情況，適當調整呀。」

「這是什麼話？」<u>姜近仁</u>氣得瞪大眼睛：「什麼適當調整，是拋棄節操而順從權貴嗎？這不是我的為人！就算要違抗聖旨，我也不會讓妳入宮。」

<u>柏固修</u>不等<u>姜德華</u>開口，便急著插嘴：「既然你女兒自願入宮，就輪不到你這個固執的老頭說話，如果再敢抗旨，小心你們全家都沒命。」他立刻下令調派三百名全副武裝的士兵，把<u>姜</u>府團團圍住，不准所有

人進出。

　　恐懼的氣氛籠罩著姜府，大家都怕有個閃失，外頭的士兵就會殺進屋子。姜德華看見這個情形，知道事情已經無法挽回，她神情哀戚的跪下，對姜近仁說：「爹沒有兒子，如果今天為女兒拚掉一命，不但沒辦法保護我，還會讓姜家絕後，那不如獻出女兒，以換取全家平安。等我到了京城，再求皇上開恩，讓我回來。爹，我很了解您的憤怒，但是請您相信，我一定會潔身自愛，絕對不會讓您感到羞愧的。」

　　姜近仁的胸口充滿了傷心與憤怒，卻又無法發洩，他伸出顫抖的手扶起姜德華，哽咽的說：「我真不甘心啊！」

　　柏固修見姜近仁終於妥協，想要馬上送姜德華離開。姜德華對柏固修冷笑一聲，說：「你這個無知的人，一點都不懂得人情事理。」

　　柏固修沉下臉，不悅的說：「妳一個弱小女子，為什麼口出惡言？」

　　「罵了你又怎樣？」姜德華雙眉一挑，不客氣的說：「你今天在這裡作威作福，欺負我家，將來你就等著看我怎麼報復。歷史上有多少傾城傾國的女子被稱為紅顏禍水，我雖然比不上她們的美麗，卻可以效法

她們，在皇上面前哭訴，看你還能囂張多久？」

「這姜德華伶牙俐齒，果然厲害！」柏固修心裡一驚，趕忙陪著笑臉，說：「德華姑娘請息怒，不是我不通情理，而是皇上要求的期限就快到了，真的不能耽擱……不過，要和親人分離總是會捨不得，那我就寬限兩三天，讓你們好好聚一聚吧！」

柏固修達到目的後，一臉得意的領著士兵離開，姜家上下沒有人不難過，姜近仁與莫氏更是忍不住抱頭痛哭，連晚餐也吃不下，直到深夜才回房休息。

姜德華等雙親入睡，連忙請來柳氏和燕氏，說：「二位姨娘，請聽我說句真心話。我既然訂了親，就不會去侍奉皇上，如果皇上願意放我走，那是天大的幸運，但我知道，這種機率很低很低，我已經做好最壞的打算。」

「哎呀！三小姐，妳別這樣說，連螞蟻都懂得珍惜生命，何況是人？老爺和夫人只有妳一個女兒，如果妳死了，他們肯定會痛不欲生，所以妳一定要好好活下去啊！」柳氏急忙勸她打消尋死的念頭。

「柳姨娘說得對，然而爹最重視名譽和節操，我這麼做也是為了讓爹娘留下好名聲。」姜德華無奈的

看著柳氏和燕氏，說：「其實，我最牽掛的是娘，她的心地善良，但個性軟弱，我離開之後，想拜託二位姨娘好好安慰她，別讓她太傷心。家中如果有令她煩惱的事情，也請二位姨娘多多幫忙了。」說著，她雙膝一跪，對著柳氏和燕氏行禮。

柳氏和燕氏慌忙的扶起姜德華：「小姐，妳別這樣，這是我們該做的啊！」

姜德華淚流滿面，不捨的說：「千拜託，萬拜託，請姨娘幫我照顧爹娘，我就算死了，也會感謝妳們的。」

柳氏、燕氏不禁難過的哭了起來。柳氏說：「小姐放心，我們會好好照顧老爺和夫人，但是妳千萬不要想不開啊！」

「是啊！小姐，」燕氏說，「名節雖然重要，但死了之後也只是得到虛幻的美名，還不如好好享受榮華富貴比較實際。」

姜德華沒有回答，只是頻頻流淚，內心的忿恨與悲怨，就像黑夜一樣，漫天蓋地，看不見終點。

第九章　文少霞鄉野再婚

　　悲憤的文少霞回到房裡，滿腔鬱悶無處宣洩。他煩躁的在屋子裡走來走去，口中喃喃抱怨：「昏君啊，昏君！皇上簡直就是個好色之徒……還有那個可惡的柏固修，竟然公報私仇，硬將德華表妹奪走。」

　　想到姜德華，文少霞不禁有些疑慮：「可是表妹怎麼會接受皇上的宣詔，莫非她喜歡榮華富貴，所以想毀棄婚約？」但他轉念又想：「不，她不是那種愛慕虛榮的人，她是為了救父親才會接受宣詔，我怎麼可以把她想得這麼壞？」

　　文少霞拍拍自己的腦袋，搖搖頭，甩去腦中不好的想法，突然一個念頭閃過：「表妹是個謹守禮法的女子，若是她不願意侍奉皇上，恐怕難逃一死……」

　　想到這裡，文少霞心裡有著說不盡的憂慮、不捨及難過，他希望能夠再見到姜德華，問一問她的想法，才能讓他放下這份猜疑不斷、又恨又憐的心情。然而，姜家是個禮教嚴謹的家庭，日常生活中男女界線分明，

尤其是姜德華，更是以嚴格的態度來約束自己，想要見她一面實在很難。

當天夜裡，文少霞難過得睡不著覺，好不容易熬到天亮，他匆匆忙忙寫了一封信，要侍童暗中請婢女轉交給姜德華。姜德華拿到信，臉上不禁泛起紅暈，柳葉般的雙眉微微皺起：「這個表哥怎麼都不遵守規矩，上次他到書房偷窺，現在竟然直接把信傳到我手上，實在太失禮了。」她連信也不拆，就把信送向燭火，任憑文少霞的文字被火苗吞噬。

原本不大的火焰因為有了燃燒的憑藉而熾烈起來，亮晃晃的火光映照出一些字跡，她的心裡湧起一股莫名的悲傷：「不對，是我想錯了，這個時候他還會有什麼壞念頭呢？大概是看到我答應進宮，以為我忘了婚約，所以才會寫信進來。唉，他的行為雖然有些輕率，但是深情令人感動，只是……這段姻緣已經沒有希望，再想也只是增加傷感罷了……」她默默的看著信紙逐漸縮小、變黑，最後化為一堆灰燼，縱然有再多的嘆息，也無可奈何。

文少霞等了許久，沒有得到回信，非常失望，又聽說姜德華把傳信的婢女罵了一頓，更加沮喪：「唉，落花有意，流水無情，只好讓她去吧！」

筆生花

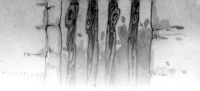

　　幾天之後，姜德華在貼身婢女瓊箋和翠墨的陪伴下離開姜家。姜家上下陷入無盡的哀傷裡，文少霞更是整天失魂落魄，完全提不起勁念書，因此他打算遠離傷心地，前往江西去找父母。但是下一場考試的日期就要到了，文少霞怕在姜近仁的挽留下無法成行，於是在寂靜的深夜裡，帶著二個侍童不告而別。

　　文少霞與侍童趕了一天的路，走到杭州邊境時，天色已暗，還下起傾盆大雨。但放眼望去，四周空曠無人，沒有旅店可以休息，三人只好狼狽的在雨中奔跑，過了一段時間，才在前方的樹叢間看到微弱的燈光。

　　「快，前面有人家，我們去借住一晚。」文少霞催促著侍童。

　　三人穿過樹林，映入眼簾的是一間簡陋的茅草屋。侍童上前敲門，前來開門的是一個面容和善的老婆婆，文少霞立刻上前，有禮的向她說明來意。老婆婆一聽他是文少霞，興高采烈的大嚷：「阿彌陀佛！你就是文公子嗎？我這兒正好有個人是你家的親戚，她一直念著你們呀！想不到你今天竟然出現在這兒，真是老天保佑啊！快進來、快進來。」

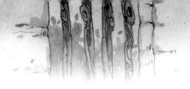

文少霞一頭霧水的走進屋裡，看見一個穿著樸素的中年婦人和一個年輕姑娘。他恭敬的行禮，說：「我是文少霞，打擾了！」

那中年婦女滿臉欣喜的看著文少霞，高聲喊著：「哎呀，文公子被雨淋溼了，婆婆，您能煮個熱茶，挪個房間讓文公子歇息嗎？」

老婆婆答應一聲，便與羞紅著臉的年輕姑娘轉入後方。

中年婦人請文少霞坐下，向他訴說自己的身世與遭遇：「我是你父親的遠房親戚，嫁給這個地方的官員慕容裕，剛剛那個姑娘是我們的女兒慕容純。本來一家三口生活和樂，沒想到我丈夫染上重病，很快就過世了。」

慕容夫人用衣袖擦去眼角的淚，又繼續說：「我丈夫為人清廉，家中沒有什麼錢，我和女兒也沒有其他親人，無法幫丈夫辦喪事。幸虧老婆婆願意收留，我們才不至於無家可歸。本來想要寫信請求你父親幫忙，但又顧慮到我們關係疏遠，所以一直不敢動筆。」她想起無法入土為安的丈夫，忍不住又掩面啜泣。

慕容夫人的悽慘遭遇觸動了文少霞的慈悲心腸，他對慕容夫人說：「夫人，您別擔心，等我到了江西，

立刻向父母說明您的情況，他們一定會提供資助，您和慕容姑娘也可以重新開始過生活。」慕容夫人聽了文少霞的話，感激得說不出話來，只能向他不停道謝。

文少霞和侍童喝了熱茶、吃過晚飯後，與慕容夫人聊起文家的近況，也把他和姜德華訂親、柏固修使壞，以及他自己偷偷離開姜府的原因全說了。他們一直談到深夜，才回房休息。

當天夜裡，慕容夫人翻來覆去，激動得睡不著覺，她雙手合十，在心裡默念：「感謝上天，讓我在窮途末路的時候遇到文公子。如果能夠得到文家的幫助，不僅相公可以入土為安，我和純兒也不必留在這裡麻煩老婆婆了。」

她看著身旁熟睡的慕容純，眼神充滿慈愛：「等到一切安排好了，再幫純兒找個好對象，讓她下半輩子不用煩惱……不知道哪家的公子可以讓她依靠終身？」

慕容夫人眼前突然浮現文少霞的身影，她想：「文公子家世好、人品優，真是最好的人選。可是……我們家這麼貧窮，怎麼配得上他呢？」慕容夫人神情落寞的搖搖頭，嘆了一口氣，但轉念又想：「文公子是因為姜姑娘被選入後宮，才會離開姜府來到這裡與我們相遇，這種巧合不就是老天爺特地安排的嗎？可見他

和純兒有緣！如果純兒可以嫁給他該有多好？我的身體越來越差，如果哪天我不在人世，純兒一個人要怎麼辦？」想到這裡，慕容夫人不再考慮兩家的地位差異，她決定找機會向文少霞提親，為慕容純的未來一試。

隔天，滂沱大雨沒有停止的跡象，文少霞只好繼續借住，他拿了一些錢給慕容夫人和老婆婆，表達自己的謝意，老婆婆用這些錢買了許多食材和美酒，燒出一桌豐盛的晚餐。輕鬆愉快的氣氛讓文少霞多喝了幾杯，加上慕容夫人頻頻勸酒，他不知不覺的就醉了。

慕容夫人看到時機成熟，鼓起勇氣對文少霞說：「我的身體不好，恐怕活不了多久了，我只擔心沒有人照顧純兒。今天你來到這麼偏僻的地方，可見你和純兒是有緣分的，純兒比你小一歲，雖然才貌普通，但是性情溫婉，如果你不嫌棄的話，我想把她嫁給你。」

文少霞被酒氣醺醉，也沒細想，揮揮手就說：「這是什麼話，您太見外了，純兒姑娘嫻雅端莊，我怎麼會嫌棄她呢？」

兩個侍童大吃一驚，但是見到文少霞紅著一張臉，

興致高昂，又不便當場阻止，只好眼睜睜的看著雙方交換信物。

回房後，一個侍童不禁埋怨文少霞：「公子，我們與慕容太太之前沒有來往，也不確定她說的是不是真的，您怎麼這麼輕率的答應婚事？」

另一個侍童也有意見：「是啊，您的眼光一向很高，但是慕容姑娘長相平凡，比起姜小姐來真是天壤之別，難不成是姜小姐入宮的事對您打擊太大，所以您的腦筋糊塗了？還有，如果老爺和夫人不肯接納慕容姑娘要怎麼辦？」

聽到侍童們這麼一說，文少霞才想到雙親對婚事的嚴謹態度，猛然清醒：「哎呀，你們剛剛怎麼不提醒我？」

「你們談得那麼融洽，我們怎麼敢說？怕被您罵呢！」一個侍童反駁。

文少霞急得直踩腳，懊悔的說：「這下怎麼辦？我娘最嚴格了，如果知道我私自訂下婚約，肯定會大發雷霆，到時候恐怕我連家都回不去。唉，這都怪我自己魯莽，一衝動就隨便做了決定。但……我現在也不能毀約，壞了慕容姑娘的名聲啊！」他左思右想，實在想不出解決的方法，乾脆往床上一倒：「算了，婚約

都訂了，管她是絕世美人或是平凡女子，我就娶她吧！」

文少霞在懊惱之中逐漸睡去，突然聽到有人拍門大喊：「慕容大嬸，快開門呀！」急切的聲音驚醒了茅草屋裡的人。

慕容夫人開了門，看到鄰居阿旺滿臉驚慌的站在門外對她說：「慕容大嬸，朝廷派欽差大臣到各地挑選美女，明天一早就到我們村子裡了，你趕快把純兒姐姐藏起來吧。」

此時，房裡的人都走出來一探究竟，慕容夫人趕快把文少霞拉到門口，對阿旺說：「你別擔心，純兒已經許配給這位文公子了。」

「哦，真的嗎？」阿旺一臉驚訝的問，又馬上搖搖頭說：「訂親也沒用！我聽說那些官員蠻橫又不講理，只要被他們挑上，就算是訂親的也逃不過⋯⋯不如趕快完婚吧！」

慕容夫人不禁慌了起來，說：「是啊，我怎麼忘了，那位與文公子訂親的姜小姐也是這麼被逼入宮的。現在該怎麼辦呢？」她乞求的眼神望向文少霞，擔心的問：「還是現在就完婚吧？」

文少霞心裡一驚，暗想：「老天爺在跟我開玩笑

嗎？德華表妹才入宮，純兒姑娘也要步上她的後塵嗎？」他看著慕容夫人慌亂的模樣，耳邊又是阿旺的催促，一時之間沒有更好的方法，也就點頭答應了。

眾人回到屋裡，翻箱倒櫃的找出紅燭和鴛鴦被，草草完成文少霞與慕容純的終身大事。

慕容純的個性溫和，對文少霞百依百順，新婚後兩人相處融洽，生活甜蜜。文少霞對姜德華的愛戀與憤慨漸漸轉淡，但他擔心父母得知這門親事後的反應，因此不敢帶慕容純前往江西，只好先寫一封信，要侍童回去稟告文上林夫婦，希望得到他們的諒解。

文少霞盼望了好多天，終於等到侍童返回，急忙開口詢問。一個侍童怯怯的回答：「老爺說他沒有印象有慕容夫人這個親戚，夫人則是非常生氣，她說：『你們回去告訴公子，他先是不尊重外婆跟舅舅，沒有說一聲就離開，現在又擅自成婚，心裡還有父母嗎？既然他自己可以決定所有的事情，他也不需要回來了！』」

另外一個侍童見文少霞嚇得目瞪口呆，忍不住安

慰他：「少爺，雖然夫人很生氣，但是她其實是刀子口豆腐心。我們要走時，夫人又說，要您考中功名才能回去見她，其實她還是很疼愛您的。」

　　文少霞聽完侍童的話，重重的嘆了一口氣，雖然沮喪卻也無可奈何，只好加倍用功，準備即將到來的考試。

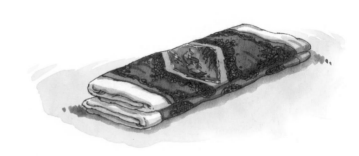

第十章　移花接木女變男

　　當文少霞與慕容純成親時，姜德華和瓊箋、翠墨二位婢女搭著官船到了江蘇，與其他被選入宮的女子會合。

　　瓊箋和翠墨是自願陪同入宮的，在她們的陪伴下，姜德華多少有些依靠。然而，姜德華為了保全貞節，早就打定主意要在路上自我了斷，但她一死，二位婢女該怎麼辦？她不忍心婢女陪她一起喪命，也不放心婢女進入深不可測的後宮，唯一的辦法，就是把她們送回家。

　　姜德華請求欽差大臣，說：「大人，我這次入宮是身不由己的，但是我不想耽誤我的兩名婢女，讓她們在宮裡浪費青春，所以懇請大人安排小船送她們回杭州。」

　　欽差大臣見姜德華姿色出眾，猜想她將來必定可以獲得皇帝的寵愛，為了自己的前途，不僅答應她的要求，還另外找了二個女子來服侍她。

瓊箋、翠墨說不過姜德華，只好含淚離去。姜德華看著小船遠離視線，累積許久的情緒瞬間崩潰，忍不住趴在窗邊痛哭。新來的婢女勸了好一會兒，姜德華才漸漸停止哭泣，她神情哀戚，輕輕抹去淚水，稍稍整理散落的髮絲，然後吩咐婢女幫她梳妝。

　　沒想到，當二位婢女轉身去拿梳妝盒的剎那，姜德華忽然縱身跳出窗外，落入河裡。

　　「快來人啊！姜小姐跳水了！」婢女嚇得高聲尖叫，欽差大臣趕緊命人把姜德華救上船，強行灌入一碗薑湯後，她才漸漸醒了過來。

　　欽差大臣發現姜德華一心求死，不敢大意，命令二位婢女嚴加看守，並在渡過黃河後，改搭馬車，由陸路前進。

　　姜德華求死不成，心中的悲憤無法用言語形容，幾天後車隊到了山東，她不禁開始著急，暗想：「過了山東以後，京城就不遠了，我必須想個辦法才行……」

　　當晚，欽差大

筆生花

臣下令在旅店住宿一晚，隔天一早再出發。連著趕了多天的路，眾人都累得早早歇息。姜德華等婢女熟睡之後，悄悄起身，解下腰帶，拋上梁木後打個結，成了一個狠奪性命的布圈。

「爹、娘，請原諒女兒不孝！您們的養育之恩，我只能下輩子再報答了。」姜德華在心中向父母道別，便將頸子套入布圈自盡。她感到胸口沉悶，疼痛得喘不過氣，眼前的景物開始模糊……

突然一陣狂風吹來，她覺得自己的身子輕飄飄的飛了起來，不久落在柔軟的床被上。她睜開眼，醒了過來，意識也逐漸恢復。

「咦？這兒不是旅店，難道我到了陰曹地府嗎？」正當姜德華猜疑著自己究竟在什麼地方時，眼前出現一位似曾相識的女子，她好奇的問：「妳是誰？這是哪裡？我怎麼會在這兒？」

女子呵呵一笑，說：「姜小姐，妳怎麼這麼快就不認得我了？我是胡月仙，這幾天暗中跟著妳，看到妳要自盡，才施法救妳出來，這裡還是山東呢！」

「啊，原來是月仙姐姐，難怪這麼面熟。」姜德華笑了一下，隨後又委屈的說：「妳為什麼要救我呢？我只想求死，以守護貞節啊！」

「妳的人生路還長，別急著求死，我有一個好方法，肯定使妳破涕為笑。」胡月仙從懷裡取出一套男裝，遞給姜德華，說：「從今以後，妳改扮成男子，前去投靠山東巡撫謝秋山。他是妳的姨父，一定會照顧妳的。」

姜德華又驚又喜，立刻順著胡月仙的意思換裝，但是她的小腳無法套住男子的鞋襪，胡月仙便把她換下來的女裝撕成布條，讓她層層裹住小腳，大小才剛好適合。

姜德華看著自己的裝扮，十分驚奇，她試著走了幾步，姿態非常文雅。胡月仙忍不住拍手笑說：「妳看起來英俊瀟灑，根本就是個美少年啊！」

「月仙姐姐，我這樣真的可以瞞住人嗎？」姜德華還是有些擔心。

「妳放心，」胡月仙俏皮的一拜，說：「姜公子！請妳忘了過去的姜德華，勇往直前。至於入宮的事嘛……就讓我代替妳，去好好捉弄捉弄那個自以為風流的皇帝吧。」

姜德華萬分驚喜，連忙跪下，感謝胡月仙的相助。

胡月仙笑著說：「妳不必多禮，別忘了，我就是妳，妳就是我，而且將來我們還會再見呢！」她從袖

口掏出一粒藥丸，說：「這是『益智丸』，可以強身健體、增加智慧，妳快吃下去吧！」

　　姜德華毫不遲疑的吞下丹藥，忽然一陣輕風拂過，已經沒有胡月仙的身影，環顧四周，腳下站的也不是她剛才換裝的房間，而是一條通往城裡的小路。

　　「哎呀！看樣子我沒有退路，只能往前走了。」姜德華深吸一口氣，邁開步伐，朝城裡前進。

　　她到了謝秋山的府邸，自稱是姜近仁的兒子姜小峰，拜見謝秋山和謝夫人。

　　「姐夫什麼時候有兒子？我怎麼從來都沒聽說？」謝秋山夫婦聽到有個姜小峰前來拜訪，非常疑惑，看到姜小峰的容貌秀麗、氣質清新，甚至比女子還優雅時，更是驚訝，便仔細的問起他的家世背景。

　　「我的母親出身低下，是爹外面的小妾，因為怕花姨娘嫉妒，一直沒有住進姜府，所以也沒有人知道。」姜小峰說得臉不紅氣不喘，好像真有那麼一回事。

　　「哦，原來是這樣。那你為什麼一個人來呢？」謝秋山又問。

筆生花

姜小峰雙手一拜，回答：「我從小發憤苦讀，本來要參加鄉裡的初試，但是怕身世暴露，反而惹來麻煩，當我打算放棄時，爹要我來山東請您幫忙。不幸路上遇到搶匪，行李都被搶走，連爹的書信也丟了，所以只能厚著臉皮來。希望姨父、姨母看在爹的面子上，讓我在這裡專心讀書，接受兩位的教誨。但是我必須等考中功名之後，才能公開身世，這一點還請姨父、姨母見諒。」

　　謝秋山夫婦雖然半信半疑，但問到姜家的情況時，姜小峰都能從容回答，言語表情還不時流露出關懷，於是他們決定先相信姜小峰，叫人整理了一間幽靜的房間讓姜小峰居住。

　　日後，謝秋山隨意考問，想測試姜小峰的才學，姜小峰都能應對如流、言之有物，令他十分讚賞。而姜小峰在讀書的空檔，也會陪謝夫人談心聊天，很得謝夫人的歡心。因此每次謝秋山夫婦談起姜小峰，臉上總是堆滿笑容。

　　一天，謝夫人對謝秋山說：「相公，小峰那麼傑出，姐夫卻因為他是外面小妾所生的孩子，就不敢認他，這是不是太古板了？」

　　「是有一點。」謝秋山也有同感。「不過，清官難

斷家務事，我們也不方便說什麼啊。倒是小峰這個孩子真的很優秀，學問深厚、議論精闢，實在是聰穎過人，非常難得！」

「是啊！姐夫有這樣的兒子，應該感到驕傲和欣慰。不過，我聽小峰說，德華被逼迫進宮，姐姐一定很傷心，恐怕每天都以淚洗面……」謝夫人想到姜德華的遭遇，不免也擔心起女兒謝雪仙的未來，「相公，我們是不是該給雪仙找個好人家？免得我整天提心吊膽，不知道什麼時候她會被皇上選進宮。」

謝秋山點點頭表示同意，笑著問：「妳說得對，不知道妳心中有人選嗎？」

「嗯……你看小峰怎麼樣？」謝夫人回答：「雖然他的出身低微，可是才智卓越，為人也非常謙和，將來肯定能夠飛黃騰達。所以我想把雪仙嫁給他，你說好不好？」

「哈哈！夫人的想法與我一樣，只是沒有他的父母出面做主，恐怕會被別人說閒話；但是，如果要派人到杭州，路程遙遠，來回不知道要花多少天，只怕親事還沒說成，雪仙就被選進宮了……」謝秋山沉思了一會兒，又說：「為了避免夜長夢多，我想，明日就請人向小峰說媒，先訂下親事。以我們家的條件，他

應該不會拒絕才對。」

　　儘管<u>謝秋山</u>信心滿滿，但是<u>姜小峰</u>一聽到這樁親事，卻嚇得不敢答應，以出身低下、沒有功名、沒有稟告父母等種種理由推辭。

　　<u>謝</u>夫人聽到<u>姜小峰</u>回絕婚事，很不高興，親自去找<u>姜小峰</u>，說：「你才到此地不久，我們就向你提親，的確有些冒昧，但是因為有<u>德華</u>的前車之鑑，我們不得不這麼失禮，請你原諒。」

　　接著，她話鋒一轉，說：「你爹把你送來這兒，想必是對我們十分信任，因此這門婚事，他應該不會拒絕。更何況我家與你家都是有名望的家族，<u>雪仙</u>從小就勤讀詩文，知書達禮，雖然不是傾城傾國，也算得上麗質天生，想娶她的人並不少。但是我們最欣賞你的才學，看你一人在外，才會想要讓你迎娶<u>雪仙</u>，彼此有個照顧。沒想到被你立刻回絕，讓我們很不好意思。或許……你是想和更有權勢的大官結親，才會找理由推託吧？」

　　<u>謝</u>夫人酸中帶刺的話，把<u>姜小峰</u>給難倒了。她暗自考慮：「我是女子，怎麼能夠娶表姐呢？但是姨母把話講得這麼明白，如果我再拒絕，恐怕會讓她誤會，惹她生氣，這樣我也不能繼續留在這裡了……看樣子，

我只好先答應親事，走一步算一步吧。」

　　姜小峰決定後，便堆起笑臉，向謝夫人說：「姨母說得如此誠懇，小峰再拒絕就是不識抬舉了。感謝姨父、姨母願意將女兒嫁給我，一切就請二位做主，挑個好日子完婚。」

第十一章 天外飛來的兒子

姜小峰與謝雪仙成親時，心裡有些忐忑不安。沒想到謝雪仙是個異於常人的女子，與女扮男裝的姜小峰正是天作之合。

原來，謝雪仙從小就有超脫塵世的志向，想要修道成仙，但是她不敢向父母表明心意，只能無奈的遵從父母命令與姜小峰成親。而姜小峰因為有許多苦衷，不能告訴謝雪仙自己的真實身分，便以種種理由避免與謝雪仙同房。兩人的顧慮相同，於是分居後院的東房與西房，過著有名無實的夫妻生活。

謝秋山夫婦不知道兩人分居，見謝雪仙和姜小峰相處融洽，還以為得到一個乘龍快婿，很高興的幫姜小峰取得應考資格，好參加山東的考試。

姜小峰果然不負眾望，得到第一名，同時杭州也傳來好消息：文少霞奪冠，謝春溶排名第五。

「太好了，兒子和女婿年紀輕輕，就有這麼好的成績，將來一定大有可為。」謝秋山笑得合不攏嘴，

並對姜小峰說：「小峰，我要寫信到杭州，謝謝你父親對春溶的照顧，另外也要春溶回來山東，準備北京的考試。而你也該寫封信稟告父母這些日子發生的事，你考了第一，又娶了雪仙，雙喜臨門，他們一定非常高興。」

「小峰遵命。」姜小峰心想，是該向父母暗示「姜小峰」就是「姜德華」的時候了，因此欣然答應寫信的事。

隔天一早，謝秋山立刻派遣僕人帶著二封信前往杭州。

由於姜小峰報名考試時，必須詳細填上自己的資料，包括她的籍貫、祖父和父親的名字與官職，以及自己的婚姻狀況等等，所以當山東考試一放榜，就有人向姜家報喜了。當時，姜家所有人都認為是有人弄錯，並沒有放在心上。直到謝府僕人送來謝秋山和姜小峰的書信，才開始覺得有些奇怪。

「近仁，這是怎麼回事？」姜老太太問：「你既然有個兒子，為什麼要瞞著大家？怎麼不把他接回來呢？」

「娘，我沒有瞞您，我真的沒有兒子啊！」姜近

仁搖搖頭否認。

「可是相公，這也太巧了。」莫氏面帶疑惑，問：「放榜的時候，你說是弄錯人；現在，你兒子寫信來了，信中語氣誠懇真摯，不像是假冒的啊！」

「這……我怎麼知道？」姜近仁很不高興的說：「不能因為我求子心切，就隨便塞個兒子給我吧？真是荒唐！」

莫氏沉思了一會兒，又說：「相公，天底下沒有亂認爹娘的事，如果你有個兒子能繼承家業是好事，何必怕別人閒話而否認呢？你再想想看，以前是不是與誰有過一段情？」

「怎麼連妳也糊塗了？」姜近仁看著莫氏認真的樣子，不禁又好氣又好笑的說：「我的為人妳還不清楚嗎？我喜歡吟詩作樂、貪杯好酒，可是並不好色，會納三名妾也是為了傳宗接代，怎麼可能四處拈花惹草？這件事情十分古怪，大家千萬不要輕易相信啊！」

晚上，姜近仁在房裡重新閱讀姜小峰的信，反覆思索，怎麼也想不明白到底是怎麼回事。突然他看出一些端倪，連忙大喊：「夫人，妳快過來看看，這很像德華

的筆跡，而且信末署名的『小峰』二字，在燈火下，居然隱隱顯現出『德華』二字，真是奇怪呀！」

莫氏仔細一看，也萬分驚訝：「是啊，這真像德華的字。相公，你猜得出信裡面的祕密嗎？」

「我猜不到，德華已經進了宮，怎麼可能變成男子去考試？」姜近仁不解的說著：「可是這字跡又這麼相似……唉，真是令人疑惑……」

「這樣吧，相公，你寫個信回覆他，請他考完北京的考試之後一定要回來杭州，到時候就真相大白了。」莫氏提議。

「嗯，妳說得有道理。我這就寫信，明天請春溶帶回山東去。」

隔天，謝春溶向姜近仁與莫氏等人道別，啟程返家。

新春初五，適逢姜老太太的生日，姜近仁特地為她辦一場新春慶生宴，希望藉這場宴會沖淡籠罩姜家已久的悲傷氣氛。

宴會當天，姜府內外喜氣洋洋，賀年與祝壽的客人絡繹不絕。姜近仁穿梭在筵席間，盡情的與親友喝酒聊天，不久之後，他滿臉通紅，有了幾分醉意。

正當眾人歡飲暢談時，守門的僕人卻突然稟報：「浙江巡撫柏固修來賀年。」席間熱絡的氣氛瞬間凝結，姜近仁滿腔憤恨，把手一揮，生氣的說：「這種人我不見，你隨便編個理由趕他回去！」

　　沒想到姜近仁才剛下令，僕人還沒轉身，柏固修已經大搖大擺的走進來，臉上還堆滿諂媚的笑，說：「姜大人，今天是令堂的壽宴，為什麼你看起來不開心啊？」

　　「哼，我們這裡太過簡陋，容不下您這位大官，這場壽宴只招待親友，您請回吧！」姜近仁將臉別開，口氣很差。

　　柏固修聽出姜近仁話中帶刺，心裡雖然不悅，但是他又怕姜德華如果得到皇帝寵愛後會挾怨報復，為了自己的安危與前程，他今天才會特地前來姜府，想和姜近仁重建情誼。他忍住脾氣，維持笑容說：「我特地來祝壽賀年，姜大人何必生氣呢？難道還為了你女兒的事耿耿於懷嗎？請你見諒，我當初也是奉旨行事，況且她若是真的能夠飛上枝頭當鳳凰，那你往後的榮華富貴就不用愁了，呵呵呵。」

　　姜近仁一聽這話，怒火中燒，指著柏固修大罵：

「你強行帶走我的女兒，現在又到這裡耍嘴皮子，真是可惡透頂！我告訴你，我絕對不靠女兒來獲取榮華富貴！哪像你的大舅子楚元方，靠女兒誘惑皇上，才能當上侯爺；你更糟糕，要不是靠楚元方，你哪能當上巡撫，欺負地方百姓？」

　　柏固修變了臉色，大聲怒喝：「你這頑固的老傢伙，我好意來賀壽，卻被你胡亂大罵。我這個官位是皇上指派的，哪是靠別人的庇蔭？照你這麼說，我能當上巡撫，是皇上識人不明囉？你這樣批評皇上、藐視朝廷，就是不忠，我甚至懷疑你想造反……哎呀，這可不得了！明天我就稟奏皇上，真不知道會判你什麼罪呢？」

　　「可惡，你這個奸人，不要胡說八道。」姜近仁嚷了起來：「我又不是小孩子，還怕你恐嚇嗎？你要上奏隨便你，真是真、假是假，誰忠誰奸，相信皇上心裡有數，絕對不會讓你為所欲為！你這欺君誤國的奸臣，真是朝廷禍害！」

　　姜近仁乘著酒意，罵得十分痛快，在場賓客見情況快要失控，有的拉著姜近仁低聲相勸，有的擁著柏固修好言安撫，但是柏固修早就氣得七竅生煙，揮開眾人，大喊：「來人啊，把這個毀謗朝廷、目中無人的

傢伙捉起來。」

　　柏固修的侍從一擁而上，把姜近仁五花大綁的押到大牢去了。隔天，柏固修寫了一份奏摺，上呈正德皇帝，誣告姜近仁有反叛的意圖，並派人押著姜近仁前往京城。另一方面，他又寫了一封密函給楚元方，請楚元方暗中處決姜近仁，絕對不能讓他有申冤的機會。

　　一場變調的新春壽宴，讓姜家雪上加霜，姜家女眷個個急得一籌莫展。柳氏突然想起人在山東的姜小峰，趕緊提醒心慌意亂的莫氏：「夫人，姜小峰既然自稱是老爺兒子，肯定不會袖手旁觀，您趕快通知他這件事，請他想辦法把老爺救出來。」

　　莫氏聽到柳氏的提醒，就像溺水的人抓到浮木一般，將所有的希望都寄託給姜小峰，急忙寫了求救信，派人快馬加鞭的送往山東。

第十二章　姜小峰高中榜首

　　遠在山東的謝家還不知道降臨姜家的災難，仍舊沉浸在姜小峰、謝春溶雙雙上榜的喜悅中。在謝秋山夫婦的期盼下，謝春溶終於從杭州回來了。

　　謝春溶見到姜小峰，不禁嚇了一跳，心想：「這個妹婿長得太好看了，不過怎麼好像在哪兒見過，非常面熟……」他突然靈光一閃，「啊，是德華表妹！他長得很像德華表妹，難怪我覺得這麼面熟。看來他果然是姨父的親生兒子。」

　　「爹、娘，小峰果然是姜家血脈，他簡直跟德華表妹一模一樣！」謝春溶笑著說。

　　謝夫人聽謝春溶這麼說，心中對姜小峰再也沒有懷疑，便說：「一定是怕花氏嫉妒，所以姐夫才不敢承認。」接著她笑著鼓勵姜小峰：「小峰，你一定要爭氣，考個好成績，就能認祖歸宗了。」

　　「我會的！」姜小峰臉上恭敬，心中卻是鬆了一口氣，「看來他們相信我真的是爹的兒子了。」

謝夫人滿意的點點頭，叮嚀謝春溶：「春溶，小峰博覽群書，學問很好，以後你就和他一起用功，兩人也可以互相激勵、切磋。」

「是的，娘。」謝春溶拱手答應。從此以後，謝春溶便常邀姜小峰到書房研讀詩書，奇怪的是姜小峰總是有各種理由拒絕，讓謝春溶不禁有些不悅。

一日，他又去找姜小峰，遠遠便聽見下棋落子聲。他心中一喜，走入後院，果然見到姜小峰與謝雪仙正專注的下棋。然而，他一開口邀姜小峰到書房讀書，姜小峰竟然想也不想，馬上推說身體不舒服，改天再向他討教。

「咦，怎麼會這樣？」謝春溶疑惑的想：「明明看到他們有說有笑的在下棋，現在卻又說他不舒服？哼，我看一定是剛結婚，捨不得離開妻子吧。」他微微一笑：「別人是舊友新知滿天下，性格和專業個個不同，可是我的『新知』與『舊友』卻是一個模樣，真是奇怪。」

「哥，說話別拐彎抹角，你說的是誰啊？」謝雪仙彎起嘴角，好奇的問。

「『新知』是小峰，他的長相與『舊友』德華表妹相似，但是行事風格卻又像另外一位『舊友』文少

筆生花

霞。」

　　謝春溶似笑非笑的看看姜小峰，見他不說話，又繼續說：「文少霞是姨父的外甥，和我相處得非常融洽，他與德華表妹訂了親，說起來是小峰的姐夫。可是因為德華表妹入宮，他難過得不告而別，卻在杭州邊境的小村裡邂逅一個女子，並且立刻和她成親。我在試場遇見他，約他回姜家好好聚一聚，他卻說什麼家裡還有事，匆匆的趕回去了。你們說說，這放不下新婚妻子的模樣，不是和小峰一樣嗎？」姜小峰的行為令他忍不住聯想到文少霞，出口的話便不免有些挖苦。

　　姜小峰對謝春溶的話不以為意，反倒是文少霞成婚的事，讓她感觸良多，心想：「原來少霞表哥那麼快就娶妻了……他一定以為我會不顧節操，去服侍皇上吧？唉，真是個薄情的男子，虧我還為了這個婚約多次尋死……算了，既然他已經再娶，我也不必顧念婚約了！從今以後，世上只有姜小峰，沒有姜德華。我要好好用功，求取功名，奉養父母，彌補他們沒有兒子的遺憾。」

謝春溶看姜小峰若有所思，忍不住笑了起來：「常說我妹妹性格古怪，世間少有，想不到你也是這樣，你們真是絕配。這樣吧，既然你不願意捨下妻子和我一起讀書，我也不勉強，告辭了！」

謝春溶離開後院時，忽然有個僕人迎面跑來，氣喘吁吁的直說：「少爺，我總算找到您了！有個文少霞公子來訪，老爺在找您，您快過去大廳吧，我還得去請姑爺呢。」

「說曹操、曹操就到，我剛剛才提到他，沒想到人就來了！」謝春溶開心的邁開大步，一進大廳就見到文少霞正在與謝秋山談話。

「爹！」謝春溶先向謝秋山行禮，接著轉向文少霞，興奮的問：「少霞，好久不見，最近還好嗎？怎麼不先通知一聲？」

「京城的考試日期快到了，所以我想邀你一同前往應試。反正順路，若是你已經出發，那也沒關係，所以才沒先通知，真是抱歉！」

「沒關係，」謝秋山和藹一笑，「這幾天春溶與我的女婿小峰也正好在整理行李，文公子不如留下來住個幾天，三人一起出發，彼此也可以互相照顧。」他

立即吩咐僕人收拾一間房間讓文少霞居住。

　　文少霞再三鞠躬向謝秋山道謝，謝秋山擺擺手，要文少霞把謝府當成自己家，不用拘束後便先行離開。

　　「都是自己人，別客氣了。」謝春溶拍拍文少霞的肩膀，一臉捉弄他的表情，說：「話說我的妹婿還是你的表弟呢！」見到文少霞疑惑的表情，他便把姜小峰的身世和來歷說了一遍。

　　「怎麼可能？我沒聽說舅舅有兒子呀！」文少霞頻頻搖頭，不肯相信。

　　「我沒騙你，待會兒你看到他的時候，千萬不要太吃驚，因為他跟德華表妹就像一個模子印出來的，哈哈哈！」謝春溶不禁大笑。

　　姜小峰聽到訪客是文少霞，嚇了一跳，然而她也知道，二人終究要見面，自己無法迴避一輩子。幸好

筆生花

她吃了胡月仙給的益智丸後，膽量和力氣都增加不少，雖然臉龐依舊秀麗，卻已經沒有女子的嬌羞之態，再加上她決定終生男裝，在篤定的心情之下，態度也顯得從容磊落，和一般男子沒有不同。她略略整理裝扮，便昂首闊步的走向大廳。

文少霞本來以為謝春溶只是說笑，但是當他看清姜小峰的長相，真的嚇得愣住了：「春溶說得沒錯，他果然長得很像德華表妹，可是天底下哪有這麼相像的姐弟呢？」他又驚又疑，複雜的情緒不斷翻攪，埋藏在心底的相思又被重新勾起。

三人正在寒暄，一封杭州來的緊急信件讓姜小峰慌了手腳。

「什麼？我爹被捉起來了？」焦慮不安的姜小峰擔心姜近仁的安危，隔天立刻與文少霞、謝春溶趕往京城。他們先到謝家祖先所蓋的謝氏會館放好行李，姜小峰便馬上趕去監牢打探姜近仁的消息。

「獄卒大哥，我是杭州姜近仁的兒子，拜託大哥幫幫忙，讓我進去探望父親。」

「不行！」守門的獄卒狠狠的拒絕：「姜近仁犯的是叛逆重罪，楚侯爺下令要嚴密看守，不准任何訪客，除非……有孔方兄＊幫忙的話，或許我可以通融一

下。」

　　姜小峰心裡連呼不妙：「看樣子柏固修已經和楚元方串通好了，這麼一來，爹的冤情根本無法稟告皇上，這件案子完全掌握在楚元方手裡……」雖然她還沒想到解決方法，但因為掛念姜近仁，急忙拿出銀子，遞給獄卒。

　　獄卒貪婪而滿意的笑著，指著牢獄深處：「那裡就是了！」

　　姜小峰順著陰冷溼暗的走道前進，漫天撲來的黑暗及寒意，讓她不禁全身顫抖，想到姜近仁竟然被關在這種地方，她心裡更加著急，腳步也漸漸加快。走道盡頭的牢房裡，姜近仁雙手上枷、雙腳上鎖，頸部以下鎖著一條長鍊，他的背部彎曲，面黃肌瘦，一雙眼睛失去了光彩，顯得十分憔悴。

　　姜小峰心如刀割，跪倒在姜近仁面前：「爹，您受苦了！不孝孩兒來了。」

　　在幽靜的牢房中忽然聽見聲音，姜近仁嚇了一跳，等到看清眼前的人影，更是嚇得目瞪口呆──這不是他最疼愛的女兒嗎？但是她怎麼會在這裡呢？

＊孔方兄：古代錢幣中央有一個方形的孔，因此被戲稱為孔方或孔方兄。

姜近仁以為自己思女心切而產生幻聽、幻覺，不可置信的揉揉雙眼，再仔細一看，果真是活生生的<u>姜德華</u>。他十分驚疑的問：

「孩子，妳從宮裡出來了？可是怎麼會穿男裝呢？」

姜小峰搖搖頭，暗示<u>姜近仁</u>不要再問，然後從懷裡拿出一張紙，紙上清楚交代他假扮<u>姜小峰</u>的前因後果。<u>姜近仁</u>這才恍然大悟，又驚又喜，立刻配合的說：「原來是<u>小峰</u>！我真是老眼昏花，怎麼把兒子看成女兒呢！」

為免留下證據，引來不必要的麻煩，<u>姜小峰</u>把紙嚼碎後吞了下去，才低聲說：「請爹放心，我一定想辦法救您出去。」

「唉，罷了，事情沒有那麼簡單。<u>柏固修</u>與<u>楚元方</u>狼狽為奸，存心想陷害我，我已經不抱任何希望了。」

父女二人久別重逢，又是嘆息、又是流淚，說了

筆生花

好久，直到獄卒不停催促，姜小峰才不捨的離開。

回到謝氏會館的姜小峰苦思解救姜近仁的方法：「當今朝廷由楚元方一人掌握大權，即使上書朝廷，也會被楚元方攔截，無法讓皇上知道，更別奢望有哪位清廉公正的人可以幫忙申冤。」她左思右想，忽然心生一計：「有了！楚元方野心勃勃的想奪取皇位，一定需要很多人才。我可以利用這個機會接近他，用利益交換的方法換取爹的自由。不過……我必須在北京的考試中脫穎而出，才能得到他的重視。」

想好解救姜近仁的方法後，姜小峰情緒逐漸穩定，每天專心念書；應試時也特別謹慎，反覆思考後才下筆，期待能高中榜首。

等待放榜的日子特別難熬，姜小峰白天去牢裡探望父親，夜裡回到謝氏會館卻總是心神不寧，無法入睡。放榜前的深夜，她躺在床上，睡意矇矓，突然看到一枝絢爛的彩筆在庭院裡飛舞，光芒四射。

「這麼美麗的彩筆，一定不是人間的物品！」姜小峰忍不住連連讚嘆。那枝彩筆緩緩飛近，繞著她旋轉，最後落在她的額頭，輕輕一點——姜小峰驚醒過來，才發現原來是一場夢。

她想起自己出生之前，莫氏也曾經夢到仙子送筆，

與她的夢境互相呼應，心裡不禁歡喜：「這是個好預兆，明天一定可以得到第一。」這時她緊繃的心情才慢慢放鬆，沉沉的進入夢鄉。

果然，隔日就傳來姜小峰勇奪榜首，文少霞第二，謝春溶第三的好消息。「這是成功的第一步！」姜小峰興奮得全身顫抖，腦中浮現的全是姜近仁喜悅的表情。

姜小峰知道，與父親一起回家的日子近了。

第十三章　楚元方施恩救人

放榜隔天，姜小峰立刻前去拜見楚元方。

楚府屋宇軒昂，氣概不凡，大廳內金碧輝煌，絢爛奪目，比起皇宮可說是有過之而無不及。楚元方正坐大廳中央，眾多僕人和婢女則站在兩旁。

姜小峰深吸了一口氣，走上前行禮；楚元方把他從頭到腳打量一遍，見他風度翩翩、神態瀟灑，立刻心生好感，問：「你就是姜小峰嗎？」

「是的。」

「你今天來找我，有什麼事嗎？」

姜小峰雙手一拜，說：「我聽說侯爺竭盡心力掌管國事，目前正在尋找人才，所以我想向您自我推薦，希望有機會為您效力。」

「你客氣了，請坐。」楚元方聽他將話說得從容得體，心中的好感又增加幾分，接著問：「你是哪裡人？家裡做什麼事業？怎麼能夠培養出你這麼優秀的人才？」

「我的故鄉在浙江杭州，祖先歷代為官，父親名叫姜近仁，多年前辭官返鄉，奉養祖母。」

「原來他是姜近仁的兒子。」楚元方摸了摸鬍鬚，暗自思索：「他今天來，想必是為了幫姜近仁求情，不如我先聽聽他的說法。」

楚元方開口試探：「前陣子浙江巡撫說有個退休的官吏姜近仁毀謗朝廷、藐視天子，有反叛的野心，現在關在大牢裡，等候審判，不知道他是不是你父親？」

「正是。不過這件事其實是一場冤枉，還請侯爺明察。」姜小峰嚴肅的回答。

「喔，冤枉？你說來聽聽。」

姜小峰不卑不亢的說：「我父親為人耿直而不圓融，與柏巡撫本來就有一些不愉快。今年新春那場宴會，兩人一言不合起了口角，我父親酒醉講錯話，觸怒了柏巡撫，其實並沒有造反的意思。」

「只是講錯話嗎？」

「是的。」姜小峰見楚元方的態度好轉，趕緊繼續說：「姜家世代為官，『忠孝節義』四字，是代代相傳的家訓，況且我父親辭官已久，整天在田園山水、詩文茶酒之中尋找樂趣，怎麼會有造反的野心？」

「聽起來很有道理，」楚元方點點頭，接著話鋒

筆生花

一轉，假裝不解，「既然你父親是被冤枉的，他怎麼不申冤，反而靜靜的待在大牢裡，好像默認所有罪名一樣？」

　　楚元方的反問，讓姜小峰心裡非常生氣，她想：「這楚元方真狡猾，明明是他一手遮天，爹才無法上訴，現在卻說得好像完全不知情，真是可惡。既然如此，那我就順水推舟，拍個馬屁，看他如何回應？」

　　想好說詞的姜小峰壓住怒氣，假裝很誠懇的說：「啟稟侯爺，我父親並非默認罪名，而是知道皇上聖明，朝廷中又有侯爺輔佐，一定能夠公平、公正的審理這案子，不會有冤枉無辜的情況發生，所以才沒有申冤。

　　「另一方面，侯爺與柏巡撫的關係深厚，一旦證明我父親的清白，柏巡撫便會因為証陷而入獄，恐怕損害您的形象，所以我才鼓起勇氣求見侯爺，還請您想出一個周全的方法，保全我父親與柏巡撫二人，未來我必定全力輔佐您，以報答您的恩情。」

　　楚元方聽了姜小峰的話，暗暗想著：「這個人言詞犀利又面面俱到，我雖然有許多幕僚，卻無人比得上他，如果把他拉攏過來，必定可以幫助我成就大事。不過……」他遲疑了一下，又想：「區區這點恩惠，恐

筆生花

怕無法牢牢綁住他的心思，除非⋯⋯他變成我的女婿，那關係就不一樣了⋯⋯」

想到這裡，楚元方故作為難，說：「原來是這樣啊！真是委屈你父親了。只是這件案子已經轉到皇上手中，以我一人之力恐怕無法翻案。」

「這傢伙想跟我交換條件？」姜小峰內心一驚，表面卻不動聲色。

「如果你肯與我女兒成親，我們就是一家人了，那麼現在正得寵的楚貴妃也會義不容辭的幫忙，如此一來，你父親一定可以重獲清白。」

「什麼？要我當楚家女婿？這怎麼得了？」姜小峰嚇了一跳，馬上推辭：「感謝侯爺厚愛，但是我已經娶妻，只能婉拒您的好意。」

楚元方把臉一沉，冷冷的說：「你也太不給面子了，我女兒才德、容貌兼備，多少富家大族上門說親，都被我拒絕。今天我賞識你，才想將她許配給你，你竟然不領情？」

「侯爺誤會了，」姜小峰擔心楚元方一氣之下遷怒姜近仁，趕緊解釋，「楚姑娘出身高貴，我怎麼敢委屈她做妾呢？我是怕耽誤楚姑娘的幸福，才拒絕您的。」

楚元方揚起雙眉，霸道的說：「我看中了你，你就非當我女婿不可。誰是妻、誰是妾，你應該很清楚，也明白該怎麼做。」接著他語帶威脅：「你要知道，造反的罪名可是要殺頭的，到時別怪我見死不救。」

姜小峰無可奈何，只能陪著笑臉答應，但以殿試*即將到來，自己要好好準備為理由，暫緩婚事。沒多久，姜近仁果然獲得釋放，被接回謝氏會館休養。

幾天後的殿試上，姜小峰與文少霞的表現旗鼓相當、平分秋色，令正德皇帝十分為難，轉頭詢問楚元方的意見。楚元方立刻稟奏：「既然二人不分上下，當然要選姜小峰為第一名，讓他連奪三次第一，以彰顯朝廷的恩惠！」

「嗯，你說得有道理。」正德皇帝接受楚元方的建議，立刻欽點姜小峰為狀元，榜眼文少霞，探花謝春溶，並任命他們在朝廷裡擔任官職。

筆生花

---

*殿試：科舉考試中最高一級的考試，由皇帝親自測試。殿試第一名為狀元，第二名為榜眼，第三名為探花。

第十四章　正德皇帝賜婚

　　正德皇帝對新狀元姜小峰舉止瀟灑、談吐文雅的樣子印象深刻，又覺得他十分眼熟，卻怎麼也想不起在哪兒見過。直到退朝後，他才想起：「喔，對了，跟新進宮的姜德華很像。」

　　想到姜德華，正德皇帝不由得皺起眉頭，回憶起第一次召見她的情形。

　　當時姜德華剛到京城，立刻被急於邀功的欽差大臣送入宮內。正德皇帝第一眼看到姜德華，就被她迷得神魂顛倒，馬上召她前來問話。正德皇帝知道姜德華出身杭州大族之後，對她說：「姜美人，妳生在書香世家，一定彈得一手好琴，不如奏一曲來聽聽吧！」

　　姜德華笑著回答：「我雖然生在書香世家，卻不是一般凡人，不懂得怎麼彈琴，但是我前世曾侍奉過王母娘娘，稍稍會一些歌舞。」

　　姜德華的笑臉讓正德皇帝不禁看呆了，他聽到她會歌舞，便說：「喔，不會彈琴也沒關係，既然會歌

舞，那就跳個舞吧！」

　　姜德華嘴角含笑，隨著音樂翩翩起舞。她的舞姿輕盈曼妙，就像是一隻嬉戲的美麗蝴蝶，眾人都看得目瞪口呆。突然一陣微風吹來，她立即變換舞姿，飄飛的衣袖散發一股香氣，步伐輕巧，隱約能見到她的腳騰空飛升。

　　正德皇帝驚駭的大喊：「這是什麼妖術？妳怎麼會飛？」

　　姜德華將雙手交疊在腰間，微微彎身行禮：「請皇上息怒，我從小身體輕盈，所以能夠乘風飛行，就像漢朝皇后趙飛燕不也是因為身輕如燕，而有『飛燕』的美名嗎？請您不必害怕。」

　　姜德華的嗓音輕柔，神情嫵媚動人，讓正德皇帝看得滿心歡喜，好像飄在雲端一樣不能自己。他笑瞇了一雙細眼，說：「哈哈，姜美人，不管妳是仙是人，今晚由妳侍候我！走，我們回去休息吧！」他伸出雙手，就想拉姜德華入懷。

沒想到他卻撈了個空。<u>姜德華</u>閃過<u>正德皇帝</u>的手，隨即跪下，眼淚瞬間流了下來，楚楚可憐的說：「啟稟皇上，我是受到奸臣逼迫，為了保護父親才入宮的。事實上，我有婚約在身，所以無法侍候您，還請您放我出宮。」她一連磕了幾個響頭，旁人怎麼拉都拉不住，不久便頭破血流，昏了過去。

經過搶救，<u>姜德華</u>終於甦醒，可是她氣息微弱、面無血色，<u>正德皇帝</u>只好讓她回去休息，暫時不需要侍候他。從這天起，平常精神奕奕、神采飛揚的<u>姜德華</u>，只要聽到<u>正德皇帝</u>要召見她，不是臥倒在床，就是憑空消失，留下滿屋子的煙霧。<u>正德皇帝</u>遲遲等不到她，心煩得不得了，卻也無可奈何。

想到這裡，<u>正德皇帝</u>不禁搖了搖頭，自言自語的說：「這<u>姜德華</u>有些邪門，她與<u>姜小峰</u>同鄉，二人又長得十分相似，可能有親戚關係，朕要找個機會問一問。」

隔天，<u>正德皇帝</u>依照以往慣例，舉辦一場「狀元宴」，請<u>姜小峰</u>、<u>文少霞</u>、<u>謝春溶</u>及其他通過殿試的新任官員吃飯。宴席上，他好奇的問<u>姜小峰</u>：「狀元，你是<u>杭州</u>人，不曉得你認識新進宮女<u>姜德華</u>嗎？」

<u>姜小峰</u>早就聽說「<u>姜美人</u>」種種奇怪的事跡，也

猜到正德皇帝必定會詢問，便鎮定的回答：「啟稟皇上，姜德華是微臣的姐姐。」接著，她把姜德華有婚約卻被逼迫入宮的經過一一說明。

正德皇帝一言不發，暗自想著：「他們果然是姐弟，難怪長得那麼像，都是人間難得的人才。可惜那個姜德華雖然美如天仙，卻有些古怪，好像會玩弄幻術，更可惡的是她寧可一死也不願意待候我，居然把頭撞破，現在還奄奄一息的躺在床上……哼，算了，她傷得這麼重，看起來也好不了，如今姜小峰考中狀元，不如把她送出宮，既可以做個人情給姜家，又能彰顯我對百姓的體貼，百利而無一害啊！」

想定主意之後，正德皇帝下了一道聖旨：「送姜德華出宮，賜給原本的丈夫文少霞，擇日完婚。」

姜小峰大吃一驚，心想：「宮裡的姜德華是月仙姐姐扮的，如何能嫁給凡人？到時候會不會洩露祕密，惹來欺君之罪？」想到這裡，她不禁冷汗直流，卻又無可奈何，只能遵旨。倒是文少霞可樂壞了，原本以為今生沒有緣分的婚事，居然有了轉機，可以迎娶姜德華。

回到謝氏會館後，文少霞興奮的拉著姜近仁及姜小峰商量婚禮，並決定將新房設在會館，「這樣一來，

筆生花

只要<u>德華</u>表妹一出宮，就可以立刻完婚，以免夜長夢多。」<u>文少霞</u>開心的說。

<u>姜近仁</u>與<u>姜小峰</u>看<u>文少霞</u>心花怒放的樣子，真是哭笑不得，但又不能說出真相，只能幫忙張羅婚事，好像<u>姜德華</u>真的就要出嫁一樣。

過了幾天，<u>姜德華</u>帶著婢女出宮，與<u>文少霞</u>在<u>謝氏會館</u>成親。按照婚宴習俗，新郎、新娘在媒人與婢女的陪伴下進入新房。<u>文少霞</u>扶著<u>姜德華</u>在床邊坐定，迫不及待的掀開新娘頭巾，朝思暮想的面容就在眼前，他心中悲喜交加，彷彿還有些不踏實。然而外頭的喜宴已經開始，他只好暫時忍住千言萬語，前去招呼賓客。

<u>文少霞</u>離開後，<u>姜小峰</u>便悄悄溜進新房，<u>胡月仙</u>支開媒人與婢女，滿面春風的打招呼：「好久不見，恭喜妳高中狀元，功成名就，現在妳可是天下第一了！妳喜歡這樣的人生嗎？」

<u>姜小峰</u>向<u>胡月仙</u>鞠躬一拜，說：「多謝<u>月仙</u>姐姐，我才能有今日成就，懇請姐姐繼續成全。」

<u>胡月仙</u>噗哧一笑，說：「我知道妳希望我繼續假扮<u>姜德華</u>，與<u>文少霞</u>結為夫妻。但是，他是星宿之神投

胎下凡，與妳本來就是一對，我怎麼能代替妳當他的妻子呢？更何況，我即將修成正果，代妳入宮只是一場遊戲，不能因此而耽誤了我的成仙之路。」

講到這裡，胡月仙看姜小峰一臉憂愁，便安慰她：「妳別憂慮，我自然有辦法，不會讓妳馬上恢復女兒身的，放心吧！」有了胡月仙的保證，姜小峰終於放下心，向胡月仙道謝之後才轉身離去。

喜宴直到深夜才結束，文少霞帶著些微酒意回到新房。桌上一對紅燭照得整個房間喜氣洋洋，香爐內的輕煙緩緩升起，空氣裡瀰漫著幸福的香味。他滿心歡喜，凝視著床邊的姜德華，笑說：「表妹，我們的婚姻真是得來不易啊！」

然而，姜德華只是抿嘴一笑，沒有回答，她用俏皮的眼神看了文少霞一眼，隨即對著燭火的方向一吹，房間立刻陷入一片黑暗，伸手不見五指。文少霞愣了一下，慌忙說：「表妹，妳怎麼把蠟燭吹熄了？房內這麼黑，我什麼也看不見啊！」但是，黑暗的房裡沒有傳來任何回應，他乾脆走上前去找人，沒想到卻撲了空，驚慌的叫了起來：「來人啊！新娘不見了！」

文少霞慌張的聲音驚動了所有人，大家連忙點起燭火，四處尋找。雖然姜近仁和姜小峰知道胡月仙施

筆生花

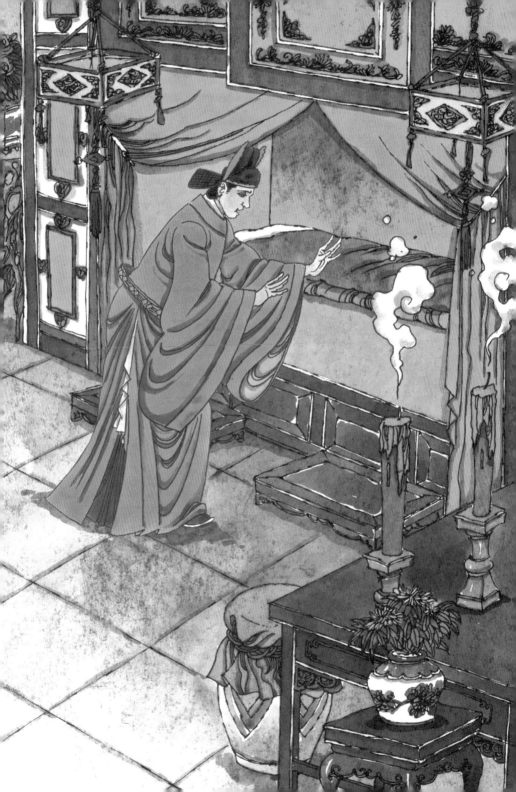

了法術離去，眾人根本找不到，但是為了避免他人起疑，只好裝出驚駭的樣子，跟著大家到處亂找。

　　所有人尋遍整個謝氏會館，卻怎麼也找不著「姜德華」的身影。文少霞見大家累得呵欠連連，只好請眾人各自回房休息。當他失望的回到新房時，跟隨姜德華一起出宮的婢女說：「姑爺別擔心，小姐最愛變戲法了。」

　　「什麼戲法？妳說說看。」文少霞狐疑的問。

　　婢女回答：「以前在宮裡，只要皇上派公公一來，小姐就會病懨懨的臥倒床上，動彈不得；等公公一走，她又恢復兩頰紅潤、生龍活虎的樣子。有時候，她會突然消失，留下滿屋子的煙霧，等我們找得心急如焚的時候，她又突然出現。想必今天也是一樣，小姐一時高興，又玩起捉迷藏了。姑爺就耐心等一等吧！」

　　「這就奇怪了！表妹從哪兒學會變戲法？以前在杭州從沒見過啊。」文少霞覺得不可思議，進一步詢問婢女姜德華身上是否有發生過什麼奇怪的事情。

　　婢女側頭思索，突然想到一件事，忙說：「有了，有了。小姐在江蘇時，拜託欽差大人送回原本的婢女，才換我們服侍小姐。當時她一直很傷心，甚至跳河尋死，不過沒有成功，後來又在山東的旅店自盡，我們

及時把她救下來後，就寸步不離
的跟著她，可是她卻好像變
了一個人，每天笑容
滿面，非常愉快，
而且還能感受到一
股不食人間煙火的
仙氣。」

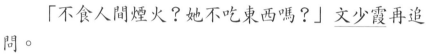

「不食人間煙火？她不吃東西嗎？」<u>文少霞</u>再追
問。

「說也奇怪，我們沒見小姐吃過東西，而且她好
像有讀心術，我們的心思都沒辦法瞞過她。」

「真是愈聽愈可疑，這些完全不像表妹平常的行
為，我想今天的新娘一定是其他人假扮的。」<u>文少霞</u>
逐漸冷靜下來，他仔細思索：「可是，如果新娘不是表
妹，那表妹在哪兒？」

<u>文少霞</u>的腦海裡突然浮現<u>姜小峰</u>的面孔，忍不住
開始猜疑：「<u>小峰</u>怎麼會跟表妹長得那麼像，即使是雙
胞胎也不容易，何況還是同父異母的姐弟……難道，
<u>小峰</u>就是表妹嗎？」他大膽的做了假設，眼光掃過床
沿，看見床上有一雙小巧玲瓏的繡花鞋，順手拿了起
來，翻到鞋底一看，寫著「包你和諧」，接著從鞋裡掉

出一個紙團。他打開紙團，上頭寫著二首
詩：

一笑傾城絕代姿，東風吹改舊花枝。
個中消息無人曉，惟有英娘自得知。

為惜穠芳委路塵，瑤天戲降步虛聲。
玉郎珍重休相顧，長伴吹簫另有人。

「哦，果然沒錯。第一首詩暗示表妹已經改變本
來的樣子，這個祕密除了她自己以外無人知道；第二
首詩則寫新娘同情表妹的遭遇，才從天而降來當替身，
請我不要再找她，將來自然會找到一生的伴侶。」

文少霞解開詩中涵義後，非常興奮，心想：「那麼
新娘就是仙女假扮的，難怪她會憑空消失。好！我等
一下就去找小峰，看他怎麼解釋。」

好不容易等到天亮，文少霞來到姜小峰的房門外，
看到姜小峰已經起床，臨窗閱讀的側影與自己當初在
姜府內書房窺見的姜德華側影一樣，嘴角不禁露出微
笑。他走進房內，看到姜小峰放在桌上的文章，端正
典雅的字跡也與姜德華一致，心裡更加篤定姜小峰的

身分。

　　文少霞拿出胡月仙留下的紙張，遞給姜小峰，故意問：「這是你姐姐留下來的詩，從詩意來看，昨晚的新娘不是你姐姐，其中似乎有一段祕密，不知道能否請你幫我解開詩中的奧妙？」

　　姜小峰心頭微微一震，接過紙張，越看越驚，心想：「月仙姐姐果然在詩裡暗示我就是姜德華，不過她沒明講，我可以有另一種解釋。」

　　姜小峰定下心，對文少霞說：「我想你多心了，我看姐姐的意思是不想當個凡人，所以效法嫦娥奔月，飛到天上去了，至於她所說的伴侶……指的當然是慕容表嫂，你怎麼會誤會呢？」說完之後，她把紙張還給文少霞，推說有事情要辦，便離開了房間。

　　文少霞見姜小峰不願承認，又急著躲避，似乎害怕會被拆穿身分似的，不禁覺得好笑。他在心裡暗自發誓：「表妹啊表妹，不管妳如何辯解，我一定會等到妳的！」

第十五章　姜小峰巧遇慕容純

　　自從文少霞懷疑姜小峰是姜德華喬裝後，便常藉機試探姜小峰，卻一無所獲，於是他把目標轉向姜近仁，希望姜近仁能告訴他實情。

　　「舅舅，我知道德華表妹在哪裡了，請您告訴我實話吧。」

　　文少霞委婉的說出他的猜測，又拿出胡月仙所寫的詩作證據，希望姜近仁能夠實話實說，成全他與姜德華。沒想到姜近仁雙眼一瞪，說：「真是胡說！你以為我是個老糊塗，自己的孩子都不知道是男是女嗎？還是你認為我不該有兒子，所以才這樣猜忌小峰？」

　　「不是的！舅舅，您別誤會……」文少霞連忙揮手否認。

　　「最好不是這樣！」姜近仁打斷他的話，十分不悅，「少霞，說話和做人一樣，要謹慎踏實。當初德華入宮是萬不得已的決定，你卻因此偷偷離開，草率的與別人成親，簡直沒有把我這個舅舅放在眼裡。這件

事情我忍很久了，原本不想再提，沒想到你現在卻胡說八道，懷疑小峰。今天我乾脆跟你說個清楚，將來不要再隨便猜測小峰是女扮男裝，否則別怪我不顧念甥舅情分！」

文少霞看姜近仁發怒，嚇得不敢再追問。

隔天，姜近仁收到莫太常的急信，才知道姜老太太受不了姜近仁入獄的打擊，已經病倒了，花氏竟然乘機欺負懦弱的莫氏，柳氏、燕氏怎麼勸她也不理會，把姜家搞得烏煙瘴氣。

姜近仁看完信，氣得直跳腳，嚷著要回杭州教訓目中無人的花氏，姜小峰則是擔心高齡的姜老太太和可憐的莫氏，馬上向正德皇帝請假。得到一年的假期。

返鄉之前，姜小峰去向楚元方辭行，原本她擔心楚元方會要求自己先與楚春漪成親，沒想到楚春漪身體不舒服，需要調養，楚元方便把婚事延後了。

原來藍氏一直瞞著楚元方她與文少雯私下訂親的事，當她聽到楚元方要把楚春漪嫁給新科狀元後，急忙將楚春漪藏到藍章家裡。楚元方一時找不到楚春漪，以為她與別人私奔，礙於面子與尊嚴，不敢大肆尋找，才臨時編個理由拖延婚事，沒想到正中姜小峰的心意。

姜小峰鬆了一口氣，與姜近仁一起啟程，途中繞

到山東，要接謝雪仙一同返回杭州。

沒想到謝雪仙看到姜小峰，只是繃著臉，吩咐婢女：「妳去把雅娘帶來，給姑爺看看。」

過了一會兒，婢女獨自回到大廳：「小姐，雅娘聽到姑爺回來，就把自己關在房裡，還上了門鎖，不肯出來。」

姜小峰一頭霧水，好奇的問：「雅娘是誰？」

謝雪仙還沒開口，旁邊的婢女急呼呼的說：「姑爺，小姐買了一個女子要給你做妾，長得還不錯，可惜買回來才知道是個啞巴。」

姜小峰差點笑出來，猜想一定是謝雪仙怕她高中狀元，又與姜近仁相認後，會要求作真正的夫妻，所以買了一個妾給她。姜小峰似笑非笑的看著謝雪仙，說：「多謝夫人的好意。不過，妳實在太擔心了，其實我也有心修道，不會沉溺於世間的男女情感，更不會打擾妳的清修。至於那個女子嘛，見不到面也沒關係，只是……我本來住在西房，現在她住在那裡，那我今晚要睡在哪兒？」

「啊，這我倒是忘了……。」謝雪仙尷尬一笑，臉上滿是歉意。

姜小峰搖搖頭，不以為意，說：「沒關係。不然就

筆生花

請夫人在正中廳堂幫我鋪被，讓我暫時睡一晚吧。」

這天夜裡，西房住著雅娘，東房睡著謝雪仙，姜小峰在正中廳堂，三人各自歇息。沒想到睡到半夜，姜小峰卻被一聲「咿呀」的開門聲驚醒，她不動聲色，看見一個女子輕手輕腳的溜出西房，正要打開正中廳堂的門。姜小峰覺得可疑，立刻起身拉住女子，問：「三更半夜，妳要去哪裡？」

女子被嚇了一跳，眼淚直流，一句話也說不出來，轉身走回西房，姜小峰也跟著她。只見女子從桌上拿起一張紙，「撲通」一聲跪在地上，滿臉悲悽，伸長了手想將紙遞給姜小峰。

姜小峰低頭一看，眼前竟然是一封血書，洋洋灑灑的泣訴著女子的悲慘遭遇──原來「雅娘」就是慕容純。當初文少霞前往京城考試後，慕容夫人和老婆婆就先後病逝，當時的她已經懷孕，正在她徬徨無助的時候，有一群自稱是文家派來的僕人，說文少霞要接她到京城團聚，沒想到卻把她賣到妓院。

慕容純心想，一定是文少霞功成名就後就想要拋棄出身平凡的她，內心既悲傷又憤怒，幾次尋死都沒有成功，店家被她煩得受不了，認為她無利可圖，就

騙她吃下啞藥，把她轉賣到謝府。

慕容純曾想說明自己的身分，卻怕被送回文家，再次遭遇不幸，只好隱瞞一切，謊稱自己叫做雅娘，希望能在謝府當個婢女，度過一生。自從得知謝雪仙想要讓她嫁給姜小峰做妾，她便每天提心吊膽，在無計可施之下，她只能寫下自己的遭遇，到後花園投水自盡，結束悲慘的人生。

姜小峰萬分震驚，不敢相信眼前女子就是文少霞的妻子，更無法想像文少霞竟然無情無義，做出這麼傷天害理的事情，她的心中升起一把怒火，恨不得立刻到京城去向文少霞問個明白。

慕容純看到姜小峰震怒的表情有些畏懼，她聽說姜小峰是文少霞的親戚，恐怕對自己不利，不禁向後退了幾步。她柔弱無助的樣子，讓姜小峰想起當初被迫入宮時的悲哀與痛楚，十分同情她的處境。於是，姜小峰忍下心中怒火，努力思索解決的辦法。

「這要怎麼處理？如果把慕容姑娘送到京城，萬一表哥真的是個惡人，我豈不是害了她？但若把她送到文家，姑姑正為他們私自成婚的事情生氣，恐怕不會善待她，該怎麼辦呢？」

姜小峰左思右想，終於想到一個方法：「不如我將

假扮身分的實情告訴她，讓她放心待在我身邊。她一個柔弱的女子，又無法開口說話，一定不會洩露我的祕密。而且她懷孕的事對我也有幫助，這樣別人就更不會懷疑我的身分了。」

　　想定主意的姜小峰，緩緩走近慕容純，壓低聲音說：「慕容小姐，妳不要驚慌，我不會冒犯妳，因為……我也是女子。」

　　慕容純愣了一下，一臉疑惑，不敢置信的搖搖頭——雖然姜小峰相貌清麗，卻透著一股剛正堅毅的氣息和姿態，怎麼可能會是女子？

　　見她不信，姜小峰便把女扮男裝的前因後果全都說了出來。慕容純萬萬也沒想到，眼前的姜小峰不僅是個女子，還是文少霞念念不忘的姜德華。

　　「很意外吧？慕容小姐，這大概是天意，才會讓我們巧遇。」姜小峰安慰她：「妳別擔心，我雖然與文少霞有過婚約，但是經歷過這麼多事之後，我只想繼續當個男子，永遠在家侍奉雙親。」

　　姜小峰拉著慕容純在床邊坐下，輕聲的說：「妳的遭遇令人同情，我很想為妳討個公道，但怕妳受到更多傷害，所以請妳暫時委屈一下，假裝是我的小妾，安心跟著我，養好身體。我要看看文少霞到底還有沒

有良心，如果他還認為妳是他的妻子，那我就想辦法讓妳和他復合；如果他真的無情無義，那妳就跟著我，至少讓妳不愁吃穿。妳說好不好？」

慕容純又驚又喜，淚流滿面的跪下來，姜小峰趕緊扶起她，說：「雅娘，別這樣，小心動了胎氣。」接著再次叮嚀慕容純，一定要幫忙保守女扮男裝的祕密，否則將會有難以想像的災禍發生。

明白後果的慕容純點點頭，用筆寫下對姜小峰感激的話語，並承諾對這一夜的事絕口不提。

由於慕容純已經開始害喜，姜小峰怕被人知道慕容純早就懷孕，又擔心謝雪仙會再幫她納妾，因此決定告訴謝雪仙實情，她相信以謝雪仙的為人，一定不會洩漏祕密。

果然，謝雪仙得知姜小峰的真實身分後，高興的瞪大眼睛，一方面稱讚她的才學勝過所有男子，應驗了古人所說的「巾幗不讓鬚眉」；另一方面也慶幸自己嫁對人，日後可以在姜府專心修道。

姜小峰見謝雪仙和慕容純都真心的表示配合，對未來假扮男子一事更加篤定。隔天一早，姜小峰便帶著她們二人，與姜近仁繼續往杭州前進。

回到杭州，姜家的人都很驚訝——這個狀元姜小峰竟然長得跟姜德華一模一樣。可是眾人又覺得姜小峰的風度瀟灑，舉止端正威嚴，是女孩子沒有的特質，因此沒有人懷疑姜小峰的真實性，大家都相信他是姜近仁的親生兒子。

　　莫氏也沒有認出來，直到姜小峰告訴她真相，她才恍然大悟：「孩子，真是難為妳了，沒想到妳那麼厲害，一路過關斬將，得到狀元，實現了我以前的夢境啊！不過……」歡喜之中，莫氏難掩一絲憂慮，「假扮男子只是暫時，哪能一輩子都是姜小峰呢？妳最終還是要恢復女兒身，完成婚姻大事才好。」

　　姜小峰嘟著嘴，不認同莫氏的想法。雖然姜近仁也覺得這不是長久之計，但種種情況阻礙在眼前，他只能無奈的說：「走一步算一步吧。倒是我得先教訓一下花氏，才是現在最要緊的事情。」

　　接著幾天，姜近仁徹底展現一家之主的威嚴，狠狠教訓了為非作歹的花氏與其他一起作惡的僕人們，沒多久，姜家便恢復安和繁榮的生活。

　　這時，雅娘懷孕的消息在姜家傳開了，大家都非常興奮，只有姜近仁夫婦十分錯愕，把姜小峰找來詢問。

筆生花

姜小峰把雅娘的身世、來歷全都告訴姜近仁夫婦，並叮囑他們不要洩漏消息，免得讓雅娘再受到傷害。姜近仁夫婦不敢相信文少霞竟然做出這樣傷天害理的事情，不禁連連搖頭。

「慕容姑娘真可憐，我看就讓她住在這裡，先把孩子生下來再說吧。」莫氏不捨的說：「還有啊，我們找個好大夫來家裡，看看有沒有治啞病的解藥，讓她開口說話。」

「嗯，現在也只能這樣做了。」姜近仁點點頭，又說：「不過，這件事情還要再查一查，依我看，少霞不是陰險卑劣的人。」

「這我知道，爹，等時機成熟，我會好好調查，還給慕容姑娘一個公道。」

姜小峰拍拍胸脯，很有把握的回應姜近仁。而慕容純在姜家眾人的呵護中安心待產，享受了她人生中最安逸快樂的時光。

第十六章　孫夫人傳授兵法

　　在期待新生兒的喜悅中，姜家收到文上林轉調武昌的消息，文夫人掛念姜老太太的病情，便不隨文上林到武昌，而帶著文少雯夫婦和女兒文佩蘭回到杭州。

　　沒多久，文夫人收到文少霞的信，說新婚之夜，姜德華從謝氏會館消失，以及懷疑姜小峰就是姜德華等事。文夫人本來也是半信半疑，但是當她知道姜小峰的小妾雅娘懷孕之後，馬上回信給文少霞，囑咐他不要胡思亂想。而她自己相當珍惜這次返鄉的機會，常常到姜府與姜老太太團聚，更添姜府歡樂。

　　姜小峰享受天倫之樂時，也沒有忘記幫慕容純尋找解藥，可是找遍所有的醫方與祕方，卻都無效，她只好祈求上天憐憫，讓慕容純恢復說話的能力。

　　一天夜裡，姜小峰已經睡下，房內突然煙霧瀰漫，芳香四溢。只見胡月仙緩緩踏雲而來，拍拍她的肩，說：「小峰，別睡了，跟我去見孫夫人。」

　　姜小峰立刻坐了起來，好奇的問：「月仙姐姐，您

說的是哪位孫夫人啊？」

「妳別問，跟我走就對了。」胡月仙一笑，拉著她的手，騰雲駕霧的飛了好一會兒，落在一條江邊。江面寬闊，江水靜靜拍打著岸邊，遠處樹立著參天古木。胡月仙帶姜小峰穿過樹林，眼前出現一座精美華麗的宮殿。

她們在仙子的帶領下進入宮殿。大殿正中一位女子戴著金盔、穿著金甲，相貌莊嚴，令人敬仰。姜小峰猜想她就是胡月仙口中的「孫夫人」，便跪下向女子行禮。

「姜狀元不用多禮，平身！」女子示意姜小峰起身，說：「妳的神采俊逸，英氣過人，果然不同凡響，難怪胡月仙那麼誇讚妳。」

姜小峰又恭敬行禮，問：「您太過獎了，不知道您是何方神聖，找我有什麼事嗎？」

「妳不必謙遜。」女子微微一笑，「我是孫尚香，是漢朝末年孫堅的女兒，我哥哥孫策和孫權在南邊建立孫吳，與曹操、劉備三分天下。當年哥哥將我嫁給劉備後，又把我騙回孫吳。雖然我是孫家人，與劉備成親也只是政治上的考量，然而，我們夫妻的情分無法說斷就斷。在劉備兵敗病逝後，我萬念俱灰，就投

江自盡了。後來上天憐憫我，讓我成仙，負責巡視考察人間婦女的堅貞，善者給予福祿，惡者給予懲罰，以彰顯天道法則。」

姜小峰驚訝的說：「您智勇兼備、文武雙全，想不到千年之後，我能夠與您相見，真是三生有幸。」說完，她又深深一拜。

「這也是天賜的機緣，」孫夫人微微一笑，「雖然我從小學習武術，擅長刀劍，卻沒有機會施展抱負，一直是我最大的遺憾。聽到胡月仙稱讚妳是一個性格堅定貞烈的孝女，我便想把一生所學的兵法傳授給妳，讓妳有輔佐國君、建立功勞的機會，當個『忠孝節義』的巾幗英雄，也算彌補我的缺憾。只是……不知道妳有沒有足夠的膽識？」

姜小峰又驚又喜，很高興的說：「感謝您的賞識，我雖然沒有武功的基礎，但一定會全力學習。」

孫夫人滿意的點點頭，遞給姜小峰一本孫子兵法，示意她先閱讀，然後從旁指點，傳授兵法的精髓，並且親自教導騎術、射箭，以及刀劍武功等。由於姜小峰曾服用胡月仙的益智丸，力氣早就勝過一般男子，如今又有孫夫人為師，馬上就能心領神會，各種武術樣樣精通。

孫夫人非常滿意的看著姜小峰虎虎生風的英姿，她取出一柄寶劍，對姜小峰說：「這把芙蓉寶劍是我當年的佩劍，我把它送給妳。日後妳要好好練習兵法及武功，將來一定會派上用場的。現在，妳可以回去了。」

　　正想道謝告辭的姜小峰，突然想到孫夫人掌管人間婦女的堅貞，說不定可以幫助慕容純開口說話，於是她跪拜在孫夫人面前，請求孫夫人大發慈悲。

　　「那有什麼問題，我給妳一顆解藥，妳順便帶回去吧。」說完，孫夫人右手一揮，一陣光亮逼得姜小峰不得不閉起雙眼，等她再睜開眼時，發現自己躺在床上。

　　天邊透出微微的曙光，四周寂靜沒有任何聲音，姜小峰回想剛才的際遇，不禁懷疑：「只是一場夢嗎？」屋裡的擺設在晨光中逐漸清晰，她轉頭看到桌上放著一把寶劍和一粒藥丸，才知道並不是虛幻夢境。

　　她興奮得再也睡不著，天一亮就立刻讓慕容純服下藥丸，過沒多久，慕容純就可以發出聲音了。接著，她拿起寶劍，在院子裡練習孫夫人傳授的劍法，直到

精疲力盡才停止。從這天起，她日日鑽研兵書、演練武術，逐漸精進一身本領。

日子過得很快，慕容純懷胎十月，平安產下一子，大家都沉浸在喜悅裡，沒有人知道遠在京城的文少霞正身陷險境。

一天，文夫人急急忙忙的來找姜近仁，說：「哥哥，京城傳來消息，說少霞向皇上提出勸諫，惹得皇上大怒，如今已經被關在大牢好幾個月了。」說到這兒，文夫人的眼淚再也忍不住的落了下來。

「怎麼會這樣？」姜近仁嚇了一跳，忙問。

文夫人抽抽噎噎，好不容易才擠出聲音：「前些日子少霞寫了一封信，告訴我不只德華失蹤，連與他成親的慕容姑娘也不知去向，覺得是老天爺懲罰他，讓他兩頭都落空，他只好努力工作排解憂愁。信中還提到皇上生活糜爛，不管國家大事，政權都落在楚元方手中，賢良忠義的大臣一一被逐出朝廷，就連楚元方的小舅子藍章也看不過去，假稱生病辭官了。大家都知道楚元方想篡位的野心，然而，即使環境險惡，少霞說他也一定會堅持做個不屈不撓的臣子。我想，少霞一定是太急著勸諫皇上，才會惹來這場大禍！」

「那就糟了，少霞因勸諫被關，大家一定不敢再多說話，我們到哪兒去找正直的人為少霞說情呢？」姜近仁一時也想不出對策。

「如今……我只能請小峰幫忙了……」文夫人知道她的要求有些強人所難，然而為了文少霞的安危，她不得不懇求姜近仁：「楚元方既然願意把女兒嫁給小峰，可見他對小峰十分重視，只要小峰肯替少霞求情，楚元方一定會看在他的面子上，釋放少霞。請哥哥幫忙，救救少霞！」

姜近仁雖然不願意姜小峰涉險，但是目前似乎也只有這個辦法，只好點點頭，說：「雖然小峰的假期還沒滿，不過事情緊急，就讓她提前回京城去救少霞吧！」

文夫人走後，姜近仁告訴姜小峰必須儘速北上解救文少霞。姜小峰萬分為難，扁著嘴說：「爹，孩兒不想回去。」

「為什麼？難道妳對少霞有氣？是因為他娶了慕容姑娘嗎？」姜近仁問。

「不是的。」姜小峰搖搖頭，說：「當初我被逼入宮的時候，就已經準備斬斷這個緣分了，表哥娶慕容姑娘，對我來說，反而是種解脫。」

筆生花

「那妳為什麼不願去京城？」姜近仁追問。

「唉，」姜小峰嘆了一口氣，「爹，我們經過這麼多的波折，好不容易才團聚，我本來想等假期一滿，就辭去官職，永遠在家陪伴爹、娘和奶奶，怎麼能再前往京城？」

「傻孩子，」姜近仁慈愛的看著姜小峰，「妳的孝心，我們都清楚。然而妳姑姑是我們的至親，妳又是唯一能救少霞的人，難道妳忍心袖手旁觀，看她這麼焦急嗎？」

「可是……楚元方不一定會聽我的話，我到京城也不能保證救出表哥呀！」姜小峰還想說服姜近仁。

「呵呵，」姜近仁摸摸鬍鬚，笑了起來，「妳一向聰慧過人，只要有心，我想天底下沒有能難倒妳的事。妳別再考慮了，去救少霞吧！」

姜小峰低著頭，沉默不語，心裡卻十分明白：「依照目前的情況，表哥十之八九會被治罪，恐怕是凶多吉少。唉，我也於心不忍，看樣子，非去京城不可了。」

姜小峰無奈的接下這個艱難的任務，臨走前，她看著寶劍，突然想起孫夫人的囑咐，心中有所感悟：「對了，天神絕對不會無緣無故傳授兵法，現在奸臣

誤國，政治混亂，眼前是前所未有的亂象，或許我這次去，將會面臨一場天翻地覆的叛亂，正是我施展抱負的好機會。」她思考了一會兒，便將寶劍和兵書放入行李，馬不停蹄的朝京城而去。

第十七章　楚元方篡奪皇位

　　抵達北京後，姜小峰立刻趕去拜見楚元方。

　　楚元方見到姜小峰，很高興的吩咐僕人擺酒設宴，他對姜小峰說：「你回來得正好，我正想找你幫忙。最近皇上臥病在床，要我代為打理國事，我日夜忙個不停，卻一直忙不完，身邊又全是些沒有用的人，無法幫我分憂。」楚元方靠近姜小峰，低聲說：「你是我的女婿，關係跟別人比起來當然不同，應該和我同心協力，完成大事。」

　　「岳父對我恩重如山，我願意貢獻微薄的力量，以報答您的救父之恩。」姜小峰聽出楚元方話中有話，假意順從。

　　楚元方心中大喜，被姜小峰連連勸酒，早就醉了，加上他把姜小峰當成心腹，不知不覺便洩漏了篡奪皇位的計畫。姜小峰表面附和，心裡則暗自籌畫以應付即將到來的變局。

　　往後幾日，姜小峰天天都去拜見楚元方，她的殷

勤態度令楚元方完全撤下心防，而足智多謀、謹言慎行的表現也讓楚元方極為讚賞。姜小峰見時機成熟，便請楚元方替文少霞與忠貞大臣們求情。

楚元方為了拉攏姜小峰，沒有多想，立刻向正德皇帝稟奏。病得昏昏沉沉的正德皇帝已經意識不清，大小國事任憑楚元方處理，楚元方只不過是做做表面工夫，他一聲令下，文少霞無罪釋放，被貶的大臣們也回復原來的官職。

文少霞得知是姜小峰設法營救，親自向姜小峰道謝。沒想到姜小峰卻一臉嚴肅的說：「表哥這麼客氣，倒讓我感到慚愧了。你被釋放，並不是我的功勞，而是皇上恩德仁厚，不計前嫌。如果皇上不施恩，我怎麼有辦法救你？」

文少霞發現眼前的姜小峰言語鋒利、氣宇軒昂，不像從前那樣還有些羞澀的樣子，反而多了幾分豪氣，不禁懷疑姜小峰是不是因為扮成男子太久，忘記自己真實的女子身分？

然而，兩人同朝共事，文少霞越來越覺得姜小峰胸懷壯闊、剛毅果決的性格與作風，不像女子所有，先前對姜小峰的猜疑逐漸動搖。「奇怪，難道真的像娘所說的，小峰是如假包換的男子嗎？」百思不解的文

少霞找不到姜小峰的破綻，無可奈何，他只好全心投入工作，將這份情感與懷疑暫時拋下。

朝政一日不如一日，正德皇帝的身體也愈來愈差，他深知自己活不久了，便將遺詔交給太后，要立湖北武昌的興獻王為帝。楚元方得知消息後，勃然大怒，竟然威脅太后，強行奪走遺詔，打算另外尋找繼位人選——明朝江山眼看就要崩塌了。

對當前局勢憂心不已的姜小峰與文少霞，這天兩人又聚在一起討論解決之道。文少霞雙眉緊皺，氣憤的說：「楚元方這個老奸臣，江山要是落在他的手裡就完蛋了！你我兩家世代忠良，我們絕對不能讓他稱心如意。」

「你說得不錯，但是面對現在的局勢，不知道你有沒有對付楚元方的好方法？」姜小峰問。

「我想發布一個討伐楚元方的告示，招募全國忠義之士。」文少霞豪氣干雲的回答。

姜小峰不贊成的搖搖頭，笑說：「我佩服你過人的氣魄與膽量，但是現在朝廷裡都是楚元方的眼線，如果我們光明正大的宣戰，只怕『出師未捷身先死』*。」

「你說得很有道理，那麼你覺得該怎麼做？」文

少霞問。

姜小峰沉思了一會兒，說：「武昌的興獻王是皇上的堂弟，為人仁德，當然應該由他來繼承皇位。所以我想先假裝臣服楚元方，取得他的信任，拿到統率大軍的兵符＊，再去迎接興獻王，一舉消滅楚元方。」

文少霞瞪大眼睛，不敢相信姜小峰這麼大膽，便問：「你雖然才智過人，但畢竟是一個文弱書生，要怎麼說服他把兵符交給你？」

姜小峰微微一笑，說：「你放心，我當然有辦法。只是，我取得兵符，帶兵離開後，你要怎麼離開京城？」

見姜小峰這麼有把握，文少霞笑了笑，拍拍胸脯說：「如果你真的能夠拿到兵符，我就毛遂自薦當你的參謀，跟你一起出兵。」

「好！」姜小峰高興的說：「雖然無法預料會不會成功，但是只要我們同心協力，一定可以克服難關。」

隔天一早，京城的喪鐘大響——正德皇帝駕崩了。楚元方以正德皇帝突然駕崩，還沒立下繼位人選，

筆生花

擔心有人趁機作亂為理由，命令
駐守京城的禁衛軍嚴守城門，
沒有令箭者不得出入，違令
者直接處死。

緊接著，楚元方又以監
國＊身分召集朝臣，假意請太
后主持大局，太后不願意受楚元
方擺布，拒絕了他的請求——這正稱了楚元方的意，
他故作煩惱的說：「太后不願出面，可是國家不能一日
無君，還是請大家推薦適當的繼位人選吧！」

姜小峰與文少霞看楚元方態度傲慢，怒火直往心
頭燒，但「小不忍則亂大謀」，他們只好咬牙低頭，沒
有出聲。

文武百官也一片靜默，這時楚元方的心腹王霸打
破沉默：「皇上沒有兒子，太后又不管國事，這表示明
朝應該要滅亡了！侯爺，您的功勞那麼大，我認為您
應該接受皇位，治理天下。」

＊出師未捷身先死：還沒戰勝卻先身亡。比喻人在事情還沒成功就死了。

＊兵符：古代調遣軍隊的符信憑證。

＊監國：指古代國家處於特別情況下，新國君還沒繼位，由太子或近親代理職
　務。

楚元方嘴角微微上揚，卻假意的連連搖手，說：
「這怎麼可以，我只有一點功勞，怎麼能夠當一國之
君呢？」

楚元方的姪子楚廷鑾連忙開口一搭一唱：「侯爺，
皇上生病的時候，國家能保持安穩平和，全都是因為
您日夜辛勞所換來的。如果您沒有資格當皇上，還有
誰能當呢？」楚元方安排好的大臣們也紛紛附和。

楚元方再也藏不住愉悅的情緒，大笑幾聲：「哈
哈，既然大家都這麼看得起我，我也不好意思再推辭
了……」

「呸！楚元方你休想篡奪皇位！」一名忠義大臣
高聲怒罵：「你不過靠著楚貴妃的關係才能當官，還真
以為自己有天大的本事嗎？哈哈，真是笑話！皇上沒
有兒子，還有兄弟，這個皇位應該由興獻王來繼承！」

楚元方聽得臉一陣青一陣白，一句話也說不出來。

「大膽！竟敢這樣汙辱侯爺！」楚廷鑾開口喝斥：
「侯爺德高望重，當上君王是上天的旨意、百姓的希
望，你不要胡言亂語。」

「沒錯！你一定是興獻王派來興風作亂的人，為
了朝廷安寧……來人啊，把他拖下去斬了！」楚元方
憤憤然的下令。

眼看朝廷中盡是楚元方的勢力，命令禁衛軍的權力也由楚元方掌握，姜小峰、文少霞與所有大臣，沒有人敢出面阻擋或求情，只能看著一位難得的忠臣枉送性命。

　　而藍氏與楚貴妃得知楚元方篡位的消息，自覺對不起天下百姓，竟然雙雙自盡。

　　妻子和女兒的死並沒有讓楚元方清醒，他決意「順應群臣的擁戴」，披上龍袍，登基為新的皇帝，改國號為「後金」。

筆生花

第十八章 姜小峰斬除奸人

　　姜小峰和文少霞假意投靠楚元方之後，態度恭敬、做事積極，處處為楚元方謀畫，逐漸獲得楚元方的重視，尤其姜小峰更是得到楚元方的完全信任，兩人見時機差不多成熟了，便避開楚元方的監視，躲到密室討論接下來的行動。

　　「楚元方已經十分信任我們，我們可以展開迎立興獻王的行動了。」文少霞說。

　　「我正有此意。」姜小峰點點頭，又說：「但是遺詔在楚元方的手中，沒有遺詔就迎立興獻王，恐怕會引起其他人的不滿。我們得先取得太后的命令再行動，如此才能名正言順。至於太后的行蹤嘛……雖然被楚元方趕出京城，不過我已經打聽到她的落腳處了。」

　　「你的思慮果然周到！可是楚元方下令緊閉城門，沒有令箭的人不得進出。我們又該如何出城呢？」文少霞再問。

　　「現在，楚元方對我深信不疑，大家也知道我是

未來的駙馬，要矇混出城並不難，更何況⋯⋯我已經偷偷得到令箭，放心好了。」姜小峰從袖中取出兩枝令箭，微微一笑，說：「事不宜遲，現在就趁著黑夜出發吧！」

兩人騎著快馬出城去晉見太后，並向太后說明復興明朝的計畫。太后對他們冒險犯難、忠君愛國的情操非常感動，立刻寫好詔書，將除去奸臣、拯救國家的重責大任託付給兩人，讓他們趕在天亮之前返回京城。

這天，楚元方得意洋洋的坐在龍椅上，清了清喉嚨，下令：「有事啟奏，無事退朝。」

姜小峰立即走上前，拱手稟奏：「啟奏皇上，自從您登基後，京城的情況已經在掌握之中，文臣武將感激您的恩德，無不盡忠報國。但是國土廣闊，難免有消息不通的地方，百姓不知道改了國號，不遵守法

筆生花

律、命令還是小事，如果不服您的統治就麻煩了，這件事不可輕忽。為了宣揚您的君威，我自願前往各個地方，去安撫天下，懇請皇上給我十萬兵馬，若是遇上不服統治的亂民，可以立即平定。我相信恩威並濟，必定能使天下信服。」

楚元方聽姜小峰說得言詞懇切，非常高興，正要准許請求時，王霸連忙阻止：「啟奏皇上，駙馬說得有道理，安撫天下確實是最重要的事。不過，駙馬只是個年輕文弱的書生，如何能帶領十萬大軍？」

姜小峰對王霸拱手一拜，語氣平和卻不示弱的說：「我雖然年輕，但讀過幾年兵書，也鑽研過兵法，劍術、射箭、騎馬都難不倒我，請王大人不要小看我了！」接著她轉身對楚元方說：「我身為駙馬，與您情同父子，若能幫您確保天下，就算赴湯蹈火也絕不推辭。既然王大人對我有疑慮，我也不敢逞強自傲。只是始終沒有建立功勞，卻擁有您的賞識，愧對您對我的恩情……不如請皇上下令，讓微臣返回杭州吧。」

「駙馬想太多了！」楚元方為了安撫二人，便對姜小峰說：「既然你會兵法，也懂武藝，那就請你在王大人面前演練幾招，好使大家心服口服。」見姜小峰點頭同意，楚元方命人在大殿屋簷掛上三個錢幣，並

準備好一匹寶馬與各式兵器。

　　姜小峰胸有成竹的換上軍裝，拿起弓箭、躍上馬背，首先來個疾馳快射，只聽到「咻咻咻」三聲，箭箭正中錢幣。楚元方連聲喝采，文武大臣則是目瞪口呆，想不到文質彬彬的姜小峰竟然有一身的好武藝。

　　初試身手的姜小峰從馬背上一躍而下，掛好弓箭，抽出擺在一旁的長劍，劈、砍、刺、挑，長劍被舞得銀光閃爍、氣勢驚人。接著，她又取過長槍，攔、掃、揮、按，招招凌厲，如有神助。各種兵器演練完畢，楚元方看得開心不已，馬上封姜小峰為「天下都安撫使」，並賜予十萬大軍，去各地方巡察。

　　文少霞見姜小峰順利取得兵符，趕緊上奏：「啟稟皇上，我願意隨大軍前去，為國效力。我衡量當今情勢，以武昌興獻王的勢力最大，而我的父親正在武昌任官，我可以與父親共商計策，消滅興獻王的勢力，如此您就不用擔心了。」

　　「你說得很有道理，」楚元方點點頭，「那麼，朕任命你擔任參贊，和駙馬一起出發，等平定各地方後回歸朝廷，一定大大封賞你們。」

　　退朝後，楚元方洋洋得意的告訴楚廷輝早朝的情況，沒想到楚廷輝卻皺眉說：「父王，你怎麼這麼大

筆生花

意，輕易將兵權交給他們？姜小峰或許顧念你對他有救父之恩，真心效力，但是文家一向與我們不合，你怎麼肯定他不會有其他心思？」

「啊，你說得對，是朕大意了！但君無戲言，我不能收回命令啊！」

「沒關係，」楚廷輝已經想到解決方法，「只要派一位心腹擔任監軍，一同出發也就沒關係了。我覺得廷鑾堂兄忠心耿耿，武藝精湛，是不錯的人選。」

楚元方開心的哈哈大笑，直說：「妙計！果真是虎父無犬子。」

隔天，姜小峰正在點閱士兵，卻發現楚廷鑾前來監看軍隊，嚇了一跳，心想：「糟糕，楚廷鑾如果跟著我們，恐怕會壞了大事。」

楚廷鑾拿著監軍令牌在姜小峰面前晃了晃，不懷好意的說：「駙馬，昨日你的表演真是精彩，逗得皇上心花怒放，還讓你統領大軍，我真是佩服、佩服！」接著，他話鋒一轉：「不過，皇上英明，派我來當監軍，我一定會好好的監督你，才不會辜負皇上對我的器重。」

「哼！油腔滑調的傢伙，雖然楚元方要你來監視，

我還是有辦法對付，走著瞧。」姜小峰內心暗想，但表面還是維持嚴肅態度，冷冷的對楚廷鑾說：「那就拜託監軍了。」說完，她也不等楚廷鑾回應，立即下令大軍出發。

十萬大軍浩浩蕩蕩的離開北京，走了一天，姜小峰決定在城外的一個荒村裡紮營過夜。晚餐時，姜小峰、文少霞及楚廷鑾同桌用餐，楚廷鑾見姜小峰相貌清麗，心中不禁起了邪念，頻頻勸酒。

姜小峰、文少霞因為身肩復國重任，不敢多喝，倒是楚廷鑾杯杯見底，過沒多久已經有了醉意，三人便各自回營帳休息。

一想到姜小峰秀麗俊逸的容貌，楚廷鑾無法入睡，便走向姜小峰的營帳。姜小峰正在研讀兵書，楚廷鑾也不等屬下通報，滿身酒氣的直接進入營帳，在姜小峰身旁坐下後，態度輕浮的開口戲弄。

姜小峰皺緊雙眉，神情凝重，原本不想理會楚廷鑾的狂言亂語，但話語越來越不堪入耳，她怒氣沖天的站了起來，大喝：「你也太過輕浮了，別以為有奸賊當靠山就可以為所欲為，我姜小峰可不是好惹的，你再說下去，我肯定讓你吃不完兜著走！」

「哼！」楚廷鑾被姜小峰的氣焰一激，也不禁火

大起來，「你以為你是駙馬就可以這麼神氣？剛剛你說的『奸賊』又是指誰？敢不敢再說一遍？明天我就捉你回朝，當著皇上的面說個清楚。」

「憑你也配？」姜小峰不屑的冷哼。

楚廷鑾氣得伸手就想揮姜小峰一個巴掌，姜小峰側身一閃，嘴裡喝斥：「皇上叫你來當監軍，你卻來耍嘴皮子、惹是生非，還不知道是誰會被治罪？只怕是你的腦袋保不住。」

聽了這話，楚廷鑾更是怒火沖天，他一腳踹開椅子，雙拳猛揮，姜小峰連連閃過，抽出佩劍回擊。楚廷鑾雖然武藝不差，但是手邊沒有武器，難以對付姜小峰，只能拿起椅子防守，沒多久便處於劣勢。

文少霞得到消息急急趕到，然而這麼混亂的場面，他也插不上手，只能心驚膽跳的站在一旁，大喊：「別打了！」

這時，姜小峰已經鐵了心要除掉楚廷鑾，因此完全聽不進文少霞的阻止，只見她突然改變劍法，招招都攻向楚廷鑾的要害，凌厲的劍式逼得楚廷鑾退無可退。忽然聽到「喀嚓」一響，楚廷鑾手中的椅子斷成兩半，說時遲，那時快，姜小峰把劍一揮，「碰」的一聲，楚廷鑾已經倒地不起，一命嗚呼。

「啊！小峰，你太衝動了！」文少霞嚇得臉色慘白，急喊：「楚廷鑾是楚元方的心腹啊！我們才剛離開京城，你就把他殺了，萬一消息傳回去怎麼辦？」

姜小峰餘怒未消，看見文少霞一臉驚慌，豪氣一笑：「我姜小峰敢做敢當，與你無關，這一切由我來承擔。」接著她雙眉一挑，冷冷的說：「如果像表哥這麼沒有膽量，怎麼能除去奸臣、收復江山？」一句話便讓文少霞尷尬不已。

事情發展到這個地步，姜小峰立刻召集大軍，站在臺上高聲疾呼：「各位將士，我姜小峰和文少霞二家，世世代代接受明朝的恩惠，國家有難，當然應該報效國家，絕不背叛。今天我們歸順楚元方，完全是為了騙取兵權，準備到武昌迎接擁有明朝皇室血脈的興獻王繼位。要是各位有意願隨我們去，日後成功一定會論功行賞；要是不願意，大家也可以離開，我不會責怪你們。」

由於楚元方登基之後，大力排除與自己不合的人，朝廷的重要職位全由他的心腹擔任。然而他的心腹都是邪惡狡詐的小人，生活奢靡，盡情享樂，卻對下屬非常苛刻，為了防止軍隊反叛，對士兵和將領的約束更是嚴格，早就引起不滿。因此，當眾人看到姜小峰

殺了楚廷鑾，都有一種大快人心的感受，再聽到這段慷慨激昂的話，無不高聲歡呼，表示願意跟隨二人。

　　於是十萬雄兵有了共同的目標，氣勢如虹的向武昌挺進。

第十九章 少年宰相機密外洩

　　姜小峰沿途連絡各處巡撫，查探心意，若是效忠楚元方的人，她便隱瞞目的；若是有意擁立興獻王，便共謀起義，並仔細規劃回程路線，以避開楚元方的監視。

　　來到武昌，姜小峰順利的迎接興獻王，帶軍返回北京，一點消息也沒走漏。禁衛軍看到姜小峰與大軍回朝，沒有任何防備與懷疑，大開城門讓大軍進入。

　　楚元方自從姜小峰離開後，以為未來可以高枕無憂，天天過著荒淫的生活，絲毫沒有察覺他的皇帝夢即將破碎。當他聽到侍衛稟報姜小峰回朝，還來不及下令宣見，姜小峰已經帶兵殺到他的面前了。

　　楚元方與他所有心腹全被活捉，押到刑場斬首示眾。各地依附楚元方的勢力，也很快的被消滅，包括與姜家結下深仇的柏固修。

　　興獻王順利繼位，成為嘉靖皇帝。他封姜小峰為忠義英烈侯，擔任宰相一職；封文少霞為襄成武林伯，

擔任都御史＊，其他人則按照功勞大小一一封賞。

　　雖然姜小峰年紀輕輕就當上宰相，但是她思慮周密，處事明快而不迂腐固執，很得嘉靖皇帝的賞識。然而她性格嚴謹，又礙於女扮男裝，因此在朝廷裡總是神情嚴肅，不苟言笑；而文少霞的才能卓越，加上灑脫豪邁的個性，是嘉靖皇帝可以把酒歡談的對象，所以嘉靖皇帝對他十分依賴。明朝在姜小峰與文少霞的努力下，革除不少弊端，政治清明，百姓安居樂業。

　　姜小峰和文少霞二人見一切穩定，便將杭州的家人接到北京同住，兩家互動更加親密。然而，這樣子的生活讓文少霞勾起對姜德華的思念。他冷靜的觀察姜家人的舉動，先前的疑問又浮上心頭：「德華表妹是舅舅、舅母的掌上明珠，自從那天夜裡神祕消失後，沒有任何消息，但是他們既不心急，也沒派人尋找，實在不合情理。還有，舅舅對姜小峰的態度前後不一，先是否認有這個兒子，後來不但承認，還對他愛護有加……難道，小峰就是德華表妹嗎？」

　　文少霞回到最初的假設，正想要找尋更多線索來

＊都御史：古官名。御史專任彈劾工作，明朝以都御史統轄諸御史。

證明時，又馬上搖搖頭：「不對，不對，在迎接皇上登基的過程中，他所展現的果敢、堅毅、機智及武功，幾乎無人可比，如果不是一個真正的男子，怎麼可能會這麼英勇？」

然而無論他如何反覆推求，總是想不到答案，只好把煩惱告訴文夫人和文佩蘭，請她們為他想辦法。

文夫人想了一想，說：「小峰的身分的確很可疑。他的容貌、聲音及筆跡，都與德華一模一樣，但是他的威嚴和風度又像個男子，尤其他的才幹與功績，一般男子也自嘆不如。可是，你說他是個男子，他卻又像個女孩兒一樣處處避嫌，除了避你和春溶之外，連你父親也避呢！每次邀請他一起同桌用餐，他都以身體不適為藉口，而你舅舅也都護著他，所以我們也非常懷疑。」

「娘，您說得沒錯，單從『避嫌』這點來看，小峰應該就是德華表妹，可是，我們要如何拆穿小峰呢？」文少霞想起上回求證的過程，一臉無奈：「上次我詢問舅舅，拜託他告訴我真相，結果惹得他火冒三丈，把我狠狠罵了一頓。這次，恐怕不能再問他了。」

文夫人點點頭，說：「的確不可能從他那裡得到答案，然而也不能就這樣放棄，我捨不得這麼一個好媳

婦不見了呢！」

　　一旁的文佩蘭靜靜聽著文夫人和文少霞說話，腦中不停的思考，突然，她露出一抹微笑，說：「舅舅和小峰的個性剛強，直接去問他們，當然會踢到鐵板，不過舅母心腸好，又不擅長說謊，或許可以套出真相。」

　　「哎呀，佩蘭，妳真是一語驚醒夢中人，我怎麼忘了善良的嫂嫂？」文夫人興奮的站了起來，大聲對僕人嚷著：「快到姜府去，把姜夫人請來，說我準備了一桌酒菜，邀她來賞花，請她務必前來。」

　　文夫人與莫氏的感情向來很好，收到邀請，莫氏當然毫不遲疑的赴約。一行人先在亭子裡談天，然後前往花園散步。這時，文夫人突然嘆一口氣，說：「唉，自從德華失蹤之後，少霞每天愁眉苦臉，不能釋懷。嫂嫂妳看，他都瘦了一圈啊。」

　　莫氏看文少霞果然清瘦不少，眉眼之間帶著淡淡的憂鬱，心裡有些不捨，但是她怕說錯話，不敢開口安慰，只能同情的點點頭。

　　文夫人接著說：「其實，我們都不相信德華會憑空消失，也不相信同父異母的姐弟會長得一模一樣，尤其是小峰剛出現時，大哥極力否認，等到二人見面後，

卻馬上如親生孩子一樣珍愛，這其中……一定有些祕密吧？」

莫氏被文夫人看得很心虛，心裡非常著急：「糟糕，原來今天他們是有意騙我來的，目的就是要打探小峰的身分，我該怎麼辦？」

文夫人看莫氏不知所措的樣子，大概猜到幾分真相，繼續逼問：「我們聽說德華被逼迫入宮時，傷心的尋死好幾次，但是到山東後卻變了個人，整天笑容滿面，不吃不喝也沒有關係，還會施展幻術，就像仙女一樣，怎麼會是人間女子？」

「是啊，舅母，」文佩蘭也趕緊幫腔，「聽說你們杭州老家的後花園有狐仙出沒，那狐仙長得與德華表妹很像，又說了些奇妙的話，現在想一想，德華失蹤、小峰出現應該與這位狐仙有關吧？」

見莫氏急得滿臉通紅，文夫人知道她已經招架不住了，便改用柔情攻勢，說：「嫂嫂，『男大當婚，女大當嫁』是天經地義的事，妳一定捨不得德華孤單到老

吧？」

　　說到這裡，文夫人把文少霞拉到身邊，懇切的說：「我知道大哥對少霞的年少輕狂十分不滿，但是經過這些事情的磨練，他已經沉穩很多，何況他對德華一往情深，至今沒有改變，希望嫂嫂能念在他的痴心，把事實說出來吧！」

　　莫氏為難極了，雖然她並不想讓姜德華女扮男裝一輩子，但是沒有得到姜近仁和姜德華的同意，她也不方便說出實情，正當她左右為難的時候，只見文少霞「撲通」一聲跪在她的面前，語帶哽咽：「懇請舅母將表妹的下落告訴我吧。」

　　不管莫氏怎麼拉他、勸他，文少霞就是不肯起身。文佩蘭乘機催促莫氏說出實情，文夫人也在一旁幫腔。莫氏被逼急了，慌亂之下，便全盤托出了姜德華假扮姜小峰的經過。

　　文夫人聽了非常開心，連忙說：「少霞，快給舅母磕頭，她可是你的大恩人呢！」

　　「別磕了，待會兒我回去一定會挨罵的。」莫氏苦笑的說。

　　「怎麼能讓妳挨罵呢？」文夫人笑得合不攏嘴，轉頭吩咐文少霞：「你現在去把舅舅請來，我要好好和

筆生花

他談一談。」

　　姜近仁正在廳中和姜小峰閒話家常，文少霞上氣不接下氣的趕到姜府，邀請姜近仁前往文府，看見姜小峰疑惑的表情，還對她笑了一下。姜近仁一到文府，知道莫氏把事情的前因後果都說了，氣得吹鬍子瞪眼，原本想否認到底，但是拗不過眾人的質問，他也只好承認了。

　　姜小峰見莫氏和姜近仁先後被請到文府，文少霞又滿臉笑意，心裡有一種不祥的預感，坐立難安，好不容易盼到雙親回來，得知自己的祕密已經洩漏，千頭萬緒一下子湧上心頭，整個人呆坐在椅子上。

　　「德華啊，」姜近仁走過去，慈愛的拍拍她的肩膀，「現在局勢安定，妳也沒有必要再裝成小峰了。我看……妳趕緊向皇上稟明妳女扮男裝的事，相信皇上念在妳建立了許多功勞的情分上，絕對不會追究妳欺君之罪。而少霞也願意依照先前的約定入贅，妳不但能繼續留在家裡，將來生的孩子也可以改姓姜，延續姜家的香火。」

　　姜德華像失了魂般，沒有回答姜近仁，眼眶充滿淚水。姜近仁瞭解她為什麼難過，不捨的說：「妳是個

聰明的人，這『假難成真』的道理，怎麼會看不明白？」

這道理姜德華當然明白，她情緒低落的回房，心裡萬分懊惱：「上天既然讓我才華高人一等，為什麼不讓我生為男子？我費盡辛苦才建立的功績，竟然轉眼間就要被迫放棄。哼！我再聰明又有什麼用？只因為是女子，所有的努力都是白費啊！」

她長吁短嘆，把自己鎖在房裡，連飯都吃不下。姜家所有人都來相勸，姜德華卻怎麼也無法釋懷。

隔天早上，姜近仁扶著年邁的姜老太太來到姜德華的房裡，見她仍是眉頭深鎖、淚眼汪汪的坐在床上，兩人盡是說不出的心疼。姜老太太腳步不穩的走向前，坐在床邊，緊緊握著姜德華的手，說：「德華，當初聽到妳消失，奶奶好難過，以為從此再也看不到妳了，沒想到妳就在身邊。奶奶真的是老了，兩眼昏花，沒有認出妳，昨天知道小峰就是德華，想到能再和妳相聚，我高興得整晚睡不著覺呢。」

說著說著，姜老太太忍不住流下淚，吐露內心的希望：「德華，奶奶不要女扮男裝的假孫子，我只要看到妳好好的、快快樂樂的，我就心滿意足了。」

姜德華溫柔的抱住姜老太太，不停的幫姜老太太

拭去臉上的淚水，自己卻也哭成了淚人兒。

　　姜近仁笑著對姜德華說：「德華，連奶奶都來勸妳了，那就別再倔強了！來，起來吃點東西，別讓奶奶擔心啊！」

　　看著姜老太太一臉不捨的表情，姜德華終於點頭，勉強打起精神下了床，站在一旁的瓊箋和翠墨開心得不得了，雙雙上前幫姜德華換掉男裝，改著女裝。熟悉的姜德華又出現在她們面前，二人不由

得讚嘆：「小姐，妳真的像是天上下凡的仙子，男裝和女裝一樣漂亮。」

　　「妳們二個別說笑了。」換上女裝，姜德華知道一切再也無法挽回，滿臉不悅。

　　等姜德華用完餐，瓊箋和翠墨已經準備好紙筆，催促她趕緊動筆，向嘉靖皇帝說明實情。「女扮男裝的事無法再隱瞞下去，我的富貴功名也到此為止……姜

小峰從此消失，文才、武功都要封存，再也沒有文章流傳百世了……恨，恨我不是男子啊！」她無奈的在桌前坐下，想到這裡，心中百感交集，卻只能傷心的提起筆，一字一句的寫下前因後果，隔天好呈給嘉靖皇帝。

一第二十章 慕容純解開心結

　　知道實情之後，嘉靖皇帝非常驚訝，不敢相信的說：「想不到明朝的江山，全靠一個女子拚命才能保住，這真是古往今來、前所未有的奇事！朕決定封姜德華為靖國夫人、武林郡主，並賜婚給文少霞為妻。至於宰相的職位由文少霞接任。希望妳能好好輔佐文少霞，共同打理國事。」

　　皇帝命令不可違抗，姜德華再怎麼不願意，也只能接受，與文少霞完婚。

　　謝雪仙隨姜德華回杭州後，不斷修行，如今已經具有一些仙術，得知姜德華回復女子身分，更加篤定與堅決，一個人搬到姜府偏僻的後院繼續清修。而慕容純對文少霞充滿怨恨，不願意見他一面，每天都躲在房裡，足不出戶。因此雖然同住姜府之中，文少霞卻始終沒見過慕容純。

　　由於慕容純的不幸遭遇，讓姜德華對文少霞心存嫌隙。但是文少霞對姜德華深情款款、溫柔體貼，兩

人既能談詩論文，又可討論政事，閒暇時便彈琴下棋，彼此興趣相投，相處得還算不錯。姜德華心想：「成親那麼多天，從沒聽他提起慕容姑娘，難道他真的忘了她？可是……他除了有些不拘小節，對人倒也十分真誠，不太像心狠手辣的人。難道其中有什麼誤會嗎？」

姜德華決定著手調查事情的真相。她先派人到杭州邊境的村莊去探訪，從村人口中得知慕容純的確被一群人接走，前後情節與慕容純血書的內容相差不多；她又請謝秋山幫忙，捉拿販賣慕容純的店家，店老闆為了證明自己沒有拐騙良家婦女，便拿出賣身契。那張販賣慕容純的契約書，署名確實是文少霞，但是姜德華仔細一看，發現契約書上並非文少霞的字跡，立刻恍然大悟。

「相公果然是被陷害，賣掉慕容姑娘的另有其人，只是這個人恐怕已經逍遙法外，難以追查了。不過，他對慕容姑娘不聞不問，還是太無情了，我一定要好好問問他，讓他對慕容姑娘和孩子負起責任。」

當姜德華正在思考該如何詢問比較妥當的時候，文少霞走進房裡，看到姜德華一臉嚴肅的坐在窗邊，關切的問：「妳不開心嗎？怎麼眉頭深鎖？」

「沒什麼，只是想到以前女扮男裝的事。」姜德

華搖搖頭，淡淡的說。

「哦，妳在懷念以前的嬌妻美妾呀。」文少霞假裝嫉妒的說：「看來妳跟她們的感情真的很好，不怕我吃醋啊？」

「我跟她們情同姐妹，你有什麼好吃醋的，也不怕讓人聽了笑你。」姜德華有些不悅，冷冷回話。

「呵呵，別生氣了，我只是逗逗妳而已。不過，說到妳的妻妾，倒讓我想起一件事。」文少霞面對著姜德華坐下，問：「妳以前有一妻一妾，謝姑娘在後院清修，那麼另外一位是誰？人在哪兒？我怎麼從來沒見過她？還有，她生的孩子是誰的啊？」

姜德華「噗嗤」一笑，說：「你問得真好，但是在回答之前，我要先問你一件事。」

「哦，什麼事？妳儘管問，我知道的一定全部告訴妳。」

「很好，這個問題你一定能回答。」姜德華認真的說：「你娶了慕容姑娘，如今功成名就，怎麼從來沒有聽你提起她，也沒有想接她來相聚的意思？」

沒想到姜德華會突然提起慕容純，文少霞愣了一下，才慚愧的說：「當初來不及稟告爹娘便與純兒成

親，是我年輕不懂事，但是我並不是無情的人。我高中榜眼後，也曾經派人去接她，但是家裡已經人去樓空，或許純兒不想等我，已經改嫁了吧。唉，這也不能怪她，是我離開太久，辜負她了。」

「是這樣嗎？」姜德華半信半疑，站起身，頭也不回的說：「既然你有心找她，那就隨我來吧。」

文少霞一頭霧水，跟著姜德華走往姜府一處僻靜的房間。慕容純聽到婢女稟報，知道無法迴避與文少霞相認，只好開門讓二人進來。姜德華一進到房裡，轉身向文少霞介紹：「相公，這位就是我的另一位夫人——慕容純。」

看見慕容純出現在眼前，文少霞掩蓋不住臉上的震驚，輕喊出聲：「純兒？妳怎麼會在這裡？」

慕容純用力瞪著文少霞，大罵：「你這個負心漢，來這兒做什麼？我被你糟蹋的還不夠嗎？」

文少霞一臉錯愕，轉頭看著姜德華，他沒想到姜德華的妾竟然是慕容純，更不懂為什麼慕容純一副恨他入骨的模樣。姜德華知道文少霞對慕容純的遭遇一無所知，於是要慕容純拿出血書，

讓文少霞明白到底發生了什麼事。

　　咬了咬下唇，慕容純心不甘、情不願的取出血書，遞給文少霞。文少霞越看心情越沉重，不禁哀嘆一聲，大喊：「純兒，妳怎麼這麼糊塗？當初娘不接受我們成親，斷絕所有的經濟援助，我到京城的時候，只帶了一點點金錢和隨身侍童，即使中了榜眼，也不過是個新進的御史，哪有能力派遣一群人，聲勢浩大的去迎接妳呢？就算有，我也會派遣我的侍童一起去，才能讓妳相信呀！想不到妳絲毫沒有懷疑就跟著走，還好遇到善良的謝姑娘，否則後果真是不堪設想。」

　　慕容純雖然也覺得他的話很有道理，但受過傷害的她仍無法完全相信文少霞。文少霞把侍童找來，證明自己沒有賣掉她，還曾經派人去迎接她。這時，姜德華取出賣身契，讓慕容純比對字跡，證明文少霞的清白。

　　眼前的種種證據，讓慕容純終於恍然大悟，原來自己是上了壞人的當，她再也忍不住滿腔的懊惱和委屈，哭得柔腸寸斷。姜德華趕緊安慰她：「慕容姑娘，妳別難過了！今日能團聚真是一件喜事，一來解開妳的心結，二來慶幸相公並非無情！改天我們一起帶著孩子，到文府拜訪公公和婆婆，稟明一切，讓他們接

納你們，好不好？」

　　一切真相大白，慕容純重新接受文少霞，文上林和文夫人也接受慕容純，並讓孩子認祖歸宗，事情終於圓滿落幕。姜德華感到非常愉悅，腳步輕鬆的走往後院，打算告訴謝雪仙這個好消息。

　　她才轉過小徑，遠遠的就看到謝雪仙的婢女已經在門口等待：「雪仙小姐擔心天色昏暗，所以特別叫我們在這兒等您。」

　　「喔，妳家小姐真不簡單，已經能未卜先知了。」姜德華與婢女說說笑笑的並肩行走，謝雪仙已經在桌上擺好二張琴。見到姜德華，謝雪仙微微一笑，邀姜德華一同彈琴，二人默契十足的撥起琴弦，合奏了好幾首曲子。

　　姜德華開心的說：「姐姐，我剛剛跟著琴音，感覺自己的身心好像與天地合而為一，非常暢快。」

　　「是啊！長久以來的心結一旦解開，自然就能放鬆了。」謝雪仙意有所指的笑著回答。

　　「我還沒說慕容姑娘的事，妳怎麼就知道了？」姜德華既欽佩又羨慕，忍不住說：「姐姐現在過著神仙般的生活，真的是清淨自在呢！」

　　謝雪仙只是微笑，沒有回答，雙手飛快的在琴弦

上來回撥動，琴音時快時慢、時高時低，有時如通幽小徑般婉轉低迴，有時又如洶湧大海似的氣勢磅礴。姜德華聽得如痴如醉，她知道謝雪仙的修練已經進入更高的境界。

一曲奏完，餘音仍在四周繚繞。謝雪仙對姜德華說：「人活在世上，各有不同的因緣，生命的長短，完全由上天來決定。妳的資質不凡，性情善良忠義，將來自然有得道的一天。不過，妳的未來還有些災難，一定要多加留意。」

姜德華會意的點點頭，又與謝雪仙彈了幾首曲子，直到明月高掛，她才依依不捨的回房休息。

第二十一章　楚春漪為父報仇

　　慕容純解開心結後，姜、文兩家生活安樂，卻不知道謝雪仙提示的災難即將降臨。

　　一日，文府收到藍章的信，希望文少雯履行承諾，迎娶楚春漪。原來藍氏老早便要藍章帶楚春漪逃回老家，並要求藍章一定要設法完成楚春漪的婚事。等到楚元方被處決後，嘉靖皇帝念在藍章忠義的情分上，特別赦免楚春漪。於是藍章便想完成藍氏的遺願。

　　因為楚元方的惡名昭彰，文夫人對楚春漪有所顧忌，但又沒有理由悔約，只能同意婚事，讓文少雯用簡單的儀式迎娶楚春漪，並將她安置在後院的西房。

　　楚春漪不僅美麗如花，還精通歌舞和劍法，但是個性非常好強。當年她不能體會藍氏的苦心，對藍氏私下幫她訂親的舉動十分不滿，如今又只能低調嫁入文府，她覺得自己顏面盡失，心裡更加怨恨，幸好文少雯長得英俊瀟灑，讓她心情稍稍平復了些。

　　婚後，為了贏得文少雯的歡心，楚春漪使出渾身

解數魅惑<u>文少雯</u>，而<u>文少雯</u>也被她迷得團團轉，整天待在她的房裡飲酒作樂，把未來的前途拋到腦後，同時也冷落元配妻子。個性軟弱的元配逆來順受，但是<u>文</u>夫人看不過去，多次告誡<u>文少雯</u>，情況卻毫無改善。

這天，<u>姜德華</u>和<u>文少霞</u>回<u>文</u>府向<u>文上林</u>夫婦請安，也與<u>楚春漪</u>見了面。<u>楚春漪</u>見到殺父仇人<u>姜德華</u>一身尊貴，心裡又怨又恨，冷著臉問候一聲，便回房了。

婢女見到<u>楚春漪</u>，趕緊上前：「大少奶奶，大少爺說他待會兒要來這裡用餐，請妳準備幾支曲子。」

「哼，本姑娘今天不想陪他。」惱怒的<u>楚春漪</u>繃著臉，吩咐婢女：「妳跟大少爺說，今天有『貴客』降臨，請他到大廳用餐吧！」

支開婢女以後，<u>楚春漪</u>獨自坐在房裡，她的內心被仇恨翻攪得波濤洶湧：「哼，<u>姜德華</u>不過是個女子，爹那麼欣賞她，她卻恩將仇報，殺害我的親人，甚至當上宰相。女扮男裝的事情被拆穿後，皇上不但沒有追究她的欺君之罪，竟然加封更多的賞賜，這還有天理嗎？

「這樣無情無義的女子，竟然有個舉世無雙的丈夫，<u>文少霞</u>本來是我說親的對象，娘卻偏偏看上了略遜一籌的<u>文少雯</u>，害我只能當個不受重視的妾。好歹

我也是出身貴族，爹還當過皇帝，如果不是因為姜德華搗亂，我怎麼會家破人亡？哼，可惡的姜德華，這不共戴天的深仇大恨，我今天是報定了！」

憤怒與嫉妒淹沒了楚春漪的理智，她拿出二把家傳寶劍，轉身走出門外。

這時，大廳正是一片和樂。

文少霞從市集買來一把古劍，姜德華覺得與孫夫人贈予的寶劍相似，正在賞玩，一夥人也七嘴八舌的討論著。

文少霞指著劍身，說：「聽說這把劍來自南方，是某戶人家的祖傳古劍，由於家道中落、生活艱困，不得已才賣掉的。」

姜德華仔細看了看，說：「嗯，看起來很不錯，劍身堅固，鋒芒銳利，散發古劍特有的氣息。」她把新買來的古劍和孫夫人贈予的寶劍放在一起，饒富興味的說：「這兩把劍果然是一對的，除了造形、花紋一致，劍身也都刻著『漢代初平』四個字。」

「原來不僅人會念舊，劍也有情！你們看，這把劍隔了千年，還會來找最初的同伴，真是神奇啊！」文夫人輕鬆的話語，引得大夥哄堂大笑。

突然，大廳後方傳來吵雜的聲響：「大少奶奶，妳要做什麼，別衝動啊！」

「妳們別管，通通給我閃開！」

循著聲音望去，竟然是楚春漪提著兩把劍，殺氣騰騰的衝了進來，眾人不禁都愣住了。

「姜德華，妳這個忘恩負義的東西！我爹待妳不薄，妳卻恩將仇報，把他推上刑場，我今天就要為爹報仇。」楚春漪揚起手中的長劍，劈了過來，姜德華連忙側身閃過；一劍落空，楚春漪把劍一轉，又是狠狠劈下，率先回神的文少霞趕緊拿起椅子，擋下了這一擊。

就在這短短一瞬間，姜德華迅速抄起兩把古劍，大喝：「楚春漪，妳儘管對著我來，不要傷害無辜的人。」同時她舞動雙劍，一一格開楚春漪的攻勢。

楚春漪冷哼一聲，重新發動攻擊，口裡不停喊著：「妳納命來吧！」

四柄寶劍寒光四起，銀白劍影中只能依稀見到二個人影上下迴旋，或隱或現。

楚春漪的劍法招招凌厲、虎虎生風，每次出手都狠辣不留情面，對付一般武人綽綽有餘，但是姜德華的劍法為天神孫夫人親自傳授，自然出神入化、技高

一籌。然而姜德華心存仁厚，不肯痛下殺手，只有採取防守的動作，因此過招數十回合，兩人仍不見勝負。

過了一會兒，楚春漪開始有些疲憊，手勁一弱，姜德華乘機架住她的雙劍，說：「楚春漪，雖然殺父之仇不共戴天，但楚元方位居高官，卻只貪圖私利，貪贓枉法，甚至不顧君臣倫理；我家世代為官，深受皇上恩德，當然必須要保衛國家。況且能成功打敗妳父親，也是靠著眾人的力量，順應上天罷了。今天我尊敬妳是嫂嫂，不想跟妳動手，請妳放下心中的怨恨吧。」

「別說了，我不聽妳的解釋。今天不是妳死，就是我亡。」

楚春漪從姜德華的劍下滑開，握緊雙劍，馬上展開更猛烈的攻勢，招招逼近姜德華的要害。姜德華見她失去理智，只好加強力道，右劍擋開她的攻擊，左劍則趁楚春漪疏於防備時，劃過她的臉頰，剎那間姜德華收住力道，劍尖就這麼停在楚春漪的眼前，劍身還因餘力而微微顫動。

以為長劍就要刺入眼珠，楚春漪不禁大叫，「哎呀」一聲昏了過去。

楚春漪清醒後，知道自己無法為楚元方報仇，心

中憤恨難平，即使文少雯不停的安慰，她卻一點兒也不領情，反而指著文少雯大聲辱罵：「好歹我也是出身名門，如今卻只能當你的小妾……你真沒出息，到現在一點功名都沒有，我娘當初真是看走了眼，讓我委屈一輩子……」

文少雯被罵得灰頭土臉，下不了臺，乾脆離開西房，不想面對失控的楚春漪。幾天後，楚春漪臉上的傷口漸漸癒合，留下一道難看的疤痕，也在她的心裡留下不可抹滅的傷痛。

重視外表的文少雯見她失去美麗的容貌與嬌柔的態度，漸漸與她疏遠。沒想到，文少雯的冷淡，竟然讓楚春漪對人生有了新的體會。她領悟到世間的一切都只是短暫的，沒有永恆不變的東西，只有看破愛恨情仇才能脫離痛苦。因此她整天鎖在房裡，以宗教來撫慰自己的心靈，後來藉著返鄉探親的理由，告別文府，到廟裡清修去了。

第二十二章　衣錦還鄉返天庭

　　楚春漪看破紅塵，離開文府後，姜德華發現自己懷孕了，她想到後院去探望謝雪仙，與謝雪仙分享懷孕的喜悅，沒想到才踏出房門，就聽到外面傳來一陣吵雜，原來是謝雪仙的婢女。

　　「怎麼了？」姜德華輕輕一笑，以為又是謝雪仙派人來帶她。

　　「不好了，雪仙小姐不見了。」

　　姜德華心裡一驚，連忙趕到後院去。只見謝雪仙的房裡空空蕩蕩，兩張琴還擺在桌上，棋盤上的棋子停在尚未分出勝負的棋局中。謝雪仙平常打坐的位置旁邊放著香爐，爐裡檀香裊裊，一切都沒有改變，唯獨不見謝雪仙的身影。

　　姜德華含著眼淚，放眼搜尋，才看到謝雪仙所遺留的信。信上寫著她已經得道升天，要眾人不必難

過，並暗示姜德華與文少霞將來會回歸天庭等等事情。

　　雖然姜德華為分離感到難過，卻也為謝雪仙終於得道成仙而喜悅。從此以後，姜德華以家庭為重心，全力輔佐文少霞。而文少霞也蛻去年輕時的率性瀟灑，性格更加成熟穩重。他的武藝和兵法知識，在姜德華的指導下突飛猛進，成為文武兼備的全才，是嘉靖皇帝不可缺少的得力臣子。

　　在文少霞和姜德華的努力下，朝廷政治清明，但北邊的外患問題卻越來越嚴重。一天，京城收到邊疆送來的緊急文書，說是韃靼大舉入侵，已經奪下十幾個城池，希望嘉靖皇帝派兵救援。

　　嘉靖皇帝立即召集大臣，共同商量對策。文少霞除了提供抵禦韃靼的計謀，還自願率兵出征，有條有理的分析聽得嘉靖皇帝頻頻點頭，立刻下令由文少霞領兵十萬，前往邊疆。

　　消息傳回文、姜二府，眾人都表示反對，認為文少霞高居宰相之位，應該鎮守朝廷，不該輕易出征，只有姜德華贊成文少霞的決定，她說：「大丈夫本來就要有雄心壯志，才能成就偉大的功業，何況盡忠報國是臣子的責任，再說，少霞的謀略精妙，武藝高強，

一定能凱旋歸來，你們就別擔心了。」

　　等回到房間，<u>姜德華</u>不禁仔細叮嚀：「相公，帶兵出征不是簡單的事，要以賞罰分明和恩威並施的方法，樹立你的威權，並與士兵同甘共苦，才能得到人心，讓他們心悅誠服的為你效力。

　　「古人說『將在謀而不在勇』、『驕兵必敗』，這是千古不變的道理。韃靼人擅長打仗，能以一擋十，你千萬不要輕敵。」<u>姜德華</u>不放心的再次提醒：「打敗韃靼不難，難的是收服他們的心，如果這一戰打贏了，只要他們投降就好，別趕盡殺絕，『愛惜人民』才是真正致勝的道理。」

　　<u>文少霞</u>感動得紅了眼眶：「夫人的話我一定會謹記在心，不用牽掛，妳要好好保重身體。」

　　雖然<u>姜德華</u>沒有表現出流淚及不捨，但是她的囑咐裡已經包含了無限的關心與深情。

　　經過一年的奮戰，<u>文少霞</u>得勝歸來，<u>嘉靖皇帝</u>又大肆封賞，讓<u>文</u>、<u>姜</u>二府的富貴與榮耀達到頂點。

　　但是一人之下、萬人之上的<u>文少霞</u>卻毫不留戀榮華富貴，等到天下太平，他與<u>姜德華</u>商議後，便向<u>嘉靖皇帝</u>辭官，帶著雙方父母回到<u>杭州</u>，過著與世無爭的平靜生活。

他們在西湖邊建造一棟別墅，蓋了一座三仙祠，
祠裡供奉著孫夫人、胡月仙及謝雪仙。雙方父母逝世
之後，文少霞和姜德華便在西湖別墅隱居修道，過著
超然物外的生活。

據說，文少霞和姜德華過了數十年，仍然保持著
青春容貌，沒有衰老。

一天清晨，西湖景致一切如舊，晨霧瀰漫中，謝
雪仙乘著鶴鳥緩緩而來，引領著文少霞與姜德華乘鸞
跨鳳，飛升而去。從此兩人各自回歸星宿之神與掌書
仙子的本位，完成人世間一段忠孝節義的故事。

筆生花——女扮男裝定天下

古代身為女子有許多無奈，是我們現在很難體會的。請試著想像生活在其中的感覺，並回答下面的問題。

1.古代對於女性的限制很多，如「不可拋頭露面」、「從一而終」等，你對於這些規定有什麼看法？

_____

_____

_____

2.文少霞在酒醉的時候，糊里糊塗接受慕容太太的提親，如果你是他身旁的侍童，會不會當場提醒他？為什麼？

_____

_____

_____

3.胡月仙雖然不是主角，卻是故事裡的靈魂人
物，你喜歡這個角色嗎？說說看你喜歡或不喜歡
的原因。

_____

_____

_____

_____

4.姜德華靠著自身的智慧、才能及努力而獲得成
就，這樣的女性也可見於現實生活，請你在中外
歷史或現代社會中舉出一位人物，並簡單介紹她
的故事吧！

_____

_____

_____

_____

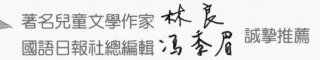

在經典故事中成長

——有圖、有料、有意思

唐三藏西天取經、魯智深大鬧桃花村、

諸葛亮草船借箭、牛郎織女鵲橋相見……

過去，我們讀這些故事長大

現在，我們讓這些故事陪孩子一起長大

豐富的文化應該被傳承，傳統的經典需要有新意

小說新賞，讓經典再現——

- 導讀簡明，掌握故事緣起
- 內容生動，融合古典新意
- 插圖精美，呈現具體情境
- 經典新編，富含文學性質

全系列共三十冊　敬請期待

一生不可不讀的三十本經典

國家圖書館出版品預行編目資料

筆生花／劉玉娟編寫;杜曉西繪.－－初版一刷.－－臺
北市: 三民, 2012
面;　公分.－－(兒童文學叢書／小說新賞)

ISBN 978-957-14-5602-7　(平裝)

859.6　　　　　　　　　　　　　　　100025151

©　筆 生 花

編 寫 者	劉玉娟
繪　　者	杜曉西
責任編輯	林易柔
美術設計	李唯綸
發 行 人	劉振強
著作財產權人	三民書局股份有限公司
發 行 所	三民書局股份有限公司
	地址　臺北市復興北路386號
	電話　(02)25006600
	郵撥帳號　0009998-5
門 市 部	(復北店)臺北市復興北路386號
	(重南店)臺北市重慶南路一段61號
出版日期	初版一刷　2012年1月
編　　號	S 857580

行政院新聞局登記證局版臺業字第○二○○號

鸚鵡螺
數學叢書

從算術到代數之路

——讓 x 噴出，
大放光明——

蔡聰明 ／ 著

三民書局

鸚鵡螺數學叢書
總　序

本叢書是在三民書局董事長劉振強先生的授意下，由我主編，負責策劃、邀稿與審訂。誠摯邀請關心臺灣數學教育的寫作高手，加入行列，共襄盛舉。希望把它發展成為具有公信力、有魅力並且有口碑的數學叢書，叫做「鸚鵡螺數學叢書」。願為臺灣的數學教育略盡棉薄之力。

I 論題與題材

舉凡中小學的數學專題論述、教材與教法、數學科普、數學史、漢譯國外暢銷的數學普及書、數學小說，還有大學的數學論題：數學通識課的教材、微積分、線性代數、初等機率論、初等統計學、數學在物理學與生物學上的應用等等，皆在歡迎之列。在劉先生全力支持下，相信工作必然愉快並且富有意義。

我們深切體認到，數學知識累積了數千年，內容多樣且豐富，浩瀚如汪洋大海，數學通人已難尋覓，一般人更難以親近數學。因此每一代的人都必須從中選擇優秀的題材，重新書寫：注入新觀點、新意義、新連結。從舊典籍中發現新思潮，讓知識和智慧與時俱進，給數學賦予新生命。本叢書希望聚焦於當今臺灣的數學教育所產生的問題與困局，以幫助年輕學子的學習與教師的教學。

從中小學到大學的數學課程，被選擇來當教育的題材，幾乎都是很古老的數學。但是數學萬古常新，沒有新或舊的問題，只有寫得好或壞的問題。兩千多年前，古希臘所證得的畢氏定理，在今日多元的光照下只會更加輝煌、更寬廣與精深。自從古希臘的成功商人、第一位哲學家兼數學家泰利斯 (Thales) 首度提出兩個石破天驚的宣言：數

學要有證明，以及要用自然的原因來解釋自然現象（拋棄神話觀與超自然的原因）。從此，開啟了西方理性文明的發展，因而產生數學、科學、哲學與民主，幫忙人類從農業時代走到工業時代，以至今日的電腦資訊文明。這是人類從野蠻蒙昧走向文明開化的歷史。

　　古希臘的數學結晶於歐幾里德 13 冊的《原本》(*The Elements*)，包括平面幾何、數論與立體幾何，加上阿波羅紐斯 (Apollonius) 8 冊的《圓錐曲線論》，再加上阿基米德求面積、體積的偉大想法與巧妙計算，使得它幾乎悄悄地來到微積分的大門口。這些內容仍然是今日中學的數學題材。我們希望能夠學到大師的數學，也學到他們的高明觀點與思考方法。

　　目前中學的數學內容，除了上述題材之外，還有代數、解析幾何、向量幾何、排列與組合、最初步的機率與統計。對於這些題材，我們希望在本叢書都會有人寫專書來論述。

II 讀者對象

本叢書要提供豐富的、有趣的且有見解的數學好書，給小學生、中學生到大學生以及中學數學教師研讀。我們會把每一本書適用的讀者群，定位清楚。一般社會大眾也可以衡量自己的程度，選擇合適的書來閱讀。我們深信，閱讀好書是提升與改變自己的絕佳方法。

　　教科書有其客觀條件的侷限，不易寫得好，所以要有其它的數學讀物來補足。本叢書希望在寫作的自由度幾乎沒有限制之下，寫出各種層次的好書，讓想要進入數學的學子有好的道路可走。看看歐美日各國，無不有豐富的普通數學讀物可供選擇。這也是本叢書構想的發端之一。

　　學習的精華要義就是，儘早學會自己獨立學習與思考的能力。當

這個能力建立後,學習才算是上軌道,步入坦途。可以隨時學習、終身學習,達到「真積力久則入」的境界。

我們要指出:學習數學沒有捷徑,必須要花時間與精力,用大腦思考才會有所斬獲。不勞而獲的事情,在數學中不曾發生。找一本好書,靜下心來研讀與思考,才是學習數學最平實的方法。

III 鸚鵡螺的意象

本叢書採用鸚鵡螺 (Nautilus) 貝殼的剖面所呈現出來的奇妙螺線 (spiral) 為標誌 (logo),這是基於數學史上我喜愛的一個數學典故,也是我對本叢書的期許。

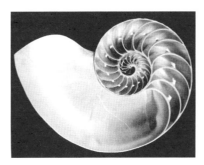 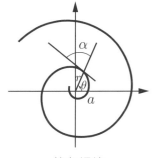

鸚鵡螺貝殼的剖面　　　　　　等角螺線

　　鸚鵡螺貝殼的螺線相當迷人,它是等角的,即向徑與螺線的交角 α 恆為不變的常數 ($a \neq 0°, 90°$),從而可以求出它的極坐標方程式為 $r = ae^{\theta \cot \alpha}$,所以它叫做指數螺線或等角螺線,也叫做對數螺線,因為取對數之後就變成阿基米德螺線。這條曲線具有許多美妙的數學性質,例如自我形似 (self-similar)、生物成長的模式、飛蛾撲火的路徑、黃金分割以及費氏數列 (Fibonacci sequence) 等等都具有密切的關係,結合著數與形、代數與幾何、藝術與美學、建築與音樂,讓瑞士數學家柏

努利 (Bernoulli) 著迷，要求把它刻在他的墓碑上，並且刻上一句拉丁文：

Eadem Mutata Resurgo

此句的英譯為：

Though changed, I arise again the same.

意指「雖然變化多端，但是我仍舊照樣升起」。這蘊含有「變化中的不變」之意，象徵規律、真與美。

鸚鵡螺來自海洋，海浪永不止息地拍打著海岸，啟示著恆心與毅力之重要。最後，期盼本叢書如鸚鵡螺之「歷劫不變」，在變化中照樣升起，帶給你啟發的時光。

蔡聰明

2012 歲末

在任何地方，我們對於一個事物無法得到真正的
理解，除非我們實際看到它從頭開始的生長過程。
$-Aristotle-$

代數就是錘鍊一套捕捉神祕未知 x 的妙法！

 甲、本書讀者的對象

　　本書的主題是初階的**代數學**，我們很用心地呈現，從算術的四則
應用問題，如何脫胎換骨成為代數學的過程，並且講述一點兒方程式
論。我們也注重代數的歷史發展過程以及人文的背景。

　　本書適合小學六年級到中學階段的學生研讀。對於一位小六生，
本書可以陪伴他（她）從小學平順地走過國中與高中。本書也很適合
一位國中生研讀，因為在「數學成熟度 (mathematical maturity)」較高
之下，一面可以快速地複習小學數學，一面可以更有效率且愉快地學
習代數學。

　　代數是算術的**抽象化與推廣**。在思想方法上，它是算術的更上一
層樓。我們要實地走一趟從算術到代數之路，體驗代數的生長過程。
這一趟的提升過程非常珍貴，可以讓我們筋強眼亮。

　　對於算術四則應用題，算術的解法如手工藝，代數解法如機器文
明。手工藝雖然比較簡陋，但是充滿巧思妙想，是小學生鍛練思考的
好題材。

　　從數學發展史來看，由具體的小學算術轉變到中學的抽象代數，是最關鍵的一步，也是許多學生感到困惑的地方。代數幾乎是每個學子首次遭遇到的抽象數學。面對這個關鍵階梯：若能夠順利跳上去，則往後數學的學習差不多就順利了；若適應不良，則會變成不喜歡數學，甚至討厭數學，數學變成夢魘。本書的目標就是要幫助初學者克服這個難關，快樂地學習代數，有效地掌握代數方法。

乙、線索與未知的聯繫

　　代數是「**已知**」與「**未知**」之間的對話：

$$\textbf{對話}$$

$$\textbf{已知} \longleftrightarrow \textbf{未知}$$

　　一個問題含有**未知數**，而問題又提供我們恰到好處的**已知線索**（過與不及都不好）。我們要循著線索建立**方程式**，再解方程式，以求出未知數，這就像獵人循著獵物的足跡找到獵物。因此代數是「**未知的藝術**」(the art of the unknown)，這是一種「**大術**」(the great art)、一種「**可解決的藝術**」(the art of soluble)。

丙、符號與抽象

　　代數學的主要特色是：抽象化、符號化，並且利用整體數系的運算律（公理化），結構性地來解決問題。

　　抽象化、符號化與**公理化**是代數能夠提供給我們的最佳訓練。綜合起來說就是：**錘鍊抓住本質功夫**以及**有系統地探求未知的方法**。

打個比方來說：算術把玩的是具體的數；而代數所舞弄的東西，除了具體的數之外，還增加文字符號與式子，例如 $a, b, x, y, 2x+3y,$ $ax+b=c$ 等等。用經濟學的術語來做比喻，算術把玩的是具體的錢，而代數所操作的東西，除了具體的錢，更增加了支票與信用卡。

將日常的數量語言化為符號，用符號代表數，這是很重要的一步，相當於用支票或信用卡來代表錢一樣。這是種抽象的錢，但更具有威力。

學會代數就好像會使用某種魔術語言。

⊕ 丁、提高數學的成熟度

學習代數的另一個重要意涵，就是熟悉數學的普遍語言：從未知數 x 到方程式 $f(x)=0$，再從變數 x 與 y 到函數 $y=f(x)$，這些都是數學與科學不可或缺的論述語言，少了它們，數學與科學簡直就寸步難行，因為大自然喜歡把她的祕密隱藏在函數或方程式之中。我們可以說有 x 與 y 才有現代數學！

代數除了可以「吾道一以貫之」地解決所有的算術問題，更重要的是它打開我們的眼界，並且開拓出一個寬廣的數學新天地。代數把我們提升到更高的知識水準 (higher intellectual level)，增強思想的內功，為往後探索高等數學奠基。

學習古代大師的偉大思想，熟悉一個觀念與方法的發展過程，了解一門學問的內容、意義和方法，這些都讓人樂在其中。

法國數學家達朗貝爾 (D'Alembert, 1717–1783) 說得好：

Algebra is generous, she often gives more than is asked of her.

代數是慷慨的，她總是要求得少，但是給得多。

戊、本書的緣由：我跟中小學的數學淵源

從 2005 年至今，我在臺大參與師資培育的教育學程計畫。這是要培育大學生成為中學教師的資格訓練。我負責數學科，講授「國高中數學教材、教法與實習」這門課。我也到過各地的中學演講，以及實地觀摩數學的教學，並且給予講評。

其次，我不得不提到，促成本書誕生最重要的三個人，他們都是我的學習典範。首先，時間回到古早，小學我在竹山國校五、六年級時 (1958–1959)，數學的重心是算術四則應用問題，那時恩師劉義德老師給了我真正的數學啟蒙。他的優秀教學，讓我只要聽過他的清晰講解或作個圖解，我就懂了，真正享受到數學的樂趣，至今永難忘懷。

接著是我的恩師楊維哲教授，在他高明而誨人不倦的指導下，把我帶入數學的堂奧，真正品嘗到數學的妙趣與美麗，甚至聞到數學的香味。在 2008 學年度，他邀我到臺北市立濱江國中，參與他的數學資優教學計畫，讓我帶領國一的資優班（加上一些資優的小六生）以及寒假數學營，讓我首次有了對小六到國一生的實地觀察與教學經驗。

又從 2009 年開始，福田文教基金會董事長兼竹山欣榮紀念圖書館的館長高瑞錚律師，邀我和楊教授，參與每年舉辦一次的欣榮紀念圖書館國中小數學能力比賽的工作，以及比賽後帶領數學研習營。高先生為臺灣社會的公益作無私的奉獻，人格高尚，學養豐富，是我所尊敬的對象。

以上的求學、教學與工作經驗，讓我對小學到國中的數學，有了深刻的體驗與思考。本書的寫作，就是把這些經驗寫下來，無窮多的因緣聚合所生成的結果。

　　在此我要特別感謝劉義德老師、楊維哲教授以及高瑞錚律師。誠謹表達感恩，並且誌記因緣。最後我要感謝月華，在寫作的過程中，她給予的容忍與任勞任怨，本書就獻給她。

蔡聰明

2011 年 9 月 28 日

✎ 作者簡介 📏

蔡聰明

一生在臺大數學系從事數學研究與數學教育，最喜愛數學、物理學、哲學與詩。目前已經退休。平時喜愛旅遊、登山健行、打網球以及從事普及數學的寫作。雖然寫作是快樂中有辛苦，甚至是甜蜜中有痛苦，但是仍然樂此不疲。衷心的願望是：幫助年輕學子也喜愛數學，體驗數學的妙趣，並且扭轉他（她）們普遍對數學是面目可憎的刻板印象。

譯作

1. V. I. Arnold：古典力學的數學方法。國立編譯館，1985。
2. T. Hida：布朗運動論。國立編譯館主編，曉園出版社印行，1998。
3. W. Keith：線性代數及其應用。旗標出版社，2003。
4. George F. Simmons：微分方程及其應用與歷史註記。旗標出版社，2005。
5. Hass, Weir, Thomas：大學微積分。高立出版社，2012。
6. Mark Kac：機運之謎。三民書局，2013。
7. Arturo Sangalli：畢達哥拉斯的復仇。三民書局，2015。
8. Ron Aharoni：數學、詩與美。三民書局，2019。

著作

1. 普通數學教程。文仁事業公司，二版，1980。

2. 五年制工專數學教科書，四冊。三民書局，1996。

3. 數學的發現趣談。三民書局，2000。

4. 數學拾貝。三民書局，2003。

5. 微積分的歷史步道。三民書局，2009。

6. 從算術到代數之路。三民書局，2011。

7. 數學拾穗。三民書局，2019。

數學家人名對照表

中文	原文	國籍	生卒年
達朗貝爾	Jean le Rond D'Alembert	法國	1717–1783
愛因斯坦	Albert Einstein	美國	1879–1955
海芭蒂亞	Hypatia	埃及	370–415
丟番圖	Diophantus	埃及	約 200–284
牛頓	Isaac Newton	英國	1643–1727
巴歇	Claude Gaspar Bachet de Méziriac	法國	1581–1638
費瑪	Pierre de Fermat	法國	1601–1665
懷爾斯	Andrew John Wiles	英國	1953–
貝爾	Eric Temple Bell	美國	1883–1960
笛卡兒	René Descartes	法國	1596–1650
布爾	George Boole	愛爾蘭	1815–1864
羅素	Bertrand Arthur William Russell	英國	1872–1970
畢達哥拉斯	Pythagoras	希臘	約 570–490 B.C.
普羅克洛斯	Proclus	希臘	411–485
克羅內克	Leopold Kronecker	德國	1823–1891
高斯	Johann Carl Friedrich Gauss	德國	1777–1855
歐拉	Leonhard Paul Euler	瑞士	1707–1783
花拉子米	Al-Khwârizmî	波斯	約 780–850
韋達	François Viète	法國	1540–1603
拉普拉斯	Pierre-Simon, marquis de Laplace	法國	1749–1827
李善蘭	李善蘭	中國	1811–1882
笛摩根	Augustus De Morgan	英國	1806–1871

韋爾	André Weil	法國	1906-1998
阿基米德	Archimedes	希臘	287-212 B.C.
萊布尼茲	Gottfried Wilhelm Leibniz	德國	1646-1716
羅巴切夫斯基	Lobachevsky	俄羅斯	1792-1856
漢彌爾頓	William Rowan Hamilton	愛爾蘭	1805-1865
泰利斯	Thales	希臘	約 624-547 B.C.
巴斯卡拉	Baskara	印度	1114-1185
懷海德	Alfred North Whitehead	英國	1861-1947
歐幾里德	Euclid	希臘	約 325-265 B.C.
阿諾	Vladimir I.Arnold	俄羅斯	1937-2010
艾狄胥	Paul Erdös	匈牙利	1913-1996
傅立葉	Jean Baptiste Joseph Fourier	法國	1768-1830
狄利克雷	Johann Peter Gustav Lejeune Dirichlet	德國	1805-1859
康托爾	Georg Ferdinand Ludwig Philipp Cantor	德國	1845-1918
卡丹	Girolamo Cardano	義大利	1501-1576
阿達馬	Jacques Solomon Hadamard	法國	1865-1963
韋塞爾	Caspar Wessel	挪威	1745-1818
法拉利	Ferrari Lodovico	義大利	1522-1565
奧瑪珈音	Omar Khayyam	波斯	1048-1131
費羅	Scipione del Ferro	義大利	1465-1526
塔塔利亞	Niccolò Fontana Tartaglia	義大利	1500-1557
卡茲	Mark Kac	波蘭	1914-1984
阿貝爾	Niels Henrik Abel	挪威	1802-1829
伽羅瓦	Évariste Galois	法國	1811-1832

從算術到代數之路
——讓 x 噴出，大放光明——

CONTENTS

0

1

6

2

正逆兩類算術問題

正逆兩類算術問題

To know one thing you must know the opposite.

要了解一件事情，你必須知道正反兩面。

―*Henry Moore*―

算術四則應用問題可以分成正向與逆向這兩類問題。舉例來說：

正向問題：

已知雞有 a 頭，兔有 b 頭，求出一共有 $a+b$ 頭，腳有 $2a+4b$ 隻。

逆向問題：

雞兔同籠，已知共有 h 頭，腳共有 f 隻，問雞與兔各有幾頭？

它們可以說是一體的兩面。正向問題是**綜合**的，**由因探求果**；逆向問題是**分析**的，**由果探求因**。一般而言，逆向問題比正向問題困難、深刻且有趣，是鍛練分析思考的好問題。對於正向問題作系統的觀察與研究往往會有助於解決逆向問題。科學與數學的問題大多數是屬於逆向問題。

小學的數學包括**算術**與簡單**幾何圖形**的認識。算術的主要內容是**四則運算**，在學習的過程中有兩個關鍵：中年級要熟悉**九九乘法表**；高年級則是學習四則運算的各種**應用問題**。這不但可以鍛練解題的思考能力，而且還可以精煉出**代數方法**，發展成為更上一層樓的**代數學**。這些就構成了整個數學的地基。

　　問題是思考的起點，也是學問的發源地。問題如眼睛，讓我們有目的地觀看世界。提出問題與解決問題是研究數學的核心工作。

0.1　數與圖形

我們生活所在的這個物理世界，存在有各種物體與物理量，於是就有「數量」與「形狀」。進一步發展出抽象的「**數**」與「**形**」的概念。

　　「**數**」與「**形**」（幾何圖形）是數學所要研究的兩大主題。我們要找尋它們的**性質**與**規律**，並且利用來解決日常生活及科學研究上所遇到的各種問題。前者發展出**算術** (Arithmetic)，乃至更上一層樓的**代數學** (Algebra)；後者發展出**幾何學** (Geometry)。

　　算術與代數學講究**精確的計算**，幾何學講究**推理**與**證明**。計算、推理與證明恰好就構成了數學的基本特色。

　　本書我們要從算術逐步錘鍊出代數。幾何學只在第 10 章輕觸畢氏定理，詳細的內容我們在另一本書探討。

0.2　兩類算術問題

採用**分析**與**綜合**的觀點，我們將算術問題分成兩大類型：正向型與逆向型，又叫做綜合型與分析型。這就像一個銅板有正反兩面一樣。

⚠ 甲、正向型問題

所謂正向型（或綜合型）問題就是，給定一些數，我們要利用四則運算將它們結合起來，得到答案。這只要讀得懂題目的意思，直截了當就可以算出來。

✏ 例題 1

哥哥有 84 元，弟弟有 23 元，問一共有多少元？哥哥比弟弟多幾元？

⚙ 解答

兩人一共有

$$84 + 23 = 107 \text{ 元}$$

並且哥哥比弟弟多

$$84 - 23 = 61 \text{ 元}$$

這是求兩數的和與差之問題，屬於**加法**與**減法**的演算。　□

✏ 例題 2

兒子 11 歲，父親 39 歲。問 3 年後父親的年齡是兒子的幾倍？

解答

3 年後兒子 $11 + 3 = 14$ 歲，父親 $39 + 3 = 42$ 歲。此時父親的年齡是兒子的

$$42 \div 14 = 3 \text{ 倍}$$ □

例題 3

有一條船在靜水中的時速是 10 公里。水流的時速為 2 公里。此船順流而下走 36 公里要花多少時間？若逆流而上呢？

解答

船順流的時速為 $10 + 2 = 12$ 公里，逆流的時速為 $10 - 2 = 8$ 公里。因此，船順流走 36 公里，需要

$$36 \div 12 = 3 \text{ 小時}$$

逆流走 36 公里，需要

$$36 \div 8 = 4.5 \text{ 小時}$$ □

例題 4

雞有 12 頭，兔子有 7 頭，問總共有幾頭？腳共有幾隻？

解答

雞與兔一共有

$$12 + 7 = 19 \text{ 頭}$$

而腳有

$$12 \times 2 + 7 \times 4 = 24 + 28 = 52 \text{ 隻}$$

這是**加法**、**乘法**以及**加乘混合**的演算。　　　　　　　　□

👆 注 意

四則運算混合在一起時，若有加括號，當然是先從括號算起；若沒有加括號，則要**先算乘除後算加減**。

✏️ 問題 1

在四則的混算式裡，為什麼要先算乘除後算加減？

⚠️ 乙、逆向型問題

反過來，知道結合起來的數值，欲求原來的數，我們稱之為逆向型（或分析型）問題。這就是常見而典型的算術四則應用問題。

✏️ 例題 5 　（和差問題）

兄弟兩人一共有 107 元，哥哥比弟弟多 61 元，問兄弟各有多少元？

⚙️ 解法 1

已知兩數的和為 107，這就有各種可能，例如：

哥哥	106	105	104	…	85	84	83	82
弟弟	1	2	3	…	22	23	24	25
相差	105	103	101	…	63	61	59	57

又因為知道哥哥比弟弟多 61 元。這樣就可以從上表中讀出哥哥有 84

元，弟弟有 23 元。　　　　　　　　　　　　　　　□

問題 2

請你說出在上表中，「相差」的變化規律。

解法 2　　（圖解法）

我們作兩線段來代表哥哥與弟弟的錢，哥哥比弟弟多，故哥哥是長線段，弟弟是短線段。

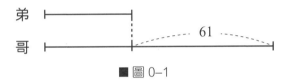

■圖 0-1

由圖 0-1 我們看出，若補上哥哥比弟弟多的 61 元，則兩線段等長並且都等於長線段。因此，哥哥的錢為

$$(107 + 61) \div 2 = 168 \div 2 = 84 \; 元$$

從而弟弟的錢為

$$107 - 84 = 23 \; 元$$

我們也可以這樣做：將總和的 107 扣掉 61，就是弟弟的兩倍。因此，弟弟的錢為

$$(107 - 61) \div 2 = 46 \div 2 = 23 \; 元$$

從而哥哥的錢為

$$107 - 23 = 84 \; 元$$　　　　　　　　　□

例題 6　（年齡問題）

父子兩人，子年 11 歲，父年 39 歲。問幾年後，父年是子年的 3 倍？

解法 1

我們知道年齡問題有個特性，即父子的年齡每年都各加一歲，不多也不少。因此，我們有系統地來找尋答案：

1 年後，父年 40 歲，子年 12 歲，40 並不是 12 的 3 倍，所以不成。

2 年後，父年 41 歲，子年 13 歲，41 也不是 13 的 3 倍，所以也不成。

3 年後，父年 42 歲，子年 14 歲，42 恰好是 14 的 3 倍，我發現了！我發現了！(Eureka! Eureka!) 答案是 3 年後父年為子年的 3 倍。　　　□

解法 2

我們採用圖解法，看圖 0–2 來思考。經過？年後，父與子都各加？歲，變成父年是子年的 3 倍：

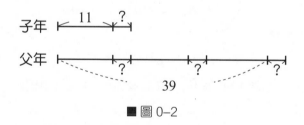

■圖 0–2

從圖中我們觀察出如下的**算術解法**：

$$39 - 11 = 28 \cdots\cdots 經過？年後，父年是子年的 2 倍$$

$$28 \div 2 = 14 \cdots\cdots 經過？年後的子年$$

$$14 - 11 = 3 \cdots\cdots 經過的年數$$

所以 3 年後，父年 39 + 3 = 42 歲，是子年 11 + 3 = 14 歲的 3 倍。我們只用了兩個減法與一個除法，就算出答案。　　　　　　　　□

☞ 註

一般而言，思考分成**圖像式**與**邏輯式**兩種。解法 2 是屬於前者，這不妨叫做「**圖解算術**」。

✏ 例題 7　　（**雞兔同籠問題**）

雞兔一共有 19 頭，腳有 52 隻，問雞兔各有幾頭？

⚙ 解法 1

知道了雞兔一共有 19 頭，這就有各種可能：雞 19 頭，兔 0 頭；雞 18 頭，兔 1 頭；雞 17 頭，兔 2 頭；……等等，並且計算總腳數，列成下表：

雞頭數	19	18	17	…	12	…	1	0
兔頭數	0	1	2	…	7	…	18	19
總腳數	38	40	42	…	52	…	74	76

再由腳總共有 52 隻的條件可以看出答案是 ： 雞有 12 頭 ， 兔子有 7 頭。　　　　　　　　　　　　　　　　　　　　　　　　　　□

⚙ 解法 2

如果 19 頭全都是雞，則腳總共有 2 × 19 = 38 隻。今已知總腳數為 52，故少了 52 – 38 = 14 隻腳 。 若用 1 頭兔去換 1 頭雞 ， 則腳數會增加 2

隻。因此總共需要替換 14 ÷ 2 = 7 頭兔子。從而，兔子有 7 頭，雞有
19 - 7 = 12 頭。   □

🖉 問題 3

烏龜與章魚同池，總共有 15 頭，腳有 92 隻，問烏龜與章魚各有幾
頭？

0.3　兩類問題的比較

比較起來，正向型問題是，先知道一些數，要利用它們組合出新的結
果；而逆向型問題是，不知道這些數，但是知道它們所組合出來的結
果，由此線索要探求這些數。

　　用哲學的「因果關係」來說，正向型問題是由「因」求「果」，而
逆向型問題則是由「果」反求「因」，參見下面的圖 0-3。一般而言，
後者比前者困難。再用化學的眼光來看，正向型問題是，知道了原子，
要合成物質；逆向型問題是，知道了物質，要探求其組成要素的原子。

正向問題：　因　→　因果機　→　果

逆向問題：　因　←　因果機　←　果

■圖 0-3

　　我們相信大自然是「**有因必有果，有果必有因**」，不會無中生有。
大自然時時刻刻在展現各種現象，就是「由因產生果」，這是正向問
題；反過來，**科學的研究大部分是要「由果找出因」**，這是逆向問題。

逆向問題的研究，對於了解大自然，掌握大自然，非常重要。總之，透過正向與逆向問題來摸清因果律。

　　在數學與科學的研究中，經常可以看見這兩類正逆問題，這是對偶觀之下的必然現象，值得我們特別留意。正向問題與逆向問題構成「**正逆的統合**」(union of the opposites)，像白天與黑夜，上山與下山，正面與反面，……等等。這種對稱的兩面都要考慮，因為「要了解一件事情，你必須知道正反兩面」。正逆、對偶與對稱都是很重要的數學思考方法。

　　就算術應用問題而言，**正向型問題是初階的、平凡的、簡單的；逆向型問題是進階的、深刻的、較困難的**。因此，後者比前者有趣多了。逆向型問題的求解，通常是建立在對正向型問題的計算經驗與徹底的了解上面，從中找尋出**量的變化規律**。由此可見，它們是一體的兩面。兩者要兼顧才是完全。

　　小學的算術，**中低年級以正向型問題為主軸**。到了高年級，心智漸發達，開始**以逆向型問題為主題**。解決逆向型的問題，需要更成熟的心智以及分析式的思考。因此，逆向型的問題是鍛練思考的好題材。在適當的年紀，學習智力相稱的題材，這也是一種因材施教。

　　總之，對於逆向問題，算術的解法往往比較繁瑣，並且有局限性，無法作更大格局的發展，於是代數方法與代數學應運而生。畢竟，「代數」的新枝是從「算術」的舊幹長出來的。

0.4 頭腦的體操 （習題解答請見 p. 362）

請用**算術方法**求解下列問題（不要用代數方法）：

1. （**和差問題**）長為 1.6 公尺的鐵絲圍成一個長方形，長比寬多 10 公分。求長方形的長與寬。

2. （**年齡問題**）小霖問小惠的年齡，小惠說：「給你猜，我出生時媽媽是 32 歲，現在媽媽的年齡是我的 3 倍。」問小惠現在幾歲？

3. （**龜鶴同池問題**）龜鶴同池，一共有 52 頭，腳有 134 隻，問龜鶴各有幾頭？

4. （**雞與章魚問題**）雞與章魚一共有 200 頭，腳有 700 隻，問雞與章魚各有幾頭？（提示：一頭章魚有 8 隻腳。）

5. 雞兔同籠，一共 12 頭，腳有 38 隻，問雞兔各有幾頭？

6. 雞兔同籠，一共 12 頭，腳有 24 隻，問雞兔各有幾頭？

7. 填充下列的空格：

   $3 + \square = 7$，$7 \times \square = 147$，$\square - 9 = 5$，$\square \div 53 = 13$。

8. 有 10 元硬幣與 50 元硬幣總共 2011 枚，總值為 60110 元，請問：兩種硬幣各有幾枚？

9. （**工程問題**）有一件工程，甲單獨做需 10 天完成，乙單獨做需 15 天完成，問兩人合作要花幾天才完成？

10. （**過與不足問題**）有鉛筆若干支分給若干位小朋友。若每人分 4 支，還剩下 6 支；若每人分 6 支，則不夠 24 支。問鉛筆有幾支？小朋友有幾人？

11. 在 3 點到 4 點之間，求時針與分針重合的時刻。

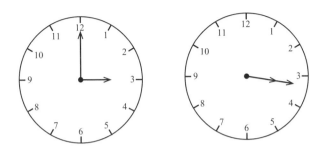

12. **(消去問題)** 有 2 本筆記簿與 3 支筆價值 410 元，3 本筆記簿與 5 支筆價值 650 元，問筆記簿一本，筆一支分別是多少錢？

13. 一個房間裡有 23 張椅子，其中有四腳椅與三腳椅各若干張，已知椅腳總數為 82，問四腳椅與三腳椅各有幾張？

14. **(流水問題)** 有一條船在靜水中的時速是 10 公里，今沿一條 36 公里長的河流順流而下，花了 3 小時。問此船若逆流而上需要花多少時間？

15. 假設在一條河流上有甲、乙兩座橋，相距 1000 公尺，水流方向是由甲橋流向乙橋，如下圖所示。今有一位游泳選手與一頂帽子同時在甲橋掉入河中，帽子順流漂下，游泳選手則逆流游了 10 分鐘，然後轉為順流去追帽子。真巧，游泳選手追上帽子正好在乙橋處。假設游泳選手與水流的速度都是固定的常數，並且游泳選手回轉的時間不計。請問游泳選手與水流的速度各為多少？

1

神奇奧妙的 x

神奇奧妙的 x

問童稚的問題，並且用一輩子去思考與追尋。

愛因斯坦小時候經歷過兩個驚奇：4 或 5 歲時父親送給他的一個羅盤，12 歲遇到的歐氏幾何。羅盤針恆指著南北向，讓他感覺到空間充滿著神祕。幾何的明確證明，讓他覺得純粹思想可以了解與掌握這個世界。這讓他後來發明了相對論。

—愛因斯坦天才與創造的祕密—

代數因為引入符號 x 而誕生，它是算術的推廣與延伸。這樣的做法雖然很自然，但是對許多初學者來說，卻構成困難。因此，仍然值得詳加解說。

1.1 愛因斯坦的故事

愛因斯坦是 Einstein (1879–1955) 的音譯，他原先是德國人，後來歸化為美國人。把 Einstein 這個字拆開為 Ein + Stein。按德文的意思：Ein = one（一個），Stein = stone（石頭）。因此，Einstein 就是「一塊石頭」，我們簡稱為「一石先生」。

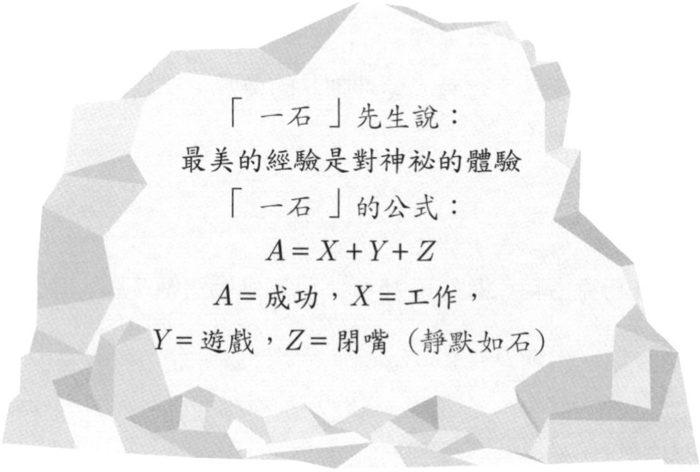

「一石」先生說：
最美的經驗是對神祕的體驗
「一石」的公式：
$A = X + Y + Z$
$A = $ 成功，$X = $ 工作，
$Y = $ 遊戲，$Z = $ 閉嘴（靜默如石）

■ 圖 1-1　愛因斯坦的公式

✏️ **問題 1**

用「符號」代替事物就是代數。請你說出公式 $A = X + Y + Z$ 的意思。

愛因斯坦小時候曾好奇地問他的叔叔雅各布・愛因斯坦 (Jacob Einstein, 1850–1912)：

什麼是代數？

結果得到一個很美妙的回答：

> 代數是一種懶人的算術，當你不知道某個數時，你不直
> 接去求它，而是想像你已經知道答案，假設它為 x，然
> 後再設法去尋找它。

這一招叫做「**未知數原理**」，果然屬害！「**以文字代替數**」就發展出代數學，展現了「一念轉，乾坤動」的奧妙。一個觀念的轉變，就開展出一個新天地。

✏️ **例題 1**

爸媽給姊姊巧克力糖，總共有 15 顆。已知媽媽給她 7 顆，問爸爸給她多少顆？

⚙️ **解答**

假設爸爸給姊姊 x 顆巧克力糖，那麼根據題意就有

$$x + 7 = 15 \tag{1}$$

現在開始求出 x：上式兩邊同減去 7，得到

$$x + 7 - 7 = 15 - 7$$

化簡得到

$$x + 0 = 8 \text{（因為 } 7 - 7 = 0,\ 15 - 7 = 8)$$

亦即

$$x = 8 \text{（因為 } x + 0 = x)$$

這就是答案。因此，爸爸給姊姊 8 顆巧克力糖。　　　　　□

👆 註

此題採用算術解法直截了當就得到答案 $15 - 7 = 8$ ，這比代數方法簡單。然而，代數的解法是最系統化的、最普遍的，只需按照固定的程序就可以解出所有的算術應用問題，像操作一部機器那樣。更進一步，它是發展出高等數學不可或缺的預備。因此，我們必須鍛練代數方法。

✏️ 例題 2

有一個直角三角形，一股（直角邊）為 5，面積為 20，求另一股的長。

⚙️ 解答

假設另一股的長為 x，那麼由三角形的面積公式得到

$$\frac{1}{2} \cdot 5x = 20$$

兩邊同乘以 2，得到 $5x = 40$。兩邊再同除以 5，就得到 $x = 8$。　　□

✏️ 例題 3　（和差問題）

兄弟兩人一共有 107 元，哥哥比弟弟多 61 元，問兄弟各有多少元？

🔧 解答

假設弟弟有 x 元，那麼哥哥就有 $107 - x$ 元。根據題意就得到

$$x + 61 = 107 - x$$

兩邊同加 x，得到

$$2x + 61 = 107$$

兩邊同減去 61，得到

$$2x = 107 - 61 = 46$$

兩邊同除以 2，得到

$$x = 46 \div 2 = 23$$

於是

$$107 - x = 107 - 23 = 84$$

因此，弟弟有 23 元，哥哥有 84 元。　　　　　　　　　　□

👆 註

$2x$ 表示：2 乘以 x，或 $x + x$，或 x 的兩倍。

　　這樣的解題方法叫做**代數方法**。我們稱 x 為「**未知數**」，含有未知數 x 的等式叫做「**方程式**」，例如 $x + 7 = 15$。將方程式中的未知數 x 求出來的演算過程叫做解方程式。

　　注意到：未知數是一個數，只是暫時不知道等於多少而已，所以它具有數的一切運算性質。我們就是利用這些運算性質來解方程式。

　　對於雅各布・愛因斯坦來說：

Algebra is a merry science.

代數是一門愉快的科學。

　　用代數方法解決問題，就好像是在玩積木遊戲，x 是最神奇的一塊積木，代表未知的神祕，它藏在一堆相關的積木（方程式）之中，我們的目標就是想盡辦法要把 x 找出來。

1.2 紙草算經

在古埃及的數學文獻中，最著名的是《**Ahmes 紙草算經**》（*Ahmes Papyrus*，約成書於西元前 1650 年），又叫做《萊因德紙草算經》（*Rhind Papyrus*）。此書一共收集了 85 題的算術與幾何問題，並且宣稱它是：

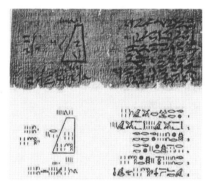

■ 圖 1–2　紙草算經
（出處：Wikipedia）

> 精確計算是了解世間萬物
> 與一切隱晦奧祕的指南。

進一步，要達成更偉大的目標：

完全徹底地研究所有的事物，洞悟所有的存有，求得一切的祕密。

這真是雄心萬丈，神采飛揚，驚天動地。

　　但是一睹其內容，卻只給出答案和一些計算技巧。因此它只是一本實用數學手冊而已。但是我們不要忘記，這是西元前一千六百多年的事情。

■圖1–3　尼羅河流域盛產紙莎草 (Papyrus)，這是一種水生植物，適合拿來並列壓平，製成莎草紙，叫做紙草。可用來書寫文字，記錄文獻。

　　然而，就以探索隱晦奧祕的方法而言，它已經有了初步的代數的想法，並且採用「**錯置法**」(the method of false position) 來求解一次方程式。我們從中選取第 24 題，如下：

例題 4

某數加上其七分之一等於 19，求某數。

解法 1　（古埃及人的解法）

所謂「錯置法」就是先嘗試一個答案，然後再作修正：

假設答案為　　　　　7

它的七分之一為　　　1

相加之和為　　　　　8

因為 $8 \neq 19$，所以 7 不是答案。欲相加之和為 19，只要將 8 乘以 $\dfrac{19}{8}$ 就好了，亦即 $8 \times \dfrac{19}{8} = 19$。對應地，將 7 乘以 $\dfrac{19}{8}$，就得到答案：

$$7 \times \frac{19}{8} = \frac{133}{8} = 16\frac{5}{8}$$

□

👆 **註**

我們看出**錯置法**其實是一種**嘗試改誤法** (method of trial and error)。

⚙️ **解法** 2 ▶ **(代數方法)**

假設某數為 x，那麼根據題意就列出方程式

$$x + \frac{1}{7}x = 19 \tag{2}$$

接著是解方程式：將(2)式兩邊同乘以 7，得到

$$7x + x = 7 \times 19$$

亦即

$$8x = 133$$

兩邊同除以 8，得到

$$x = 133 \div 8 = 16\frac{5}{8} \qquad \square$$

另一本紙草算經叫做《莫斯科紙草算經》(*Moscow Papyrus*)，約成書於西元前 1850 年。此書一共收集了 25 題的算術與幾何問題，其中有一題如下：

✏️ **例題** 5

有一個長方形，面積為 12，寬為 $\frac{3}{4}$，問長為多少？

⚙️ **解 答**

假設長為 x，那麼根據長方形的面積公式列出方程式

$$\frac{3}{4}x = 12$$

兩邊同乘以 $\dfrac{4}{3}$，得到

$$x = \dfrac{4}{3} \times 12 = 16 \qquad\qquad \square$$

✏️ **問題 2**

某數加上自己的 $\dfrac{2}{3}$，得到一個和，再減去此和的 $\dfrac{1}{3}$，結果是 10，求某數。

1.3 年齡問題

> 複習算術的最佳方法是學習代數。
> ──數學史家 *Cajori Florian*──

我們再舉年齡問題，來展示代數的解法。

✏️ **例題 6** （年齡問題）

父子兩人，子年 11 歲，父年 39 歲。問幾年後，父年是子年的 3 倍？

⚙️ **解答**

(i) **設定未知數 x，再按題意列方程式**

假設再經過 x 年，那時父年為子年的 3 倍。根據題意我們可以列成下面的翻譯對照表：

日常用語	代數用語
若干年後	x 年後
父年	$39 + x$
子年	$11 + x$
父年為子年的三倍	$39 + x = 3(11 + x)$

這樣我們就得到**方程式**：

$$39 + x = 3(11 + x) \tag{3}$$

(ii)解方程式

將(3)式作展開，得到

$$39 + x = 3 \cdot 11 + 3x \qquad \text{（分配律）}$$

$$39 + x = 33 + 3x$$

等號兩邊同減去 33，得到

$$6 + x = 3x \qquad \text{（等量減法公理）}$$

等號兩邊同減去 x，得到

$$2x = 6 \qquad \text{（等量減法公理）}$$

等號兩邊同除以 2，得到

$$x = 3 \qquad \text{（等量除法公理）} \qquad \square$$

✏️ 問題 3

有一些故事書，不知有幾本，欲分給小朋友，亦不知有幾人。若每位小朋友分得 4 本，則剩 18 本；若分得 6 本，則剩 2 本。問書有幾本？小朋友有幾人？

問題 4

有一個兩位數，個位數與十位數交換所得的新數比原數大 45，並且個位數比十位數多 5。求原數。

運算律

假設 a, b, c 為任意三個數，那麼就有：

1. **等量減法公理**：若 $a = b$，則 $a - c = b - c$。
2. **分配律**：$a \cdot (b + c) = a \cdot b + a \cdot c$。
3. **等量除法公理**：若 $a \cdot b = a \cdot c$ 且 $a \neq 0$，則 $b = c$。
4. **零的特性**：對於任意數 a，皆有 $a + 0 = a$。

注 意

在上述求解的過程中，從 $39 + x = 33 + 3x$ 的等號兩邊同減去 33，得到 $6 + x = 3x$，這可以用「**天平的原理**」來解釋。如下圖 1-4，天平兩側各放 $39 + x$ 與 $33 + 3x$ 等質量的砝碼，這是一個平衡的天平，現在從兩側各拿走砝碼 33，天平仍然保持平衡。兩邊同減去 x，再兩邊同除以 2，天平都一直保持平衡。最後得到 $x = 3$，就是答案。

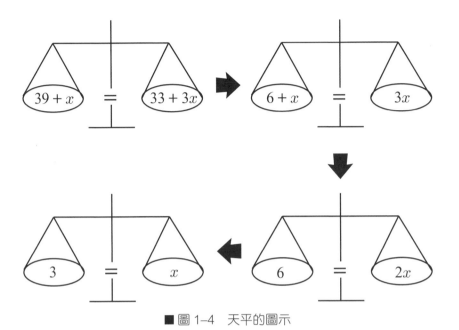

■ 圖 1–4　天平的圖示

拉瓦錫的化學革命

　　化學家拉瓦錫 (Lavoisier, 1743–1794) 利用天平進行一場化學革命，將燃燒現象的「燃素說」改為「氧化說」。他有系統地運用天平，讓化學變成一門精密的科學。

　　參與化學反應的化合物，它們之間具有代數關係。例如氫加氧 $H_2 + O_2$ 產生水 H_2O，寫成反應式：

$$H_2 + O_2 \longrightarrow H_2O$$

但是兩邊原子的數量不平衡，經過調整得到：

$$2H_2 + O_2 \longrightarrow 2H_2O$$

這才是正確的化學反應式。

✏️ 例題 7

已知氫的原子量為 1 ， 氧的原子量為 16 ，問 8 公克的氫完全與氧化合，可以得到幾公克的水？

⚙️ 解答

根據上述的化學反應式知，4 公克的氫產生 36 公克的水。假設 8 公克的氫可以產生 x 公克的水，於是我們可以列出比例式：

$$4 : 36 = 8 : x$$

因為內項相乘等於外項相乘，所以得到方程式

$$4x = 8 \times 36$$

解得

$$x = 72 \text{ 公克}$$

□

1.4 頭腦的體操 (習題解答請見 p. 364)

1. 解下列方程式，並且要說明每一步的理由：

 (i) $3x + 7 = 13$ (ii) $\dfrac{7}{2x} + 4 = 18$ (iii) $\dfrac{5x}{3} + \dfrac{2x}{7} = 11$

2. 100 元與 500 元鈔票一共有 17 張，總值是 4500 元，問兩種鈔票各有幾張？請你分別用算術解法與代數解法來求解，並且作比較。你喜歡哪一種解法？

3. 三個連續奇數的和為 63，求這三個數。

4. 1000 元與 500 元的鈔票一共有 25 張，金額值 17000 元，問兩種鈔票各有幾張？

5. 梯形的上底為 6 公分，高為 7 公分，面積為 56 平方公分。求下底的
　 長度。

6. 有一個六位數，首位是 1。若將首位移至末位，所得的新數為原數
　 的 3 倍，試求原數。

7. 請將第 0 章的頭腦的體操中的問題用代數方法重新求解一遍。

8. 某人有一筆錢，第一天花掉 100 元，第二天補進餘額的三分之一。
　 第三天花掉 100 元，第四天又補進餘額的三分之一。第五天花掉
　 100 元，第六天補進餘額的三分之一。最後發現他的錢數恰是原來
　 的 2 倍。問此人原有多少錢？

9. 求一個最小的（自然）數，具有下列性質：用 2 除餘 1，用 3 除餘
　 2，用 4 除餘 3，用 5 除餘 4，用 6 除餘 5，用 7 除餘 6，用 8 除餘
　 7，用 9 除餘 8。

10. **（韓信點兵問題）** 今有物不知其數，三三數（ㄕㄨˇ）之剩 2，五五
　 數之剩 3，七七數之剩 2，問物最少有幾何？

1.5　喝茶時間

故事

　　有一位男生，為了要感動他的女朋友而說：我在大學裡選修了四
門課──德文、法文、俄文以及代數。

　　他的女朋友回答說：啊，你真是語言天才！親愛的，現在你就用
代數的語言對我說「我愛妳」。

註

她誤以為代數也是一種語文。不過,她也沒有錯,因為代數是關於數量的一套新語言,抽象語言。

愛因斯坦公式

(物理學中最簡潔且最美麗的公式)

$$E = mc^2$$

能量 (Energy) = 質量 (mass) × 光速的平方 (c^2)

跟 x 有關的事情

1895 年侖琴 (Roentgen, 1845–1923) 發現一種神祕的光,命名為 x 光,即未知的光。侖琴成為第一位諾貝爾物理獎得主。威爾金斯 (M. Wikins, 1916–2004),克里克 (F. Crick, 1916–2004),沃森 (J. Watson, 1928–) 用 x 光的繞射實驗發現 DNA 的雙螺旋結構,在 1953 年得到諾貝爾生理醫學獎。引申開來,x 具有神祕、未知,甚至恐懼的意味,例如:什麼是 x 檔案?

古希臘詩人兼哲學家色諾芬尼 (Xenophanes, 570 – 470 B.C.) 的一段詩:

The gods did not reveal, from the beginning,

All things to us; but in the course of time,

Through seeking, we discover more and more.

諸神不會從頭就把所有的事情都顯露，

但是隨著時間的推移，透過追尋，

我們的發現就會越來越多。

奧地利哲學家維根斯坦 (L. Wittgenstein, 1889–1951) 說：

我有 x 光眼，

能夠透視眼睛看不見的東西。

這是我得到學問的訣竅。

如果詩是把最佳的字句安排在最恰當的位置，那麼代數學是創造最佳的記號以精確地掌握數學的一門學問。

目前未知數或變數用記號 x, y, z 來表現，這太重要了。在數學史上，這是經過數千年的演化，大約跟文字的發展差不多久遠。

2

代數的謎題

代數的謎題

任教於亞歷山卓 (Alexandria) 大學，歷史上第一位女數學家兼哲學家海芭蒂亞 (Hypatia, 370–415)，她教導學生要追求靈魂或靈性，以便從物質世界中解放出來。她把靈魂或靈性比喻為「隱藏在我們身體裡面的眼睛」(the eye buried within us)。她告誡學生：

Reserve your right to think, for even to think
wrongly is better than not to think at all.
保留你思考的權利，因為即使想錯也勝過完全不想。

2.1 代數學之父的謎題

古埃及亞歷山卓的數學家丟番圖（Diophantus，約 200–284），因為他是第一位使用自創的記號來有系統地精簡思想的人，所以在西方被尊稱為**代數學之父**：他引入**未知數**，並且用記號來代表，再建立方程式與求解方程式。事實上，這就是「**代數方法**」。

他的墓誌銘留下一個著名的代數謎題，讓人猜他的年齡：

📝 代數謎題

上帝讓他生為一個男孩，他的一生如下：童年佔其一生的六分之一，青少年是其享年的十二分之一，再過其享年的七分之一結婚。婚後五年生一個兒子，其子享年恰為父年的一半，留下他孤獨地以數學伴他度過餘生最後四年。問丟番圖享年幾歲？

這一題用算術方法不易求解，但是用代數方法就清爽多了。不過，我們必須先將「日常的修辭用語」（rhetorical），翻譯成「符號用語」（symbolic）。從數學史的長遠眼光來看，這標誌著數學最重要的進展之一。初學的人只要多練習幾次，就會做到流暢的地步。當然，丟番圖所用的符號並不是今日我們熟悉的符號。

⚙️ 解答

假設丟番圖的享年為 x 歲，則根據題目的線索，我們可以列成下表：

日常用語	代數用語
享年的六分之一	$\frac{1}{6}x$
享年的十二分之一	$\frac{1}{12}x$
享年的七分之一	$\frac{1}{7}x$
婚後五年生一子	5
子年	$\frac{1}{2}x$
+) 最後四年	4
享年	x

因此，我們得到方程式

$$\frac{1}{6}x + \frac{1}{12}x + \frac{1}{7}x + 5 + \frac{1}{2}x + 4 = x$$

經過計算，得到

$$\frac{75}{84}x + 9 = x$$

移項變號，化簡得到

$$9 = \frac{9}{84}x$$

最後，兩邊同乘以 $\frac{84}{9}$，就解得

$$x = 84$$

丟番圖的享年為 84 歲，在 33 歲結婚，在 38 歲生子，其子享年為 42 歲。□

🖐 註

牛頓 (Newton, 1642–1727) 的享年也是 84 歲。

✏️ **問題 1**

假日到草山（陽明山）的竹子湖採一束海芋，把花的 $\frac{1}{3}$, $\frac{1}{5}$, $\frac{1}{6}$ 分別獻給三位女神，又將 $\frac{1}{4}$ 獻給維納斯，最後剩餘 6 支花獻給最美麗的女人。問這束花一共有多少支？

✏️ **問題 2** 　　（工程問題）

有一件工程，甲獨立做需 6 天才完成，乙獨立做需 7 天才完成。問兩人合作需幾天可以完成？

2.2 數學的歷史故事

丟番圖約西元 250 年左右寫了《算術》（*Arithmetica*，即今日的數論）一書，其中討論許多代數方程式的正整數（或有理數）解答之問題。巴歇 (Bachet, 1581–1638) 在 1621 年將它翻譯成拉丁文，費瑪 (Fermat, 1601–1665) 在 1630 年代勤加研讀，其中第二冊的第 8 個問題跟畢氏定理關係密切：

　　　　給定一個平方數，將它分成兩個平方數之和。

這就是求不定方程 $x^2 + y^2 = z^2$ 的正整數解答問題，例如因為 $5^2 = 4^2 + 3^2$，所以 (3, 4, 5) 是一組正整數解答，叫做**畢氏三元數**。

　　接著費瑪很自然地就考慮

$$x^n + y^n = z^n, \ n = 3, 4, 5, \cdots$$

的正整數解答問題。費瑪在書頁的空白處寫道：

然而，我們不可能將一個立方數表成兩個立方數之和，
也不可能將一個四次方數表成兩個四次方數之和。更一
般地，除了平方數之外，任何次方數都不能表成兩個同
次方數之和。**我已經發現了一個美妙的證明，可惜書頁
的空白太小，無法寫下來。**

這就是鼎鼎著名的費瑪最後定理的由來：

費瑪最後定理 (Fermat's Last Theorem)
對於 $n = 3, 4, 5, \cdots$，方程式 $x^n + y^n = z^n$ 沒有正整數的解答。

費瑪最後定理誕生於 1637 年。它讓數學家忙了三百五十年，一直
都沒有人能夠提出正確的證明。在 1963 年，英國有一位年僅 10 歲的
小男孩懷爾斯 (A. Wiles, 1953–   )，經過劍橋大學所在小鎮的圖書館，
讀到數學史家貝爾 (E. T. Bell, 1883–1960) 所寫的《**費瑪最後定理**》
(*The Last Theorem*) 一書，從此下定決心要解決它。懷爾斯描述他在當
時的心情說：

它看起來是那麼簡單，但是歷史上所有偉大的數學家都
解不出來。問題就擺在眼前，連我一位 10 歲的小孩子都
能夠了解它。從此刻起，我不讓它離開並且下定決心這
輩子一定要證明它。

懷爾斯奮鬥了 30 年，在 1994 年終於解決它，美夢成真！

2.3 列式的練習

把文字的意思翻譯為代數符號，這是思想的精簡。學習代數的先決條件就是翻譯要做到順暢的地步。

⚠ 甲、符號的規約

$5 \times x$ 改記為 $5x$，$x \times x$ 記為 x^2，唸成「x 平方」；但是 $5+x, 5-x$ 不能省略為 $5x$。$2 \div 3$ 記為 $\dfrac{2}{3}$，$2 \div x$ 記為 $\dfrac{2}{x}$；$a+(-b)=a-b$。

⚠ 乙、列式的練習

✎ **例題 1** （列式的技巧）

(i) 兩個數的和為 a，若假設一數為 x，則另一數為 $a-x$。

(ii) 兩個數的差為 b，若設小數為 x，則大數為 $b+x$。

(iii) 連續的三個整數，可設為 $x, x+1, x+2$。但是設為 $x-1, x, x+1$ 可能更方便。

(iv) 偶數用 $2n$ 表示，奇數用 $2n+1$ 或 $2n-1$ 表示。

(v) 一張郵票 5 元，買 6 張就要付 $5 \times 6 = 30$ 元，買 x 張就要付 $5x$ 元。

□

✏️ **例題 2** （出自《愛麗絲夢遊仙境》，作者為 **Lewis Carroll**）

令 U = University, G = Greek, P = Professor，那麼 GUP 就表示「希臘大學的教授」。　　□

✏️ **例題 3**

23 可以寫成 $20 + 3 = 2 \times 10 + 3$，故若假設十位數字為 x，個位數字為 y，則兩位數可以寫成 $10x + y$。同理，三位數可以寫成 $100x + 10y + z$。□

2.4　代數的遊戲

> 遊戲 1：永遠的 7
>
> 遊戲 2：永遠的自己
>
> 遊戲 3：讀心術
>
> 遊戲 4：函數的概念
>
> 遊戲 5：神奇的 9

我們舉五個遊戲的例子，來練習代數式（含有數與文字符號）的四則運算，這是要熟悉代數的必備工作。

✡️ **遊戲 1** （**永遠的 7**）

請你在心裡想著一個數，然後做下列的四則運算：加上 10，乘以 2，減去 6，除以 2，再減去原先想的數。最後得到多少？

原數	23
加上 10	$23 + 10 = 33$
乘以 2	$2 \times 33 = 66$
減去 6	$66 - 6 = 60$
除以 2	$60 \div 2 = 30$
減去原數	$30 - 23 = 7$
	$\therefore$ 答案是 7。

我們再試另一個數：

原數	7
加上 10	$7 + 10 = 17$
乘以 2	$2 \times 17 = 34$
減去 6	$34 - 6 = 28$
除以 2	$28 \div 2 = 14$
減去原數	$14 - 7 = 7$
	$\therefore$ 答案仍然是 7。 □

✎ 問題 3

請你多試幾個數，例如由 -6 或 3956 出發，看看結果會如何？

　　有了上述的幾個實際計算經驗，讓我們情不自禁要猜測：答案永遠是 7。這可以證明嗎？

　　因為數有無窮多個，要一個一個去試，顯然是不可能的任務。我們想到了代數方法：假設原數為任意數 x，於是

原數　　　　　　x

加上 10　　　　　$x + 10$

乘以 2　　　　　$2 \times (x + 10) = 2x + 20$

減去 6　　　　　$2x + 20 - 6 = 2x + 14$

除以 2　　　　　$(2x + 14) \div 2 = x + 7$

減去原數　　　　$x + 7 - x = 7$

　　　　　　　　∴答案永遠是 7。

✡ 遊戲 2 　（永遠的自己）

有某個數 x，加上 17，乘以 9，減去 54，除以 9，再減去 11，問最後的答案是多少？

某個數　　　　　x

加上 17　　　　　$x + 17$

乘以 9　　　　　$(x + 17) \times 9 = 9x + 153$

減去 54　　　　　$(9x + 153) - 54 = 9x + 99$

除以 9　　　　　$(9x + 99) \div 9 = x + 11$

再減去 11　　　　$(x + 11) - 11 = x$

∴答案是 x，永遠是自己，不變！　　　　　□

👆 註

代數是根據「線索」來找出答案，猜謎亦然。所不同的是，代數有一定的步驟來算出未知數，而猜謎比較難於掌握頭緒，有時像海底撈針。

✡ **遊戲 3** 〉 （讀心術）

請你在心中想一個數（例如 8），這是你的祕密，不要告訴我。現在請你進行下面的演算：將你所想的數乘以 2，加上 10，乘以 5，減去 30。答案是多少呢？你回答說 100。據此我就可以猜中你的祕密，我如何辦到的呢？

我事先利用代數作計算，「運籌帷幄」一番。假設你想的數是 x，最後得到的答案是 a，那麼就有：

你想的數	x
乘以 2	$2x$
加上 10	$2x + 10$
乘以 5	$5 \times (2x + 10) = 10x + 50$
減去 30	$(10x + 50) - 30 = 10x + 20$
答案是 k	$10x + 20 = k$
	$\therefore x = \dfrac{k - 20}{10}$

因此，我知道「讀心術」的規則是：將你的答案減去 20，再除以 10 就是你心中所想的數。

當你說出答案是 100 時，我就知道你心中所想的數是 8。但我還是要故作神祕狀，裝作算了一下才說出你的祕密。

這個遊戲在謎底揭曉之前，可以多玩幾次，以增加趣味性。　　□

✏ **問題 4**

將上述的遊戲一般化，改為：某數乘以 a，加上 b，乘以 c，減去 d。若答案是 k，那麼某數是多少？但假設 a 與 c 都不為 0。

✡ **遊戲 4**　　（**函數的概念**）

我們再從「讀心術」的遊戲中精煉出**函數** (function) 這個非常重要的概念。首先將「乘以 2，加上 10，乘以 5，減去 30」看作一個「**作用**」或「**機器**」。根據上述的計算，這部機器把一個數 x（**原料**）製造成 $10x + 20$（**產品**），我們圖解如下：

機器
$$原料\ x\ \rightarrow\ \boxed{}\ \rightarrow\ 產品\ 10x + 20$$

於是機器將 2 製造成 40，將 5 製造成 70，將 10 製造成 120，……等等。這部機器也可以看作是「**因果機**」，輸入「**因 x**」，它就輸出「**果 $10x + 20$**」：

因果機
$$因\ x\ \rightarrow\ \boxed{}\ \rightarrow\ 果\ 10x + 20$$

　　這裡牽涉到三個要素：「原料、機器的作用與產品」；或者「因、因果機的作用與果」。此地的「三合一」整個合起來考量就是**函數**的初步概念。

　　如果我們知道「產品」為 k，要問「原料」是什麼？這可以透過解方程式

$$10x + 20 = k$$

得到

$$x = \frac{k - 20}{10}$$

因此，當你說出 $k = 100$ 時，我透過這個公式就知道你心裡所想的是 $x = 8$。

數、方程式、函數、空間與圖形是往後數學的五個主角。我們在第 13 章會繼續進一步來探討函數的概念。

✡ 遊戲 5 〉 （神奇的 9）

有一位魔術師用 20 來枚的 10 元硬幣，在桌面上擺出 9 的陣勢，見圖 2-1。在圖中，圓圈部分與尾巴部分別有 15 枚與 7 枚硬幣。由尾端的硬幣開始算起，一直到跟圓圈會合，在圓圈上跟尾巴連接的硬幣叫做「切入幣」（junction）。現在魔術師找到你，請你想一個大於 7 的數（7 是尾巴部分的硬幣個數），並且要你從尾端開始算起，碰到圓圈時繼續以逆時針算下去，一直算到心中所想的數為止，然後再順時針沿著圓圈從 1 算到心中所想的數，把這枚硬幣記住。當你在數的時候，魔術師背對著你並且閉上眼睛。你工作完畢後，魔術師就轉過身來對著你，口中唸唸有詞，說可以看穿你的心事，很快就找出你記住的那枚硬幣。魔術師是如何辦到的？在玩這個遊戲的過程中，魔術師還會增加硬幣的個數。

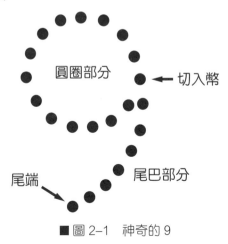

■ 圖 2-1 神奇的 9

✏ 問題 5

請你用代數符號說明：魔術師是如何辦到的？

2.5 我思故我在

笛卡兒 (Descartes, 1596–1650) 為了追求真確的知識，而提倡系統的懷疑。因為每個人小時候，在思想還沒有防衛能力的時候，就被灌輸許多的知識（其中不免含有各種偏見），所以稍長大有了思考能力時，必須作思想上的掃霧工作，懷疑一切。笛卡兒發現，懷疑到最後的「我在思考這件事不可再懷疑」。

✏ 例題 4

笛卡兒有一句名言：

I think, therefore I am.

我思故我在。

逆向思考就得到：

我在故我思。

這也很有意思。兩者合起來，就形成了平衡的對稱。進一步，再抽象出共通的本質：

我 x 故我 y。

此地的 x 與 y 可以代入任何你想要的事物。你可以多作練習,發揮想像力。值得注意的是,此時 x 與 y 已經不只是「**未知數**」而已,它們是更上一層樓的「**變數**」概念。 □

代數學的**符號化**讓我們可以施展**抽象化**與**普遍化**的思想,於是才有觸及無窮的思考,這就是代數學,乃至數學,給我們的禮物。

有了未知數,才有方程式的概念;有了變數,才有函數的概念;有了方程式與函數,才能捕捉數學與大自然的祕密。因為數學與大自然的祕密多半以方程式或函數的形態來呈現。

✐ 例題 5

哲學家尼采 (F. W. Nietzsche, 1844–1900) 說:

If you stare too long into an abyss, the abyss will stare back into you.

　如果你對一個深淵注視太久,那麼深淵也會回過來注視你。

抽取出本質:

　　　如果你對 x 注視太久,那麼 x 也會回過來注視你。

此地的 x 可以代入:深淵、星星、無窮、上帝、……,無窮無盡。代數學就是「抽象化」與「符號化」,其目的是抓住本質,掌握無窮。

□

✐ 例題 6

分析所有數學定理,就得到最後本質的形式:

　　　　若 p 則 q(又記成 $p \Rightarrow q$)

其中 p 與 q 都是具有真假值的敘述。英國自學有成的邏輯家與數學家布爾 (Boole, 1815–1864)，在 1854 年出版 《思想律》 (*The Laws of Thought*)，探討命題演算，就是在追究這個數學本質，因而成為開創「符號邏輯」的先驅。羅素 (B. Russell, 1872–1970) 說：「純數學是布爾發明的。」符號化不止在代數學而且在整個數學都是核心重點。□

2.6 德爾斐的神諭

從前從前古希臘德爾斐 (Delphi) 地方的阿波羅 (Apollo) 神廟，流傳有兩句深刻的神諭：

1. To know yourself.
   認識你自己。
2. The Lord whose is the oracle at Delphi neither reveals nor hides but gives tokens.
   造物主（大自然）既不顯露，也不隱藏，但是會給出一些表徵（線索）。

第一句話被古希臘哲學家蘇格拉底 (Socrates, 469–399 B.C.) 拿來當作是他的哲學的主要論題，促使「哲學從天上滑落人間！」在人類文明史上傳為美談。

第二句話被科學家與數學家拿來當作是圭臬，詳言之：大自然藏有祕密 x（定律、未知數、公式、定理、神祕概念、……等等），她既不顯露，也不故意隱藏，但是她會給出一些線索。科學家與數學家

的工作就是要發展數學工具，然後循著線索，逐步尋幽探徑，把大自然的祕密找出來，代數學只是其中的一個方法。這是一個驚心動魄的知識探索之旅。

利用代數的解法，我們是按照下列三個步驟來進行：

(i) 設定未知數為 x，

(ii) 根據題意列出方程式，把 x 綑綁起來，

(iii) 按普遍的運算法則來解方程式，求出 x。

因此，代數學可以說是一種「**介於已知與未知之間的解題藝術**」。

英國詩人雪萊 (P.B. Shelley, 1792–1822) 說：詩揭開隱藏在世界底下的美。類推地，我們可以說：代數揭開隱藏在世界底下的未知。德國天才詩人諾瓦利斯 (Novalis, 1772–1801) 說：

Algebra is poetry.

代數美麗如詩。

■ 圖 2-2　德爾斐神廟（出處：Shutterstock）

2.7 頭腦的體操（習題解答請見 p. 365）

1.解下列方程式，並且要說明每一步的理由：

(i) $x + \dfrac{x}{3} + \dfrac{x}{4} = \dfrac{19}{24}$

(ii) $\dfrac{3x}{2} + 15 = \dfrac{x}{4} + 5$

(iii) $x - \{3 + [x - (3 + x)]\} = 0$

(iv) $5(2 - x) - 2(x + 4) = 11 - 3(x - 1)$

2.愛智者畢達哥拉斯 (Pythagoras, 582–507 B.C.)，你是繆思 (Muses) 女神的後裔，請告訴我，你有多少弟子？畢氏回答說：「我有一半弟子研究數之美，四分之一研究自然的妙理，七分之一埋頭深思，另外還有三位女弟子。」問畢氏有多少位弟子？

3.有一群蜜蜂不知有幾隻，只知道：「三分之一飛到木棉花上，五分之一飛到山茶花上，前兩者之差的蜜蜂飛到牽牛花上，還剩下 20 隻被茉莉香所迷。」問蜜蜂總共有幾隻？

4.有一個兩位數，它的十位數字加上 1 就為個位數字的兩倍。若將十位數字與個位數字互換，所得到的新數比原數小 18，問原數是多少？

5.有大小兩個數和為 25，其差比小數的 $\dfrac{1}{3}$ 多 4，求此兩數。

6.童子分桃。若每人分 3 個，則剩 12 個；若每人分 5 個，則不足 16 個。問童子有幾人？桃有幾個？

7. (**孤獨的 7**) 在古代，經常發生紙張被蟲吃掉的情形。今從古董箱裡找到一張紙，寫有算術除法的演算，數字都被蟲吃掉了，只剩下一個 7，請你把被吃掉的數字填補起來，使其變成一個正確的除法演算式。這叫做「**蟲食問題**」。它跟「**雞兔同籠問題**」（參見第 7 章）是小學算術的兩個巔峰算。這些（連同第 8 題）是小學生施展分析思考的深刻問題。

```
                □ 7 □ □
        ┌──────────────────────
  □ □ □ │ □ □ □ □ □ □
          □ □ □
          ───────
          □ □ □
          □ □ □
          ─────────
          □ □ □ □
          □ □ □
          ─────────
            □ □ □ □
            □ □ □
            ───────
```

8. **（孤獨的 8）**

完成下列的除法演算：

$$
\begin{array}{r}
\square\,\square\,8\,\square\,\square \\
\square\,\square\,\square\,)\overline{\square\,\square\,\square\,\square\,\square\,\square\,\square} \\
\square\,\square\,\square \\
\hline
\square\,\square\,\square \\
\square\,\square\,\square \\
\hline
\square\,\square\,\square \\
\square\,\square\,\square\,\square \\
\hline
\end{array}
$$

註

一位小學生若能自己獨立解出這兩個問題，那就會嘗到數學的美味，並且可以打通思想上的「任督二脈」，即使花三天三夜都是值得的。在適當的時候，自己解出適當的難題，這是人生的幸運。

3

有理數系與運算律

有理數系與運算律

古希臘哲學家與數學評論家普羅克洛斯 (Proclus, 411–485) 說：

Where there is number there is beauty. This, therefore, is mathematics : she reminds you of the invisible form of the soul; she gives life to her own discoveries; she awakens the mind and purifies the intellect; she brings light to our intrinsic ideas; she abolishes oblivion and ignorance which are ours by birth.

有數的地方就有美。因此，這就是數學：她使你憶起靈魂中不可見的理型；她給發現賦予生命；她喚醒心靈並且淨化頭腦；她給內在觀念帶來亮光；她消除我們與生俱來的健忘和無知。

在前兩章我們已經看到，求解方程式可以順利進行，背後的理由是：**數的四則運算以及運算律**。這些都屬於普遍的大道理，相當直觀自明。本章我們就來複習這些大道理，以期能夠溫故知新，並且為代數學奠基。

數是量的抽象化，各式各樣的量就對應有各種數，從自然數、整數、到分數（又叫做有理數）。數 3 是三個人、三顆石頭、三斤米、三隻蟲、……抽象出來的共通性質。數學只研究單純的 3，而不研究 3 個人的心理（例如三角戀），後者可以很複雜。

每個數都涉及「**無窮**」，背後都含納有無窮多樣的東西。數的本身就神奇無比。古希臘的畢達哥拉斯甚至提出「**萬有皆數**」以及「**數統治著世界**」(Numbers rule the world) 的觀點。

數除了用來描述物理量的大小與多寡之外，還有另一個功能，就是用來作**運算**。物理量的分分合合，就導致數的四則運算。利用它們，就可以處理日常生活中所遇到的各種數量問題，進一步作更深入的研究與應用。

3.1　自然數系

⚠甲、自然數

每個人小時候在數天上的星星時，數來數去數不清，就用到了：
$$1, 2, 3, 4, 5, 6, 7, 8, 9, 10, \cdots$$

這是最早遇到的數，也是最簡單的數，用來**點算**、**排序**與**編號**：這堆糖果有 10 個，這次月考你考第 3 名，你家的電話號碼是 12344321。

這些數好像是自然界裡天然就存在一樣，因此我們取名為**自然數** (natural numbers)。德國數學家克羅內克 (L. Kronecker, 1823–1891) 說：

> 自然數是神造的，其它都是人為的。

老子也說：

> 道生 1，1 生 2，2 生 3，3 生萬物。

更生動地說，1 是萬數之源，由單位 1 出發，逐次加 1，就可以得到所有的自然數：

$$1, 1 + 1 = 2, 2 + 1 = 3, 3 + 1 = 4, \cdots$$

自然數整體合起來看待，稱為**自然數系** (the system of natural numbers)，通常我們用大括號把它們括起來，記成：

$$\mathbb{N} = \{1, 2, 3, 4, 5, 6, \cdots\}$$

叫做自然數所組成的**集合** (set)，每個自然數都叫做此集合的**元素** (elements)。我們用記號

$$3 \in \mathbb{N}$$

來表示元素 3 屬於集合 $\mathbb{N}$。

自然數系有無窮多個元素，永遠數不完。天上的星星與自然數系，大概也是每個人第一次遇到的「**無窮**」。

歷史註解

目前通行的**記數法**是利用十個**阿拉伯數字**：0, 1, 2, 3, 4, 5, 6, 7,

8, 9，再配合**十進位法**，以表達出所有的自然數（與所有的數），這是人類一項了不起的成就！自然數有無窮多個，但是利用十個阿拉伯數字就可以掌握它們，這是對無窮的征服。值得注意的是，阿拉伯數字是印度人發明的，卻叫做阿拉伯數字！理由是：印度人發明這十個數字，傳到阿拉伯，再由阿拉伯傳到歐洲，歐洲人誤以為是阿拉伯人發明的，於是命名為「**阿拉伯數字**」。今日有些數學家稱這十個數字為「**印度阿拉伯數字**」，這是還原歷史真相。

註

如果採用畫槓的記數法，五就畫五槓，一百就畫一百槓，那麼要表達一萬就必須畫一萬槓！姓萬的人可就要麻煩了。

例題 1

設 F 表示你的家人所組成的集合，你是 F 的一個元素，所以

$$你 \in F$$ $\Box$

△乙、二元運算

任取兩個自然數 a 與 b，我們就可以對它們作四則運算：

$$a+b, \ a-b, \ a \times b, \ a \div b$$

因為一次只能對兩個數作運算，故叫做**二元運算** (binary operation)。

在小學中年級，懂得乘法的意義之後，**九九乘法表**就必須要能夠倒背如流，這是算術的基本功夫。若缺少這個功夫，往後的數學將會寸步難行。

　　如果一個大於 1 的自然數只能分解成 1 與自身的乘積,那麼就稱為**質數**。例如 2, 3, 5, 7, …。質數是自然數系的「原子」。**算術根本定理**是說:任何大於 1 的自然數都可以分解為質數的乘積,並且若不計較順序,這是唯一的分解。

　　任何兩個自然數相加與相乘,結果還是自然數。據此我們就說,自然數系對於加法與乘法具有**封閉性**。但是,對於減法與除法就不具有封閉性,因為動不動就會跑出界外,例如:$3-5$ 不夠減,而 $3-3$ 與 $7 \div 3$ 都不是自然數。

例題 2

$7+5=12$。改變相加的順序,我們得到相同的結果:$5+7=12$。7 個蘋果加 5 個蘋果等於 5 個蘋果加 7 個蘋果。為了表現一般結果,我們採用文字符號寫成

$$a+b=b+a$$

其中 a 與 b 為任意數,故此式涉及無窮多的對象,叫做**加法交換律**。

□

例題 3

$7 \times 5 = 35$,改變相乘的順序,結果相同:$5 \times 7 = 35$。通常我們將乘積 $a \times b$ 簡寫為 ab,即省略掉乘號 "$\times$"。但是 7×5 不能簡寫成 75。一般而言,乘法的先後順序不影響結果,也就是我們有

$$ab=ba$$

這叫做**乘法交換律**。

□

在日常生活中，兩件事情的操作，手順往往很重要，所以才會有「物有本末，事有先後」的說法，例如水加硫酸，跟硫酸加水，效果很不同。「色情」不等於「情色」，「感性」不等於「性感」，「法律」不等於「律法」。在量子力學裡交換律也不成立。你能舉更多例子嗎？

因為四則運算都是二元運算，所以遇到三個或以上的數要作運算時，必須用括號將兩個兩個括在一起。

例題 4

$6 + (9 + 7) = 6 + 16 = 22$，$(6 + 9) + 7 = 15 + 7 = 22$。

$6 \times (9 \times 7) = 6 \times 63 = 378$，$(6 \times 9) \times 7 = 54 \times 7 = 378$。

三個數相加（或相乘）不論怎樣加括號，結果都相同，寫成：

$$a + (b + c) = (a + b) + c，a(bc) = (ab)c$$

它們分別稱為**加法結合律**與**乘法結合律**。 □

註

此地我們用字母 a, b, c 代表任意三個數，這樣才能表達出普遍的規律。這是代數學的初步：以符號代替數。

結合律告訴我們，三個數相加（或相乘）不需要加括號，任意計算都沒有關係，因此我們可以寫 $a + b + c$ 與 abc，這不會引起誤解，也可以減輕心理的負擔。交換律又說，先後的順序也可以對調，運算的自由度就更大。這些運算律就是以後我們要建立代數學的基礎。

🖊 **例題 5**

高斯 (Gauss, 1777–1855) 小時候就會巧算 $1 + 2 + 3 + \cdots + 99 + 100$，在數學史上傳為美談。他的方法用代數來說就是：令

$$x = 1 + 2 + 3 + \cdots + 99 + 100$$

那麼由交換律與結合律得到

$$x = 100 + 99 + 98 + \cdots + 2 + 1$$

兩式相加起來得到

$$2x = (1 + 100) + (2 + 99) + \cdots + (99 + 2) + (100 + 1)$$

亦即

$$2x = 101 \times 100$$

兩邊同除以 2 得到

$$x = 1 + 2 + 3 + \cdots + 99 + 100 = 101 \times 50 = 5050 \qquad \square$$

🖊 **問題 1**

應用上述方法證明：對於任意自然數 n，皆有

$$1 + 2 + 3 + \cdots + n = \frac{1}{2}n(n + 1)$$

　　因為自然數有無窮多個，所以上式涉及無窮。發現且證明一個公式，就是對無窮的一次征服。數學中的公式、定律與定理都涉及無窮，這是「數學為無窮之學」的一個意思，也是數學的魅力之一。

整數系

每個人都可以同意，自然數有夠「自然」，足以應付「點算」
(counting)。但是，對於減法與除法來說，自然數系有不足的地方。例
如：3 – 5 不夠減，而 3 – 3 不是自然數。

方程式 $x + 3 = 8$ 在自然數系中有解答 $x = 5$。但是，方程式
$x + 8 = 5$ 在自然數系中卻沒有解答，因為某數 x 加 8，不但不增加，
反而減少，變成 5，這是不可思議的事情。為了使它有解，數學家引
進**負數**，於是解得

$$x = 5 - 8 = -3$$

另外，為了使 $x + 3 = 3$ 有解，又引進 0。

我們先看減法，補救的辦法是創造出新的數：0 與**負整數**。這些
新數跟原來的自然數合起來就得到**整數系** (the system of integers)：

$$\cdots, -3, -2, -1, 0, 1, 2, 3, \cdots$$

相對地，自然數又叫做**正整數**。我們用記號

$$\mathbb{Z} = \{\cdots, -3, -2, -1, 0, 1, 2, 3, \cdots\}$$

表示所有的**整數** (integers) 所組成的集合，其元素就是各個整數。

在正數 3 的前面加一個「減號」或「負號」，就得到 " – 3"，讀作
「負 3」。5 減去 3，跟 5 加負 3 相同：$5 - 3 = 2 = 5 + (-3)$。

自然數系是整數系的一部分，記成 $\mathbb{N} \subset \mathbb{Z}$，並且稱 $\mathbb{N}$ 為 $\mathbb{Z}$ 的**部分
集合**或**子集合** (subset)。記號 " $\subset$ " 表示「被包含於」，所以 $\mathbb{N} \subset \mathbb{Z}$ 表
示集合 $\mathbb{N}$ 被包含於集合 $\mathbb{Z}$。

我們可以採用等間距的方式在一條直線上把這些整數標示出來：

取適當的一點叫做**原點**，標上 0，然後向右標上正整數，向左標上負整數。這是長久以來的數學「規約」，參見圖 3-2。

　　0 表示空無。負數可以表示零下的溫度，……，負債，低於海平面。在寒冷的冬天，我們說溫度是低於零的 10 度，就是「零下 10 度」或「-10 度」，讀成「負 10 度」，參見圖 3-1。

　　時間上的過去、現在、未來，可分別用負數、0、正數來表現。

　　對於整數系我們仍然有四則運算。有幾件事情值得特別注意：

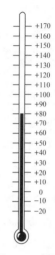

■圖 3-1　溫度計

■圖 3-2

例題 6

(i) $a+(-b)$ 也記成 $a-b$。

(ii) 0 不可以當除數。

(iii)負負得正：$(-3)(-4) = 12$, $-(-3) = 3$。一般而言，我們有
$$(-a)(-b) = ab ，\quad -(-a) = a$$

註

對於(ii)與(iii)，以後我們再給出證明。

📝 **例題 7**

(i) **零的特性**：對於任意數 a，都有

$$a + 0 = a = 0 + a \text{，} a - a = a + (-a) = 0 \text{，} a \cdot 0 = 0 = 0 \cdot a$$

(ii) **1 的特性**：對於任意數 a，都有

$$a \cdot 1 = 1 \cdot a = a$$

(iii) **分配律**：$a(b + c) = ab + ac$。 ☐

　　對於加法來說，0 非常謙虛，不動人一根汗毛。但是對於乘法來說，0 卻非常霸道，像黑洞那般吞吃一切；而 1 非常謙虛。

3.3 有理數系

對於加法、減法與乘法來說，整數系已經完美無缺，具有封閉性，即任意兩整數的運算都不會跑出整數系的界外。但是，對於除法，整數系就有所不足了。例如：

$$3 \div 2 = \frac{3}{2} = 1.5 = 1\frac{1}{2}$$

這是分數，而不是整數。換言之，整數系對於除法不具有封閉性。

　　方程式 $2x - 7 = 8$ 在整數系中沒有解答，因為解答 $x = \frac{15}{2}$ 不是整數，而是分數。

△甲、分　數

　　為了彌補這個缺陷，我們引進分數。形如 $\dfrac{n}{m}$ 的數叫做**分數** (fractions)，其中 $m, n \in \mathbb{Z}$ 並且 $m \neq 0$。分數又叫做**有理數** (rational numbers) 或**比數**。

　　把整數系加進所有的分數就成為**有理數系** (the system of rational numbers)，我們記成：

$$\mathbb{Q} = \{ \frac{n}{m} \mid m, n \in \mathbb{Z} \text{ 且 } m \neq 0 \}$$

它的元素叫做有理數。注意：整數 n 可表成 $\dfrac{n}{1}$ 之形，故整數也是有理數的特殊形式。

注意

當一個集合的元素太多而無法列舉時，我們要表達這個集合，就在大括號內寫出典型元素，畫一槓，再描述典型元素的性質。上述的有理數系就是一個例子。

例題 8

$$\frac{-13}{27} = \frac{13}{-27} = -\frac{13}{27} , \quad \frac{-5}{-7} = \frac{5}{7} 。$$
□

△乙、分數的意義

　　一個中秋月餅平分為兩半，其中的一份佔有全餅的 $\dfrac{1}{2}$。這個 $\dfrac{1}{2}$

並不指一半的餅！因為兩個不同大小的月餅，皆平分為兩半，大餅的一半並不等於小餅的一半。$\frac{1}{2}$ 是指 2 等分中佔有 1 份的相對比例或比值，而不是指那個一半的實物。

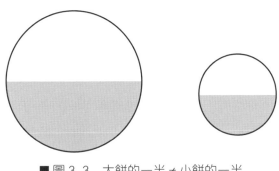

■ 圖 3–3　大餅的一半 ≠ 小餅的一半

純就數本身來看：$\frac{1}{2}$ 是 1 的一半；$\frac{2}{3}$ 是將 1 分成三等分，取其中的兩等分；$\frac{5}{3}$ 是 $1 + \frac{2}{3}$，簡寫為 $1\frac{2}{3}$。

△丙、分數與比例的關係

比例 (proportion) 與比值 (ratio) 具有密切關係，但是也有微妙的差別，要小心加以分辨。

1.比例

在日常生活中，我們經常在使用比例的概念。例如：兩個球隊作比賽時，成績是 0：0，或 2：0，或 0：2，或 5：3。兩個人共同有一堆東西，約定以 4：6 來瓜分。三個球隊作比賽時，產生**連比** 0：2：0，或 3：2：7。

2. 比值

我們定義比例 $5:3$ 的**比值**為 $\dfrac{5}{3}$。一般而言，我們有：

定 義

設 $b \neq 0$，則比例 $a:b$ 的**比值**為 $\dfrac{a}{b}$。

注意到，$b \neq 0$ 的條件是必須的，因為 0 不可以當分母。因此，比例 $0:0$ 與 $2:0$ 都沒有比值；$0:2$ 的比值為 $\dfrac{0}{2}=0$，而 $0:3$ 的比值也是 $\dfrac{0}{3}=0$。

連比無法談比值。有的比例可以談比值，有的不行，因此比例較比值還要寬廣，主要是起因於 0 不能當除數。0 是搞怪精靈！

有理數 $\dfrac{m}{n}$ 又叫做**比數**，它是 $m:n$ 的比值。

兩個比例 $a:b$ 與 $c:d$ 相等，記成比例式 $a:b=c:d$，這就表示 $\dfrac{a}{b}=\dfrac{c}{d}$，此時要求 $b \neq 0$ 且 $d \neq 0$。在 $a:b=c:d$ 中，我們稱 a 與 d 為**外項**，b 與 c 為**內項**。因為

$$\frac{a}{b}=\frac{c}{d} \text{ 等價於 } ad=bc，$$

所以若內項相乘等於外項相乘，那麼就有比例式 $a:b=c:d$。

例題 9

因為 $1 \times 1=1=(-1) \times (-1)$（負負得正），所以比例式

$$-1:1=1:-1$$

是對的。但是，在數學史上，當負數出現時，有人發現上面的比例式

呈現為

$$小 : 大 = 大 : 小$$

這就好像「石頭之於高山就是高山之於石頭」之不合理。用這個理由來反對負數。不過，我們要指出，這裡關於石頭、高山之大小比喻，都是在正數的世界說的，「夏蟲不足以語冰」，-1 屬於負數的不同世界。邏輯永遠勝過類推比喻！　　　　　　　　　　　□

✏ 例題 10

畢達哥拉斯研究音律時發現 $12 : 9 = 8 : 6$，這其實是

$$a : \frac{a+b}{2} = \frac{2ab}{a+b} : b$$

的特例。$\frac{a+b}{2}$ 與 $\frac{2ab}{a+b}$ 分別是 a 與 b 的**算術平均**與**調和平均**。　　□

⚠丁、分數的本尊與分身

一個分數的表示法不唯一，例如

$$\frac{2}{3} = \frac{4}{6} = \frac{6}{9} = \frac{8}{12} = \cdots$$

其中的 $\frac{2}{3}$ 叫做**最簡分數**或**既約分數**，此時分子 2 與分母 3 互質，亦即沒有公因數（1 除外）。

我們稱最簡分數 $\frac{2}{3}$ 為此分數的**本尊**，其餘的都叫做**分身**，例如 $\frac{4}{6}, \frac{6}{9}, \cdots$ 等等。本尊是唯一的，而分身具有無窮多的變化。

把分身變成本尊叫做**約分**，例如把 $\frac{4}{6}$ 約去公因數 2 變成 $\frac{2}{3}$。把

多個分數的分母變成相同叫做**通分**，例如把 $\dfrac{2}{3}$ 與 $\dfrac{4}{5}$ 變成 $\dfrac{10}{15}$ 與 $\dfrac{12}{15}$。

通分與約分在分數的計算上很重要。我們要強調：在做計算時，最後得到的分數必須化成最簡分數。

△戊、分數的四則運算

分數的四則運算如下：設 a, b, c, d 皆為整數，並且 a 與 c 皆不為 0，那麼就有：

1.加法：$\dfrac{b}{a} + \dfrac{d}{c} = \dfrac{bc}{ac} + \dfrac{ad}{ac} = \dfrac{bc+ad}{ac}$。

2.減法：$\dfrac{b}{a} - \dfrac{d}{c} = \dfrac{bc}{ac} - \dfrac{ad}{ac} = \dfrac{bc-ad}{ac}$。

3.乘法：$\dfrac{b}{a} \times \dfrac{d}{c} = \dfrac{bd}{ac}$。

4.除法：$\dfrac{b}{a} \div \dfrac{d}{c} = \dfrac{b}{a} \times \dfrac{c}{d} = \dfrac{bc}{ad}$。

分數的加法與減法必須先通分，然後分子相加或相減。分數的乘法是分子相乘，並且分母也相乘。分數除法比較特別，必須將除數的分子與分母對調，然後改為乘法演算。關於分數的除法，我們提出下面兩種論述法：

1.代數論述法

令 $x = \dfrac{\frac{a}{b}}{\frac{c}{d}}$，則 $\dfrac{a}{b} = x \cdot \dfrac{c}{d}$。為了消去右項的 $\dfrac{c}{d}$，兩邊同乘以 $\dfrac{d}{c}$

就得到

$$\frac{a}{b} \times \frac{d}{c} = x \cdot \frac{c}{d} \times \frac{d}{c} = x$$

所以 $\dfrac{a}{b} \div \dfrac{c}{d} = \dfrac{\dfrac{a}{b}}{\dfrac{c}{d}} = \dfrac{a}{b} \times \dfrac{d}{c}$。

2.通分法

$$\dfrac{a}{b} \div \dfrac{c}{d} = \dfrac{\dfrac{a}{b}}{\dfrac{c}{d}} = \dfrac{\dfrac{ad}{bd}}{\dfrac{bc}{bd}} = \dfrac{ad}{bc} = \dfrac{a}{b} \times \dfrac{d}{c}$$

有理數系 $\mathbb{Q}$ 是第一個對四則運算都封閉的數系,從運算的觀點來看,有理數系是完美的。唯一美中不足的是,0 不可以當除數,並且 $0 \div 0$ 為不定形,只能留待微積分講述。

例題 11

$\dfrac{7}{8} + \dfrac{3}{5} = \dfrac{35}{40} + \dfrac{24}{40} = \dfrac{35 + 24}{40} = \dfrac{59}{40}$。 □

例題 12

分數的演算,偶爾會出現下面兩種錯誤情形:

(i) $\dfrac{1}{a} + \dfrac{1}{b} = \dfrac{2}{a+b}$,分子相加且分母相加,這是錯的,例如

$\dfrac{1}{2} + \dfrac{1}{3} = \dfrac{5}{6} \neq \dfrac{2}{5}$。

(ii) $\dfrac{16}{64} = \dfrac{1}{4}$ 與 $\dfrac{19}{95} = \dfrac{1}{5}$ 恰好都成立,但演算法是錯的,例如 $\dfrac{27}{73} \neq \dfrac{2}{3}$。 □

例題 13 （阿拉伯酋長分駱駝的故事）

從前有一位阿拉伯人,飼養了 17 頭駱駝,臨終前吩咐三個兒子說:

「我死後，這 17 頭駱駝，老大分得 $\frac{1}{2}$，老二分得 $\frac{1}{3}$，老三分得 $\frac{1}{9}$，不許爭吵。」等到父親死後，三個兒子依遺言分駱駝：老大分得 $17 \times \frac{1}{2} = 8\frac{1}{2}$ 頭，老二分得 $17 \times \frac{1}{3} = 5\frac{2}{3}$ 頭，老三分得 $17 \times \frac{1}{9} = 1\frac{8}{9}$ 頭。但是誰也不願意分到不全的駱駝，卻又苦思不得其解，不知如何是好。事情傳到酋長的耳裡，於是酋長牽著自己的 1 頭駱駝，加到 17 頭駱駝之中，成為 18 頭，幫忙三兄弟分駱駝。結果老大分得 9 頭，老二分得 6 頭，老三分得 2 頭，都比原先分的多一些。奇妙的是，最後還剩下 1 頭，酋長牽回家，皆大歡喜。

事實上，酋長算準

$$\frac{1}{2} + \frac{1}{3} + \frac{1}{9} = \frac{17}{18}$$

故原先並沒有分光所有 17 頭駱駝，還剩下

$$17 \times (1 - \frac{17}{18}) = \frac{17}{18} \text{ 頭}$$

因此酋長知道加上自己的 1 頭，分的結果還會剩下：

$$18 \times (1 - \frac{17}{18}) = 1 \text{ 頭}$$

所以酋長心裡有數，老神在在。這是數學幫忙解決實際問題的例子。

$\square$

✏ 問題 2 （年輕人分駱駝的故事）

另外有一位阿拉伯人，飼養了 11 頭駱駝，臨終前吩咐三個兒子說：「我死後，這 11 頭駱駝，老大分得 $\frac{1}{2}$，老二分得 $\frac{1}{3}$，老三分得 $\frac{1}{6}$，不許爭吵。」隔壁有一位年輕人，模仿酋長的辦法，幫忙分駱駝，問

結果如何？

3.4　小數表示法

分數可以化為小數，這是分數的另一種表示法。例如：

$$\frac{4}{5} = 0.8 \ , \ \frac{5}{4} = 1.25 \ , \ -\frac{2}{3} = -0.666\cdots = -0.\overline{6}$$

$$\frac{122}{99} = 1.232323\cdots = 1.\overline{23} \ , \ \frac{1207}{990} = 1.21717\cdots = 1.2\overline{17}$$

前兩數是**有限小數**，後三數是**無窮循環小數**。$-0.\overline{6}$, $1.\overline{23}$ 與 $1.2\overline{17}$ 的**循環節**分別為 6, 23 與 17。

例題 14

$\frac{1}{7} = 0.142857142857\cdots = 0.\overline{142857}$。反過來，將無窮循環小數化為分數：利用代數方法，令

$$x = 0.142857142857\cdots$$

兩邊同乘以 1000000，得到

$$1000000x = 142857.142857142857\cdots$$

後式減去前式，得到

$$999999x = 142857$$

兩邊同除以 999999，解得

$$x = \frac{142857}{999999} = \frac{1}{7}$$

這樣就將一個循環小數 $0.\overline{142857}$ 化為**分數**。　　　　□

事實上，我們有如下的結果：

定理

任何分數都可以化成有限小數或無窮循環小數。反之亦然。

證明

假設分數為 $\dfrac{n}{m}$，要化成小數是作 n 除以 m 的除法演算。結果只可能兩種：(i)有限步驟就結束，此時得到有限小數。(ii)無止境一直除下去，因為阿拉伯數字只有 10 個，所以終究會不斷重複（鴿籠原理），此時得到無窮循環小數。反過來是顯然的。 ∎

註

142857 是一個神奇的數，觀察下面的式子：

$$142857 \times 1 = 142857，142857 \times 2 = 285714$$
$$142857 \times 3 = 428571，142857 \times 4 = 571428$$
$$142857 \times 5 = 714285，142857 \times 6 = 857142$$
$$142857 \times 7 = 999999$$

數 $0.\overline{142857}$ 是存在的，其證明需要動用到更高等數學的論述，故從略。若一個東西不存在或不成立，就去施展各種推理、運算或論述，可能會得到很荒謬的結果。

問題 3

將循環小數 $0.\overline{123}$ 化為分數。

✏️ 例題 15

任何有限小數都可表成無窮循環小數，並且有兩種表示法，例如

$$1 = 1.000 \cdots = 0.999 \cdots \, , \, 2.3 = 2.3000 \cdots = 2.2999 \cdots \qquad \square$$

到目前為止，我們有三個數系，它們的關係如下：

$$\mathbb{N} \subset \mathbb{Z} \subset \mathbb{Q}$$

或者表成：

$$
\text{有理數}
\begin{cases}
\text{分數}
\begin{cases}
\text{有限小數} \\
\text{循環無限小數}
\end{cases} \\
\text{整數}
\begin{cases}
\text{負整數} \\
0 \\
\text{自然數}
\end{cases}
\end{cases}
$$

有關數系的延拓（擴充）我們暫時只談到有理數系為止。但是還沒有完結，有理數系並不是終點，其餘的更進一步的發展則留待以後第 9 章繼續探討。

3.5 運算律

對於任意兩個有理數 a 與 b，我們都可以定義相加 $a+b$ 與相乘 $a \times b$，使得和 $a+b$ 與積 $a \times b$（簡記為 $a \cdot b$ 或 ab）仍然為有理數，亦即有理數系 $\mathbb{Q}$ 對於 "＋" 與 "×" 都具有封閉性，並且滿足下面的性質。

假設 a, b, c 為任意的有理數，那麼我們就有下面常用的 8 條運算律（運算律是數系的憲法）：

1. 交換律：
$$a + b = b + a \qquad （加法交換律）$$
$$a \cdot b = b \cdot a \qquad （乘法交換律）$$

2. 結合律：
$$(a + b) + c = a + (b + c) \qquad （加法結合律）$$
$$(a \cdot b) \cdot c = a \cdot (b \cdot c) \qquad （乘法結合律）$$

3. 分配律：
$$a \cdot (b + c) = a \cdot b + a \cdot c \qquad （乘對加的分配律）$$

4. 零為加法單位元素： $\quad a + 0 = a$（在加法之下，**0** 不動人分毫）

5. 零為乘法的黑洞： $\quad 0 \cdot a = 0$ （在乘法之下，**0** 吞吞一切）

6. 壹為乘法單位元素： $\quad a \cdot 1 = a$ （在乘法之下，**1** 不動人分毫）

7. 消去律： $\quad$ 若 $a + c = b + c$，則 $a = b$ $\qquad$ （加法消去律）
$\qquad\qquad$ 若 $a \cdot c = b \cdot c$ 且 $c \neq 0$，則 $a = b$ $\qquad$ （乘法消去律）

8. 解方程式原理： $\quad$ 若 $ab = 0$，則 $a = 0$ 或 $b = 0$

3.6　頭腦的體操 （習題解答請見 p. 366）

1. **(行程問題)** 甲、乙兩人早上同時出發，甲由 A 鎮走向 B 鎮，乙由 B 鎮走向 A 鎮，兩人在中午 12 點相遇於途中某處，不停止繼續往前走。甲在下午 4 點抵達 B 鎮，乙在下午 9 點抵達 A 鎮，問兩人在早上幾點出發？

2. 將 $0.4\overline{12}$ 與 $7.12\overline{34}$ 化為分數。

3. **(流水問題)** 有一條河流，假設水流的時速是 3 公里，有一條船在靜水中的時速是 5.7 公里。今你在此河流中坐此船逆流而上，你的

帽子偶然掉落水裡,經過 23 分鐘後你才發覺,於是船馬上調頭去追趕,問要多久你才能追到帽子?假設船調頭的時間不計,也沒有加速度的考量。

4. 比較兩個分數 $\dfrac{74286237}{73542326}$ 與 $\dfrac{74286238}{73542327}$ 的大小。

5. 下面的分數加法演算是錯的:

$$\frac{1}{a} + \frac{1}{b} = \frac{2}{a+b}$$

我們把此式當作一個代數問題,問有沒有滿足此式的數 a 與 b?

6. 設 ab 與 bc 為兩個兩位數,滿足 $\dfrac{ab}{bc} = \dfrac{a}{c}$。試求數字 a, b, c。

7. 日本的諾貝爾物理獎得主湯川秀樹,在讀小學時,獨立發現等差級數與等比級數求和的公式,欣喜若狂,這比美於高斯小時候的發現。自己找尋的一個公式,勝過聽來的一千個公式。

(i) 求等差級數 $a + (a+d) + (a+2d) + \cdots + [a+(n-1)d]$ 之和的公式。(首項為 a,公差為 d)

(ii) 求等比級數 $a + ar + ar^2 + \cdots + ar^{n-1}$ 之和的公式。(首項為 a,公比為 r)

8. 有一個 64 格的棋盤,第 1 格放 1 粒米,第 2 格放 2 粒米,第 3 格放 4 粒米,逐次加倍,試求米粒的總數 $1 + 2 + 2^2 + \cdots + 2^{63}$,請用科學記號表達。

4

姑媽的祕密

姑媽的祕密

自己想出的一個答案，勝過別人告訴你的一千個答案。

—諺語—

姑媽的年齡

有一天，綠子與吉米在爭論吉米的姑媽的年齡。

吉米：我的姑媽很老了，她已經 84 歲。

綠子：我不相信，她看起來還那麼健康硬朗！

吉米：我說的話是真的，我沒騙妳。

綠子：我還是不相信，除非你證明給我看。

吉米：妳相信我的姑媽所說的話嗎？

綠子：是的。她對我很好，她是個好人。

吉米：我的姑媽所說的話可以算是證明嗎？

綠子：是的，可以！如果她說她是 84 歲，我會相信她。

吉米：那麼我們一起去問她吧。

於是綠子與吉米一起去拜訪吉米的姑媽。

吉米：姑媽妳的年齡是不是 84 歲？

姑媽：我不會把自己的真實年齡告訴別人，這是我的祕密。如果我要
　　　說出自己的年齡，我總是說 64 歲。

綠子：吉米，你看，你無法證明了吧？

吉米：這並不表示姑媽不是 84 歲。我爸爸說她是 84 歲。

姑媽：你爸爸居然敢這樣說嗎？

綠子：我不相信你爸爸的話。

吉米：姑媽，我該怎麼辦呢？

姑媽：孩子們，我來告訴你們一些「線索」，也許你們就可以猜中我的

年齡。

吉米：好啊！請姑媽快說！

姑媽：我希望能夠再多活 16 年，那時的年齡就是我在 34 年前的年齡
之兩倍。這樣你們可以猜中我的年齡了吧？（※）

吉米：綠子，妳可以接受上述姑媽所說的話嗎？

綠子：當然可以。

吉米：好吧，我們可以假設姑媽現在的年齡為 x 歲，那麼 16 年後就
是 $x+16$ 歲，對嗎？

綠子：對的，請你繼續說。但是我仍然說她不是 84 歲。

吉米：34 年前的年齡就是 $x-34$。

綠子：是的，請你繼續說。我仍然相信她是 64 歲，你看，她還有一頭
紅棕色的頭髮。

吉米：妳相信 $2(x-34)$ 就是姑媽在 34 年前的年齡之 2 倍嗎？

綠子：是的，這很顯明，不是嗎？

吉米：妳同意 $x+16$ 與 $2(x-34)$ 代表相同的數嗎？

綠子：那當然，不過你並沒有得到什麼。

吉米：但是，且慢！如果

$$2(x-34)=x+16$$

那麼

$$2x-68=x+16$$

妳相信等量加上等量仍然是等量嗎？

綠子：當然相信。

吉米：如果在等式的兩邊都加上 68，則得到

$$2x=x+84$$

然後兩邊再減去 x，就得到

$$x = 84$$

這樣我就證明了姑媽就是 84 歲。

綠子：你的論證是對的，我相信你的話了。哇，姑媽真的是 84 歲！

吉米：妳只要接受前面姑媽所說的話（※）以及上述的邏輯推理與計
　　　算，就會得到必然的結論：姑媽是 84 歲。這跟妳是否相信我無
　　　關，這就是數學證明。姑媽的年齡跟代數之父丟番圖同樣是
　　　84 歲耶。

　　一般而言，代數長於計算，幾何長於證明。不過，在此地我們看
到代數也可以用來證明。沒有證明就沒有數學。計算和證明是數學的
兩隻眼睛，透過它們向前行，人類逐漸看清楚周遭的世界。

4.2　姑媽要請客

為了獎勵吉米與綠子的理性討論，姑媽說：晚餐我要做牛排請你們吃。
吉米與綠子都好高興。不過，姑媽又出了一個數學問題：

✏ 例題 1

晚餐有一道濃湯，需要用到馬鈴薯、胡蘿蔔、洋蔥與牛肉，它們的分
量比是 $3:2:1:1$。姑媽拿了 200 元請綠子去買。綠子到菜市場問價
格，牛肉一斤 80 元，洋蔥一斤 40 元，胡蘿蔔一斤 20 元，馬鈴薯一斤
30 元。問綠子要如何採購恰好可把 200 元花光？

　　許多人可能會採用試誤法 (trial and error)，憑經驗或直覺，求得概略的解答就好了。但是綠子很喜歡數學，並且數學也很屬害，她想要利用數學來求得精確的答案。

解答

綠子只需要知道其中一種的量就好了。她假設牛肉買 x 斤，那麼馬鈴薯、胡蘿蔔、洋蔥就分別買 $3x, 2x, x$ 斤。於是買牛肉花了

$$x 斤 \times 80 元／斤 = 80x 元$$

綠子把它們列成下表：

	單價	斤	元
牛肉	80	x	$80x$
馬鈴薯	30	$3x$	$90x$
胡蘿蔔	20	$2x$	$40x$
洋蔥	40	x	$40x$

因此，總共花費的金額為

$$80x + 90x + 40x + 40x = 250x 元$$

但是總預算為 200 元，所以

$$250x = 200 \qquad (1)$$

此式表達著總花費等於總預算的現實條件。這是一個**方程式** (equation)，牽涉到未知數 x 以及題目所提供的數據。(1)式就是綠子所建立的**數學模型**。

求解方程式，將(1)式兩邊同除以 250，再化簡得到

$$x = \frac{4}{5} = 0.8 斤$$

從而得知，綠子應買牛肉 0.8 斤，洋蔥 0.8 斤，胡蘿蔔 $2 \times 0.8 = 1.6$ 斤，馬鈴薯 $3 \times 0.8 = 2.4$ 斤。　　　　　　　　　　　　　　　　□

　　注意到，我們在建立模型時，把不相關的因素，例如物品的顏色、產地、形狀，全都去掉，而只保留相關的量，這就是抽象化。數學與科學的研究都必須作適度的抽象化工作。我們用牛肉的購買量 x 來表達出總花費金額 $250x$。

4.3　費曼遇到代數的故事

美國物理學家費曼 (Feynman, 1918–1988) 講過，他在小時候跟代數有一段愉快的相遇經驗，他說：

> 有一位長我三歲的堂兄正在唸中學，他的代數很糟，因此請了一位家庭教師來講解代數。上課時准許我旁聽，我聽到老師在講 x。
>
> 我問堂兄：「你在做什麼？」
>
> 「我在求 x 的值，例如求 $2x + 7 = 15$ 裡的 x。」
>
> 我說：「那不是 4 嗎？」
>
> 「對，但你是用算術算的，現在要用代數來算。」

費曼說：

> 我慶幸自己不是在學校裡學到代數，而是在閣樓裡發現姑媽的舊數學課本，自己學會的。我領悟到代數的用意

就是要求出 x 值，用什麼方法都無關緊要。所謂「代數
方法」不過是方便所有學生，智或愚，都可行的普遍方
法。

接著費曼又說：

我好比是一個人在童年時代得到過某種美好的東西，便
終其一生都想再次得到。我像是個孩子，一直在尋找那
些好東西，我知道我會找到，也許不是每次都能，但常
常會找到。

　學習的要義就是盡早學會自己獨立地學習，像費曼自己學會代數，
這是人生難得的經驗。在適當的時機得到適當的經驗，是幸運的。

✏ 例題 2

求解方程式 $2x + 7 = 15$。

⚙ 解答

原方程式兩邊同減 7，得到 $2x = 8$；再兩邊同除以 2，得到 $x = 4$。　□

4.4　思慮周密的方程式

採用代數方法解決問題，有時會遇到奇妙的事情。

📝 例題 3

父親 34 歲，女兒 7 歲。問幾年之後父親的年齡是女兒的 10 倍？

⚙️ 解答

假設 x 為所求。經過 x 年後，父親為 $34 + x$ 歲，女兒為 $7 + x$ 歲。此時因為父親的年齡是女兒的 10 倍，所以我們就得到方程式：

$$34 + x = 10(7 + x)$$

解此方程式：

$$34 + x = 70 + 10x$$
$$34 - 70 = 10x - x$$
$$9x = -36$$
$$\therefore x = -4$$

□

　　答案是「-4 年之後」，這表示時光要倒流到「4 年之前」。負數對於初學者常造成困擾，此題順便給出一個實際的解釋，幫忙我們了解負數的意義。另一方面，當我們在做這個問題時，並沒有預想到，未來父親的年齡絕對無法達到女兒的 10 倍，只有在過去才能成立。因此，方程式有時候比我們思慮得更周密。

　　通常我們把「現在」當作 0，「過去」當作負數，「未來」當作正數。這是了解正負數的一個好方法。

4.5 頭腦的體操 （習題解答請見 p. 368）

1. 有父女兩人，父親比女兒大 32 歲，8 年後父親的年齡是女兒的兩倍，問目前父女各幾歲？

2. 阿嬤對孫子說：我比你爸爸大 45 歲，我的年齡是兩位數並且個位與十位對調就是你爸爸的年齡，又兩個數字都是質數。問阿嬤幾歲？

3. 三年前兄年是弟年的 5 倍多 1 歲，三年後兄年是弟年的 3 倍少 7 歲。問兄弟現年各幾歲？

4. 求解方程式 $2x + 1 + (x \div 3) = 71$。

5. 父親 40 歲，女兒 12 歲。問幾年後父親的年齡是女兒的 3 倍？又幾年前父親的年齡是女兒的 5 倍？

6. 解方程式：

(i) $\dfrac{x+1}{2} + \dfrac{x+2}{3} = \dfrac{x+3}{5} + 2x - 9$

(ii) $\dfrac{2}{3}(4x - 1) - \dfrac{1}{7}(3x + 2) = 6 + \dfrac{1}{9}(5x - 2)$

4.6 嘉言錄

法國大文豪雨果 (V. Hugo, 1802–1885) 說：

1. 一個女人若肯把真正的年齡告訴你，那麼她什麼話都會對你說。

2. 人生如一個橢圓，其兩個焦點分別代表「理想」與「現實」，人生如星球之環繞它們。當兩個焦點合一的時候，橢圓就變成最完美的圓。

3.再欣賞雨果的詩句：

> 科學與數學的美、頓悟、數與形都存在於藝術中。
>
> 幾何存在於天文學裡，而天文學與詩相鄰。
>
> 代數存在於音樂中，而音樂與詩相遇。

歷史故事

在俄國的沙皇宮廷，為了要挫挫雄辯的無神論者、法國百科全書派大將狄德羅 (Diderot, 1713–1784) 之銳氣，特別請來了數學家歐拉 (Euler, 1707–1783)。歐拉嚴肅且自信地對狄德羅提出「上帝存在」的一個代數證明：

> 先生，因為 $\dfrac{(a+b^n)}{n}=x$，所以上帝存在，請回答！

據說狄德羅無法了解這個方程式的意思，無言以對。

費曼在物理世界是個傳奇人物，他看待世界的方法是：

> 對於任何事物都不視為理所當然，總是要自己想出來。
>
> 因此，他對大自然的行為經常會有新的與深刻的了解，
>
> 並且以新鮮與初等的方式來描述它。

5

還原之大法

5

還原之大法

■ 代數學之父：花拉子米

■ 似開孤月口，能說落星心

Arithmetic is numbers you squeeze from your head to your hand to your pencil to your paper till you get the answer.

　　算術就是：你把數從你的頭腦擠壓到你的手上，

　　再到你的筆上，落到紙面，直到獲得答案為止。

Arithmetic is where numbers fly like pigeons in and out of your head.

　　算術就是：數像鴿子那樣，在你的頭腦飛進又飛出。

　　　　　　　　　　　　　　　　　　—美國詩人 *Carl Sandburg*—

「代數學」在西方叫做 "Algebra"，這是從阿拉伯文的 "Al-jabr" 這個詞演變過來的，原意是指：解方程式時所施展的「還原大法」(restitution, restoration)，包括「移項變號」與「等號的兩邊對消」(cancellation) 的方法。

我們舉幾個例子來說明還原的技巧。我們仍然採用對偶的觀點，分成正向與逆向這兩類問題。

五則運算是：加、減、乘、除、開平方根。它們的**逆運算**分別就是：減、加、除、乘、平方。一來一往，互相抵消。將來學到微積分時，我們還會發現，微分與積分是兩個互逆的運算。

5.1 加與乘的互逆運算

例題 1 （正向問題）

有一個數 23，將它放大 2 倍，再加 11，問結果是多少？

$$23 \quad \rightarrow \quad \boxed{\begin{array}{c} \text{放大 2 倍} \\ \text{再加 11} \end{array}} \quad \rightarrow \quad ?$$

■圖 5–1　正向問題

解答

根據題意，答案就是

$$2 \times 23 + 11 = 46 + 11 = 57$$

例題 2　（逆向問題）

某數乘以 2，再加 11，結果是 57，問某數是多少？

$$? \rightarrow \boxed{\begin{array}{c} 放大\,2\,倍 \\ 再加\,11 \end{array}} \rightarrow 57$$

■ 圖 5-2　逆向問題

那麼我們的回應就是「57 減去 11 等於 46，再除以 2 得到 23」，故某數就是 23，這樣就還原為本來的面目：

$$23 \leftarrow \boxed{\begin{array}{c} 減去\,11 \\ 除以\,2 \end{array}} \leftarrow 57$$

解法 1　（算術解法）

從結果反方向而行，並且每一個運算都採用**逆算，加減就改為減加，乘除就改為除乘**：

$$(57 - 11) \div 2 = 46 \div 2 = 23$$

解法 2　（代數解法）

假設某數為 x，根據線索我們建立**方程式**：

$$2x + 11 = 57$$

接著是**解方程式**：等號兩邊同減去 11，得到

$$(2x + 11) - 11 = 57 - 11 \quad （等量減法公理）$$

$$2x + (11 - 11) = 46 \quad\quad （加法結合律）$$

$$2x + 0 = 46$$

$$2x = 46 \quad\quad\quad （零的特性）$$

等號兩邊再同除以 2，得到

$$x = 23$$

這就「**還原**」為原來的某數，即為我們所要的答案。　　　　□

　　這含有化學裡 「**氧化與還原**」 的意味：23 的 2 倍加上 11 等於 57，相當於「**氧化過程**」；而 57 減去 11 再除以 2，相當於「**還原過程**」。

　　我們也看到了：**數系的結構及其運算律讓代數的解法暢行無阻！**

　　表面上看起來，也許你會說，這兩種解法在本質上是相同的。算術的解法似乎比較簡潔，而代數的解法比較囉嗦又抽象！那我們為什麼要學代數呢？

　　道理是這樣的：算術的解法與代數的解法相當於手工藝文明與機器文明的差別，前者只適用於狹窄的範圍，而後者海闊天空，又有一定的步驟，對於較深奧的問題也能迎刃而解，並且還具有進一步發展的無窮潛力！有抽象化才有思考，這是抽象化的妙處。抽象就是飛在高空，像老鷹那樣，可以「俯視山河足底生」。

5.2　減與除的互逆運算

例題 3　（正向問題）

問 88 除以 4，再減去 15，結果等於多少？

解答

根據題意，答案就是

$$88 \div 4 - 15 = 22 - 15 = 7$$

圖解如下：

$$88 \quad \rightarrow \quad \boxed{\begin{array}{c}除以 4 \\ 減去 15\end{array}} \quad \rightarrow \quad 7$$

■圖 5-3　正向問題　　　　　　　□

反過來是逆向問題，相當於**由果求因**。

例題 4　（逆向問題）

某數除以 4，再減去 15，等於 7，求某數。

$$? \quad \rightarrow \quad \boxed{\begin{array}{c}除以 4 \\ 減去 15\end{array}} \quad \rightarrow \quad 7$$

解法 1　（算術解法）

你挑戰「某數除以 4，再減去 15，等於 7」，那麼我們就回應「7 加上 15 等於 22，再乘以 4 得到 88」，故某數就是 88。參見圖 5-4：

$$? \quad \leftarrow \quad \boxed{\begin{array}{c}加上 15 \\ 乘以 4\end{array}} \quad \leftarrow \quad 7$$

■圖 5-4　逆向問題　　　　　　　□

我們只是順著原路逆向走回去，把減改為加，除改為乘，如此這般，一來一往，兵來將擋，水來土掩，逆向問題就解決了。飛機飛上天，要能夠飛回地面，能發也能收。

解法 2　（代數解法）

假設某數為 x，則根據線索我們建立**方程式**：

$$x \div 4 - 15 = 7$$

接著是求解方程式：等號兩邊同加上 15，得到

$$(x \div 4) - 15 + 15 = 7 + 15 \quad （等量加法公理）$$

$$(x \div 4) + (-15 + 15) = 22 \quad\quad （加法結合律）$$

$$(x \div 4) + 0 = 22$$

$$x \div 4 = 22 \quad\quad\quad （零的特性）$$

等號兩邊同乘以 4，得到

$$(\frac{x}{4}) \times 4 = 22 \times 4 \quad （等量乘法公理）$$

$$x = 88 \quad\quad\quad （1 的特性）$$

這就是我們所要的答案。　　　　　　　　　　　　□

註

有某個數 x 被「**氧化**」於 $x \div 4 - 15 = 7$ 之中，我們利用運算律，「**還原**」為本來面目 $x = 88$。

當你生日時，朋友送你一件禮物，把禮物「由內到外」，包裝了好幾層。你收到禮物後，就「由外到內」，一層一層解開，把東西「還原」為本來面目。

這裡有一個數，你給它施行運算，得到另一個數。你想要「還原」原數，只需作逆運算，就可以得到原數。解決逆向型問題，最好的普遍方法就是代數方法。

　　門本來是關得好好的，被風吹開了，你把它關好，就還原了。一開一關，一加一減，一乘一除，讓事物「還原」為本來面目。代數就是「還原」為本來面目的一套學問。

　　正算與逆算，正看與倒看，綜合與分析，體現了思想方法上的對稱性與辯證性，這種二元對偶的觀點值得特別留意。

　　代數的解方程式就是**移項變號**：＋與－互變，×與÷互變。兩邊對消是指，兩邊同加或同減一個數，同乘或同除以一個非零的數。

✏ 例題 5

有一個數，先乘以 3，減去 7。接著除以 7，再減去 5。平方再加 14。最後除以 10，得到 5。求原數。

⚙ 解答 （算術解法）

逆算回去就好了：5 的 10 倍為 50。減去 14 得 36，再開方得 6。加上 5 得 11，再乘以 7 得 77。加上 7 得 84，再除以 3 得 28。因此，原數為 28。　　　　　　　　　　　　　　　　　　　　　　　　　□

📋 註

28 為一個完美數 (perfect number)。一個自然數如果等於其真因數（即本身除外）之和，就叫做完美數。例如 28 的真因數為 1, 2, 4, 7, 14，並且

$$1 + 2 + 4 + 7 + 14 = 28$$

月亮繞行地球一周約為 28 天。因為 $6 = 1 + 2 + 3$，所以 6 也是一個完美數。根據《聖經》的說法，上帝創造世界花了 6 天的時間。

5.3 代數學名稱的起源

Poetry is the best words in the best order.
詩是將最好的文字安置在最佳的位置。
—英國詩人 *S. T. Coleridge*—

在數學中，數學家發明一個**記號**或創造一個**術語**，不但是很重要而且是很慎重的事情。這常讓數學家費盡心思，總是想要找到最好、最恰當的記號與術語。這跟詩人在找尋最佳的字句，並且將它們安排在最佳的位置一樣。

適當地創造記號與掌握記號，是掌握數學的要訣。因此，法國數學家拉普拉斯 (Laplace, 1749–1827) 說：「數學有一半是記號的戰爭。」

在代數學中，我們用 x, y, z 來代表未知數，這是經過長期的演化，「人為選擇」所得到的最佳結果。我們再舉代數學的命名來說明。

△甲、「未知數」記號的演變

代數學是每個人第一次遇到的抽象數學，讓許多人造成困難，主要的理由是它用符號代替數，不知道符號運算的用意。然而，這並不是一夕之間從天而降，而是經過長遠歷史發展的結果。

從古埃及和巴比倫的「**文詞代數**」(rhetorical algebra) 開始，演變到古希臘丟番圖的「**簡字代數**」(syncopated algebra)。到了 16 世紀才有韋達 （Viète 或 Vieta，1540–1603） 與笛卡兒的 「**符號代數**」

(symbolic algebra)：用 x, y, z 代表未知數，用 a, b, c 代表已知數。這才成為今日所通用的代數符號。值得做個對照，邏輯學研究「思想律」(laws of thought)，它的發展也是從「文詞邏輯」到近代的「符號邏輯」。

注意到：我們將 $3 \times x, x \times y, x \times x$ 分別簡寫為 $3x, xy, x^2$，其中 $3x$ 又是 $x + x + x$ 的縮寫。但是，在 $3 + x, x + y, x + x$ 中，卻不能將加號略去。

人類發明語言文字，這是石破天驚。再從語言文字錘煉出抽象的符號來代表數，這是第二度創造想像力的飛躍。

⚠ 乙、「方程」的由來

「方程」是由 "equation" 這個單字翻譯過來的，而 equation 就是「等式」的意思。含有未知數的等式叫做方程式，簡稱方程。

在《九章算術》這本數學名著裡，第 8 章叫做方程，探討解聯立一次方程組的問題，其方法是把係數排列成方形陣勢（類似於矩陣），經過運算，消去一些係數，求得答案（如線性代數裡的高斯消去法）。因此，「方程」又有方形陣勢與解題的運算過程之意味。因此，代數學又叫做**「方程的科學」**。

1952 年有人推薦愛因斯坦當以色列總統，他拒絕，並且說：「政治短暫，方程永恆。」方程對他更重要。

目前在日常生活中，我們經常可以看到「美容方程，戀愛方程，一級賽車方程」的用語，你覺得這樣的用字恰當嗎？

△丙、"Algebra" 的由來

　　阿拉伯天文學家兼數學家阿爾－花拉子米 （Al-Khwârizmî，約 780–850，見章首）寫一本書 *Hisab al-jabr w'al-muqabala*，意思是「**還原的科學**」，或「**方程的科學**」。在阿拉伯文中，al-jabr 有「**還原**」之意，實際操作時又產生**移項變號**與**兩邊對消**的規則，這些就是代數方法中解方程式的技巧。另外，代數學中的 algorithm（算則）也是從花拉子米的名字演變過來。因此，也有數學史家尊稱花拉子米為「**代數學之父**」。在西方是尊稱丟番圖為代數學之父。

　　文藝復興時期，阿拉伯的文化傳到西歐，歐洲人把 "Al-jabr" 譯成拉丁文的 "Algebra"，一直使用到今天，這就是在西方 Algebra 這個術語的由來。這是西方接受外來的影響所產生的。

　　另外，代數學在西方有一段時間也叫做**解析術** (Analytic Art)，理由是法國數學家韋達對代數的創立很有貢獻，他在 1591 年著有 《**解析術**》 (*Introduction to Analytic Art*)，這本書已跟現代的代數書很相近。因此，韋達被尊稱為「**現代的代數記號之父**」 (the father of modern algebraic notation)。

　　他認為代數方法是分析法（或解析法）的產物。採用代數方法來解題，就是直接由目標 (ending) 切入，想像答案就是 x，然後根據它的特性，展開獵捕的行動：用

■圖 5–5　韋達
（出處：Wikipedia）

方程式把 x 捕捉住，再解開方程式，得到答案。這是一種「倒行逆施」的分析法（參見下面的例題 6）。

在西方，代數學又叫做**未知的藝術** (the art of the unknown)，或**大術** (the great art)，或**東來法**。這些都在反映代數的本色與來源。例如歐洲人稱代數學為東來法，這是指代數是由阿拉伯傳過來之意。在地理上，阿拉伯位於歐洲的東方。

後來，Algebra 與 Analytic Art 經過競爭的結果，Algebra 獲勝，Analytic Art 消失。目前「解析術」的名稱只留存在數學史之中。

👆 註 1

代數學在古中國叫做「**方程術**」或「**天元術**」，這是指建立方程式與解方程式的過程，天元是指未知數。

👆 註 2

韋達是法國的數學家，但是他的職業是律師，也是法國國王亨利四世的宮廷顧問。他對數學很有興趣，業餘就研究數學，在代數學、幾何學與三角學方面都有貢獻。在當時，他的名聲主要是來自法國與西班牙的戰爭，在亨利四世的徵召下，他破解了西班牙軍隊的密碼，非常成功，以致於西班牙人指控法國人施展巫術，有違基督信仰的實踐。

我們用一個例子來展示**分析與綜合**的意思與使用法。

✏️ 例題 6

假設 $a, b \geq 0$，則 $\dfrac{a+b}{2} \geq \sqrt{ab}$，並且等號成立的充要條件為 $a = b$。

(●) 分析

我們由目標切入，倒退著走。要證明 $\frac{a+b}{2} \geq \sqrt{ab}$，我們只需要證明

$(a+b) \geq 2\sqrt{ab}$，而這又只需證明 $(a+b)^2 \geq 4ab$（因 $a, b \geq 0$），亦即證

明 $a^2 + 2ab + b^2 \geq 4ab$。最後我們看出只需證明 $(a-b)^2 \geq 0$，這是顯明

成立的。Aha，我發現了 (Eureka)！我發現了 (Eureka)！

(●) 證明

這只需將上述的分析過程再倒轉回去就好了。

因為任何數的平方必為非負數，所以 $(a-b)^2 \geq 0$，亦即

$$a^2 - 2ab + b^2 \geq 0$$

兩邊同加 $4ab$，得到

$$a^2 + 2ab + b^2 \geq 4ab \text{ 或 } (a+b)^2 \geq 4ab$$

兩邊同除以 4，再開平方，就得證

$$\frac{a+b}{2} \geq \sqrt{ab}$$

順便也得到：若等號成立，則 $a = b$；反過來，若 $a = b$，則顯然等號

成立。∎

(●) 註

例題 6 的不等式叫做「算術平均大於等於幾何平均不等式」，簡稱為

「算幾平均不等式」。這是一個重要的不等式。在第 10 章裡，我們還

會採用幾何圖形的論述，來重新推導這個不等式。

　　我們再把例題 6 的分析與綜合過程加以「代數化」，亦即「抽象

化」與「符號化」。這就是抓住「**本質**」!

1.先有分析過程:

⑴要得到 S,只要知道 R 就好了。

⑵要得到 R,只要知道 Q 就好了。

⑶要得到 Q,只要知道 P 就好了。

⑷現在我們知道 P 是對的。因此,由 P 就可以推導出 S。

分析法是**倒退著走**,所以又叫做「**倒行逆施法**」。

2.接著才有綜合過程:

循著原來分析過程的足跡,但正向走。這是邏輯演繹的證明過程。

在數學思考中,我們要學會正著走,也要學會倒著走。兩者都很重要。

△丁、「代數學」譯名的由來

清朝的李善蘭(1811–1882,見圖 5–6)在 1859 年將笛摩根 (De Morgan, 1806–1871) 的書: *Elements of Algebra* (1835) 翻譯為中文,定名為《**代數學**》。這是代數學第一本的中譯本,李善蘭說:

> 代數之法,無論何數,皆可任以記號代之。

■圖 5–6 李善蘭
(出處:Wikipedia)

這就像現代人以支票、信用卡代替金錢。

因為在這本書裡講究的是以文字符號代替數，所以他就把 "Algebra"
譯為「**代數學**」。這是「代數學」一詞首次的出現，一直沿用到今日，
後來日本也跟著採用。至於當初曾經採用音譯而成的「**阿爾熱巴拉**」、
「**阿爾朱巴爾**」或「**阿爾熱八達**」都已消失無影。

　　另外，在此書中，李善蘭也將 "equation" 翻譯為「**方程**」。

註

我們作個對照：幾何學是由 Geometry 翻譯過來的，geo 是指「土地」，
metry 是指「測量」，所以幾何學的原意是「測量土地」。古埃及的尼
羅河每年氾濫，淹沒田地，必須重測土地，因而誕生幾何學。

5.4　頭腦的體操（習題解答請見 p. 369）

1. 甲、乙兩人擁有的金額之比為 3：2。從今日開始，甲每天用 60 元，
   乙每天用 50 元。結果當乙用完時，甲還剩下 90 元。問甲、乙原來
   各有多少錢？

2. 19 世紀的英國數學家笛摩根，有人問他哪一年出生時，他回答說：
   「我在 x^2 年是 x 歲。」試求他的出生年，以及他在回話時的年紀。

3. 有兩個數，大數是小數的 5 倍，兩數之和為 276，求此兩數。

4. 下面是一首打油詩，若讀得懂問題的意思就很容易解出來：
   　　　　三角幾何，一共八角，三角三角，幾何幾何？

5. 假設 $a, b > 0$，利用分析與綜合法證明：$\sqrt{ab} \geq \dfrac{2ab}{a+b}$。這跟課文中

的算幾平均不等式合起來就有 $\dfrac{a+b}{2} \geq \sqrt{ab} \geq \dfrac{2ab}{a+b}$。

5.5 讀書筆記

The moving power of mathematical invention
is not reasoning but imagination.

推動數學發明的力量不是推理，而是想像力。

—*De Morgan*—

　如果你不讀詩，那你怎麼會解方程式？

—*Jackins Harvey*—

　有「某個數 x」，被「氧化」在「方程式」之中，我們解方程式就是要「還原 x 的本來面目」，求得某數。還原的方法就是利用數系運算律所導致的：移項變號與兩邊對消（同加、同減一個數，同乘或同除以一個非零的數）。

　這類推於化學裡的「氧化與還原」。化學也是創造記號，用來表達物質的組成元素，並且方便於探討元素之間的化合、變化規則以及做定量的計算，例如：

$$2H_2 + O_2 \longrightarrow 2H_2O \text{（化合）}$$

$$2H_2O \longrightarrow 2H_2 + O_2 \text{（分解）}$$

根據這個意味，化學類似於代數學，這是一種「化學的代數學」。

6

運動現象的問題

運動現象的問題

■ 亞里斯多德

（出處：Wikipedia：Marie-Lan Nguyen）

大自然充滿著運動現象，古希臘哲學家亞里斯多德說：

對運動現象的無知就是對大自然的無知。

在沒有微積分之前，要研究運動現象，難如登銅牆鐵壁。
基本上只能研究等速率運動。

本章我們要從算術中選取三個跟運動有關的問題，分別用算術方法與代數方法來求解。這就是龜兔賽跑問題，時鐘問題，以及流水問題。我們的目標是要用各種例子來鞏固代數的學習。

6.1 運動學的公式

一個物體作**等速率運動**涉及到三個重要的物理量：**距離 d，速率 v，時間 t**。它們之間的關係如下：

$$距離 = 速率 \times 時間，d = v \cdot t$$

$$速率 = 距離 \div 時間，v = \frac{d}{t}$$

$$時間 = 距離 \div 速率，t = \frac{d}{v}$$

這些就是我們要研究運動現象不可或缺的三合一公式。

牛頓是微積分的發明者之一，他就是由一般的運動現象，即由非等速率運動現象切入，揭開了微積分的祕密，因而發明微積分。反過來，又用微積分來研究運動現象，進一步揭開運動現象之謎。由此可見，研究運動現象的重要性。

不過，本章我們所要探討的是等速率運動，這是最簡單的運動現象。「千里之行，始於腳下」，由簡單處切入是正確的學習之道。

例題 1

有一部汽車以時速 80 公里，從臺北跑到新竹；又以時速 120 公里，從新竹返回臺北。問此車來回一趟的平均速率是多少？所謂平均速率是指汽車所走的總距離除以總共所花的時間。

解法 1　（算術解法）

粗心的人會誤以為答案就是**算術平均**：

$$\frac{80+120}{2}=100$$

其實不然！我們要小心論證：假設臺北到新竹的距離為 d，那麼臺北跑到新竹所花的時間為 $\dfrac{d}{80}$ 小時，新竹返回臺北所花的時間為 $\dfrac{d}{120}$ 小時。來回總共花了 $\dfrac{d}{80}+\dfrac{d}{120}$ 小時，所跑的總距離為 $2d$，因此來回全程的平均速率為

$$\frac{2d}{\dfrac{d}{80}+\dfrac{d}{120}}=\frac{2\times 80\times 120}{80+120}=96$$

答案是車子每小時跑了 96 公里，小於 100。　　　　　□

解法 2　（代數解法）

假設來回全程的平均速率為每小時 x 公里，則車子跑了 $\dfrac{2d}{x}$ 小時。根據題意列出方程式：

$$\frac{2d}{x}=\frac{d}{80}+\frac{d}{120}$$

解得 $x=96$ 公里。　　　　　□

註

假設 a 與 b 為兩個正數，我們稱 $\dfrac{a+b}{2}$ 為**算術平均**，$\sqrt{ab}$ 為**幾何平均**，$\dfrac{2ab}{a+b}$ 為**調和平均**。此地求得的 96 是 80 與 120 的調和平均。

6.2 龜兔賽跑問題

烏龜比野兔更能辨析道路。

—詩人 *Gibran*—

例題 2

烏龜與兔子舉行賽跑，兔子讓烏龜在前方 100 公尺。兔子每秒跑 4.5 公尺，烏龜每秒跑 0.5 公尺，問兔子要追上烏龜需多少時間？

解法 1 （算術解法）

因為兔子每秒追上烏龜 4.5 – 0.5 = 4 公尺，而兔子有 100 公尺要追趕，所以距離除以速率得到

$$100 \div 4 = 25 \text{ 秒}$$

這是兔子要追上烏龜所需的時間。 □

解法 2 （代數解法）

假設兔子需要 x 秒追上烏龜，根據題意列出方程式：

$$4.5x = 100 + 0.5x$$

移項變號得到

$$4.5x - 0.5x = 100$$

亦即

$$4x = 100$$

$$\therefore x = 100 \div 4 = 25 \text{ 秒}$$ □

例題 3

甲、乙兩人在 400 公尺的運動場上,以等速率慢跑健身,由同一地點出發。如果以相反的方向跑,每隔 40 秒相遇一次。如果以相同的方向跑,每隔 200 秒相遇一次。問兩人的速率各多少?

解法 1　（算術解法）

先考慮相反方向跑的情形:這相當於兩人速率相加,合起來 40 秒跑完 400 公尺,故兩人速率之和為

$$400 \div 40 = 10 \text{ 公尺／秒}$$

其次考慮相同方向跑的情形,不妨假設甲跑得比較快:這相當於甲以兩人速率之差,在 200 秒內追趕 400 公尺,因此兩人速率之差為

$$400 \div 200 = 2 \text{ 公尺／秒}$$

這是和差問題:甲、乙之和為 10,甲又比乙多 2,求甲、乙各多少?解法很簡單:

想像有 10 個糖果,先分給甲 2 個,剩下 8 個,兩人平分,所以甲得 6 個,乙得 4 個。因此答案是甲每秒跑 6 公尺,乙每秒跑 4 公尺。

□

解法 2　（代數解法）

假設甲的速率為每秒 x 公尺,乙的速率為每秒 y 公尺。先考慮相反方向跑的情形:在 40 秒內,甲跑了 $40x$ 公尺,乙跑了 $40y$ 公尺,兩人相遇,因此我們有

$$40x + 40y = 400$$

再考慮相同方向跑的情形:仍然假設甲跑得比較快,那麼在 200

秒內，甲跑了 $200x$ 公尺，乙跑了 $200y$ 公尺，甲追上乙，故甲比乙多跑 400 公尺，因此我們有

$$200x = 200y + 400$$

整理一下，得到聯立方程組：

$$\begin{cases} x + y = 10 & \text{(1)} \\ x - y = 2 & \text{(2)} \end{cases}$$

兩式相加（等量加法公理），得到

$$2x = 12 \quad 或 \quad x = 6$$

代入⑴式，解得

$$y = 4$$

答案是甲每秒跑 6 公尺，乙每秒跑 4 公尺。　　　　　□

6.3　時鐘問題

時鐘面上的時針與分針，走速不同，兩者繞著圓周在運動，互相追趕。

例題 4

在 10 點到 11 點之間，時鐘的分針與時針何時成一直線？

解法 1　（算術解法）

基本的想法：

對問題的了解與線索的洞察。把鐘面的圓周分成 60 等分，分針走一格為 1 分鐘，時針走一格為 12 分鐘。因此，時針走一格，分針就走 12

格；或者分針走 1 格，時針只走 $\frac{1}{12}$ 格。

現在分針有 50 格要追趕，而每一分鐘追趕

$$1 - \frac{1}{12} = \frac{11}{12} \text{ 格}$$

故總共要花

$$50 \div \frac{11}{12} = 54\frac{6}{11} \text{ 分鐘} = 54 \text{ 分 } 32\frac{8}{11} \text{ 秒}$$

分針才追上時針。因此，兩針在 10 點 54 分又 $32\frac{8}{11}$ 秒的時刻重合。

□

註

我們可以這樣想像：時針為烏龜，分針為兔子，牠們在一直線上作龜兔賽跑。兔子在起點 0 的地方，烏龜在前方 50 之處。這種類比的思考，在數學裡很重要。

解法 2 （代數解法）

假設經過 x 分鐘後分針追上時針，那麼分針的位置為 x，時針呢？它走了 $\frac{1}{12}x$，再加上原先超前的 50 格，因此時針的位置為 $50 + \frac{1}{12}x$。今因兩針重合，即兩針的位置相同，所以我們得到方程式

$$x = 50 + \frac{1}{12}x$$

接著是求解方程式：

$$x - \frac{1}{12}x = 50$$

$$\frac{11}{12}x = 50$$

$$\frac{12}{11} \cdot \frac{11}{12} x = \frac{12}{11} \cdot 50$$

$$x = \frac{600}{11} \, 分 = 54 \frac{6}{11} \, 分$$

$$= 54 \, 分 \, 32 \frac{8}{11} \, 秒$$

答案是：兩針在 10 點 54 分又 $32\frac{8}{11}$ 秒的時刻重合。　　　　　□

6.4　流水問題

例題 5

有一艘船，在靜止水面上航行的速度是每小時 10 公里。今此船在一條等速流動的河水中順流而下，航行 36 公里，花了 3 小時。問此船逆流而上，走同樣的距離，需花多少時間？

解法 1　（算術解法）

船順流而下，3 小時航行 36 公里，故順流而下的時速為

$$36 \div 3 = 12 \, 公里$$

已知船在靜止水面上的時速為 10 公里，所以水流的時速為

$$12 - 10 = 2 \, 公里$$

於是船逆流而上的時速為

$$10 - 2 = 8 \, 公里$$

從而，船逆流而上走 36 公里，所花的時間為

$$36 \div 8 = 4.5 \text{ 小時}$$

也就是花了 4 個鐘頭又 30 分鐘。　　　　　　　　　　□

⚙ **解法 2**　　**（代數解法）**

我們分成兩階段來求算。先求水流的速度，再求船逆流而上所花的時間。假設水流的時速為 x 公里，則船順流而下的時速為 $10 + x$ 公里。由題意得到

$$3(10 + x) = 36$$

解此方程得到

$$x = 2 \text{ 公里}$$

因此，船逆流而上的時速為 $10 - 2 = 8$ 公里。

其次，假設船逆流而上走 36 公里，花了 y 小時。由題意得到

$$8y = 36$$

解此方程得到

$$y = 36 \div 8 = 4.5 \text{ 小時}$$

這就是本問題的答案。　　　　　　　　　　□

6.5　頭腦的體操 （習題解答請見 p. 370）

1. 在 3 點到 4 點之間，時鐘的分針與時針何時成一直線？

2. 現在是 12 點整，問要經過多少時間分針與時針會首度成直角？

3. 古希臘哲學家季諾 (Zeno, 490–430 B.C.) 宣稱：只要先讓烏龜在飛毛腿阿基里斯 (Achilles) 前面某個距離，那麼阿基里斯永遠追不上

烏龜！季諾這樣論證：當阿基里斯跑到烏龜原先處，烏龜向前走了一些，所以烏龜還在前面；然後按此要領一直論證下去，永不止息，烏龜永遠在阿基里斯的前面。如何破解季諾的詭論？

4. 坐船順流而下，到 4 公里遠的村落，費時 20 分鐘，逆流而上就需要 30 分鐘。問水流的速度是多少？船在靜水中的速度又是多少？

5. 已知地球的潮汐是月球引起的，並且地球 24 小時自轉一圈，月球 28 天繞地球一圈（兩者皆是由西向東運轉）。假設龜山島今日的滿潮是正午 12 點，問明日滿潮是什麼時刻？參見下圖。

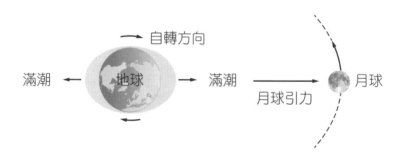

喝茶時間

愛情的世界非常神奇,跟平常的世界很不一樣,連數學法則都要修正,
例如:

一個人加一個人,合成一個人 ($1 + 1 = 1$)。

兩個人分擔一個痛苦,只有半個痛苦 ($1 = \frac{1}{2}$);

而兩個人共享一個幸福,卻有兩個幸福 ($1 = 2$)。

一日不見如隔三秋 ($1 = 3$)。

The more I give, the more I have.

生命不是以時間的長短來衡量,心中充滿愛時,剎那就是
永恆(有限 = 無窮)。

愛情在有限與無窮之間搭起了一座橋樑。

微積分是以有涯逐無涯,而在愛情中,有涯與無涯相遇。

小王子的想法

一個人如何能夠擁有星星呢?

當你發現一顆不屬於任何人的鑽石時,它就屬於你。

當你發現一個不屬於任何人的島嶼時,它就是你的。

當你在其他人之前有了一個想法時,

你就可以取得專利,它就是你的。

對於我來說,我擁有星星,

那是因為在我之前沒有人曾想到要擁有它們。

　　古希臘哲學家提出兩個萬古常新的主題：**存有與變易之謎** (Enigmas of Being and Becoming)。**存有之謎**就是要問：

我們周遭所存在的東西是什麼？

這自然就提出：**物質的組成與結構是什麼？**導致**原子論** (Atomism) 的思想與方法的發展。

　　赫拉克利特 (Heraclitus, 537–475 B.C.) 說：「**萬有皆流變**」。**變易之謎**就是要問：

物質如何變化 (Problem of change)？

物體如何運動 (Problem of motion)？

7

雞兔同籠問題

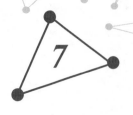

7

雞兔同籠問題

（出處：Wikipedia）

英國大文豪兼幽默大師的蕭伯納 (George Bernard Shaw, 1856–1950)，在讀小學的時候，上算術課，老師教到雞兔同籠問題，但他在打瞌睡，老師就叫他起來回答問題。他從睡夢中驚醒，只聽到旁邊的同學在說雞兔同籠問題，因此他立刻回答說：「我家的雞和兔子從來都不關在同一個籠子裡！」引得全班同學大笑。

本章我們來到了「雞兔同籠問題」（又名「龜鶴同池問題」或「龜鶴算」），對於小學高年級學生來說，這是小學算術的巔峰算，具有深度與挑戰性。

這個問題的妙處在於：它擁有豐富的數學內涵，可以激發出許多美妙的想法，讓我們的觀點不斷提升，視野逐漸擴展。這是雞兔同籠問題之所以萬古常新的理由。

如果一位小學生能夠被適切引導而獨立地解出雞兔同籠問題，那是人生的幸運。如果不幸被這個問題壓熄對數學的求知欲，從而不喜歡數學，那是人生莫大的損失。這是一個關鍵點，不可不慎乎！

7.1 問題的提出

例題 1　（雞兔同籠問題，見《孫子算經》卷下，第 31 題）

雞兔同籠，一共 35 頭，腳有 94 隻，問雞兔各有幾頭？

這個問題，若用算術求解，腦筋須要轉好幾個彎，故它確實是小學生的難題，但是用代數解法就易如反掌了。

許多人厭惡數學，畏懼數學，可能跟小學時遇到雞兔同籠問題的慘痛經驗有關。因此，他們常攻擊雞兔同籠問題說：「這種問題有什麼用？」或者是如蕭伯納所說的「我家的雞和兔子從來都不關在同一個籠子裡！」

事實上，你在學校所學的數學，除了加減乘除的「菜市場算術」

之外，其餘的在日常生活中都很少有直接用途。所有的「用途」都是間接的，因為學習幾乎都是在鍛練「思想內功與打開眼界」的功夫，這是「大用」而不是「小用」。

7.2 嘗試改誤法

如果 35 頭全是雞，則腳有 $35 \times 2 = 70$ 隻，這太少了。但如果全是兔子，則腳有 $35 \times 4 = 140$ 隻，這又太多了。這兩種極端情形都不可能發生。因此，我們開始「心裡有數」起來，答案必介於兩者之間，即雞與兔都各有一些。

例如嘗試雞 17 頭，兔 18 頭，我們算一下腳數：

$$2 \times 17 + 4 \times 18 = 106$$

腳數還是嫌多，所以應該增雞減兔。這次嘗試雞 20 頭，兔 15 頭，則腳數有：

$$2 \times 20 + 4 \times 15 = 100$$

還是多了一點，但已漸接近正確的 94。我們再試雞 23 頭，兔 12 頭，則腳數為

$$2 \times 23 + 4 \times 12 = 94$$

恰好是符合條件。

因此，雞有 23 頭，兔有 12 頭，就是所欲求的答案。

這叫做**嘗試改誤法**（method of trial and error，簡稱為**試誤法**）。雖然有點笨拙，但是應用廣泛。人類與其它動物在日常生活中，幾乎都在用這個方法解決問題。這是一種投石問路，從錯誤中學習。

　　既然是一種投石問路，我們不如有系統地來做，並且把頭數與總腳數列成表，這樣容易看出**變化規律**：

雞頭數	35	34	33	…	23	…	2	1	0
兔頭數	0	1	2	…	12	…	33	34	35
總腳數	70	72	74	…	94	…	136	138	140

✏ **問題 1**

觀察上表，請你說出頭數與總腳數的變化規律。

　　試誤法就是大膽去試、去猜，然後修正錯誤，這是人類最基本的學習模式，永遠不要小看它，相當於科學求知活動中的「**大膽假設，小心求證**」之方法。

7.3　掌握變化規律

由上表我們觀察到：如果將一頭雞換成一頭兔，則腳多出 2 隻；反過來，如果將一頭兔換成一頭雞，則腳少掉 2 隻。掌握到這個變化規律，是解決雞兔同籠問題的關鍵。

　　今假設 35 頭全是雞，則腳有 $2 \times 35 = 70$ 隻。但是已知總腳數為 94 隻，故腳數不足 $94 - 2 \times 35 = 24$ 隻。為了補足這 24 隻，必須將一些雞換成兔，總共換了：

$$(94 - 2 \times 35) \div (4 - 2) = 12 \text{ 頭} \tag{1}$$

因此兔有 12 頭，從而雞有 35 − 12 = 23 頭。

對偶地或對稱地，我們也可以從全兔下手，算得雞有：

$$(4 \times 35 - 94) \div (4 - 2) = 23 \ 頭 \qquad\qquad (2)$$

從而兔有 35 − 23 = 12 頭。

問題 2

請你對(2)式提出解釋。

進一步，我們可將上述的解法結晶成為一般公式：

$$兔的頭數 = (總腳數 - 2 \times 總頭數) \div (4 - 2)$$

$$雞的頭數 = (4 \times 總頭數 - 總腳數) \div (4 - 2) \qquad (3)$$

在實際計算上，有時我們會配合使用下面兩個顯然公式：

$$兔的頭數 = 總頭數 - 雞的頭數$$

$$雞的頭數 = 總頭數 - 兔的頭數$$

我們檢討一下，原先的雞兔同籠問題只是一個特例：總頭數 = 35，總腳數 = 94。但是公式(3)可對付無窮多的任何雞兔同籠問題。這相當於從「一滴水」，看出「太平洋」！這種從「有涯」飛躍到「無涯」的壯觀，恰好是數學最迷人的魅力所在。

公式(3)一舉解決所有雞兔同籠問題，因此它抓到了雞兔同籠問題的終極本質。所謂「數學眼光」就是從現實問題中洞察出本質、模式與公式的眼力。

公式固然重要，但是公式背後的思路更要緊，前者是金子，後者是「點石成金」的法力。你要學什麼？

✏️ 問題 3

雞與章魚一共有 32 頭，腳有 94 隻，問雞與章魚各有幾頭？

🔖 註

章魚是 octopus，oct = 8，pus = 腳，October 是羅馬的 8 月（但目前指的是 10 月）。

✡️ 笛卡兒的方法論

方法論大師笛卡兒說：「我每解決一個問題，就形成一個方法，以備日後可以解決更多其它的問題。」可以使用一次的辦法叫做技巧，可以經常使用的技巧叫做方法。

　　利用公式(3)，我們可以來解說兩個有趣的問題：

1. 0 為什麼不可以當除數？
2. 0÷0 為「不定型」是什麼意思？

✏️ 例題 2

雞鴨同籠，一共 30 頭，腳有 70 隻，問雞鴨各有幾頭？

　　這個問題顯然是矛盾的，因為雞鴨都是兩隻腳，所以 30 頭必須 60 隻腳才對，而題目卻說有 70 隻腳。

　　如果按上述推導出公式(3)的思路，我們就得到：

$$鴨的頭數 = (總腳數 - 2 \times 總頭數) \div (2 - 2)$$
$$= (70 - 2 \times 30) \div (2 - 2) = 10 \div 0$$

在此 0 赫然出現於分母，但是我們從小就被耳提面命說：0 不可以當除數！為什麼？因為 0 當除數會導致矛盾。我們也可以這樣論證：

首先我們注意到，乘除是互逆的運算，$15 \div 3 = 5$ 跟 $5 \times 3 = 15$ 是一回事，並且任何數乘以 0 都得 0。

今若 0 可以當除數，那麼 $15 \div 0 = ?$ 例如，若回答說 $15 \div 0 = 5$，那麼就會得到 $5 \times 0 = 15$ 的矛盾。若回答說 $15 \div 0 = 17$，那麼也會得到 $17 \times 0 = 15$ 的矛盾。因此，任何數都不可能是答案，否則都會得到矛盾。這是 0 不可以當除數的理由。

喜歡「頭腦急轉彎」遊戲的人，也許會回答說：雞有 10 頭，鴨有 20 頭，其中每一頭雞都是「三腳雞」。另外的人可能又會有不一樣的答案，端視採取什麼解釋而定。不過，這些考量都已超出數學的範圍。

現在我們把問題改變一下：

✏️ 例題 3

雞鴨同籠，一共 30 頭，腳有 60 隻，問雞鴨各有幾頭？

仍然根據上述公式(3)的思路，我們就得到：

$$\text{鴨的頭數} = (\text{總腳數} - 2 \times \text{總頭數}) \div (2 - 2)$$
$$= (60 - 2 \times 30) \div (2 - 2)$$
$$= 0 \div 0$$

此時答案是不定的，如下表的所有組合都是答案：

雞的頭數	30	29	28	…	1	0
鴨的頭數	0	1	2	…	29	30
總腳數	60	60	60	…	60	60

　　我們除了思考、解決書本所拋出的問題之外，也要學會自己提問題，像偉大哲學家蘇格拉底，他是透過不斷的提問題來解決問題。他是提問的大師！

7.4　腳數折半法

仍然回到原來例題 1 的雞兔同籠問題。我們作個「想像實驗」(thought experiment)：有一天偶然發現雞兔表演不尋常的動作，每頭雞都縮起一隻腳，作「金雞獨立」狀，而兔寶寶也可縮起兩隻前腳，只用後兩腳站立。

■ 金兔站立
（出處：Shutterstock）

　　此時總腳數少掉一半，只有

$$94 \div 2 = 47 \text{ 隻}$$

在這 47 隻腳中，每頭雞貢獻 1 隻，每頭兔貢獻 2 隻，故將 47 減去總頭數 35，就得到兔子的頭數為

$$47 - 35 = 12 \text{ 頭}$$

從而雞有 35 − 12 = 23 頭。

我們把這個解法寫成一般公式：

$$兔數 = (總腳數 \div 2) - 總頭數 \qquad (4)$$

✏️ **問題 4** **（龜鶴算）**

龜鶴同池，一共 32 頭，腳有 94 隻，問龜鶴各有幾頭？

7.5 頭數加倍法

再回到原來例題 1 的雞兔同籠問題。這次所作的「想像實驗」稍有不同：每頭雞與兔都各多生長出一個頭，變成兩頭怪雞與雙頭怪兔，於是總共有 $2 \times 35 = 70$ 頭。把頭轉成腳，70 相當於一頭雞貢獻 2 隻腳，一頭兔也貢獻 2 隻腳。將總腳數減去 70 得到

$$94 - 2 \times 35 = 24$$

這表示每一頭兔貢獻 2 隻腳所得的腳數，於是兔數有

$$24 \div 2 = 12 \ 頭$$

我們把這個解法寫成一般公式：

$$兔的頭數 = (總腳數 - 2 \times 總頭數) \div 2 \qquad (5)$$

$$雞的頭數 = 總頭數 - 兔的頭數 \qquad (6)$$

愛因斯坦發明相對論是透過「想像實驗」得到的，所以他特別強調說：想像力比知識還重要！

我們只有「總腳數」與「總頭數」這兩塊已知的積木，並且只擁有「一頭雞有 2 隻腳，一頭兔有 4 隻腳」的資訊，就可以把「雞的頭數」與「兔的頭數」這兩塊未知的積木組合出來。

🖊 問題 5

小霖到水果攤買兩種水果,每個的價格分別為 10 元與 20 元,一共買 20 個,總價是 280 元,問兩種水果各買幾個?

🖊 問題 6

仍然回到例題 1 的雞兔同籠問題 , 請你思考讓頭數變成四倍的解題法。

總之,對於雞兔同籠問題的算術解法,可以有:全雞、全兔、雞兔都多長 1 個頭、雞兔都多長 3 個頭、腳數折半等五種思考法,顯示雞兔同籠問題的豐富性。這些算術解法在下面的代數解法中,都有對應的解釋。有人是從代數的解法中洞察算術的解法,這也不失其美妙。

7.6 代數方法

現在我們利用代數方法來解原來的雞兔同籠問題。引進未知數的文字符號:設雞有 x 頭,兔有 y 頭;那麼根據題目的線索:「總頭數為 35」以及「總腳數為 94」,我們就得到聯立方程組:

$$\begin{cases} x + y = 35 & (1) \\ 2x + 4y = 94 & (2) \end{cases}$$

這讓我們有簡潔明快、神清氣爽的感覺,這是好記號的妙用。如何解這個聯立方程組呢?亦即如何求出 x 與 y 呢?

🔧 解法 1　（加減消去法）

例如消去 x，⑵式除以 2 得到

$$x + 2y = 47$$

減去⑴式得到

$$(x + 2y) - (x + y) = 47 - 35$$

於是解得雞有 $y = 12$ 頭，從而兔有

$$x = 35 - y = 35 - 12 = 23 \text{ 頭} \qquad \square$$

👆 註

這個解法對應前述「金雞獨立」的算術解法。

🔧 解法 2　（加減消去法）

例如消去 x，⑴式乘以 2 得到

$$2x + 2y = 70 \qquad\qquad (3)$$

⑵式減去⑶式得到

$$(2x + 4y) - (2x + 2y) = 94 - 70$$

解得 $2y = 24$，於是雞有 $y = 12$ 頭，從而兔有

$$x = 35 - y = 35 - 12 = 23 \text{ 頭} \qquad \square$$

👆 註

這個解法對應前述「雞兔各多長出一個頭」的算術解法。

✏️ 問題 7

採用加減消去法解本題，但消去 y。

⚙ 解法 3　（代入消去法）

例如消去 x，由(1)式得到 $x = 35 - y$，代入(2)式得到

$$2(35 - y) + 4y = 94$$

展開整理，逐步解出 y：

$$2 \times 35 - 2y + 4y = 94$$

$$2 \times 35 + (4 - 2)y = 94$$

$$(4 - 2)y = 94 - 2 \times 35$$

$$y = (94 - 2 \times 35) \div (4 - 2) = 12 \text{（兔頭數）} \tag{4}$$

從而

$$x = 35 - 12 = 23 \quad \text{（雞頭數）} \qquad \square$$

👉 註

其實(4)式就是前述的公式：

$$\text{兔的頭數} = (\text{總腳數} - 2 \times \text{總頭數}) \div (4 - 2)$$

⚙ 解法 4　（代入消去法）

例如消去 y，由(1)式得到 $y = 35 - x$，代入(2)式得到

$$2x + 4 \times (35 - x) = 94$$

展開逐步解出 x：

$$2x + 4 \times 35 - 4x = 94$$

$$4 \times 35 - (4 - 2)x = 94$$

$$(4 - 2)x = 4 \times 35 - 94$$

$$x = (4 \times 35 - 94) \div (4 - 2) = 23 \quad \text{（雞頭數）} \tag{5}$$

於是

$$y = 35 - x = 35 - 23 = 12 \quad \text{（兔頭數）} \qquad \square$$

註

其實(5)式就是前述的公式：

$$雞的頭數 = (4 \times 總頭數 - 總腳數) \div (4 - 2)$$

解法 5　（單一個方程式解法）

假設雞有 x 頭，則兔有 $35 - x$ 頭，根據「總腳數為 94」，我們列出方程式：

$$2x + 4(35 - x) = 94$$

接著是解此方程：

$$2x + (4 \times 35 - 4x) = 94 \qquad （分配律）$$
$$2x + 140 - 4x = 94$$
$$（有結合律故不必加括號）$$
$$2x - 4x + 140 = 94 \qquad （交換律）$$
$$-2x + 140 = 94$$
$$2x = 140 - 94 = 46 \qquad （移項變號）$$
$$\therefore x = \frac{46}{2} = 23 \quad （雞頭數）\qquad （兩邊同除以 2）$$

於是兔子有 $35 - x = 35 - 23 = 12$ 頭。　　　　　　　　□

7.7　一般雞兔問題

例題 4

雞兔同籠，總頭數為 h (heads)，總腳數為 f (feet)，問雞兔各有幾頭？

假設雞有 x 頭，兔有 y 頭，根據題意列出方程式：

$$\begin{cases} x + y = h & (6) \\ 2x + 4y = f & (7) \end{cases}$$

雖然這是一個特殊的二元一次聯立方程組，不過，它卻含納所有的雞兔同籠問題。如何求解？

解法 1 （加減消去法）

例如消去 y，(6)×4−(7)得到

$$\begin{array}{rrrr} 4x & + & 4y & = & 4h \\ -) \ 2x & + & 4y & = & f \\ \hline 2x & & & = & 4h - f \end{array}$$

兩邊同除以 2，得到

$$x = 2h - (\frac{f}{2})$$

代入(6)式得到

$$2h - (\frac{f}{2}) + y = h$$

移項變號，再化簡得到

$$y = (\frac{f}{2}) - h \qquad \qquad \square$$

解法 2 （代入消去法）

例如消去 y，由(6)式得到

$$y = h - x$$

代入(7)式得到

$$2x + 4(h - x) = f$$

利用分配律與交換律，化簡得到

$$4h - 2x = f$$

兩邊同除以 2，再移項

$$x = 2h - (\frac{f}{2}) \tag{8}$$

同樣方法可得

$$y = (\frac{f}{2}) - h \tag{9}$$

因此，兩種消去法殊途同歸。　　　　　　　　　　　　　　□

　　上述的(8)與(9)兩式就是雞兔同籠問題的一般解答公式，含納了所有的雞兔同籠問題。給 h 與 f 特定的值，我們就可以求得 x 與 y。例如令 $h = 35, f = 94$，這就是原來的雞兔同籠問題。

　　所有的雞兔同籠問題都解決於(8)與(9)兩式，論述的過程也乾淨俐落，簡潔扼要。這印證了法國數學家韋爾 (A. Weil, 1906–1998) 的一句名言：

Greater generality and greater simplicity go hand in hand.
更普遍與更簡潔結伴同行。

　　一般雞兔同籠問題又是下面的二元一次聯立方程組的特例：

$$\begin{cases} a_1 x + b_1 y = c_1 \\ a_2 x + b_2 y = c_2 \end{cases}$$

這是最一般的二元一次聯立方程組，我們留待第 8 章講述。

　　算術是由線索切入，然後一步一步走到答案，但在每一步都要知道數據所代表的意義，否則會寸步難行。另一方面，代數是直接由目

標 (ending) 切入，想像已經求得答案，那就是 x，接著輕鬆地把線索化成方程式，然後按一定的規則（即運算律），機械地求得 x。這樣能夠以放鬆的心情，解決問題。因此我們可以這麼說：

人類的心靈從未發明像代數這麼節省勞力的機器。

7.8 頭腦的體操（習題解答請見 p. 370）

1. 解聯立方程式：

(i) $\begin{cases} 1.25x - 0.75y = 1 \\ 0.25x + 1.25y = 17 \end{cases}$ 　(ii) $\begin{cases} 6751x + 3249y = 26751 \\ 3249x + 6751y = 23249 \end{cases}$

(iii) $\begin{cases} x + 3y = 5 \\ 3x - 4y = 17 \end{cases}$ 　(iv) $\begin{cases} 3x + 5y = 23 \\ 7x - 4y = 11 \end{cases}$

2. 烏龜與八爪章魚同池，一共有 50 頭，腳有 308 隻，問烏龜與章魚各有幾頭？

3. 假設聯立方程式 $\begin{cases} ax + by = 7 \\ bx - ay = 4 \end{cases}$ 有解答 $x = 2, y = 1$，求 a 與 b。

4. 解聯立方程式：

(i) $\begin{cases} \dfrac{2}{x} - \dfrac{1}{y} = -4 \\ \dfrac{3}{x} - \dfrac{1}{2y} = 3 \end{cases}$ 　(ii) $\begin{cases} \dfrac{29}{x} + \dfrac{37}{y} = 4 \\ \dfrac{29}{x} - \dfrac{37}{y} = 0 \end{cases}$

5. 龜鶴同池，一共有 60 頭，龜腳比鶴腳多 18 隻，問龜鶴各有幾頭？

6. 雞鴨同籠，兩者的頭數相同，腳有 140 隻，問雞鴨各有幾頭？

7. 龜鶴同池，鶴的頭數是龜的 3 倍，腳數總共為 130 隻，問龜鶴各有幾頭？

8. 雙頭蛇與九頭鳥同池，總共有 50 個尾巴，有 233 個頭，問雙頭蛇與九頭鳥各有幾頭？

9. 三腳凳與四腳椅同室，一共有 21 張，76 支腳，問三腳凳與四腳椅各有幾張？

7.9 喝茶時間

蕭伯納名言

You see things; and you ask "why?"

But I dream things that never were;

and I say "why not?"

你看見事情，並且你問「為什麼？」

但是我夢想著事情，並且問「為什麼不？」

蕭伯納成名後，有人問他：「為什麼你說話會那麼幽默？」

他回答說：「我搞笑的方式就是說真話，那是世界上最好笑的笑話。」

My way of joking is to tell the truth. It's the funniest joke in the world.

8

一次方程式

8

一次方程式

The essential course of reasoning is to generalize what is particular, and then to particularize what is general. Without generality there is no reasoning, without concreteness there is no importance.

論證的基本道理是,把特殊情形作推廣,然後再把一般情形作特殊化。沒有推廣就沒有論證,沒有具體特例就沒有重要性。

　　　　　　　　　　　　　　　　　　　　—英國哲學家 A. N. Whitehead—

正如太陽的光芒使眾星黯然無光,一個智者也使眾人黯然失色:如果他會提出代數問題,並且更能夠解決它們。

　　　　　　　　　　　　　　　　　　　　—印度數學家 Brahmagupta—

對於四則應用問題，由算術解法上升到抽象的代數解法，歸根結底就變成：求解**一元一次方程式**以及解**二元一次聯立方程式**的問題。從而，小學的所有算術應用問題，全都統合在求解一次方程式的架構之下。

有了這個基礎，再進一步發展到更多元、更高次的方程式，整個形成代數學的豐富內容。這是數學的一項重大成就。

數學發展的途徑大致是，由**具體問題**的處理，逐漸累積經驗，引進**新概念**，創造**新方法**，然後逐漸提升到抽象與普遍的境界。有了具體問題的解題經驗作底子，不但不會害怕抽象，反而會欣賞抽象的簡潔有力。

8.1　一元一次方程式

考慮一般的一元一次方程式

$$ax + b = 0$$

雖然這個方程很簡單，但是為了完備起見，我們還是來求解它。

1.當 $a \neq 0$ 的情形

將 b 移項到右邊（要變號！），然後再兩邊同除以 a（或同乘以 $\frac{1}{a}$），就得到解答 $x = \frac{-b}{a}$。

2.當 $a = 0$ 的情形

若 $b \neq 0$，則 $ax + b = 0$ 為矛盾方程，因而無解。若 $b = 0$，則 $ax + b = 0$ 有無窮多個解答。這兩種極端情形，恰好展現出解答個數的「空無與無窮」之妙。

👍 註

通常我們不會考慮 $a=0$ 的退化情形，因為若是這樣的話，$ax+b=0$ 就不成其為真正的一次方程。不過，這種討論，讓我們得到思慮周密的訓練。

定理 1

考慮一元一次方程 $ax+b=0$，那麼我們有：

(i)若 $a \neq 0$，則 $ax+b=0$ 有**唯一的解答**

$$x = \frac{-b}{a}$$

(ii)若 $a=0$ 且 $b \neq 0$，則 $ax+b=0$ 為矛盾方程式，此時**無解**。

(iii)若 $a=0$ 且 $b=0$，則 $ax+b=0$ 有**無窮多個解**，即任何數都是解答。

✏ 例題 1

解方程式 $x+6=2x+3$。

⚙ 解答

把左邊的 x 移到右邊，3 移到左邊（移項變號！）

$$6-3 = 2x-x$$

於是得到

$$x = 3$$

□

✏ 例題 2　**（過剩與不足問題）**

這裡有鉛筆若干支，要分給一些小朋友。若每個人分 4 支，則剩下 16 支；若每個人分 6 支，則不足 4 支。問小朋友有幾人？鉛筆有幾支？

◎ 解 答

假設小朋友有 x 人，根據題意「每個人分 4 支，則剩下 16 支」，得知鉛筆總共有 $4x + 16$ 支。又根據題意「每個人分 6 支，則不足 4 支」，得知

$$6x - 4 = 4x + 16$$

兩邊同減去 $4x$ 並且同加 4，得到

$$2x = 20$$

於是解得小朋友有 $x = 10$ 人，而鉛筆總共有 $4 \times 10 + 16 = 56$ 支。　□

✎ 問題 1

父子年齡之和為 78 歲，父年是子年的 2 倍。問父子的年齡各幾歲？

✎ 例題 3

解方程式 $5(2 - x) - 2(x + 4) = 11 - 3(x - 1)$。

◎ 解 答

利用分配律與負負得正，去掉括號，得到

$$10 - 5x - 2x - 8 = 11 - 3x + 3$$

整理化簡得到

$$-4x = 12$$

解得

$$x = -3$$　　　□

8.2　二元一次聯立方程式

現在我們就來求解一般的一次聯立方程組：

$$\begin{cases} a_1x + b_1y = c_1 & (1) \\ a_2x + b_2y = c_2 & (2) \end{cases}$$

利用消去法，例如要消去 y，我們就把 y 的係數調成相同，然後相減就好了。

$(1) \times b_2 - (2) \times b_1$，消去 y 得到

$$(a_1b_2 - a_2b_1)x = c_1b_2 - c_2b_1 \qquad (3)$$

$(2) \times a_1 - (1) \times a_2$，消去 x 得到

$$(a_1b_2 - a_2b_1)y = a_1c_2 - a_2c_1 \qquad (4)$$

注意到，我們特別將(4)式中 y 的係數調節成跟(3)式中 x 的係數相同，這樣才會方便。

問題 2

有一塊草地，若牛一頭 15 天會吃光，羊一頭 30 天會吃光。今若各放牛與羊一頭入草地，問幾天會吃光？

問題 3

上述的演算用到什麼運算律？

　　現在利用定理 1 求解(3)與(4)兩式，我們就得到下面的重要結果：

定理 2

考慮一次聯立方程組：$\begin{cases} a_1x + b_1y = c_1 \\ a_2x + b_2y = c_2 \end{cases}$ (I)

(i)若 $a_1b_2 - a_2b_1 \neq 0$，則聯立方程組(I)恰好有**一組解答**：

$$x = \frac{c_1b_2 - c_2b_1}{a_1b_2 - a_2b_1} \ , \ y = \frac{a_1c_2 - a_2c_1}{a_1b_2 - a_2b_1}$$

(ii)若 $a_1b_2 - a_2b_1 = 0$ 且 $c_1b_2 - c_2b_1 \neq 0$ 或 $a_1c_2 - a_2c_1 \neq 0$，則(3)或(4)矛盾，
此時聯立方程組(I)**無解**。

(iii)若 $a_1b_2 - a_2b_1 = 0$ 並且 $c_1b_2 - c_2b_1 = 0, a_1c_2 - a_2c_1 = 0$ ，則(3)與(4)兩式
相同，此時聯立方程組(I)有**無窮多組解答**。

註

在此抽象的一次聯立方程組的架構之下，一次就解決了一大類問題，
含納著無窮多個各別問題，包括雞兔同籠問題。代數學堪稱為「**萬人
敵**」。

歷史故事

在《**史記**》的〈項羽本紀〉裡記載著：項羽年少時，學書不成，
學劍也不成，被他的叔叔項梁痛罵。項羽回答說：「學書，只是背記名
姓，沒什麼好學的；學劍，一次也只能對付一個敵人（「一人敵」），也
沒什麼好學的；要學嘛，就學萬人敵。」項梁心喜，於是開始教他兵
法。類推來看，算術方法是「一人敵」，而代數方法是「萬人敵」。

若方程組(I)的常數項都等於 0，則(I)叫做**齊次**方程組。顯然它必
有全為 0 的一組解答 $x = y = 0$，稱**顯然解** (trivial solution)。相對地，

不全為 0 的解答稱**非顯然解** (nontrivial solution)。由定理 2 我們立即得到：

推論 1

考慮齊次方程組：$\begin{cases} a_1 x + b_1 y = 0 \\ a_2 x + b_2 y = 0 \end{cases}$ \hfill (II)

(i) 若 $a_1 b_2 - a_2 b_1 \neq 0$，則(II)恰好只有一組**顯然解**。

(ii) 若 $a_1 b_2 - a_2 b_1 = 0$，則(II)有**無窮多組解答**。

推論 2

若齊次方程組(II)存在有**非顯然解**，則 $a_1 b_2 - a_2 b_1 = 0$。

證 明

我們採用反證法。假設 $a_1 b_2 - a_2 b_1 \neq 0$，由推論 1 的(i)得知，(II)恰好只有一組**顯然解**，這就跟假設矛盾。因此 $a_1 b_2 - a_2 b_1 = 0$。∎

解聯立方程式，視題目的實際狀況，可以有一些變招，不必那麼死板，只要根據運算律就好了。我們舉實例來說明。

例題 4

解聯立方程組：$\begin{cases} 3x + 2y = 13 \\ 5x - 3y = 9 \end{cases}$ \hfill (1)
\hfill (2)

解法 1

消去 y：(1)$\times 3 +$ (2)$\times 2$ 得到

$$19x = 57$$

兩邊同除以 19，解得

$$x = 3$$

代入(1)式，解得

$$y = 2$$ □

解法 2

消去 x：(1)×5 − (2)×3 得到

$$19y = 38$$

兩邊同除以 19，解得

$$y = 2$$

代入(2)式，解得

$$x = 3$$ □

驗 證

以 $x = 3$, $y = 2$ 代入(1)式，左邊 $= 3 \times 3 + 2 \times 2 = 13 =$ 右邊；代入(2)式，左邊 $= 5 \times 3 - 3 \times 2 = 9 =$ 右邊；所以 $x = 3$, $y = 2$ 確實為所求。一般而言，解完方程式後，需要驗證，但是只要在求解的過程中，不違背運算律，就不會發生問題。因此，通常我們都省略驗證的步驟。 □

註

上述的解法 1 與解法 2 合稱為「**加減消去法**」。

例題 5

解聯立方程式：

$$2x + y = 18 \tag{1}$$

$$3x + 5y = 34 \tag{2}$$

解答

由(1)式得到

$$y = 18 - 2x \tag{3}$$

代入(2)式，得到

$$3x + 5(18 - 2x) = 34 \Rightarrow 3x - 10x = 34 - 90$$

化簡，解得

$$x = 8$$

代入(3)式，得到

$$y = 18 - 2 \times 8 = 2 \qquad \square$$

註

上述的解法叫做「**代入消去法**」。

例題 6

解聯立方程式：$\begin{cases} 7x + 5y = 8 & (1) \\ 3x + y = 4 & (2) \end{cases}$

解答

由(1)式得到 $5y = 8 - 7x$，所以

$$y = \frac{1}{5}(8 - 7x) \tag{3}$$

由(2)式得到

$$y = 4 - 3x \tag{4}$$

比較(3)與(4)，得到

$$\frac{1}{5}(8 - 7x) = 4 - 3x$$

解得 $x = \dfrac{3}{2}$，代入(4)式，解得 $y = -\dfrac{1}{2}$。 □

🔖 註

上述的解法叫做「**比較消去法**」。

✏️ 例題 7

有一個兩位數，個位數字與十位數字之和為 10。若個位數字與十位數字對調，得到的新數比原數小 56，求原數。

⚙️ 解答

假設十位數字為 x，個位數字為 y。因為兩位數字之和為 10，所以

$$x + y = 10 \tag{1}$$

原數為 $10x + y$，新數為 $10y + x$，而新數比原數小 56，故得

$$10x + y = 10y + x + 56$$

整理後得到

$$x - y = 6 \tag{2}$$

解(1)與(2)的一次聯立方程式，得到

$$x = 8 \text{，} y = 2$$

因此原數為 82。 □

例題 8 （雞兔同籠問題）

雞兔同籠，總共有 32 頭，腳有 93 隻。問雞與兔各有幾頭？

解答

因為雞兔的總腳數應為偶數，而今有 93 隻腳，故本題無解。我們再用代數方法詳解如下：設雞有 x 頭，兔有 y 頭。列出聯立方程式

$$\begin{cases} x + y = 32 & (1) \\ 2x + 4y = 93 & (2) \end{cases}$$

$(2) - (1) \times 2$，消去 x，得到 $2y = 29$。於是 $y = 14.5$ 頭，從而 $x = 17.5$ 頭。理論上有解，但是不全的雞兔，不合現實，所以我們視為無解。

□

例題 9 （雞鴨同籠問題）

雞鴨同籠，總共有 37 頭，腳有 74 隻。問雞與鴨各有幾頭？

解答

假設雞為 x 頭，鴨為 y 頭。根據題意，我們列出方程式：

$$\begin{cases} x + y = 37 & (1) \\ 2x + 2y = 74 & (2) \end{cases}$$

$(2) \div 2$ 得到 (1)。這是定理 2 (iii) 的情形，因此有**無窮多組解答**。但是對於雞鴨同籠的現實問題，卻只有 38 組解答：

$$\begin{cases} x = 0 \\ y = 37 \end{cases} \quad \begin{cases} x = 1 \\ y = 36 \end{cases} \cdots \begin{cases} x = 37 \\ y = 0 \end{cases}$$

註

本題特別之處在於雞與鴨的腳數相同，都是 2。若把腳數改為 75 隻，這是定理 2 (ii) 的情形，因此**無解**，除非其中有一頭 3 腳雞或 3 腳鴨。

問題 4　　（消去問題）

筆記 2 本與鉛筆 3 支價值 90 元，筆記 3 本與鉛筆 5 支價值 140 元。問筆記 1 本與鉛筆 1 支各幾元？

　　一次方程式統合了所有的算術應用問題，而且一切算術的解法都可以在代數解法中找到思路的根源。

　　算術孕育了代數，代數又回過頭來統合與照顧算術，讓算術脫胎換骨，並且開拓出更廣闊的發展天地。面對一個方程式，只要利用數系的運算律，就可以「**機械地**」解出來。這就是數學在思想和方法上的進步，好像是從手工藝文明進步到機器文明。

　　我們偶爾可以聽到：「我要不要出國旅遊到現在仍然是個『未知數』。」也看過有人這樣說：「政治與經濟是個複雜無比的『聯立方程組』，緊密關連，非常難解！」這都可以看作是代數學的一種應用。

8.3　阿基米德的皇冠問題

義大利西西里島 (Sicily) 的東南方，有一個叫做敘拉古 (Syracuse) 的海港。西元前 734 年迦太基人 (Cartage) 曾在此建造一座城，這就是阿基米德 (Archimedes, 287–212 B.C.) 的故鄉。他在此誕生，其後到埃及的

亞歷山卓 (Alexandria) 留學，然後回鄉工作，並且死於故鄉。

根據歷史記載，敘拉古的國王希倫二世 (Hieron II, 270–215 B.C.)，為了慶功謝神，命金匠打造一頂純金的皇冠，要獻給不朽的神。完工之日，國王懷疑皇冠不純，可能摻雜有銀子，但是苦於找不到科學方法加以判別。因此，國王就去請教好朋友阿基米德，提出著名的**皇冠問題** (the crown problem)。

在不毀壞皇冠的條件下：

1. 如何判別皇冠是否為純金的問題？
2. 若不是純金的話，如何求得金、銀的含量？

阿基米德苦思一段時日，一直無所得。有一天他到澡堂洗澡，當他把身體沉入浴池時，他察覺水位上升，體重稍減。他突然領悟出：利用浮力原理就可以判定皇冠是否為純金的問題。於是，他情不自禁地，光溜溜地衝出澡堂，大叫：

Eureka! Eureka!（我發現了！我發現了！）

浮力原理是說：

物體沉入液體中會減輕重量（即液體對物體產生浮力），並且所減輕的重量恰好等於物體所排開的液體之重量。

下面我們就利用數學，定量地來解決皇冠問題。

✎ 例題 10　（金銀同冠問題）

假設阿基米德測量皇冠，得知體積為 182 立方公分，重量為 2879 公克。今已知金與銀的比重分別為 19.3 與 10.5，亦即 1 立方公分的金子

與銀子各重 19.3 公克與 10.5 公克。問皇冠是否為純金打造？

解法 1　（算術方法）

如果皇冠是純金打造，則應該重

$$182 \times 19.3 = 3512.6 \text{ 公克}$$

或體積應該是

$$2879 \div 19.3 = 149.2 \text{ 立方公分}$$

這些都跟皇冠的實際數據不合，所以皇冠不是純金打造。　□

解法 2　（代數方法）

假設金與銀的體積各有 x 立方公分與 y 立方公分，則根據題意得到聯立方程組：

$$\begin{cases} x + y = 182 \\ 19.3x + 10.5y = 2879 \end{cases}$$

解得 $x = 110$, $y = 72$。皇冠含金量為

$$19.3 \times 110 = 2123 \text{ 公克}$$

含銀量為

$$10.5 \times 72 = 756 \text{ 公克}$$

因此，皇冠不純，摻雜有銀子。　□

註

本質上，這個問題也是雞兔同籠問題：有金、銀兩種怪獸同在一個皇冠之中，總共有 182 頭，腳各有 19.3 隻與 10.5 隻。問金、銀怪獸各有幾頭？（非整數的雞兔同籠問題）

8.4 **頭腦的體操**（習題解答請見 p. 372）

1. 解下列各方程式：

  (i) $10x - (4x + 3) = 3(8x - 2) + 4(1 - 4x)$

  (ii) $7x - 5\{x - [7 - 6(x - 3)]\} = 3x + 1$

  (iii) $0.02x - 0.3 = 0.12x + 2(0.05 - 0.2x)$

  (iv) $x + \dfrac{x}{3} + \dfrac{x}{4} = \dfrac{19}{24}$

2. 解下列聯立方程式：

  (i) $\begin{cases} 4x + 3y = 18 \\ 3x - 2y = 5 \end{cases}$ (ii) $\begin{cases} 3x - y = 5 \\ 2x + 5y = 9 \end{cases}$ (iii) $\begin{cases} 4x + 3y = 25 \\ x - 6y = -14 \end{cases}$

3. 有一個兩位數，加 9 則等於其數字互換所成之數，又其十位數字的兩倍比個位數字大 2。試求此數。

4. 兩個數之差為 8，大數的 3 倍比小數的 7 倍多 4。求此兩數。

5. 雞兔一共有 30 頭，又知道兔腳比雞腳多 48 隻，問雞兔各有幾頭？

6. 桃園拉拉山的水蜜桃若干個，分給若干人。如果每人分 6 個，則剩 7 個；如果每人分 8 個，則不足 5 個。問人數與桃數各有多少？

7. 請你指出論證錯誤的所在：設 $a = b$，兩邊同乘以 a，則得 $a^2 = ab$。兩邊同減去 b^2，得到

$$a^2 - b^2 = ab - b^2 \text{ 或 } (a+b)(a-b) = b(a-b)$$

兩邊消去 $a - b$，得到 $a + b = b$。取 $a = b = 1$，則得到 $2 = 1$ 的矛盾結果。

8. 動物園中有長頸鹿與鴕鳥，一共有 104 隻眼睛，138 隻腳。問長頸鹿與鴕鳥各有幾頭？

8.5 喝茶時間

一般而言，數學的發展是先從特例問題的觀察、研究開始，然後經由歸納與抽象化，飛躍到一般化的高空雲層。在此空氣稀薄，但便於航行和觀察。接著是嚴峻的著陸的考驗，回歸經驗世界的實際問題，驗證既有知識、探勘新疆域。總之，當我們要研究抽象的一般理論時，必須從具體問題出發，歷經抽象過程然後又回到具體問題。

在數學的求知過程中，嚴密的推理必須輔以直觀為後盾。因此我們作抽象推廣的時候，必須先有特例的了解，然後這個抽象推廣才是適當而平衡的。千萬不要將特例貶為僅是一般理論的註腳。事實上，一般理論是經由特例的探求而發展出來的。反過來，如果一般理論不能澄清底層的特例問題，則這個理論是無用的。

特例與一般理論，推理與創造，邏輯與想像，都是「創造中的數學」之根本要素。這些層面的任何一面都可能是某個數學成就的核心。對於那些更深遠的數學發展，必涉及每一個層面。

－Richard Courant－

The pursuit of mathematics is divine madness of the human spirit.

對於數學的追尋是人類精神的神聖瘋狂行為。

－A. N. Whitehead－

The true mathematician is enthusiastic per se.

Without enthusiasm there is no mathematics.

真正的數學家滿懷知性熱情，沒有熱情就沒有數學。

—*Novalis*—

Breaking Away from the Darkness of Ignorance.

and then there was Mathematics.

衝破黑暗的無知，於是有數學。

—*Axel Ebbe*—

9

實數系與運算律

實數系與運算律

■ 希爾伯特 (D. Hilbert, 1862–1943)
（出處：AIP Emilio Segre Visual
Archives, Lande Collection）

數系的運算律決定數系本身。

—*Hilbert*—

Where there is number there is beauty.

有數的地方就有美。

—*Proclus*—

代數方法透過數系的運算律來解題，這是系統性的、結構性的解
題，有別於算術方法各別的手工藝式的解題。

代數史可以說就是解方程式的歷史。我們已經解完一次方程式，接著就是解二次、三次、四次、……方程式等等。相應地，數系與運算都跟隨著擴展。

為了因應**四則運算、解方程式**與**實際生活**的需要，才逐步發展出各種數系及其運算，從簡單到複雜。**數系的四則運算及其運算律，恰好就是解方程式可以暢行無阻的關鍵理由。**

在第 3 章中，我們已經從**自然數系** $\mathbb{N}$ 出發，加入 0 與負整數，得到**整數系** $\mathbb{Z}$；再加入分數就得到**有理數系** $\mathbb{Q}$。這叫做數系的延拓 (extension)。有理數系對於四則運算都具有封閉性，兩個數運算的結果不會跑出界外。參見下面的圖示：

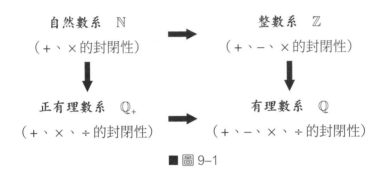

■圖 9–1

從四則運算的觀點來看，有理數系似乎已經完美無缺。但是，從解方程式的觀點來看，有理數系還是不夠用，尤其是要解二次以上的方程式時，需要再延拓到**實數系**，乃至**複數系**。本章我們就簡要來做這件工作。

9.1　無理數與虛數的出現

有理數就是可以表達為兩個整數比的數，在有理數系 $\mathbb{Q}$ 中：一次方程式 $2x-7=8$ 有解答 $x=\dfrac{15}{2}$；一元二次方程式 $x^2=9$，即 $(x-3)(x+3)=0$ 有解答 $x=3$ 或 $x=-3$。

　　但是，二次方程式 $x^2=2$ 在有理數系中卻沒有解答！為了回答這個問題，我們必須介紹平方根的概念。

甲、平方根

　　我們知道 $3^2=9$ 並且 $(-3)^2=9$，此兩式簡記為 $(\pm 3)^2=9$。我們稱 ± 3 為 9 的 **平方根** (square root)，並且記 ± 3 為 $\pm\sqrt{9}$，其中記號 "$\sqrt{}$" 叫做 **根號**。因此 9 的平方根有兩個：$\sqrt{9}=3$ 為正平方根，$-\sqrt{9}=-3$ 為負平方根。現在考慮二次方程式 $x^2=9$，它的解答是 $x=\pm 3$，可以重新寫成 $x=\pm\sqrt{9}$。

註

9 = 3^2 為平方數，它的正平方根 $\sqrt{9}$ 等於整數 3。我們稱 9 為一個 **完全平方數** (a perfect square)。

例題 1

因為 $\sqrt{25}=5$，所以二次方程式 $x^2=25$ 的解答為

$$x = \pm \sqrt{25} = \pm 5$$

同理,考慮二次方程式 $x^2 = 2$,記號 $\sqrt{2}$ 來表示滿足 $(\sqrt{2})^2 = 2$ 的一個正數。因此,$x^2 = 2$ 的解答為 $x = \pm \sqrt{2}$。 □

一般而言,我們有如下的平方根定義:

定義 1

假設 $a \geq 0$ 為一個**正的有理數**,那麼我們規定 $\sqrt{a}$ 為滿足 $(\sqrt{a})^2 = a$ 的一個正數。我們稱 $\sqrt{a}$ 為 a 的**正平方根**。

因此,二次方程式 $x^2 = a \ (a \geq 0)$,即 $(x - \sqrt{a})(x + \sqrt{a}) = 0$ 的解答為 $x = \pm \sqrt{a}$,一正一負,$\sqrt{a}$ 是 a 的**正平方根**。注意:根是屬於方程式 $x^2 = a$ 的,有正負兩個。

乙、無理數的出現

定理 1

$\sqrt{2}$ **不是有理數。**

如果要從正面去證明,會像銅牆鐵壁般困難,因為有理數有無窮多個,怎麼驗證都驗證不完。然而,古希臘人發明**歸謬法**來證明這個結果,這是希臘文明的偉大成就。古希臘是個邏輯的民族,他們的思路如下:

「$\sqrt{2}$ 是有理數」，或者「$\sqrt{2}$ 不是有理數」

這兩個敘述有一個而且只有一個成立，不會兩者都對，也不會兩者都錯。現在如果我們能夠證明：

由「$\sqrt{2}$ 是有理數」可以推導出一個**矛盾**

那麼我們就知道「$\sqrt{2}$ 是有理數」不成立。因此，反面的「$\sqrt{2}$ 不是有理數」就成立了。

補題

設 m 為一個自然數。若 m^2 為一個偶數，則 m 也是一個偶數。

證明

假設 m^2 為一個偶數。如果 m 為一個奇數，可令 $m = 2k + 1$。計算
$$m^2 = (2k+1)^2 = 4k^2 + 4k + 1 = 2(2k^2 + 2k) + 1$$
得知 m^2 為一個奇數，這就跟假設矛盾。因此，m 為一個偶數。　■

證明　（定理1）

假設「$\sqrt{2}$ 是有理數」，於是我們可令 $\sqrt{2} = \dfrac{n}{m}$，其中 m 與 n 為兩個自然數，並且除了 1 之外它們沒有公因數（如果有的話就先約掉）。因此
$$(\frac{n}{m})^2 = 2，即 n^2 = 2m^2$$
由此得知 n^2 為偶數。再由補題知 n 為一個偶數，故可令 $n = 2k$，代入 $n^2 = 2m^2$ 之中，得到
$$(2k)^2 = 2m^2，即 m^2 = 2k^2$$

所以 m^2 為一個偶數，從而 m 也是一個偶數。這樣我們就得知 m 與 n 都是偶數，跟原先的假設矛盾。 ∎

因為有理數是可以表達為兩個整數的比值，所以不是有理數就是不可以表達為兩個整數比值的數。面對一個重要的概念，值得給予命名，以方便論述：

🔗 定義 2

不能表達為兩個整數比值的數叫做**無理數** (irrational numbers)。

在定理 1 中，我們已經證明了 $\sqrt{2}$ 為無理數。另外，我們熟知的圓周率 π 也是無理數，不過證明較困難，需要用到微積分。

⚠️ 丙、實數系

把所有無理數加進有理數系 $\mathbb{Q}$ 就成為**實數系**：
$$\mathbb{R} = \{ \frac{n}{m} \mid m, n \in \mathbb{Z} \text{ 且 } m \neq 0 \} \cup \{ \text{無理數} \}$$
它的元素叫做**實數** (real numbers)。記號 "∪" 表示「聯集」，亦即將兩個集合併聯在一起。

無理數是一個深奧的概念。採用小數的觀點來看，任何有理數展開成小數時，其小數部分是有限小數或無窮循環小數；而無理數的展開則是無窮的不循環小數。例如：
$$\sqrt{2} = 1.414213562 \cdots , \pi = 3.1415926535 \cdots 。$$
對於任意兩個實數，我們都可以定義四則運算，滿足一些運算律，

成為解代數方程式所根據的大道理。對於除法，我們必須注意，0 不能當作除數。

　　對於實數我們也可以定義開平方：

定義 3

設 $a \geq 0$ 為**正實數**，那麼我們規定 $\sqrt{a}$ 為滿足 $(\sqrt{a})^2 = a$ 的一個正數。我們稱 $\sqrt{a}$ 為 a 的**正平方根**。$\sqrt{}$ 叫做**根號** (radical)。由 a 求得 $\sqrt{a}$ 叫做開平方演算。

　　因此，二次方程式 $x^2 = a$，即 $(x - \sqrt{a})(x + \sqrt{a}) = 0$ 的解答為 $x = \pm\sqrt{a}$，一正一負。

定理 2

設 $a \geq 0$ 且 $b \geq 0$，則我們有：

$$\sqrt{ab} = \sqrt{a}\sqrt{b} \ \text{與} \ \sqrt{\frac{a}{b}} = \frac{\sqrt{a}}{\sqrt{b}}$$

對於第二式還要加上 $b > 0$ 的條件。

分析

我們只證明第一式。因為 ab 的正平方根為 $\sqrt{ab}$，我們欲證 $\sqrt{ab} = \sqrt{a}\sqrt{b}$，必須證明：$\sqrt{a}\sqrt{b}$ 也是 ab 的正平方根。根據定義，這必須驗證：$\sqrt{a}\sqrt{b}$ 為一個正數，並且 $(\sqrt{a}\sqrt{b})^2 = ab$。

⚙ 證 明

$(\sqrt{a}\sqrt{b})^2 = (\sqrt{a})^2(\sqrt{b})^2 = ab$。又因為 $\sqrt{a} \geq 0,\ \sqrt{b} \geq 0$，故 $\sqrt{a}\sqrt{b} \geq 0$。因此，$\sqrt{a}\sqrt{b}$ 為 ab 的正平方根。 ∎

✏ 例題 2

$\sqrt{12} = \sqrt{4 \times 3} = \sqrt{4}\sqrt{3} = 2\sqrt{3},\ \sqrt{\dfrac{27}{4}} = \dfrac{\sqrt{27}}{\sqrt{4}} = \dfrac{\sqrt{9 \times 3}}{2} = \dfrac{3\sqrt{3}}{2}$ □

　　數系的延拓是從自然數系出發，到整數系、有理數系，再到實數系，逐漸擴展，集合的元素不斷增多，它們具有如下的包含關係：

$$\mathbb{N} \subset \mathbb{Z} \subset \mathbb{Q} \subset \mathbb{R}$$

實數系是數學最重要的基石，我們把實數分類如下：

$$\text{實數}\begin{cases} \text{無理數（不循環的無限小數）} \\ \text{有理數}\begin{cases} \text{分數（有限小數或循環的無限小數）} \\ \text{整數}\begin{cases} \text{負整數} \\ 0 \\ \text{自然數} \end{cases} \end{cases} \end{cases}$$

⚠ 丁、虛　數

　　對於解方程式而言，實數系 $\mathbb{R}$ 還是不夠用。例如，二次方程式 $x^2 = -1$ 在實數系中無解，因為根據「負負得正」的規則，所以任何實數的平方都大於或等於 0，不可能等於 -1。因此，我們需要再對實數系作延拓。

　　現在考慮方程式 $x^2 = -1$。我們模仿上述兩個例子，創造新的數 $i = \sqrt{-1}$，使得 $i^2 = -1$。因此，i 與 $-i$ 為方程式 $x^2 = -1$ 的兩個解答。$\pm i$ 叫做「**-1 的平方根**」。

　　我們稱 i 為**單位虛數**，它是取 "imaginary number" 的第一個字母而來的，具有 $i^2 = -1$ 的特徵性質。

✏️ 例題 3

求解二次方程式 $x^2 = -3$。

⚙️ 解答

這就是欲求 -3 的平方根。將方程式中的 -3 移到左側，再變形與分解，就得到

$$x^2 - (-3) = x^2 - (\sqrt{3}\,i)^2 = (x - \sqrt{3}\,i)(x + \sqrt{3}\,i) = 0$$

解得 $x = \pm\sqrt{3}\,i$。因此，-3 的平方根有兩個 $\pm\sqrt{-3} = \pm\sqrt{3}\,i$。　　□

　　接著考慮一般情形，假設 $a < 0$ 為任意的**負實數**，我們要討論它的平方根。

　　方程式 $x^2 = a$ 的兩個根為 $x = \pm\sqrt{a} = \pm\sqrt{-a}\,i$。換言之，當 a 為負實數時，其兩個平方根為 $\pm\sqrt{-a}\,i$。例如，$a = -7$ 時，

$$\pm\sqrt{a} = \pm\sqrt{-a}\,i = \pm\sqrt{-(-7)}\,i = \pm\sqrt{7}\,i。$$

✏️ 例題 4

在定理 2 中的公式：

$\sqrt{ab} = \sqrt{a}\,\sqrt{b}$ 只有在 $a < 0$ 與 $b < 0$ 的情形不成立，其餘皆成立。

$\sqrt{\dfrac{a}{b}}=\dfrac{\sqrt{a}}{\sqrt{b}}$ 只有在 $a>0$ 與 $b<0$ 的情形不成立,其餘皆成立。

例如:$\sqrt{-3}\sqrt{-5}=(\sqrt{3}\,i)(\sqrt{5}\,i)=\sqrt{15}\,i^2=-\sqrt{15}$。另一方面,我們又有

$$\sqrt{(-3)(-5)}=\sqrt{15}$$

這就得到 $\sqrt{15}=-\sqrt{15}$ 的矛盾。又如:

$$\sqrt{\dfrac{2}{3}}\,i=\sqrt{\dfrac{2}{-3}}=\dfrac{\sqrt{2}}{\sqrt{-3}}=\dfrac{\sqrt{2}}{\sqrt{3}\,i}=\dfrac{\sqrt{2}\,i}{\sqrt{3}\,i^2}=-\sqrt{\dfrac{2}{3}}\,i$$

也是矛盾的。 □

　　總結一下,面對方程式 $x^2=a$,我們有兩種演算:給 x,求 $a=x^2$,這是**平方運算**。反過來,給 a,求 x,這是求平方根,得到 $x=\pm\sqrt{a}$。由 a 求 $\sqrt{a}$ 叫做**開平方運算**。

　　根號 "$\sqrt{}$" 的開平方運算是進入無理數世界與虛數世界的鑰匙,扮演著關鍵角色。

虛數的歷史故事

歷來對於 $i=\sqrt{-1}$ 的看法:

1. 文藝復興時期義大利的數學家認為 i 是「故弄玄虛」(sophistic)。

2. 笛卡兒稱它為 "imaginary"(虛構的、想像的),這是「虛數」一詞的由來。

3. 牛頓稱它為 "impossible",即為「不可能的數」。

4. 萊布尼茲 (Leibniz, 1646–1716) 說:虛數 i 是介於存有與不存有之間的兩棲類。

註

俄國數學家羅巴切夫斯基 (Lobachevsky, 1792–1856)，在 1829 年發現「非歐幾何」時，也稱之為 "Imaginary Geometry"（虛擬幾何）。

9.2 實數系的運算律

運算律統治著數系。因此，我們可以說：

運算律決定數系本身。

再打個比方來說，數系相當於全體人民，運算律相當於憲法，這是數系國度的根本大法、大道理。大道理通常是淺易的，到處有用的，像空氣一般。

對於任意兩個實數 a 與 b，我們都可以定義相加 $a+b$ 與相乘 $a \times b$，使得和 $a+b$ 與積 $a \times b$（簡記為 $a \cdot b$ 或 ab）仍然為實數，亦即實數系 $\mathbb{R}$ 對於 "+" 與 "×" 都具有封閉性，並且滿足下面的性質。

假設 a, b, c 為任意的實數，那麼我們就有下面 13 條的運算律：

1. 交換律： $\qquad a+b=b+a \qquad$ （加法交換律）

$\qquad\qquad\qquad\qquad a \cdot b = b \cdot a \qquad$ （乘法交換律）

2. 結合律： $\qquad (a+b)+c=a+(b+c) \qquad$ （加法結合律）

$\qquad\qquad\qquad\qquad (a \cdot b) \cdot c = a \cdot (b \cdot c) \qquad$ （乘法結合律）

3. 分配律： $\qquad a \cdot (b+c) = a \cdot b + a \cdot c \qquad$ （乘對加的分配律）

4. 零為加法單位元素： $\quad a+0=0+a=a$

$\qquad\qquad\qquad\qquad$ （在加法之下，**0** 不動人分毫）

5.零為乘法的黑洞： $a \cdot 0 = 0 \cdot a = 0$

（在乘法之下，**0** 吸吞一切）

6.壹為乘法單位元素： $a \cdot 1 = 1 \cdot a = a$

（在乘法之下，**1** 不動人分毫）

7.加法反元素：對於任意實數 a，恆存在**唯一的**加法反元素，

記為 $-a$，使得 $a + (-a) = 0$，或簡寫為 $a - a = 0$。

8.乘法反元素：對於任意實數 $a \neq 0$，恆存在**唯一的**乘法反元素，

記為 a^{-1} 或 $\dfrac{1}{a}$，使得 $a \cdot a^{-1} = 1$ 或 $a \cdot \dfrac{1}{a} = 1$。

9.等量加法律：等量加等量，其和相等；

即若 $a = b$ 且 $c = d$，則 $a + c = b + d$。

10.等量乘法律：等量乘等量，其積相等；

即若 $a = b$ 且 $c = d$，則 $a \cdot c = b \cdot d$。

11.等量代換律：若 $a = b$ 且 $b = c$ 則 $a = c$。

12.消去律： 若 $a + c = b + c$，則 $a = b$ （加法消去律）

若 $a \cdot c = b \cdot c$ 且 $c \neq 0$，則 $a = b$ （乘法消去律）

13.解方程式原理：若 $ab = 0$ 則 $a = 0$ 或 $b = 0$。

註

上述運算律並不是最精簡，有些可以從其它的推導出來。不過，我們把它們列在一起，作為解代數方程式的依據，這是很方便的事。

接著，我們分別定義**減法**與**除法**為：

$$a - b = a + (-b)，a \div b = a \cdot \dfrac{1}{b}$$

對於除法的情形，必須要求 $b \neq 0$，因為 0 不可以當除數。

實數系 $\mathbb{R}$ 對於四則運算 "$+ \, \cdot \, - \, \cdot \, \times \, \cdot \, \div$" 都具有封閉性。

✏️ **例題 5** （平方公式）

$(a+b)^2 = a^2 + 2ab + b^2$

⚙️ **證 明**

$$
\begin{aligned}
(a+b)^2 &= (a+b)(a+b) && \text{（乘法的定義）}\\
&= (a+b)a + (a+b)b && \text{（分配律）}\\
&= (a \times a + b \times a) + (a \times b + b \times b) && \text{（分配律）}\\
&= a^2 + ab + ab + b^2 && \text{（交換律與結合律）}\\
&= a^2 + 2ab + b^2 && \text{（同類項合併）} \quad \square
\end{aligned}
$$

✏️ **例題 6**

推導出公式：$(a+b)(a-b) = a^2 - b^2$，且寫出每一步驟所根據的理由。

⚙️ **證 明**

$$
\begin{aligned}
(a+b)(a-b) &= (a+b)(a+(-b))\\
&= (a+b)a + (a+b)(-b) && \text{（分配律）}\\
&= [a(a+b)] + [(-b)(a+b)] && \text{（交換律）}\\
&= (a^2 + ab) + [(-b)a + (-b)b] && \text{（分配律）}\\
&= a^2 + ab - ab - b^2 && \text{（結合律）}\\
&= a^2 - b^2 && \text{（0 的性質）} \quad \square
\end{aligned}
$$

🖑 **註**

為了幫助記憶，我們將上述兩個公式表成：

$$(乒 + 乓)^2 = 乒^2 + 2 \, 乒乓 + 乓^2$$

$$乒^2 - 乓^2 = (乒 + 乓)(乒 - 乓)$$

定理 3

移項變號與兩邊對消（又叫做天平原理）是解方程式的兩個基本操作。

(i)**移項變號**：若 $x + a = b$，則 $x = b - a$。

（把 a 從等號的左邊移到右邊，變成 $-a$。）

(ii)**兩邊對消**：(1)若 $x + a = y + a$，則 $x = y$。

（把 a 從等號的兩邊消掉。）

(2)若 $ax = b$ 且 $a \neq 0$，則 $x = \dfrac{b}{a}$。

(3)若 $\dfrac{x}{a} = b$，則 $x = ab$。

證 明

兩者都是運算律的簡單結論。

(i)由 $x + a = b$ 得到

$$(x + a) + (-a) = b + (-a) \qquad \text{（等量加法律）}$$

$$x + [a + (-a)] = b - a \qquad \text{（結合律與減法的定義）}$$

$$x + 0 = b - a \qquad \text{（0 的性質）}$$

$$x = b - a \qquad \text{（0 的性質）}$$

(ii)之(1)：由 $x + a = y + a$ 得到

$$(x + a) + (-a) = (y + a) + (-a) \qquad \text{（等量加法律）}$$

$$x + [a + (-a)] = y + [a + (-a)] \qquad \text{(結合律)}$$

$$x + 0 = y + 0 \qquad \text{(0 的性質)}$$

$$x = y \qquad \text{(0 的性質)}$$

其它的(2)與(3)同理可證。　■

天平原理

英文的 "equation" 翻譯為方程式，有「等號」之意。於是等式 $x + a = y + a$ 可看作是天平的兩邊各有砝碼 $x + a$ 與 $y + a$，達成平衡。現在兩邊各移去砝碼 a，天平仍然保持平衡 $x = y$。

定理 4　（解方程式原理）

若 $ab = 0$ 則 $a = 0$ 或 $b = 0$。

證明

假設 $ab = 0$，分成兩種情形討論：

(i)若 $a = 0$，則已證畢。

(ii)若 $a \neq 0$，兩邊同乘以 $\dfrac{1}{a}$，得到

$$\frac{1}{a}(ab) = \frac{1}{a} \times 0 \qquad \text{(等量乘法律)}$$

$$(\frac{1}{a} \times a)b = 0 \qquad \text{(結合律)}$$

$$1 \times b = 0 \qquad \text{(1 的性質)}$$

$$b = 0 \qquad \text{(1 的性質)}$$

對於 b 的討論，同理可證。　■

✏ 例題 7

為何零不可以當除數？

⚙ 證明

讓我們思考 "$b \div 0 = \dfrac{b}{0} = ?$"，這「等價於」下式

$$? \times 0 = b$$

我們來觀察此式的解答。因為任何數乘以 0，都得到 0，所以：

(i)如果 $b = 0$，那麼 "?" 可為任何數。

(ii)如果 $b \neq 0$，那麼 "?" 任何數皆不可。

因此，$2 \div 0$ 沒有答案，$0 \div 0$ 可能有無窮多個答案。在這個意味之下，我們說：$0 \div 0$ 為不定型，而 $b \div 0$ 不存在（當 $b \neq 0$）。 ∎

👍 註　　（邏輯的術語與記號用法）

假設 p 與 q 為兩個**敘述** (statements)。所謂敘述是指有明確真假值的一句話，要不然就是真，要不然就是假，絕不能模稜兩可。

(i)記號 "$p \Rightarrow q$" 表示：「由 p 可以推導出 q」。

此時我們就說「p 為 q 的**充分條件**，q 為 p 的**必要條件**」。充分條件表示「有之必然」，必要條件表示「無之必不然」。

(ii)另外，記號 "$p \Leftrightarrow q$" 表示：「$p \Rightarrow q$ 並且 $q \Rightarrow p$」。

亦即「由 p 可以推導出 q，並且反過來由 q 也可以推導出 p」。

此時我們就說「p **等價於** q」或「p 與 q 等價」或「p 與 q 互為充要條件」。充分條件與必要條件合稱為**充要條件**。

✏ 例題 8

解方程式 $\dfrac{x-5}{3} = \dfrac{2x+1}{4} - 1$。

⚙ 解答

為了去掉分母，兩邊同乘以最小公倍數 12，得到

$$\frac{x-5}{3} \times 12 = (\frac{2x+1}{4} - 1) \times 12$$

整理後得到

$$4(x-5) = 3(2x+1) - 12$$
$$4x - 20 = 6x + 3 - 12$$

移項變號

$$4x - 6x = -9 + 20$$

同類項合併

$$-2x = 11$$

兩邊同除以 -2

$$x = \frac{11}{-2} = -\frac{11}{2} \qquad\qquad\qquad \square$$

　　代數的公理化（即數系與運算律之明確提出）比幾何簡單而沒有爭議，但是歷史的發展卻由幾何的公理化先完成，而且早了約兩千年！筆者認為，主要的理由是代數的計算比幾何的推理堅實且明確，更加「直觀自明」，沒有公理化的迫切需求。誠如英國哲學家洛克 (John Locke, 1632–1704) 說：

　　　　不用證明，大家都知道 $1+2=3$。

計算與推理是數學的兩件法寶。事實上，計算也是一種推理，一種至精至簡的推理形式。

9.3 負負得正

對於數的運算，大家都記得為「負負得正」的規則，至於為什麼？往往就不太清楚了。事實上，這是數系運算律的必然結果，下面我們就來證明這件事。

補題

(i) 設 a 為任意實數，則 $-(-a) = a$。

(ii) 設 a 與 b 為任意有理數，則 $a(-b) = (-a)b = -(ab)$。

證明

(i) 因為 $a + (-a) = 0$ 對於所有的實數 a 都成立，故將 a 換成 $-a$ 也成立，亦即

$$(-a) + [-(-a)] = 0$$

由等量代換律得到

$$a + (-a) = (-a) + [-(-a)] = 0$$

因此 a 與 $-(-a)$ 都是 $-a$ 的加法反元素。今因為加法反元素是唯一的，所以 $-(-a) = a$。

(ii) 因為 $b + (-b) = 0$，所以

$$a[b + (-b)] = a \times 0 = 0$$

由分配律知

$$a[b+(-b)] = ab + a(-b) = 0$$

因此 $a(-b)$ 為 ab 的加法反元素。 又因為 ab 的加法反元素為 $-(ab)$，並且加法反元素是唯一的，所以

$$a(-b) = -(ab)$$

同理，將 a 與 b 的角色對調，就得到

$$(-a)b = -(ab)$$ ∎

例題 9

$-(-3) = 3,\ (-3) \times 4 = 3 \times (-4) = -12$。 □

定理 5　（負負得正）

設 a 與 b 為任意實數，則 $(-a)(-b) = ab$。

證 明

由上述補題立即得到 $(-a)(-b) = -[a(-b)] = -[-(ab)] = ab$。 ∎

例題 10

$(-3)(-4) = 12,\ (-1)(-1) = 1,\ (-7)(-8) = 56$。 □

註

「負負得正」還有一個精彩的故事與解釋，不過要用到坐標系的概念，所以我們留待第 12 章第 6 節的末尾才給出。

9.4 實數的大小關係

實數系除了有四則運算的結構之外，還有大小的順序關係。例如：

$$2 < 3 \, , \, -5 \le 0 \, , \, \sqrt{2} \ge 1 \, , \, 7 < 8$$

甲、大小順序

假設 a 與 b 為任意兩個實數，那麼我們有如下不等式的用法：

1. 記號 "$a < b$" 表示「a 小於 b」。
2. 記號 "$a > b$" 表示「a 大於 b」。
3. 記號 "$a \le b$" 表示「a 小於或等於 b」。
4. 記號 "$a \ge b$" 表示「a 大於或等於 b」。

註

$a > b$ 就是 $b < a$；而 $a \ge b$ 就是 $b \le a$。

乙、排序公理

關於實數的大小關係，我們有如下「直觀自明」的基本性質。

假設 x, y, z 為任意三個實數，那麼我們就有**排序公理**：

公理 1.（三一律）下列三者有一個且只有一個成立：

$$x = y \, , \, x < y \, , \, x > y$$

公理 2. 若 $x < y$，則 $x + z < y + z$。

公理 3. 若 $x > 0$ 且 $y > 0$，則 $x \cdot y > 0$。

公理 4.（遞移律）若 $x < y$ 且 $y < z$，則 $x < z$。

定理 6

(i) 對於任意實數 a，恆有 $a^2 \geq 0$；並且 $a^2 = 0 \Leftrightarrow a = 0$。

(ii) $a^2 + b^2 = 0 \Leftrightarrow a = 0$ 且 $b = 0$。

證 明

(i) 這是「負負得正」的結論。

(ii) ($\Leftarrow$) 的方向是顯然的。下面證明 ($\Rightarrow$) 的方向。假設 $a^2 + b^2 = 0$。由 (i) 知 $a^2 \geq 0$ 且 $b^2 \geq 0$，所以 $0 = a^2 + b^2 \geq a^2 \geq 0$。因此，$a^2 = 0$，亦即 $a = 0$。從而 $b^2 = 0$，故 $b = 0$。■

例題 11

假設 a 與 b 為兩個正數，則有 $\dfrac{a+b}{2} \geq \sqrt{ab}$ 並且等號成立的充要條件為 $a = b$。

證 明

由 $(x - y)^2 \geq 0$ 展開得到 $\dfrac{x^2 + y^2}{2} \geq xy$。令 $x = \sqrt{a}$, $y = \sqrt{b}$ 就好了。□

9.5 常用的乘法公式

求解方程式時，除了利用**數系的運算律**之外，現在還要再加上一些的**乘法公式**，用來對式子化簡、整理、作變形、配方等等。下面我們列出 9 條重要而常用的公式：

假設 a, b 都是實數，那麼就有下列常用的公式：

1. $(a+b)^2 = a^2 + 2ab + b^2$

2. $(a-b)^2 = a^2 - 2ab + b^2$

3. $a^2 - b^2 = (a+b)(a-b)$

4. $(ax+b)(cx+d) = acx^2 + (ad+bc)x + bd$

   $(x+a)(x+b) = x^2 + (a+b)x + ab$

5. $(a+b+c)^2 = a^2 + b^2 + c^2 + 2ab + 2bc + 2ca$

6. $a^3 + b^3 = (a+b)(a^2 - ab + b^2)$

7. $a^3 - b^3 = (a-b)(a^2 + ab + b^2)$

8. $(a+b)^3 = a^3 + 3a^2b + 3ab^2 + b^3$

9. $(a-b)^3 = a^3 - 3a^2b + 3ab^2 - b^3$

註

這些公式是作因式分解的依據，它們都可以用數系的運算律加以證明。

我們注意到：公式 4 就是 「交叉相乘法」 求解二次方程式的根據；另外，公式 1 與公式 2 是**配平方法**的來源；而公式 8 與公式 9 是**配立方法**的根源。

✏ **例題** 12

對於平方公式 $(a+b)^2 = a^2 + 2ab + b^2$，我們可以**圖解**如下：以 $a+b$ 為邊長作一個正方形，其面積為 $(a+b)^2$。另一方面，此正方形可以分割成四塊領域，它們的面積分別為 a^2, b^2, ab, ab，相加起來恰好就是 $a^2 + 2ab + b^2$，參見圖 9–2。 □

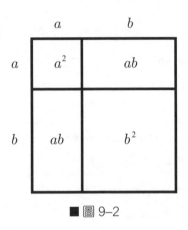

■圖 9–2

👍 **注 意**

這個圖解僅限於 a 與 b 是正數的情形，但公式 1 是對於 a 與 b 為任意數都成立。

若不用符號來表達這個公式，會如何？那我們必須這樣說：

兩數和的平方等於第一數的平方加上兩倍的
第一數乘以第二數再加上第二數的平方。

這讓我們看不清，又難於操作。對初學的人來說，符號比較抽象，但是一經熟悉之後，就會喜愛它，沒有它反而會寸步難行。

總之，數系的延拓及其運算，從自然數系到實數系，有幾個關鍵：0 與負數，負負得正，開方演算，無理數，虛數。其次，我們要強調數系的運算律，它們是代數學的靈魂！

「數系 + 運算結構」推廣為「集合 + 結構」，這正是現代抽象數學的公理化模式。代數有如數學的「詩眼」。

實數系是數學最重要的地基。從有理數系延拓到實數系，除了解方程式的動機之外，還可以從度量與幾何的觀點來看，這留待後續的《**古希臘的幾何之歌**》講述。

9.6 頭腦的體操 (習題解答請見 p. 373)

1. 推導出乘法的立方公式：$(a+b)^3 = a^3 + 3a^2b + 3ab^2 + b^3$，並且寫出每一步驟所根據的理由。

2. 請指出下面論證的錯誤所在：假設 $a = b$。

   兩邊同乘以 ab 得到　　　　　$a^2b = ab^2$

   兩邊同減掉 a^3 得到　　　　　$a^2b - a^3 = ab^2 - a^3$

   因式分解　　　　$a^2(b-a) = a(b^2 - a^2) = a(b+a)(b-a)$

   兩邊同除以 $(b-a)$ 得到　　$a^2 = a(b+a) = ab + a^2$

   兩邊同減掉 a^2 得到　　　　　$ab = 0$

   結論：任何兩個相同的數，其乘積必為 0，例如 $3 \times 3 = 0$。這顯然是錯的。

3. 設 m 為一個自然數。若 m^2 為一個奇數，則 m 也是一個奇數。

4. 證明 $\sqrt{3}$ 為無理數。

5. 問：$(x-a)(x-b)(x-c) \cdots (x-y)(x-z) = ?$

6. **(A4 紙張的設計)** 有一張長方形的紙，長為 a，寬為 b，將其對摺之後形成一個小長方形。若大小兩個長方形的長與寬的比值相等，求 $\dfrac{a}{b}$ 之值。

7. 若 a 為有理數，x 為無理數，證明 $a+x$ 為無理數，並且若 $a \neq 0$，則 ax 也是無理數。

8. 證明任何兩個有理數 $a < b$ 之間，必存在一個有理數，也存在一個無理數。

9.7 喝茶時間

跟代數相遇的三個故事

代數使用文字符號，往往讓初學者感到迷惑與困難，請看下面三個例子：

1. 我們看哲學家兼數學家、諾貝爾文學獎得主羅素的說法：

當我第一次學代數時，發現這比幾何難得多，也許是教學不當的緣故。我的家庭教師要求我必須背記：$(a+b)^2 = a^2 + b^2 + 2ab$ 的公式，兩個數相加的平方，等於兩數的平方和，再加上它們乘積的兩倍。我完全不知道這是什麼意思。當我記不住時，他就把書本朝我丟過來，這並沒有激發我的求知熱情。當然，過此之後，代數的學習就進行得很順利了。

2. 發明演化論的達爾文 (Darwin, 1809–1882) 說：

小時候在私塾學幾何定理，那嚴謹的證明給予我極大的滿足感，至今歷歷在目；但是我學代數，就失敗了。

3. 當外國傳教士教導清朝的康熙皇帝學習代數時，康熙也遇到了相同的困難：具體數的演算 $2 + 3 = 5$，他了解，但飛躍到抽象符號的演算 $2x + 3x = 5x$，他無法了解運算的意義。

　　愛爾蘭的數學與物理天才漢彌爾頓 (W. R. Hamilton, 1805–1865)，從小好學，遇到任何學問都要追根究底，例如追究歐氏幾何、代數、算術、語言、思想、……的根源。他在 1835 年（30 歲）寫了一篇論文：〈代數可視為純時間的科學〉(*Algebra as the science of pure time*)。代數的地基就是數系及其運算律，在當時，基本上就是實數系。時間軸與實數線具有平行的類推：

過去、現在與未來 ⟷ 負數、0 與正數

因此兩者可看作是一體的兩面。關於最基本的組成要素，幾何是「點」，類似地，時間與代數是「一瞬」(the moment)。

10

畢達哥拉斯定理

畢達哥拉斯定理

愛因斯坦在《自傳筆記》
(*Autobiographical Notes*) 裡說：

我在 12 歲遇到歐氏平面幾何（他尊
稱為「神聖幾何小書」），例如三角形
三個高相交於一點，這雖不直觀顯
明，但可以證明，是如此的真確而不
可懷疑。這種清晰與明確給我留下無
法描述的鮮明印象。至於必須接受無
證明的公設，對我並沒有構成困
擾。……另外，我的叔叔告訴我畢氏
定理，我就利用相似三角形定理，自
己證明了它。解決了這個問題之後，
讓我清楚地認識到，一個直角三角形
的邊之關係**完全由一個銳角決定**（這
是整個三角學的出發點）。

■ 愛因斯坦
（出處：National Archives
and Records Administration,
courtesy AIP Emilio Segre
Visual Archives）

畢達哥拉斯定理（簡稱為畢氏定理）是幾何學額頭上的一顆鑽石，甚至也是數學的一個核心結果，因為它在各數學分支都扮演著關鍵而重要的角色。

　　畢氏定理是相應於平方（開方）與二次方程的數學。本章我們只作最初步的探討，以後我們還會另寫一本書，以畢氏定理為主軸，把高中數學貫穿起來。

10.1　地板上的幾何規律

古希臘的數學承接自古埃及與巴比倫，在希臘經過脫胎換骨。哲學家與數學家畢達哥拉斯曾遊學巴比倫與古埃及，他觀察兩地神廟的鋪地板（圖 10–1），發現了三個特殊的等腰直角三角形，具有如下美妙的性質（參見圖 10–2, 10–3, 10–4）：

等腰直角三角形斜邊上的正方形面積

等於兩股上的正方形面積之和。　　　　　　(1)

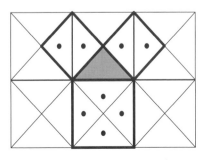

■ 圖 10–1　　　　　　　　　　　■ 圖 10–2

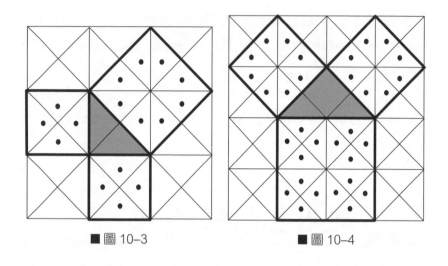

■ 圖 10–3　　　　　　　■ 圖 10–4

10.2　大膽地猜測

由上述這幾個特例的觀察，畢達哥拉斯猜測，(1)式的性質不只是對於等腰直角三角形，而是對於任意的直角三角形都成立。換言之，對於圖 10–5 的任意直角三角形都有：

$$c^2 = a^2 + b^2 \tag{2}$$

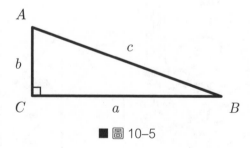

■ 圖 10–5

註

作圖形標示記號時要養成良好的習慣：頂點 A 的對邊要標上 a，其它依此類推，如圖 10–5。良好的習慣除了準確與方便之外，也可減少犯錯的機會。在直角三角形 ABC 中，直角所對應的邊 AB 叫做「斜邊」，另外兩邊叫作「股」。

這個猜測是對的，後世的數學史家認為畢達哥拉斯是首先給出證明的人，有了證明，猜測就上升為定理。為了紀念他，後人就尊稱這個定理為畢氏定理。

我們進一步來思考⑵式的意思。在圖 10–5 的直角三角形中，由於大角對應大邊，所以 $c > a, c > b$；又由三角不等式知 $a + b > c$（合作真有力）；這些都是不等式。現在將三邊平方起來就有等式 $c^2 = a^2 + b^2$ 的美妙結果。這是一種代數關係，其幾何解釋是：在直角三角形三邊上各向外做一個正方形，那麼斜邊上的正方形面積等於兩股上的正方形面積之和。參見圖 10–6。

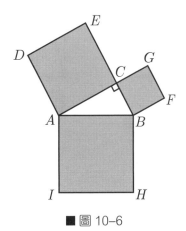

■圖 10–6

10.3 畢氏定理及其證明

本節我們就來證明這個猜測。畢氏定理總共有 520 種的證法，而且還在繼續增加之中，這是數學史上擁有最多證明方法的一個定理。每一種證明都代表一個觀點，因此我們可以說，畢氏定理就像一顆鑽石，具有 520 個面，每一面都閃閃發光。下面我們只呈現三種簡潔漂亮的證法。

證明

這是一種無言的證明 (proof without words)，類似禪宗參悟 「隻手之聲」 的公案。面對圖 10-7，我們只要說一聲：瞧 (Behold)！

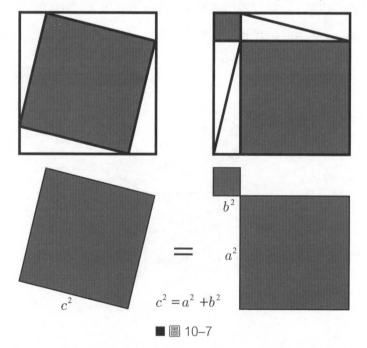

$$c^2 = a^2 + b^2$$

■圖 10-7

⚙️ **旁白**

如果還看不出來，就請讀下面的說明：

以 $a+b$ 為邊作兩個正方形，故兩者的面積相等。現在將兩者都分割出四個原直角三角形，只是分割方式有點不同，參見圖 10–7。左右圖都去掉四個原直角三角形，剩下的陰影領域面積也相等，亦即左邊的 c^2 等於右邊的 a^2+b^2。

🔗 **定理 1** （畢氏定理）

在 $\triangle ABC$ 中，a, b, c 為三邊，若 $\angle C = 90°$，則 $c^2 = a^2 + b^2$。

我們可以採用立竿的方式來說明畢氏定理。當有陽光時，在地面上垂直立一根竿子，產生竿影，參見圖 10–8，那麼就有：

竿端至影端距離的平方 = 竿長的平方 + 影長的平方

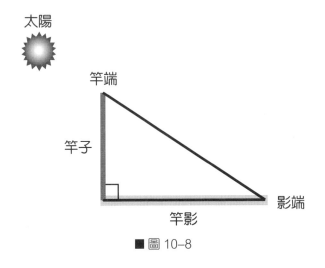

■ 圖 10–8

我們也可以利用乘法的平方公式來證明畢氏定理。

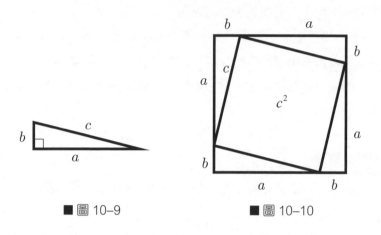

■圖 10–9　　　　　■圖 10–10

⚙️ 證明

以 $a+b$ 為一邊，作一個正方形，並且在四個角上截出四個原直角三角形，參見圖 10–10。對此正方形的面積作「**一魚兩吃**」的兩種計算，就得到

$$(a+b)^2 = c^2 + 4 \times \frac{1}{2}ab$$

$$\therefore a^2 + b^2 = c^2 \qquad \blacksquare$$

📖 註

在上述的證明中，我們用到了三角形三內角之和為 180 度定理（參見下面的第 4 節）。由這個定理可知，任何直角三角形的兩個銳角之和為 90 度，所以圖 10–10 的內部四邊形是邊長為 c 的正方形，其面積為 c^2。另外，這個證明用了代數方法，呈現出「數與形合一」的韻味。

第三個證明法，我們先作下面圖 10–11：假設 $a > b$，以 a 與 b 為邊的四個長方形，拼成一個正方形，在四個角落上畫出四個原直角三角形 (a, b, c)。內部邊長為 c 的正方形分成兩部分：四個原直角三角形 (a, b, c)，以及最裡面的邊長為 $a - b$ 的正方形。

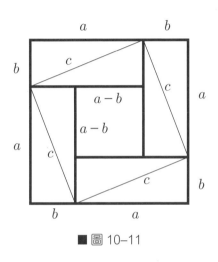

■ 圖 10–11

◎ 證 明

從內部邊長為 c 的正方形之面積來觀察，得到 $c^2 = 4 \times \dfrac{1}{2}ab + (a - b)^2$。
展開並且化簡，就得到 $c^2 = a^2 + b^2$。　　　　　　　　　　■

我們順便還可以得到一個重要的不等式（參見第 5 章第 3 節的例題 6）：

⬡ 定理 2 （算幾平均不等式）

假設 a 與 b 為兩個非負的數，則有算幾平均不等式：

$$\frac{a+b}{2} \geq \sqrt{ab} \tag{3}$$

並且等號成立的充要條件為 $a = b$。

⚙ 證明

由圖 10–11 得知 $(a+b)^2 = 4ab + (a-b)^2$。因為 $(a-b)^2 \geq 0$，所以 $(a+b)^2 \geq 4ab$，從而 $\frac{a+b}{2} \geq \sqrt{ab}$。顯然 $a = b$ 是等號成立的充要條件。

◼

✏ 問題

在斜邊為 10 的所有直角三角形中，求面積最大時兩股的長？最大面積為多少？

畢氏定理最重要的應用之一就是證明其逆定理。這是很奇妙的一件事情：用一個定理可以證明它的逆定理。

定理 3 （畢氏定理的逆定理）

在 $\triangle ABC$ 中，a, b, c 為三邊，若 $c^2 = a^2 + b^2$，則 $\angle C = 90°$。

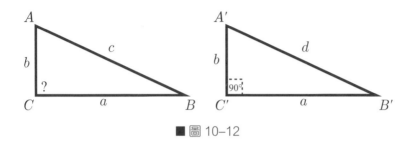

■ 圖 10-12

證 明

以 a, b 為直角邊作一個直角三角形 $\triangle A'B'C'$，令其斜邊為 d，則由畢氏定理知 $d^2 = a^2 + b^2$。再根據假設得到 $c^2 = d^2$，於是 $c = d$。因此，由 S.S.S. 全等定理得知 $\triangle ABC \cong \triangle A'B'C'$。從而 $\angle C = \angle C' = 90°$。 ■

註

S.S.S. 全等定理是指：若兩個三角形的三個邊對應相等，則它們全等，亦即兩個三角形可以完全疊合在一起。

定理 4 （畢氏定理及其逆定理）

在 $\triangle ABC$ 中，a, b, c 為三邊，則 $\angle C = 90°$ 的充要條件為 $c^2 = a^2 + b^2$。這就記成：$\angle C = 90° \Leftrightarrow c^2 = a^2 + b^2$。

10.4 三角形的內角和定理

有關於三角形三內角之和為 180 度的美麗結果，通常是採用「平行公設」的論述來證明，但是本節我們要採用下面的簡潔論述，由長方形切入。

定義

一個四邊形如果具有下面兩個條件 ，那麼就叫做長方形 （又叫做矩形），參見圖 10–13：(i)兩雙對邊互相平行，(ii)四個內角皆為直角（合起來為 360 度）。

註

只有由條件(i)所定義出的四邊形叫做平行四邊形。平行四邊形只要一個內角為直角，則其它三個內角就都是直角，從而為一個長方形。然而，我們為了方便起見，仍然要求(ii)的條件。

　　對長方形畫一條對角線就將長方形分割成兩個全等的直角三角形，參見圖 10–14。因為長方形四個內角和為 360 度，所以我們就得到一個結果：

任何直角三角形三個內角之和為 180 度。

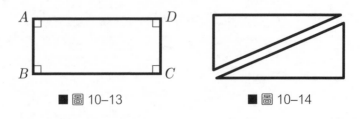

■ 圖 10–13　　　　　　　■ 圖 10–14

直角三角形為特殊的三角形，上述結果仍然美中不足。然而，美妙的是，它對於一般的三角形也成立！理由如下：

考慮圖 10–15 與圖 10–16，它們分別為銳角三角形與鈍角三角形，從一個適當的頂點向對邊作一垂線，把三角形分割成兩個直角三角形，內角和總共為 360 度，扣掉垂足點處的兩個直角 180 度，剩下的就是原三角形三內角和的 180 度。

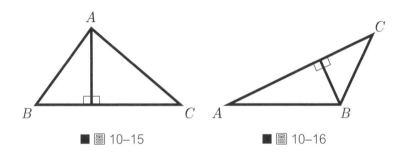

■ 圖 10–15　　　　　　　■ 圖 10–16

定理 5　（三角形的內角和定理）

三角形的三個內角之和為 180 度（又說成兩個直角，記為 180°）。

畢氏定理與三角形的內角和定理，是歐氏平面幾何學的兩個核心結果。古希臘文明將有關於幾何圖形的知識，系統化並且連貫起來，建立了歐氏幾何學。這是古希臘文明的貢獻，主要是泰利斯 (Thales，約 624–547 B.C.)、畢達哥拉斯、歐幾里德 (Euclid，約 325–265 B.C.) 等人的工作。歐氏幾何學變成幾何學的源頭，把幾何建構成公理演繹系統：由一些公理出發，邏輯地推導出定理。這種知識的模式甚至成為往後數學與物理學理論的典範。

10.5 畢氏學派的思想簡介

在數學史上，畢達哥拉斯最重要的貢獻是：證明了畢氏定理以及提倡宇宙背後的道理 (logos) 是數學的結構之思想。這些對後世的影響深遠，至今仍然有效。畢氏定理萬古常新，欣欣向榮。甚至有人建議，在西伯利亞的大草原上，安置一個畢氏定理的圖解（如圖 10–6），作為地球人與外星人溝通的媒介。因為我們相信，地球人會畢氏定理，外星人也會（但名稱不同）。

畢達哥拉斯主張：萬有皆整數，以及兩個整數的比值。數與（圖）形本一家，形中有數，且數皆有形。算術的單子 (monad) 是 "1"，幾何的單子是「點」，由此生出所有的數學。畢氏嘗試用「萬有皆整數」的算術來建立畢氏幾何學，但是後來利用畢氏定理發現：單位正方形的對角線 $\sqrt{2}$ 不是兩個整數比，因而畢氏幾何學垮掉。

在學問中，畢氏認為算術（數論）、音樂、幾何學與天文學，這四藝是核心。天上星球的有秩序運行，都會像琴弦那樣發出「星球的音樂」(the music of the spheres)。但是「大音希聲」，只有最敏銳的耳朵聽得到。畢氏說：哲學是愛好智慧之學，哲學是最上乘的音樂。

畢達哥拉斯相信：靈魂是不朽的、全知的，靈魂不斷轉世 (transmigration)。當靈魂落到肉體之中，由於受到肉體的蒙蔽，就變成不是全知，甚至是無知了。但是，人可以透過研究數學與哲學的靈修之路，逐漸恢復全知。

10.6 頭腦的體操（習題解答請見 p. 374）

1. 在圖 10–17 中，考慮長方形 $ABCD$。假設 $\overline{AB} = 30$, $\overline{BC} = 40$，並且線段 AF 與 CE 皆垂直對角線 BD，求陰影領域的面積。

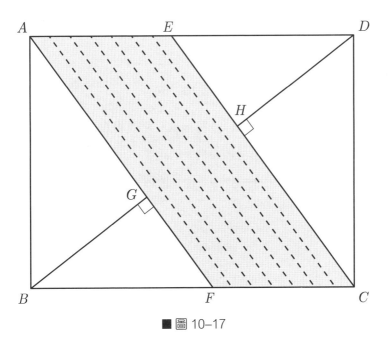

■ 圖 10–17

2. 有一條河流寬 50 公尺，兩岸的對邊各有一棵樹，高度分別為 40 公尺與 30 公尺，樹頂上各有一隻「釣魚翁」（一種鳥名），發現兩樹之間的河面上有一條魚，牠們同時以相同的速率直線飛下來，同時抓到魚。求魚與兩樹之間的距離。參見圖 10–18。

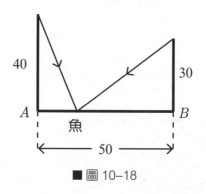

■ 圖 10–18

3. **（古埃及的名題）** 在圖 10–19 裡，有一根直棍靠在牆邊。頂端滑下 p 的距離，相應的底端滑離牆邊 s 的距離，形成一個三邊為 s, h, d 的直角三角形，其中 $h = d - p$。在三個數 s, d, p 中，已知任何兩個數，試求剩下的數。

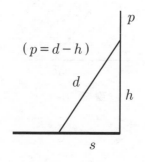

■ 圖 10–19

4. 有學生這樣論證：「由於 $3^2 + 4^2 = 5^2$，所以根據畢氏定理知，三邊為 3, 4 和 5 的三角形是一個直角三角形。」請問這有無錯誤？若有的話，錯誤在哪裡？

5. 邊長分別是 2, 3 和 4 的 $\triangle ABC$ 怎樣證明不是一個直角三角形呢？以下是一般教科書的說法：「由於 $2^2 + 3^2 \neq 4^2$，所以 $\triangle ABC$ 不是一個直角三角形。」這是根據什麼定理呢？畢氏定理的逆定理或畢氏定理？

6. 用相同形狀與大小的正多邊形鋪地板，證明：恰好只有三種樣式。再證明：空間中的正多面體恰好只有五種。

7. 假設 $x > 1$, $k > 0$。若以 $2x^2 + 2x$, $2x + 1$, $2x^2 + 2x + k$ 為三邊長的三角形是一個直角三角形，求 k 的值。

8. 求滿足 $x^2 + y^2 = z^2$ 的所有正整數，並且用公式表達出來。

9. 長方形 $ABCD$，長為 4 公分，寬為 3 公分，如下面圖 10–20 所示。今 A 點固定不動，將 $ABCD$ 順時針方向推轉成長方形 $AEFG$，那麼

(i) 點 D 經過的路徑有多少公分？

(ii) 點 C 經過的路徑有多少公分？

(iii) 求線段 CD 所掃過的領域之面積。

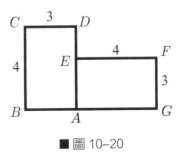

■ 圖 10–20

10.在圖 10–21 中 ， 證明 ： 兩個月牙形 I + II 的面積等於直角三角形 *ABC* 的面積。

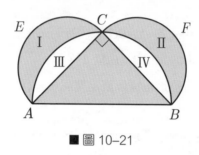

■ 圖 10–21

11

一元二次方程式

一元二次方程式

$$x = \frac{-b \pm \sqrt{b^2 - 4ac}}{2a}$$

上帝偏愛代數——

世界是它心中的思想

它的方程很古怪

因為那是二次的

尋求它的根並不輕鬆

—J. C. B. Date—

算術四則應用題,產生一次方程式。隨著我們所遇到問題的深度之增加,自然就會出現二次乃至更高次的方程式。

我們仍然是利用數系的運算律、移項變號與兩邊對消等普遍的規律,再加上開方運算與配方法,就可以解出這些方程式。

11.1 幾個例子

我們從數學史上取三個例子。

例題 1 （蘇格拉底的問題）

古希臘哲學家蘇格拉底偶然觀察到:

$$0+0=0\times0 \,,\, 2+2=2\times2$$

覺得很驚奇。換言之,0 與 2 都具有:

$$自己 + 自己 = 自己 \times 自己$$

的性質。問還有沒有其它的數也具有這個性質?

解答

假設 x 具有這個性質,那麼就有 $x \cdot x = x + x$ 或 $x^2 - 2x = 0$。這是一個一元二次方程式,我們求解如下:作因式分解,得到

$$x(x-2)=0$$

於是由解方程式原理得到

$$x=0 \quad 或 \quad x-2=0$$

從而解得

$$x = 0 \quad 或 \quad x = 2$$

因此，我們利用代數就可以輕易證明，只有 0 與 2 這兩個數具有上述奇妙的性質。代數也可以證明事情！這可以跟第 4 章〈姑媽的祕密〉互相輝映。 □

👆 註

蘇格拉底是古希臘的偉大哲學家，他「讓哲學從天上滑落到人間」。他提倡「不斷地提問題與質疑的藝術，使胡說八道現原形」。他形容自己像一隻牛虻 (gadfly)，緊叮著雅典人，使他們的頭腦保持清醒，結果被指控為「不敬神與蠱惑青年」，經過 501 人的陪審團進行表決，結果以 281：220 的 61 票之差，判決死刑，最後蘇格拉底以身殉道，留下千古的典範。下面是他的三句名言：

我只知道我一無所知。

什麼是美好的生活？

沒有經過省察的人生是不值得活的。

✏️ 例題 2　（巴比倫問題）

有一塊正方形土地，其面積減去一邊長的 9 倍等於 10，試求邊長以及正方形的面積。

⚙️ 解答

假設邊長為 x，根據題意就得到二次方程式：$x^2 - 9x - 10 = 0$。做因式分解

$$(x+1)(x-10)=0$$

於是

$$x+1=0 \quad 或 \quad x-10=0$$

解得

$$x=-1（不合）或 \quad x=10$$

因此，正方形的邊長為 10，正方形的面積為 $10 \times 10 = 100$。　　　□

🖋 **例題 3**　　（黃金分割問題）

所謂**黃金分割** (the golden section) 就是將單位線段分割成大小不等的
兩段，使得滿足

全段 : 大段 = 大段 : 小段

試求大段的長度。參見圖 11–1。

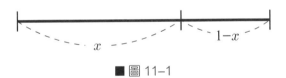

■ 圖 11–1

假設大段為 x，則小段為 $1-x$，根據題意就得到

$$1 : x = x : 1-x$$

內項相乘等於外項相乘，於是

$$x^2 + x - 1 = 0$$

這也是一個二次方程式，我們等一下再來求解。　　　□

11.2 基本的術語

我們稱形如

$$ax^2 + bx + c = 0 \qquad (1)$$

的方程式為**一元二次方程式**，其中 a, b, c 為常數，叫做方程式的**係數**。「**一元**」是指未知數只有一個 x，「**二次**」是指方程式中的最高次項是二次的。一個含有未知數的等式叫做**方程式**。一般而言，只有當 $a \neq 0$ 時，上式才是「真的」一元二次方程式，否則是「退化的」。

例如：$0x^2 + 3x + 2 = 0$ 為「退化的」一元二次方程式，事實上它是一元一次方程式 $3x + 2 = 0$；而 $5x^2 - x + 6 = 0$ 才是真的一元二次方程式。

一個數若滿足(1)式，則稱為方程式的**根** (root) 或解答 (solution)。例如：$x = 2$ 是 $x^2 - 5x + 6 = 0$ 的一個根。尋求方程式的根之過程叫做**解方程式**。

對於一般的**多項方程**：

$$a_n x^n + a_{n-1} x^{n-1} + \cdots + a_1 x + a_0 = 0$$

若 $a_n \neq 0$，則稱它為**一元 n 次方程式**。其它的術語與概念，都有相同的稱謂與用法。例如 $x = 3$ 為一元三次方程式 $x^3 - 2x^2 + x - 12 = 0$ 的一個根，因為

$$3^3 - 2 \times 3^2 + 3 - 12 = 0$$

11.3 二次方程式的解法

從 $x^2 = 2$ 與 $x^2 - 5x + 6 = 0$ 到 $ax^2 + bx + c = 0$，這是從有涯飛躍到無涯。現在我們跳到普遍的高階層，來探討求解一元二次方程式的問題：

$$ax^2 + bx + c = 0 \qquad (2)$$

這是施展**分析法**的一個好問題。方法論大師笛卡兒說：

> 將每一個問題盡可能地且恰如所需地分解成
> 許多部分，使得每一部分都可以輕易地解決。

我們唯一應注意的是，作分析時要窮盡所有可能情形，不能有所遺漏。

△甲、分析法

首先觀察到，在(2)式中，係數 a, b, c 可為任意常數，所以它含有無窮多個方程式，其中有些情況是我們已經會求解的。按照係數的等於 0 或不等於 0，總共可以分成 8 種情形，可用樹狀圖來表現。不過，就解方程式而言，我們只需考慮下面四種情形，就已窮盡所有的可能，沒有遺漏：

1. 當 $a = 0$ 的情形

此時(2)式退化成我們已熟知的一次方程式 $bx + c = 0$。若 $b \neq 0$，則解得

$$x = \frac{-c}{b}$$

2. 當 $a \neq 0$ 且 $b = 0$ 的情形

此時(2)式變成 $ax^2 + c = 0$。解此方程得到

$$x = \pm \sqrt{\frac{-c}{a}}$$

3. 當 $a \neq 0$, $b \neq 0$ 且 $c = 0$ 的情形

此時(2)式變成 $ax^2 + bx = 0$。因此

$$x(ax + b) = 0$$

於是 $x = 0$ 或 $ax + b = 0$，解得

$$x = 0 \quad 或 \quad x = \frac{-b}{a}$$

4. 當 $a \neq 0$, $b \neq 0$ 且 $c \neq 0$ 的情形

對於這種情形我們採用**交叉相乘法**與**配方法**（見下面的乙與丙兩段），前者只能對付一些特殊的問題，後者是普遍的方法。

⚠ 乙、交叉相乘法

交叉相乘法的根據是乘法公式：

$$(ax + b)(cx + d) = acx^2 + (ad + bc)x + bd$$

✏ 例題 4

求解方程式：$x^2 - 5x + 6 = 0$。

⚙ 解答

我們觀察到：

$$
\begin{array}{c}
1 \quad\diagdown\quad -2 \\
1 \quad\diagup\quad -3 \\
\hline
(-2) + (-3) = -5
\end{array}
$$

因此原式分解成

$$(x-2)(x-3)=0$$

解得

$$x=2 \text{ 或 } x=3 \qquad \qquad \square$$

⚠丙、配方法

這是解一元二次方程式最一般的方法，萬無一失。我們先從特殊到普遍，然後再從普遍到特殊。兩者透過「**配方法**」的橋樑，終究會相遇，這真完美。

1.特殊到普遍

🖊 **例題 5**

求解 $x^2=5$ 得到 $x=\pm\sqrt{5}$。求解 $3x^2=5$ 得到 $x=\pm\sqrt{\dfrac{5}{3}}$。　　□

🖊 **例題 6**

求解 $(x-2)^2=5$ 得到 $x-2=\pm\sqrt{5}$，即 $x=2\pm\sqrt{5}$。求解 $(x+2)^2=5$，得到 $x=-2\pm\sqrt{5}$。　　□

🖊 **例題 7**

求解 $3(x-2)^2=5$，即解 $(x-2)^2=\dfrac{5}{3}$，得到 $x-2=\pm\sqrt{\dfrac{5}{3}}$，所以 $x=2\pm\sqrt{\dfrac{5}{3}}$。同理，求解 $3(x+2)^2=5$，得到 $x=-2\pm\sqrt{\dfrac{5}{3}}$。　　□

✎ **例題 8**

求解 $p(x-q)^2 = r$，得到 $x = q \pm \sqrt{\dfrac{r}{p}}$。同理，求解 $p(x+q)^2 = r$，得到

$x = -q \pm \sqrt{\dfrac{r}{p}}$。 □

現在將 $p(x-q)^2 = r$ 與 $p(x+q)^2 = r$ 展開，就得到

$$p(x^2 - 2qx + q^2) = r \text{ 與 } p(x^2 + 2qx + q^2) = r$$

反過來，任意二次方程式 $ax^2 + bx + c = 0$ $(a \neq 0)$，都可以利用配方法化成上式的形式，從而都可以求解出來。

2. 普遍到特殊

仍然先練習兩個例子。在進入抽象之前，熟習具體例子永遠是上策。

✎ **例題 9**

求解 $x^2 + 6x + 9 = 0$，即 $(x+3)^2 = 0$，得到 $x = -3$（兩重根）。 □

✎ **例題 10**

求解 $x^2 - 2x - 5 = 0$。將原式變形為 $(x^2 - 2x + 1) = 6$，即 $(x-1)^2 = 6$。
解得 $x - 1 = \pm\sqrt{6}$，即 $x = 1 \pm \sqrt{6}$。 □

👆 **註**

上面兩例的做法叫做**配方法**，我們根據的是平方公式：

$$(a \pm b)^2 = a^2 \pm 2ab + b^2$$

所謂配方法就是要將一個二次式湊成 $a^2 \pm 2ab + b^2$ 的形式，然後根據

上式就可以寫成平方式 $(a \pm b)^2$。

我們再練習兩次的配方法。

例題 11 （黃金分割問題）

解方程式 $x^2 + x - 1 = 0$。

解答

因為一次項 x 沒有 2 的因子，故把 x 調成 $x = 2x \cdot \dfrac{1}{2}$ 的形式：

$$x^2 + x - 1 = 0 \Rightarrow x^2 + 2x \cdot \frac{1}{2} = 1$$

兩邊同加 $(\dfrac{1}{2})^2$，才能讓左邊變成平方項：

$$x^2 + 2x \cdot \frac{1}{2} + (\frac{1}{2})^2 = 1 + (\frac{1}{2})^2$$

$$(x + \frac{1}{2})^2 = \frac{5}{4}$$

從而解得

$$x = -\frac{1}{2} \pm \frac{\sqrt{5}}{2} \qquad\qquad \square$$

注意

純就解方程式而言，我們得到兩個根：$x = \dfrac{-1 + \sqrt{5}}{2}, \dfrac{-1 - \sqrt{5}}{2}$。但是就線段的黃金分割問題而言，因為 x 為正數，所以只有前者才是答案。這是做應用問題要注意的地方。注意：撿到籃子的不見得都是菜。

📝 問題 1

解方程式 $x^2 - 3x + 1 = 0$。

📝 例題 12

解方程式 $2x^2 - 5x + 1 = 0$。

⚙️ 解答

將 $2x^2 - 5x + 1 = 0$ 除以 2，得到 $x^2 - \dfrac{5}{2}x + \dfrac{1}{2} = 0$，這並不影響解答。

現在開始配方：

$$x^2 - \frac{5}{2}x + \frac{1}{2} = 0 \Rightarrow x^2 - 2 \cdot x \cdot \frac{5}{4} = -\frac{1}{2}$$

$$\Rightarrow x^2 - 2 \cdot x \cdot \frac{5}{4} + (\frac{5}{4})^2 = -\frac{1}{2} + (\frac{5}{4})^2$$

$$\Rightarrow (x - \frac{5}{4})^2 = \frac{17}{16}$$

最後解此方程式得到

$$x = \frac{5}{4} \pm \frac{\sqrt{17}}{4}$$

□

△丁、一般解答公式

現在我們已有充足的準備，可用**配方法**來推導一元二次方程式的一般解答公式了。假設 a, b, c 為實數，且 $a \neq 0$，我們要解二次方程式 $ax^2 + bx + c = 0$。

將常數項 c 移項到右邊，兩邊再同除以 a 就得到

$$x^2 + \frac{b}{a}x = -\frac{c}{a}$$

兩邊同加 $(\dfrac{b}{2a})^2$ 得到

$$x^2 + 2 \cdot \dfrac{b}{2a} x + (\dfrac{b}{2a})^2 = (\dfrac{b}{2a})^2 - \dfrac{c}{a}$$

左邊變成完全平方，即為

$$(x + \dfrac{b}{2a})^2 = \dfrac{b^2 - 4ac}{4a^2}$$

開平方得到

$$x + \dfrac{b}{2a} = \pm \dfrac{\sqrt{b^2 - 4ac}}{2a} \tag{3}$$

最後將 $\dfrac{b}{2a}$ 移項到右邊變號，就得到下面重要結果：

定理 1 （一元二次方程式的一般解答公式）

假設 a, b, c 為實數且 $a \neq 0$，則 $ax^2 + bx + c = 0$ 的解答為

$$x = \dfrac{-b \pm \sqrt{b^2 - 4ac}}{2a} \tag{4}$$

註

事實上，巴比倫人已經會用配方法求解一元二次方程式！另外，在(3)式的右項中，分母應該是 $2|a|$，但取為 $2a$，不論是 $a > 0$ 或 $a < 0$ 都不影響解答。

所有的一元二次方程式都解決於這個普遍公式，只要輸入 a, b, c 的值，其中 $a \neq 0$，那麼由(4)式就可求得兩根，完全是機械化的操作。因此，(4)式一舉解決整類一元二次方程式，含有無窮多個問題。這是「**數學為無窮之學**」的一個意涵。

數學家的解題方式通常是這樣的：你問 $x^2 - x + 1 = 0$ 如何求解，

數學家就去探尋 $ax^2 + bx + c = 0$ 的解答公式，把你的問題變成特例。數學家說：「這是思想的經濟。」透過優秀符號的幫忙，更能簡潔地辦到這件美好的事情。

　　當然，代數符號系統的建立是長期演變的結果。我們現在使用 x, y, z 代表未知數，用 a, b, c 代表已知數，基本上是韋達與笛卡兒創立的，叫做「**符號代數**」(symbolic algebra)。

推論

假設 **a, b, c 為實數且 $a \neq 0$，則 $ax^2 + 2bx + c = 0$ 的解答為**

$$x = \frac{-b \pm \sqrt{b^2 - ac}}{a} \tag{5}$$

例題 13

解方程式 $x^2 - 4x - 3 = 0$。

解答

$a = 1$, $b = -4$, $c = -3$，由公式(4)得到

$$x = \frac{-(-4) \pm \sqrt{(-4)^2 - 4 \times 1 \times (-3)}}{2 \times 1} = 2 \pm \sqrt{7} \qquad \square$$

　　在公式(4)中，當 $b^2 - 4ac < 0$ 時，$\sqrt{b^2 - 4ac}$ 為負數的開平方，這是一個虛數，請看下面的例子。

例題 14

方程式 $x^2 + x + 1 = 0$ 的解答為 $x = \dfrac{-1 \pm \sqrt{3}\,i}{2} = \dfrac{-1}{2} \pm \dfrac{\sqrt{3}}{2}i$。 $\qquad \square$

在這裡出現了 $\frac{-1}{2} + \frac{\sqrt{3}}{2}i$ 與 $\frac{-1}{2} + (\frac{-\sqrt{3}}{2})i$ 的「新數」，它們很特別，由兩部分組成的：**實數部分** $\frac{-1}{2}$，以及**虛數部分** $\frac{\sqrt{3}}{2}i$ 與 $\frac{-\sqrt{3}}{2}i$。因此，我們稱這種數為「**複數**」。一般而言，形如 $a+bi$ 的數叫做複數（實數與虛數複合起來的數）。$a+bi$ 與 $a-bi$ 叫做互為**共軛複數**。

對於複數的進一步討論，我們留待第 14 章講述。

例題 15

印度著名的數學家巴斯卡拉 (Baskara, 1114–1185) 以女兒之名寫了一本數學書，叫做《**麗羅娃蒂**》(*Lilavati*)，其中有一題以蜜蜂為主角。帶著美麗眼睛的少女——麗羅娃蒂，請妳告訴我：

> 茉莉花開香撲鼻，誘得蜜蜂忙採蜜，熙熙攘攘不知數。
> 全體之半的平方根，飛入茉莉花園裡。總數的九分之八
> 徘徊園外做遊戲。另有一隻雄蜂，循著蓮花的香味進入
> 花朵中被困住。一隻雌蜂來救援，環繞於蓮花周圍，悲
> 傷地飛舞低泣。問蜂群共有幾隻？

解答

假設蜜蜂一共有 x 隻，根據題意得到

$$\sqrt{\frac{x}{2}} + \frac{8}{9}x + 2 = x$$

化簡得到

$$\frac{1}{9}x - \sqrt{\frac{x}{2}} - 2 = 0$$

本質上這是一個一元二次方程式，做變數代換：令 $u = \sqrt{\dfrac{x}{2}}$，則 $x =$ $2u^2$，於是上式變成

$$2u^2 - 9u - 18 = 0$$

$$(u - 6)(2u + 3) = 0$$

解得 $u = 6$ 或 $u = -\dfrac{3}{2}$。但是 $u = -\dfrac{3}{2}$ 不合，所以

$$x = 2u^2 = 2 \times 6^2 = 72$$

因此，蜜蜂一共有 72 隻。 □

✏ 問題 2

解方程式 $x^2 - x - 1 = 0$。

我們舉兩個物理應用的例子。根據伽利略 (Galileo, 1564–1642) 的自由落體公式 $S = \dfrac{1}{2}gt^2$，其中 S 為落距，t 為經過的時間，g 為重力加速度。若考慮以初速 v 垂直向上拋射一個物體，那麼物體距地面的高度 h 為

$$h = vt - \frac{1}{2}gt^2 \tag{6}$$

✏ 例題 16 （拋射體的運動問題）

將一個石頭以每秒 30 公尺的初速度向上拋射，問幾秒鐘之後石頭的高度為 40 公尺。取重力加速度 $g = 10$（一般是 $g = 9.8$ 公尺／秒^2）。

解答

根據公式(6)得到方程式

$$40 = 30t - 5t^2，即\ t^2 - 6t + 8 = 0$$

解得

$$t = 2 \quad 或 \quad t = 4$$

石頭是先上升再下降。因此，在上升過程中，兩秒鐘後石頭的高度為 40 公尺；在下降過程中，四秒鐘後石頭的高度為 40 公尺。　　　□

例題 17　（井深問題）

有一口很深的古井，看不到水面，欲知其深度。今從井口自由落下一顆石頭，當石頭碰到水面濺出水花，然後再聽到聲音，整個過程一共經過 t_0 秒鐘，試求井深。假設聲音的速度為每秒 c 公尺。參見圖 11–2。

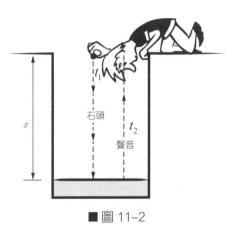

■圖 11–2

解答

假設井深為 x 公尺，令石頭從落下至碰到水面的時間為 t_1，再令聲音從水面傳到耳朵的時間為 t_2。那麼我們有：

$$t_0 = t_1 + t_2 \text{,} \quad x = \frac{1}{2}gt_1^2 \text{,} \quad \text{以及} \quad x = ct_2$$

經過整理，得到

$$t_0 = \sqrt{\frac{2x}{g}} + \frac{x}{c}$$

基本上這是 $\sqrt{x}$ 的二次方程式，我們可以解出 $\sqrt{x}$，再求出 x。注意，有一個根不合。 □

問題 3

今若 $t_0 = 5$ 秒鐘，聲音的速度為每秒 340 公尺，試求井深。

（利用計算器求得 $x \doteqdot 107.5$ 公尺。）

11.4 判別式

在(4)式中，令根號內的式子為 $\Delta = b^2 - 4ac$，那麼一元二次方程式 $ax^2 + bx + c = 0$ 的解答可以寫成：

$$x = \frac{-b \pm \sqrt{\Delta}}{2a} \tag{7}$$

因此，由 Δ 的正負號，我們就可以判別解答的性質。

定理 2

對於二次方程式 $ax^2 + bx + c = 0$（a, b, c 為實數，且 $a \neq 0$）的解答性質，我們有下面的結果：

(i) $\Delta > 0 \Leftrightarrow$ 方程式具有兩個相異實根。

(ii) $\Delta = 0 \Leftrightarrow$ 方程式具有兩個相等實根。

(iii) $\Delta < 0 \Leftrightarrow$ 方程式具有兩個共軛複數根。

我們稱 $\Delta = b^2 - 4ac$ 為二次方程式 $ax^2 + bx + c = 0$ 的判別式。

證明

(i)至(iii)的 " $\Rightarrow$ " 的方向，由(7)式立即得證。至於 " $\Leftarrow$ " 的方向，我們只證明(i)，其餘的同理可證。假設方程式具有兩個相異實根，我們要證明 $\Delta > 0$。今若 $\Delta > 0$ 不成立，則由三一律得知 $\Delta = 0$ 或 $\Delta < 0$ 成立。但是這樣就得到方程式具有兩個相等實根或具有兩個共軛複數根，這都跟原假設方程式具有兩個相異實根矛盾。因此，$\Delta > 0$ 成立。 ∎

註

Δ 是希臘的一個大寫字母（小寫是 δ），讀作 "delta"。在平面幾何學裡，我們用記號 $\triangle ABC$ 表示三角形 ABC，這是 Δ 的另一用途。

例題 18

判別下列二次方程式根的性質，並且求解之：

(i) $x^2 + 3x + 2 = 0$

(ii) $4x^2 - 4x + 1 = 0$

(iii) $3x^2 - 2x + 2 = 0$

解答

(i)判別式 $\Delta = 3^2 - 4 \times 1 \times 2 = 1 > 0$，故有兩個相異實根。解得

$$x = \frac{-3 \pm 1}{2} = -1 \text{ 或 } -2$$

(ii)判別式 $\Delta = (-4)^2 - 4 \times 4 \times 1 = 0$，故有兩個相等實根。解得 $x = \frac{1}{2}$。

(iii)判別式 $\Delta = (-2)^2 - 4 \times 3 \times 2 = -20 < 0$，故有兩個共軛複數根。解得

$$x = \frac{1 + \sqrt{5}\,i}{3} \quad \text{或} \quad x = \frac{1 - \sqrt{5}\,i}{3} \qquad \qquad \Box$$

例題 19

若二次方程式 $mx^2 - 12x + (2m+1) = 0$ 有兩個相等實根，求 m 之值並且求解原方程式。

解答

因為二次方程式有兩個相等實根，所以判別式

$$\Delta = (-12)^2 - 4 \times 1 \times (2m+1) = 0$$

亦即

$$2m^2 + m - 36 = (m-4)(2m+9) = 0$$

解得

$$m = 4 \quad \text{或} \quad m = -\frac{9}{2}$$

當 $m = 4$ 時，原方程式為

$$4x^2 - 12x + 9 = (2x-3)^2 = 0$$

解得兩個相等實根

$$x = \frac{3}{2}$$

當 $m = -\dfrac{9}{2}$ 時，原方程式為

$$-\dfrac{9}{2}x^2 - 12x - 8 = 0$$

整理得到

$$9x^2 + 24x + 16 = (3x+4)^2 = 0$$

解得兩個相同實根為

$$x = -\dfrac{4}{3} \qquad\qquad\qquad \square$$

11.5　根與係數的關係

假設 α 與 β 為方程式 $ax^2 + bx + c = 0\ (a \neq 0)$ 的兩根，則有

$$\alpha = \dfrac{-b + \sqrt{\Delta}}{2a}，\ \beta = \dfrac{-b - \sqrt{\Delta}}{2a}，其中 \Delta = b^2 - 4ac$$

將 α 與 β 相加與相乘，就得到：

定理 3

對於二次方程式 $ax^2 + bx + c = 0$（a, b, c 為實數，且 $a \neq 0$）的兩個根 α 與 β，我們有下面的關係式：

$$\alpha + \beta = -\dfrac{b}{a}，\ \alpha \cdot \beta = \dfrac{c}{a} \tag{8}$$

　　換言之，兩根的和與積都可以用係數 a, b, c 表達出來。(8)式就是一元二次方程式的根與係數的關係，叫做**韋達公式**。

✏ 例題 20

若二次方程式 $2x^2 - 7x + 6 = 0$ 的兩根為 α 與 β，求 $\dfrac{\alpha}{\beta} + \dfrac{\beta}{\alpha}$ 之值。

⚙ 解答

由根與係數的關係知

$$\alpha + \beta = \frac{7}{2}, \ \alpha\beta = \frac{6}{2} = 3$$

於是

$$\frac{\alpha}{\beta} + \frac{\beta}{\alpha} = \frac{\alpha^2 + \beta^2}{\alpha\beta} = \frac{(\alpha + \beta)^2 - 2\alpha\beta}{\alpha\beta} = \frac{1}{3}\left\{(\frac{7}{2})^2 - 2 \times 3\right\} = \frac{25}{12} \qquad \square$$

11.6　頭腦的體操（習題解答請見 p. 377）

1. 羅馬人曾經這樣論述：「對於解決羅馬帝國所面臨的問題，二次方程式完全沒有用。」羅馬人只看重眼前的實利，所以對數學毫無貢獻！現代也有人這樣說：「解二次方程式在日常生活中用不到，所以應該從國中數學中刪掉。」試申述你的看法。

2. 將 10 分成兩部分，使其乘積為 40。試求此兩部分的大小。

3. 方程式 $ax^2 + bx + c = 0$ 的兩根為 $x = \dfrac{-b \pm \sqrt{b^2 - 4ac}}{2a}$。

   證明這兩根也可以寫成 $x = \dfrac{2c}{-b \pm \sqrt{b^2 - 4ac}}$。

4. 有一群人參加宴會，兩兩彼此都握手，總共握了 66 次，問總共有多少人？

5. 三個連續的整數，中間數的平方比其餘兩數的乘積大 1，求此三個數。

6. 有一個長方形，長比寬多 4 公尺，面積為 32 平方公尺。求長與寬。

7. 森林裡有一群猴子，全體八分之一的平方在互相理毛，其餘的 12 隻在遊戲，問猴群總共有幾隻？

8. 判別下列二次方程式根的性質，並且求解之：

（ i ）$x^2 - x + 2 = 0$　（ii）$2x^2 + x + \dfrac{1}{8} = 0$　（iii）$\dfrac{1}{4} - \dfrac{1}{2}x - x^2 = 0$

9. 若下列二次方程式有兩個相等實根，求 m 之值並且求解原方程式。

（ i ）$x^2 + (m + 3)x + 4m = 0$　（ii）$x^2 + 2mx + 3 = 4x$

10. 設二次方程式 $3x^2 - 5x + 2 = 0$ 的兩根為 α 與 β，求下列各式：

（ i ）$\alpha^2 + \beta^2$　（ii）$(\alpha - \beta)^2$　（iii）$\alpha^3 + \beta^3$　（iv）$\dfrac{\alpha^2}{\beta} + \dfrac{\beta^2}{\alpha}$

11. 我們先解釋進位法的意思：在 10 進位法中 365 是 $3 \times 10^2 + 6 \times 10^1 + 5 \times 10^0$ 的縮寫，記為 $(365)_{10} = 3 \times 10^2 + 6 \times 10^1 + 5 \times 10^0$；電腦採用的是 2 進位法，10101 就是 $1 \times 2^4 + 0 \times 2^3 + 1 \times 2^2 + 0 \times 2^1 + 1 \times 2^0$ （$= 21$）的縮寫，記為

$$(10101)_2 = 1 \times 2^4 + 0 \times 2^3 + 1 \times 2^2 + 0 \times 2^1 + 1 \times 2^0$$

我們的問題如下：

火星人造訪地球，參觀一所中學的代數課，聽到教師說，代數方程式

$$5x^2 - 50x + 125 = 0$$

只有一個根 $x = 5$（重根），火星人心想：

「好奇怪！在我們火星上，除了 $x = 5$ 是一個根之外，還會有另一個根。」地球人有 10 根手指頭，所以採用 10 進位法。如果火星人

的手指頭比地球人還要多，請問火星人有幾根手指頭？上述方程式的另一個根是什麼？

12. 解方程式：$(x^2 + \dfrac{1}{x^2}) - 6(x + \dfrac{1}{x}) + 11 = 0$。

13. 兩個相差 1 的數，它們的相加等於相乘，求此兩個數。

14. 設 α、β 為 $ax^2 + bx + c = 0$ 的兩根，試求以 $\dfrac{1}{a}$ 與 $\dfrac{1}{b}$ 為兩根的二次方程式。

15. （**巴比倫的數學名題**）將一個正方形的面積加上它的邊長的 $\dfrac{2}{3}$，得到 $\dfrac{7}{12}$。求正方形的邊長。

16. （**巴比倫的數學名題**）長方形的半周長為 a，面積為 b，求長與寬。

17. 解方程式：

（i）$x^2 - 5x + 6 = 0$　　（ii）$x^4 - 5x^2 + 6 = 0$

（iii）$(x-1)(x-2)(x-3)(x-4) - 8 = 0$

18. （**印度的數學名題**）一群猴子分兩隊，高高興興在遊戲。八分之一的平方，蹦蹦跳跳樹林裡，其餘十二隻高叫，聲音充滿在空間。兩隊猴子在一起，問總共有多少隻？

19. 假設 $x - \dfrac{1}{x} = 2$。試求 $x^3 + x - \dfrac{1}{x} - \dfrac{1}{x^3}$ 的值。

20. 解方程式 $(x^2 + \dfrac{1}{x}) - 9(x + \dfrac{1}{x}) + 20 = 0$。

11.7 喝茶時間

我們把本書代數學到目前為止的進展，列成下面四個階段，像老鷹由最底下的地面，開始起飛，不斷地爬升，一直到達第四階段的翱翔天際。不但輕易解決原先的所有問題，而且功力大增，變成筋強眼亮，往後還有更寬廣的發展空間。

　　我們採用下面四層樓的圖示來表現，從算術到代數的發展，由底下的第一層，逐漸上升到第四層。欲窮千里目，更上一層樓：

　　4.笑看星斗樽前落，俯視山河足底生。

　　3.一般化、無窮化：萬人敵。

　　　　運算律，式的演算，乘法公式。

　　　　二次方程 $ax^2 + bx + c = 0$

　　　　　聯立一次方程組

　　　　一次方程 $ax + b = 0$

　　2.從算術解法精煉出代數方法：數系及其運算律。

　　　　引入記號 x, y，立方程，解方程

　　　　$3x + 7 = 23$，$x^2 - 5x + 6 = 0$

　　1.算術四則應用問題：算術解法。

　　　　雞兔問題，和差問題，工程問題

　　　　流水問題，時鐘問題，……等等。

哲學家尼采喜愛高山的意象與生活，他說：

> 真理的高山絕不會讓你白爬；今天或許你可以爬得更高，
> 或許能鍛練體力讓你明天爬得更高。

12

坐標系：數與形本是一家

12

坐標系：數與形本是一家

理念是我們眼前的一片世界史。

在這縱橫交錯的編織中，

理念是一條縱線，

熱情則是橫線。

—*Hegel*—

代數方程式與幾何圖形、數與形的結合。

數缺形少直覺，形缺數難入微。

—華羅庚—

本章我們要描述直線上與平面上一個點的位置。這就產生了坐標以及坐標系的概念。

利用坐標系可以溝通數與形：把方程式化作圖形；反過來，把幾何圖形化作方程式。由此產生了**解析幾何 (Analytic Geometry)**。這是歐氏幾何之後，兩千年來數學的一個重大突破，為往後微積分與現代數學的發展奠基。

12.1 地址的描述

問題 1

如何描述一個事物的位置？

有甲、乙兩位好朋友多年未見面，偶然在溪頭（臺大實驗林）相遇。

甲：你目前住在哪裡？

乙：臺北。

甲：請你留下詳細的地址。

於是乙就寫下乙的地址：臺北市××街××巷××號。順便也給聯絡電話以及手機號碼，甚至還給 email 的帳號。

一個人的地址描述了他在這個世界上的位置，郵差可以按址送上信件，朋友也可以按址找上門，互傳 email。

✏ 例題 1

我們經常用經度與緯度來描述地球上某一點的位置。例如氣象報告說：百年難得一見的冬颱「南瑪都」，目前的位置在恆春東南方 1000 公里處，颱風眼在北緯 20 度，東經 123 度。這也是地址或坐標的概念。

□

✏ 例題 2

臺灣在東經 119 度至 120 度，北緯 23 度到 24 度之間（球面坐標）。

□

　　這些都是描述位置的方法，雖然各有千秋，但是都同樣具有清晰與準確性，足夠日常生活之用。

　　在數學中，我們也要做同樣的工作。對於直線或平面上的每一個點，我們是透過建立坐標系的方法，有系統且簡潔地賦予「地址」，稱為點的「坐標」。

12.2　直線坐標系

✏ 問題 2

如何描述直線上一個點的位置？

　　我們要給直線的每一點賦予一個實數，由左至右，按序由小排到大。然後就用這個實數來標示這個點的位置。我們分成幾個階段來做：

整數系，有理數系，以及實數系。

△ 甲、整數線

1.首先作一水平直線，在其上適當取一點 O，叫做**原點 (origin)**，把數 0 排在這裡。我們稱 O 點的**坐標 (coordinate)** 為 0。
2.取定一線段當作**單位長度**，用來度量距離與長度。
3.在原點 O 的**右方**，以單位長度為間隔的點，由左至右依序排上 1, 2, 3, 4, …，它們分別叫做這些點的坐標。
4.在原點 O 的**左方**，以單位長度為間隔的點，由右至左依序排上 -1, -2, -3, -4, …，它們分別叫做這些點的坐標。

👉 註

原點 O 是天地之心，是正與負的分水嶺，規定左邊為負，右邊為正；這就像「現在」分隔著「過去」與「未來」。

這樣我們就將所有的整數，由小至大，按序由左至右且等間距排列起來，我們稱為**整數線**，參見下面的圖 12–1。

■圖 12–1 整數線

△乙、有理數線

在整數線上，我們繼續再排上有理數。

5. 在原點 O 的**右方**，距離原點 $\frac{1}{2}$ 個單位長度的點排上 $\frac{1}{2}$，距離原點 $\frac{5}{2}$ 個單位長度的點排上 $2\frac{1}{2}$, … 等等。$\frac{1}{2}$ 與 $2\frac{1}{2}$ 分別叫做這些點的**坐標**。

6. 在原點 O 的**左方**，距離原點 $\frac{1}{2}$ 個單位長度的點排上 $-\frac{1}{2}$，距離原點 $\frac{5}{2}$ 個單位長度的點排上 $-2\frac{1}{2}$, … 等等。$-\frac{1}{2}$ 與 $-2\frac{1}{2}$ 分別叫做這些點的**坐標**。

按上述要領繼續做下去，我們就將所有的有理數，由小至大，按序由左至右排列起來，我們稱為**有理數線**，參見下面的圖 12–2。

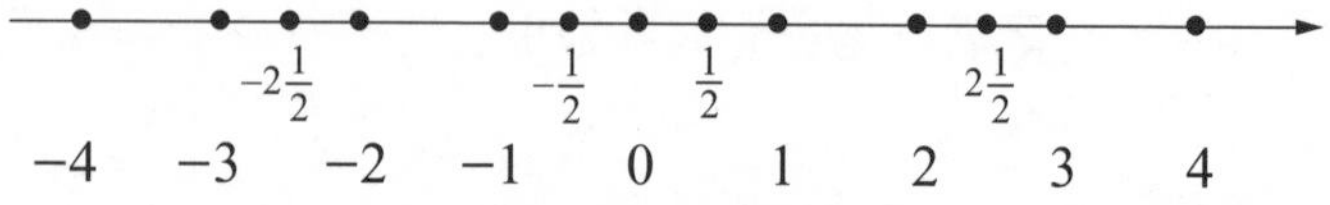

■ 圖 12–2　有理數線

排上所有的有理數之後，直線上仍然有許多點沒有排上數，也就是說，有理數線還有許多漏洞。例如：在圖 12–3 中，考慮以單位長為直角邊的直角三角形，其斜邊長在直線上所對應的點，就沒有排上數，因為斜邊長 $\sqrt{2}$ 不是有理數，而是無理數。

⚠丙、實數線

在有理數線上，我們繼續再排上無理數。

7. 在原點右方 $\sqrt{2}$ 個單位長度的點排上 $\sqrt{2}$，並且稱此點的坐標為 $\sqrt{2}$；在原點左方 π 個單位長度的點，排上 $-\pi$，並且稱此點的坐標為 $-\pi$；在原點右方 $\sqrt{3}$ 個單位長度的點，排上 $\sqrt{3}$，並且稱此點的坐標為 $\sqrt{3}$；…等等。參見下面的圖 12–3。

按上述要領繼續做下去，我們就將所有的無理數都按序排到直線上去，我們稱為**實數線 (real line)**。

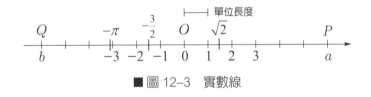

■圖 12–3　實數線

📝 **問題 3**

直線上是否還有點沒有排到數？

答案是沒有！直線上的點都已被實數排滿了，一個實數與一個點是二位一體，實數系與直線合而為一，天衣無縫。這是一個深刻的結果，在高等微積分裡可以證明。此地我們只能訴諸直觀。

如此這般，對於一條直線，當我們取定**原點**以及**單位長度**之後，那麼我們就已經辦到：

1. 直線上的每一個點都可以用唯一的一個**實數**去標記它，這個實數就叫做該點的**坐標**。

2. 反過來，對於每一個實數，都可以在直線上找到唯一的一個點，使其坐標等於該實數。

　　類推到人類社會，這相當於是給每個人一個名字（或號碼），然後用名字來稱呼一個人，有時甚至將人與名字等同起來。當然，同名又同姓是個困擾，坐標就沒有這個缺點。

　　實數就是直線上的點，直線上的點就是實數。實數是點的坐標，點是實數的圖解。實數系與直線是二而一。實數得到如此具體的幾何表現，它們都變成很真實的數，因此取名「**實數**」是很適當的。另一個理由：實數是相對於虛數來說的。

定義 1

將一直線上的每一點按上述的方法賦予一個實數（坐標）後，這條直線就叫做**直線坐標系**、**實數線**或**實數軸**。

　　我們可以將實數線與實數系等同起來，記為 $\mathbb{R} \cong$ 實數線。它們是數學最重要的一塊基石。

⚠丁、絕對值

　　假設 a 為一個實數。當我們說，直線上 A 點的坐標是 a 時，這是指：如果 $a \geq 0$，就表示 A 點位於原點 O 的右方 a 個單位距離處；若 $a < 0$，則 A 點位於原點 O 的左方 $|a|$ 個單位距離處，此地記號 $|a|$ 叫做 a 的**絕對值 (absolute value)**。

定義 2

假設 a 為一個實數。我們規定絕對值記號 $|a|$ 表示：

當 $a \geq 0$ 時，$|a| = a$；當 $a < 0$ 時，$|a| = -a$。亦即

$$|a| = \begin{cases} a \, , \ 當 \ a \geq 0 \ 時 \\ -a \, , \ 當 \ a < 0 \ 時 \end{cases}$$

例題 3

$|7| = 7$，$|-23| = 23$，$|5 - 9| = |-4| = 4$。 □

因此，在實數軸上，若 A 點的坐標為 a，那麼原點 O 到 A 點的距離為 $|a|$。注意到，兩點之間的距離永遠大於或等於 0。

例題 4

在直線坐標系上，設 A, B 兩點的坐標分別為 a 與 b，則線段 AB 中點的坐標為 $\dfrac{(a+b)}{2}$；線段 AB 的長度（或 A 與 B 兩點之間的距離）為 $|a - b|$。 □

定理 1

絕對值具有下列常用的三個性質：

(i)正性：$|a| \geq 0$，並且 $|a| = 0 \Leftrightarrow a = 0$。

(ii)對稱性：$|a| = |-a|$。

(iii)三角不等式：$|a + b| \leq |a| + |b|$。

12.3 平面坐標系

問題 4

如何描述平面上一個點的位置？

例題 5

在圍棋盤上，要描述棋子的
位置，我們就在棋盤的左側
邊與底邊編號，從 0, 1, …,
18，參見圖 12–4，那麼黑
子❶的位置是 (15, 15)，白
子②的位置是 (3, 16)，白子
④的位置是 (2, 3)。我們注
意到：(9, 9) 的位置叫做「天
元」；另外 (2, 3) 與 (3, 2)
代表不同的兩個位置。因此
我們用兩個數所組成**有序
的數對**來表達棋子的位置，這就是平面直角坐標系的辦法。

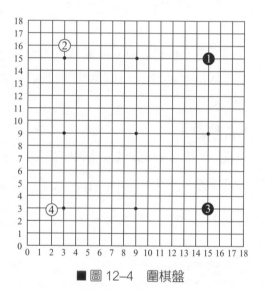

■圖 12–4　圍棋盤

例題 6

教室中的座位由橫列與縱排組成，要描述一位同學的位置，例如我們
就說：第 3 列第 5 排；或第 2 列第 4 排；……等等。

　　在數學中，我們採用類似的方法來描述平面上一個點的位置，並且做得更系統化且更徹底，比現實世界中描述平面城市的地址有效且簡潔多了。

1. 在平面上畫互相垂直的兩條直線，一條是水平線，另一條是垂縱線，分別叫做 x 軸（或橫軸）與 y 軸（或縱軸），兩直線的交點 O，叫做**原點**。原點 O 是平面的中心。

2. 每一條直線都仿照上一節的辦法，賦予直線坐標系，向右與向上為正，向左與向下為負。

3. 上述的 x 軸與 y 軸將平面分割成四個區域，右上角的區域叫做**第一象限**，左上角的區域叫做**第二象限**，左下角的區域叫做**第三象限**，右下角的區域叫做**第四象限**。參見下面的圖 12–5。

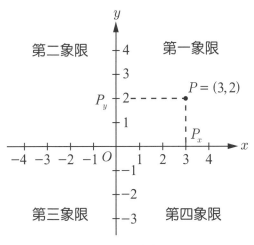

■ 圖 12–5　坐標平面

　　這樣我們就在平面上建立了**直角坐標系**（或叫做笛卡兒坐標系），

所得到的平面叫做**直角坐標平面**，或**笛卡兒坐標平面**，簡稱為**坐標平面**。

設 P 為坐標平面上任何一個點，那麼它的位置（坐標）描述如下：

過 P 點分別作 x 軸與 y 軸的垂直線，如果垂足點 P_x 與 P_y 的坐標分別為 a 與 b，那麼我們就說 a 為 P 點的**橫坐標**（或 **x 坐標**），b 為 P 點的**縱坐標**（或 **y 坐標**），並且稱序對 (a, b) 為 P 點的**坐標**。

反過來，任意給一個序對 (a, b)，由實數所組成，我們可以在坐標平面上找到一個點，使其坐標為 (a, b)。

如此這般，「整個坐標平面」跟「所有實數序對」合而為一，兩位一體。一個實數序對就是坐標平面上的一個點，坐標平面上的一個點就是一個實數序對。實數序對是點的坐標，坐標平面上點是實數序對的圖解。實數序對得到具體的幾何表現。

令 $\mathbb{R}^2 \equiv \mathbb{R} \times \mathbb{R} = \{(x, y) \,|\, x, y \in \mathbb{R}\}$ 表示所有實數序對，於是我們可以將坐標平面與 $\mathbb{R}^2$ 等同起來，記為 $\mathbb{R}^2 \cong$ 坐標平面。

注意到，我們用一個實數 a 描述直線上的點，但是必須用兩個實數所成的序對 (a, b) 才能描述平面上的點。在坐標平面上，如果 P 點的坐標為 (a, b)，我們就寫成 $P = (a, b)$ 或 $P(a, b)$。以後我們不區分 P 點及其坐標 (a, b)。

笛卡兒發明坐標系的故事

笛卡兒自幼體弱多病，經常躺在床上思考。有一天他看到天花板上一隻蒼蠅，他就開始思考：要如何描述蒼蠅的位置呢？於是產生坐標系與坐標幾何的念頭。　　　　　　　　　　　　　□

懷海德（Whitehead，白頭翁，1861–1947）在《**數學導論**》（1911
年，*An Introduction to Mathematics*，深富哲理與觀點）裡說：

> 人在到達發現的偉大時刻 (the great moment)，內心不可
> 能不激動。例如，當哥倫布第一次看到美洲海岸時，當
> 富蘭克林看見電火花從風箏線上傳來時，當伽利略第一
> 次用望遠鏡觀看天空時。在抽象思想的領域，也有這樣
> 的時刻：笛卡兒躺在床上發明坐標幾何的早晨，更加激
> 勵人心。

🖉 **例題 7**

在坐標平面上，描繪出序對 (2, 1), (−3, 2), (4, 0), (2, −1), (−5, −5)
所代表的點。

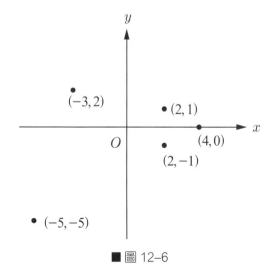

■圖 12–6

註

(2, 3) 與 (3, 2) 所代表的點不同，故 x, y 坐標的次序不可調換。因此，我們要稱 (a, b) 為**序對 (ordered pair)**。

例題 8

在坐標平面上：原點的坐標為 $(0, 0)$；

第一象限的點 (a, b) 具有 $a>0$ 與 $b>0$ 的性質；

第二象限的點 (a, b) 具有 $a<0$ 與 $b>0$ 的性質；

第三象限的點 (a, b) 具有 $a<0$ 與 $b<0$ 的性質；

第四象限的點 (a, b) 具有 $a>0$ 與 $b<0$ 的性質；

在 x 軸上的點為 $(a, 0)$；在 y 軸上的點為 $(0, b)$。

12.4　兩點的距離

我們在平面上建立**直角坐標系**，取兩個坐標軸互相**垂直**，好像是立下一個十字架。這樣做最大的好處與最重要的理由是，我們可以順利使用**畢氏定理**，而畢氏定理是數學的核心。

在坐標平面上給兩點 P 與 Q，我們要來求兩點間的距離，亦即求線段 PQ 的長度。下面我們把「線段」與「線段之長」都用 $\overline{PQ}$ 表示，不加以區分。

定理 2

假設兩點 $P = (x_1, y_1)$, $Q = (x_2, y_2)$，那麼我們有

$$\overline{PQ} = \sqrt{(x_2 - x_1)^2 + (y_2 - y_1)^2} \tag{1}$$

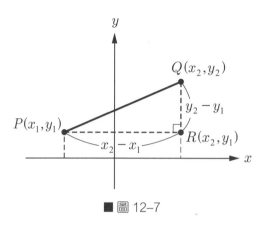

■圖 12-7

⊛ 證明

參見圖 12-7。由畢氏定理知，P 與 Q 兩點之間的距離 $\overline{PQ}$ 滿足

$$\overline{PQ}^2 = \overline{PR}^2 + \overline{RQ}^2 = (x_2 - x_1)^2 + (y_2 - y_1)^2$$

因此，

$$\overline{PQ} = \sqrt{(x_2 - x_1)^2 + (y_2 - y_1)^2}$$

此式叫做**兩點的距離公式**。　　　　■

⊛ 推論

若 Q 點為原點 $O = (0, 0)$，那麼 $\overline{OP}$ 的長度為

$$\overline{OP} = \sqrt{x_1^2 + y_1^2} \tag{2}$$

註

(ⅰ) P 與 Q 兩點落在任何象限時，(1)與(2)都成立。距離決定幾何。

(ⅱ)當 $x_1 = x_2$，亦即 P 與 Q 兩點落在垂縱直線上時，$\overline{PQ} = |y_1 - y_2|$；當 $y_1 = y_2$，亦即 P 與 Q 兩點落在水平直線上時，$\overline{PQ} = |x_1 - x_2|$。這兩種情形皆為(1)式的特例。

例題 9

求兩點 $P = (5, -2)$ 與 $Q = (3, 7)$ 的距離。

解答

$$\overline{PQ} = \sqrt{(3-5)^2 + (7+2)^2} = \sqrt{(-2)^2 + 9^2} = \sqrt{85}$$

12.5 圖形與方程式

歐氏幾何就是由直尺與圓規（簡稱尺規）作出最基本的直線與圓，再由它們所交織出來的圖形世界，研究這些圖形的性質與規律。孟子說：「不以規矩不成方圓」，意指不用尺規作不出直線、矩形與圓。矩是木匠用的 "L" 形作圖器，可作直線與矩形。

有了坐標系與坐標平面，我們就可以將「幾何圖形」與「代數方程式」互相轉化。此地我們只做直線與圓的情形，其餘的留待以後解析幾何再講述。

⚠甲、直線與一次方程式

在坐標平面上，給一條直線 L，我們要探求它的方程式。這條直線 L 有下列三種情形：垂直於 x 軸，垂直於 y 軸，跟兩個軸皆不垂直。

1.直線 L 垂直於 x 軸

假設 L 交 x 軸於 c 點，令 $P = (x, y)$ 為任一點，見圖 12–8。那麼：

P 點落在 L 上 $\Leftrightarrow P$ 點的坐標滿足：$x = c$，且 y 為任意實數。

於是我們記成：

$$L = \{(x, y) \mid x = c, y \in \mathbb{R}\}$$

省略掉 $\{(x, y) \mid \cdots, x \in \mathbb{R}\}$，於是我們說直線 L 的方程式為 $x = c$，並且 $x = c$ 的圖形為直線 L。注意到，$x = c$ 是一次方程式 $ax + by = c$ 的特例。

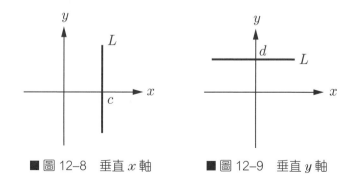

■ 圖 12–8　垂直 x 軸　　■ 圖 12–9　垂直 y 軸

2. 直線 L 垂直於 y 軸

假設 L 交 y 軸於 d 點，令 $P=(x, y)$ 為任一點，見圖 12–9。那麼：

P 點落在 L 上 $\Leftrightarrow P$ 點的坐標滿足：x 為任意實數，且 $y=d$。

於是我們記成：

$$L=\{(x, y)\,|\,x\in\mathbb{R}, y=d\}$$

省略掉 $\{(x, y)\,|\,x\in\mathbb{R}, \cdots\}$，於是我們說直線 L 的方程式為 $y=d$，並且 $y=d$ 的圖形為直線 L。注意到，$x=c$ 與 $y=d$ 都是一次方程式 $ax+by=c$ 的特例。

3. 跟兩個軸皆不垂直

假設 L 不垂直於 x 軸，也不垂直於 y 軸。令它交 x 軸於 α 點，且交 y 軸於 β 點，亦即 L 通過 $A=(\alpha, 0)$ 與 $B=(0, \beta)$ 兩點。再令 $P=(x, y)$ 為任一點，$\overline{PM}$ 垂直 x 軸，見圖 12–10。

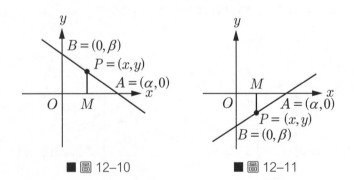

■ 圖 12–10　　　　■ 圖 12–11

那麼我們有

$$P \text{ 點落在 } L \text{ 上}$$

$$\Leftrightarrow \triangle ABO \text{ 與 } \triangle APM \text{ 相似}$$

$$\Leftrightarrow P \text{ 點的坐標滿足} : \frac{\beta}{\alpha} = \frac{y}{\alpha - x}$$

$$\Leftrightarrow P \text{ 點的坐標滿足} : \beta x + \alpha y = \alpha \beta$$

對於其它位置的直線，例如圖 12–11，也會得到相同的結果。因此，直線 L 的方程式為

$$\beta x + \alpha y = \alpha \beta \tag{3}$$

這是一般的一次方程式 $ax + by = c$ 之形式。

反過來，一般一次方程式 $ax + by = c$ 的圖形必為一直線：

1. 若 $a \neq 0$ 且 $b = 0$，則 $x = \dfrac{c}{a}$。根據上述的討論，我們知道這是垂直於 x 軸的直線。

2. 若 $a = 0$ 且 $b \neq 0$，則 $y = \dfrac{c}{b}$。這是垂直於 y 軸的直線。

3. 若 $a \neq 0$ 且 $b \neq 0$，取 $\alpha = \dfrac{c}{a}$ 且 $\beta = \dfrac{c}{b}$，則 $ax + by = c$ 必可化為上述 (3)式之形式，所以 $ax + by = c$ 必為跟兩個軸皆不垂直的直線。

總結一下，我們得到下面的結果：

定理 3

在坐標平面上，一條直線的方程式必為一次方程式 $ax + by = c$。反過來，一次方程式 $ax + by = c$ 的圖形必為一條直線。換言之，一次方程式與直線是一體的兩面。

註

我們不考慮方程式 $ax + by = c$ 在 $a = b = 0$ 的退化的情形。

△乙、圓與二次方程式

古希臘的畢達哥拉斯認為，圓是最對稱、最完美的平面圖形（在空間則是球）。一個圓由一個點（即圓心）與一條線段（即半徑）完全確定。

定義 3

在平面上，跟一個定點等距離的點所成的軌跡叫做一個**圓**。此定點叫做**圓心**，距離叫做**半徑**。

例題 10

在坐標平面上，考慮一個圓 Γ：以原點 O 為圓心，以 $r>0$ 為半徑，參見圖 12–12。令 $P=(x, y)$ 為任一點，那麼

P 點在此圓上 $\Leftrightarrow \overline{OP}=r$

$\qquad\qquad \Leftrightarrow P$ 點的坐標 (x, y) 滿足 $\sqrt{(x-0)^2+(y-0)^2}=r$

$\qquad\qquad \Leftrightarrow P$ 點的坐標 (x, y) 滿足 $x^2+y^2=r^2$ $\qquad$ (4)

此式為**圓的方程式**。我們常將圓 Γ 及其方程式(4)，看作是「二位一體」。

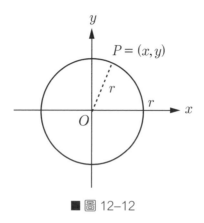

■圖 12-12

因此，透過坐標系與坐標平面，將圓跟(3)式連通。更一般地，幾何圖形與代數方程式可以互相轉化。於是，我們可以用代數來處理幾何，並且也可以用幾何表現代數，這樣發展出來的學問就叫做**解析幾何**，又叫做**坐標幾何**。

坐標平面就是我們要作方程式或函數圖形的場地，更是往後數學家、科學家，乃至藝術家的最佳工作平臺。因為坐標系是溝通方程式與圖形的橋樑，所以我們不妨稱之為**笛卡兒橋** (Descartes'bridge)。

坐標系就是把幾何的點系統地數量化，這是一種代數化的思想。事實上，自從解析幾何之後，代數化的思想一直是數學的主流思想。

🖐註

笛卡兒與費瑪兩人獨立發明坐標幾何。笛卡兒是由幾何圖形通向代數方程式，費瑪正好反其道而行。兩個人的工作相輔相成，互相補足。

12.6 幾何的皇家大道

在數學中有一則故事：古埃及的拖勒密國王（Ptolemy，請不要跟天文學家拖勒密混淆）問學於幾何學大師歐幾里德，學得很辛苦，於是問道：

> 在幾何學中，有沒有皇家大道？

歐幾里德回答說：

> There is no royal road to geometry.
> 在幾何學中，沒有皇家大道（即無捷徑）。

從此以後，數學家一直夢想著要追尋「幾何學的皇家大道」。

數學的最拿手是加減乘除四則運算，因此人們夢想要用加減乘除來掌握一切，特別地要用代數的演算來掌握幾何學，這就是「幾何皇家大道」的追尋。

歐幾里德之後，經過兩千年的找尋，法國的兩位數學家笛卡兒與費瑪幾乎在同時獨立地引入坐標系、發明解析幾何，建立了代數方程式與幾何圖形之間互相轉化的橋樑，使得我們可以各取兩方的優點來處理任何問題。笛卡兒說：

> 用代數符號把一條直線、一條曲線表達為方程式，對於我來說，美如荷馬史詩的《伊里亞德》(Iliad)。當我看到一條方程式在我的手中解開了，散發出無窮的真理，全都無疑義，全都永恆，全都燦爛，我相信我已擁有一

把鑰匙，可以打開一切神祕之門。

因而，有數學史家說：

> Perhaps analytic geometry can be regarded as the royal road
> to geometry that Euclid thought did not exist.
>
> 　　解析幾何也許就是歐幾里德認為不存在的那一條
> 　　　　　　「幾何學的皇家大道」。

✋ 註

心理分析家佛洛依德 (Freud, 1865–1939) 說：「夢是通往潛意識的皇家
大道。」數學史家貝爾 (E. T. Bell) 說：

> The only royal road to elementary geometry is ingenuity.
>
> 　　通往初等幾何唯一的皇家大道就是敏智。

　　真正說起來，解析幾何要當幾何學的皇家大道，還是有點不足，
因為代數化不足，點的坐標不能演算。解析幾何只是奠下路基而已。
幾何學的皇家大道並未完全通車，仍有待後續發展。

　　一直要等到向量幾何學出現，把點的坐標賦予**位置向量 (position
vector)**，然後利用向量的**加法**、**係數乘法**、**內積**與**外積**之新四則運
算，就完全掌握住歐氏幾何學。因此，解析幾何再配合向量幾何學才
是幾何學皇家大道的完成與通車。

　　坐標幾何與向量幾何我們留待以後再詳談。

負負得正的故事與解釋

俄國著名數學家阿諾 (V.I.Arnold,1937–2010) 回憶小時候的數學經驗。在 11 歲時，學過九九乘法表之後，他遇到平生第一個數學困難：負負得正。

他想要知道這條規則的證明，於是去問數學家的父親，為什麼 $(-1)\cdot(-2)=(+2)$？他父親回答說：

數系的運算律裡有一條分配律。如果「負負得正」不成立，就會違背這條定律。

這樣的答案，他不滿意，於是開始自尋答案。他把實數（正或負）看作數線上的一個向量，正數與負數分別是向右（或向上）與向左（或向下）的方向。兩個數的乘法代表長方形的有號面積，前一個數（向量）在 x 軸上，後一個數（向量）在 y 軸上。

從第一個向量（在 x 軸上）旋轉到第二個向量（在 y 軸上），可以分成逆時針與順時針，分別為右手系與左手系。右手系的有號面積為正，左手系的有號面積為負。參見圖 12–13。將來學到向量的外積時，正好就是這種概念之推廣。

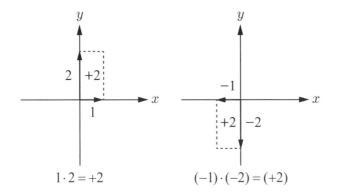

右手系：正正得正，負負得正

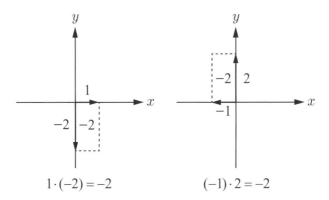

左手系：正負得負，負正得負

■ 圖 12–13

12.7 喝茶時間

畢氏學派主張：

數形本是一家，萬有皆數。

並且採取「算術（數論）優先論」，他們的數是指整數與有理數。當他們在幾何學中發現了無理數 $\sqrt{2}$ 之後，無法理解，於是迫使數與形分家，並且改為採取「幾何優先論」，結晶於「歐氏幾何」。兩千年後，坐標系與解析幾何出現，才又恢復上述畢氏學派的信念。

⬟ **名詩欣賞**

數學家給幾何的點，賦予地址、名字、坐標。同理，詩人也給萬物命名，為人間的事物建立坐標系。莎士比亞 (Shakespeare, 1564–1616) 在《仲夏夜夢》(*A Midsummer Nights Dream*) 裡說得精彩：

> The poet's eye, in a fine frenzy rolling,
>
> Doth glance from Heaven to Earth,
>
> from Earth to Heaven;
>
> And as imagination bodies forth
>
> The form of things unknown, the poet's pen
>
> Turns them to shapes, and gives to airy nothing.
>
> A local habitation and a name.
>
> 詩人的眼睛，在靈感的狂熱中只消一翻，
>
> 便可從天堂窺到人間，從人間窺到天堂；
>
> 想像力可把未知的東西變成具體。
>
> 詩人的筆可以描寫出它們的形狀，
>
> 並且給虛無飄渺以住址和名字。
>
> （梁實秋漢譯）

13

二次函數的極值

13

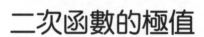

二次函數的極值

數學家艾狄胥 (Erdös, 1913–1996) 喜歡喝咖啡，
創造出許多數學定理。

他說：「**數學家像一部機器，將咖啡變成定理。**」
咖啡、數學家與定理合起來，就是函數的概念。

The real voyage of discovery consists not in
seeking new landscapes but in having new eyes.
真正的發現之旅不在於找尋新的風景山水，
而是在於具有新的眼光。

—Proust—

We live on an island of knowledge surrounded
by a sea of ignorance.
As our island of knowledge grows, so does the
shore of our ignorance.
我們住在一個知識島上，四面被無知的大海環繞著。
當知識島生長擴大時，無知的海岸亦然。

—Wheeler—

本章我們要來介紹「**函數**」概念，主要是探討一次與二次函數。函數是比「**數**」與「**方程式**」，還要更上一層樓的概念。三者合成代數學所要研究的三大論題。利用坐標系，我們要將方程式與函數作圖解，使得可以化抽象為具體。

我們在第 11 章中，使用配方法，求得一元二次方程式的公式解。本章我們仍然要用配方法，解決二次函數的極大值與極小值問題。

13.1　函數的概念

我們先觀察四個例子，以便從中抽取出一般的函數概念。

例題 1

白菜一斤 30 元， 買 2 斤就是 $30 \times 2 = 60$ 元， 買 3 斤就是 $30 \times 3 = 90$ 元。推而廣之，買 x 斤就是 $30x$ 元。我們用 y 表示所需的錢，於是就有 x 與 y 的關係式

$$y = 30x$$

這使得給 x 代入一個值，就對應 y 唯一的一個值。注意：此地必須限制 $x \geq 0$。　　　　　　　　　　　　　　　　　　　　　　　　□

例題 2　　（攝氏與華氏溫度的關係）

我們都知道，攝氏 0 度等於華氏 32 度，攝氏 100 度等於華氏 212 度。假設攝氏的溫度為 x，華氏的溫度為 y，那麼它們之間的關係為

$$y = \frac{9}{5}x + 32$$

因此,當攝氏 $x = 35$ 度時,華氏為 $y = 95$ 度;當攝氏 $x = 10$ 度時,華氏為 $y = 50$ 度。給 x 代入一個值,就對應 y 唯一的一個值。　　□

註

$\dfrac{9}{5}$ 是怎樣來的?攝氏的 0 度到 100 度,相當於華氏的 32 度到 212 度,所以攝氏的 $100 - 0 = 100$ 個刻度, 相當於華氏的 $212 - 32 = 180$ 個刻度。因此,攝氏的一個刻度相當於華氏的 $\dfrac{180}{100} = \dfrac{9}{5}$ 個刻度。

例題 3　（圓的面積公式）

假設圓的半徑為 r,面積為 A,那麼我們就有

$$A = \pi r^2$$

給 r 代入一個值, 就對應 A 唯一的一個值 。 注意 ： 此地必須限制 $r \geq 0$。　　□

例題 4　（自由落體公式）

伽利略研究自由落體現象,得到公式

$$S = \frac{1}{2} g t^2$$

其中 S 表示落距,t 表示經過的時間,g 為重力加速度。給 t 代入一個值,就對應 S 唯一的一個值。　　□

△甲、函數的定義

定義 1

設 D 與 R 為兩個非空集合，x 與 y 為兩變數，分別在 D 與 R 中變動。若 f 將 D 中的每一元素 x 對應到 R 中的唯一元素 y，記為 $y = f(x)$，那麼我們就說 **y 是 x 的函數**，或稱 f 為一個函數，它將 x 對應到 $f(x)\,(=y)$，也叫做 f 在 x 的取值。D 叫做函數 f 的**定義域 (domain)**；R 叫做函數 f 的**值域 (range)** 或**對應域 (codomain)**。我們也稱 x 為**獨立變數**，y 為**相依變數**（或應變數）。另外，函數又叫做**映射 (mapping)** 或**變換 (transformation)**。

詳言之，函數概念涉及到**三個要件**，亦即**兩個變數** x 與 y，以及它們之間的**對應規則** f：給 x 就對應唯一的一個 $f(x) = y$。兩個變數的角色不太一樣，x 是主動在變，y 是因應於 x 的變化而變，所以我們稱 x 為獨立變數，y 為相依變數，並且說 y 是 x 的函數，記成 $y = f(x)$，有時也簡記為 $f(x)$。

例題 5

上述的例題 1 至例題 4 都是函數。　　　　　　　　　　　□

例題 6

令 $y = f(x) = x + 5$，則 y 的值隨著 x 的值而改變，例如：當 $x = 2$ 時，$y = 5 + 2 = 7$；當 $x = 5$ 時，$y = 5 + 5 = 10$；……等等，並且給 x 代入一個值，就對應 y 唯一的一個值。因此，y 是 x 的函數，其中 x 是獨立

變數，y 是相依變數，而對應規則為 f。 □

我們可以採用「**機器的模型**」把函數圖解如下：

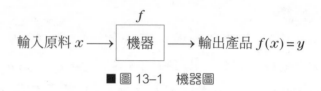

■圖 13-1　機器圖

我們也可以把 f 解釋為「**因果機**」：

輸入「因 x」，神祕的因果機 f 就輸出相應的「果 $f(x) = y$」。

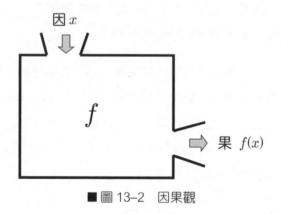

■圖 13-2　因果觀

註

函數是從 "function" 這個字翻譯過來的。"function" 具有「作用」與「功能」的意思，符合上述的圖解。

△乙、一次函數

最簡單的函數是

$$y = f(x) = ax + b \tag{1}$$

其中 a 與 b 都是實數。因為 $ax + b$ 是一次式，所以這個函數叫做**一次函數**。

當 $a = 0$ 時，(1)式變成 $y = f(x) = b$，叫做**常函數**。

📝 例題 7

上述的例題 1、例題 2 與例題 6，都是一次函數。(1)式是一次函數的一般式，包括這些例子為特例。　　　　　　　　　　　　　　　□

△丙、二次函數

其次，設 a, b, c 都是實數。考慮函數

$$y = f(x) = ax^2 + bx + c \tag{2}$$

這叫做**二次函數**，因為 $ax^2 + bx + c$ 是二次式。當 $a \neq 0$ 時，(2)式才是真正的二次函數，否則就是退化情形。

📝 例題 8

上述的例題 3 與例題 4，都是二次函數。(2)式是二次函數的一般式，包括這些例子為特例。　　　　　　　　　　　　　　　□

🖊 **例題 9**

令二次式 $f(x) = x^2 + x - 1$，我們以 $x = -2, x = -1, x = 0, x = 1, x = 2,$
…代入，經由計算得到：

$$f(-2) = (-2)^2 + (-2) - 1 = 1$$
$$f(-1) = (-1)^2 + (-1) - 1 = -1$$
$$f(0) = 0^2 + 0 - 1 = -1$$
$$f(1) = 1^2 + 1 - 1 = 1$$
$$f(2) = 2^2 + 2 - 1 = 5$$

我們採用函數觀點來看這些結果。考慮函數 $y = f(x)$，那麼

$$x = -2 \text{ 對應 } y = 1$$
$$x = -1 \text{ 對應 } y = -1$$
$$x = 0 \text{ 對應 } y = -1$$
$$x = 1 \text{ 對應 } y = 1$$
$$x = 2 \text{ 對應 } y = 5，等等$$

□

⚠ 丁、多項函數

一般而言，給一個多項式 $a_n x^n + a_{n-1} x^{n-1} + \cdots + a_1 x + a_0$，其中
$a_n, a_{n-1}, \cdots, a_1, a_0$ 都是實數。我們再引入一個新變數 y，然後令

$$y = f(x) = a_n x^n + a_{n-1} x^{n-1} + \cdots + a_1 x + a_0 \tag{3}$$

這樣就得到一個函數。若 $a_n \neq 0$，這叫做 **n 次多項函數**。

🖊 **註**

⑶式包括⑴式與⑵式為特例。本書我們僅介紹一次與二次函數，而多

項函數是為了將來探討更一般的函數作準備。

✦ 函數概念的演化簡史 ✦

起先數學家只有「**兩個變量之間的關係**」之模糊概念。

1. 在 1692 年，德國數學家萊布尼茲，首次提出 "function" 這個術語（拉丁文是 "functio"），他有時用來表示曲線的斜率，有時用來表達「一個量沿著一條曲線上變動」。

2. 在 1749 年，瑞士數學家歐拉把 "function" 想成是「兩變數 x, y 之間的關係式」，例如 $y = f(x) = 50x$ 或 $y = f(x) = x^2$ 都是函數，記號 $f(x)$ 也是他發明的。這已經接近現代函數的概念了。

3. 在 1822 年，法國數學家傅立葉 (Fourier, 1768–1830) 研究熱傳導問題，發展出函數的三角級數展開，發現獨立變數 x 的變化範圍要有所限制，必須作明確的交代。

4. 在 1837 年，德國數學家狄利克雷 (Dirichlet, 1805–1859) 給出今日的函數定義：一個函數是一種對應，將每個可能的 x 值，對應唯一的 y 值。注意：在今日，x 的可能值範圍叫做函數的定義域 (domain)。

5. 在 1870 年之後，德國數學家康托爾 (Cantor, 1845–1918) 發展出集合論，函數才得到如定義 1 之最終定式。

6. 在 1859 年，清朝的李善蘭與英國傳教士偉烈 (Alexander Wilie, 1815–1887) 合譯出版《**代微積拾級**》一書，他們將 "function" 譯為「函數」。他們說：「凡此變數中函彼變數，則此為彼之函數。」「函」就是「包含」的意思，在數 $f(x)$ 之中包含著數 x。

7. 高斯說：我們不要忘記，函數跟其它概念一樣，都是人為創造的。

註

數學家創立一個重要概念，大致是從模糊逐漸到精確，最後形成為一個定義，並且用記號和術語把它結晶起來。

今日函數的術語已經進入日常生活之中，我們可以聽到如下這些的說法：

1. 一個國家的國力是其文化的函數。

2. 一個人穿的衣服是氣溫的函數。

3. 愛情函數，男女適用　　**(Rankine, W. J. M.)**

令 x 表示相貌，y 表示教養，z 表示財富（後者很要緊），再令 L 表示愛情。那麼我們的哲學家說：L 就是三個變數 x, y, z 的函數，記為 $L = f(x, y, z)$。這是周知的且有潛力的說法。

13.2 函數的圖形

什麼是函數 $y = f(x)$ 的圖形？

定義 2

設 $y = f(x)$ 為一個函數，定義域為 $D \subset \mathbb{R}$，那麼集合

$$\Gamma_f = \{(x, y) \mid x \in D \text{ 且 } y = f(x)\}$$

就叫做函數 f 的**圖形 (graph)** 或圖解。

令 $\mathbb{R}^2 \equiv \mathbb{R} \times \mathbb{R} = \{(x, y) \mid x, y \in \mathbb{R}\}$ 為坐標平面，顯然函數圖形為坐標平面的子集，亦即 $\Gamma_f \subset \mathbb{R}^2$，通常為一曲線。諺語說：

One picture is worth a thousand words.

一個圖勝過千言萬語。

函數是抽象的，我們要在坐標平面上把函數的圖形 Γ_f 作出來，以求化抽象為具體。

作函數 f 的圖形就是：對所有可能的 x，計算 $f(x)$，在坐標平面上標示出 $(x, f(x))$ 點，然後把這些點描繪出來，就得到函數的圖形。函數 f 與它的圖形是「二位一體」的，由圖形也確立了函數。

下面我們就來作一次與二次函數的圖形。

甲、一次函數的圖形

因為一次函數 $y = ax + b$ 是一次方程式 $ax - y + b = 0$，根據第 12 章的論述，所以一次函數 $y = ax + b$ 的圖形為一直線。大家都知道，通過相異兩點唯一決定一直線，所以我們只要求出兩點就夠了。

例題 10

作出一次函數 $y = 2x + 1$ 的圖形。

解答

當 $x = 0$ 時，$y = 2 \times 0 + 1 = 1$；當 $x = 1$ 時，$y = 2 \times 1 + 1 = 3$。列成下表：

x	0	1
y	1	3

因此，(0, 1) 與 (1, 3) 為圖形上兩點。連接起來得到下面圖 13–3。

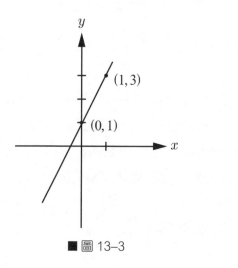

■ 圖 13–3 ☐

⚠乙、二次函數的圖形

因為二次函數 $y = ax^2 + bx + c$ 的圖形有無窮多點，我們無法全部加以計算與描繪，而且不是直線，無法由兩點唯一決定。我們通常是描繪出少數幾個點，然後再用平滑的曲線連接起來，這樣就得到函數圖形的概略形狀。我們講述原始的繪圖法，一個理由是要強調圖解的重要性，並且讓讀者知道函數圖形的意義。

當然，描點越多，圖形就越準確。將來我們學過微積分後，能夠掌握函數的更精細行為，就可以作出相當準確的函數圖形。值得一提，

利用電腦繪圖，可以幾近完美。

 例題 11

作出二次函數 $y = 2x^2 - 4x + 2$ 的圖形。

⚙ 解 答

先列表：

x	$\cdots$	-2	-1	0	1	2	3	$\cdots$
y	$\cdots$	18	8	2	0	2	8	$\cdots$

作出這些點，連接成平滑曲線，就得到下面的圖 13–4：

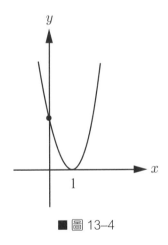

■ 圖 13–4

例題 12

作出二次函數 $y = -x^2 - 2x + 5$ 的圖形。

⚙ 解答

先列表：

x	$\cdots$	-2	-1	0	1	2	3	$\cdots$
y	$\cdots$	5	6	5	2	-7	-10	$\cdots$

作出這些點，連接成平滑曲線，得到圖 13–5。

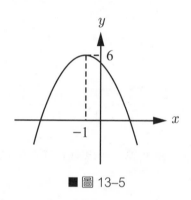

■ 圖 13–5   □

　　因為拋石（或砲彈）的運動軌跡由物理可以證明為二次函數，故二次函數的圖形叫做**拋物線**，只是開口有向上或向下兩種，圖 13–4 是前者，圖 13–5 是後者。拋石（或砲彈）的運動軌跡是開口向下，見圖 13–6。

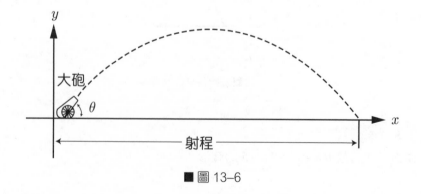

■ 圖 13–6

⚠丙、原子論的觀點

利用原子論所衍生的分析與綜合法，發現一次函數的「原子」是 $y = x$，由此透過「乘以一個數」與「加一個數」，我們就可以組合出最一般的一次函數：$y = ax + b$。

從作圖的觀點來看，我們只要作出最基本的 $y = x$ 之圖形，就可以作出 $y = ax + b$ 的圖形了。

例題 13

函數 $y = x$ 的圖形是一直線，跟 x 軸的夾角為 45 度，見圖 13–7。這是最基本的圖形，視為「原子」。「乘以一個數」的操作是旋轉，例如 $y = 2x$ 是向上旋轉，見圖 13–7；而 $y = -2x$ 是向下旋轉，見圖 13–7。「加一個數」的操作是平移，例如 $y = x + 1$ 是向上平移，見圖 13–8；而 $y = x + (-1) = x - 1$ 是向下平移，見圖 13–8。於是 $y = 2x + 1$ 就是將 $y = x$ 作旋轉再加平移，這兩種操作合起來的效果，見圖 13–9。

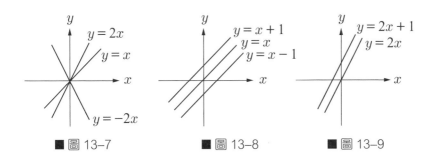

■ 圖 13–7　　　　　■ 圖 13–8　　　　　■ 圖 13–9

　　同理，二次函數的「原子」是 $y = x^2$，由此出發我們作「乘以一個數」與「加一個數」的操作，再根據配方法，就可以達到一般的二次函數 $y = ax^2 + bx + c$。

　　這是按事物的生成變化之道，施展以簡御繁，用「原子」組合成「物質」。我們舉例來說明。

✏️ **例題 14**

函數 $y = x^2$ 的圖形是出發點，見圖 13–10。我們作「乘以一個數」與「加一個數」的操作。例如，乘以 2 得到 $y = 2x^2$，這是瘦身，見圖 13–10；而 $y = \frac{1}{2}x^2$ 是增胖，見圖 13–10；又 $y = -x^2$ 是 $y = x^2$ 的向下反轉，見圖 13–10。把 x 換成 $x - 1$ 得到 $y = 2(x-1)^2$，這是 $y = 2x^2$ 的向右平移，見圖 13–11。再加上 3，我們得到 $y = 2(x-1)^2 + 3$，這是再向上平移，見圖 13–11。

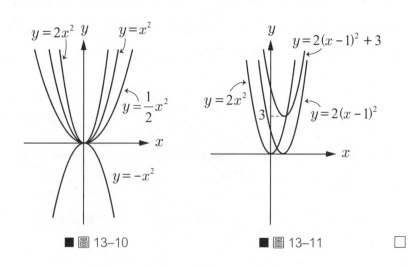

■ 圖 13–10　　　　　　　■ 圖 13–11　　□

考慮 $y = f(x) = ax^2 + bx + c,\ a \neq 0$，對它施展配方法，就得到

$$f(x) = ax^2 + bx + c = a(x^2 + \frac{b}{a}x) + c$$

$$= a[x^2 + 2\frac{b}{2a}x + (\frac{b}{2a})^2] - \frac{b^2}{4a} + c$$

因此

$$f(x) = a(x + \frac{b}{2a})^2 - \frac{\Delta}{4a} \tag{4}$$

其中 $\Delta = b^2 - 4ac$ 為判別式。從而，我們讀出下面的結果：

定理 1

二次函數 $y = f(x) = ax^2 + bx + c$ 的圖形為**拋物線**，它是由 $y = ax^2$ 的圖形經過兩個平移得到的：

(i)沿著 x 軸平移 $-\dfrac{b}{2a}$ 個單位距離；然後再

(ii)沿著 y 軸平移 $-\dfrac{\Delta}{4a}$ 個單位距離。

我們稱 $(-\dfrac{b}{2a}, -\dfrac{b^2 - 4ac}{4a})$ 為拋物線的**頂點**，並且稱直線 $x = -\dfrac{b}{2a}$ 為拋物線的**對稱軸**。

問 題

求下列二次函數的頂點坐標、對稱軸並且作出它們的圖形：

(i) $y = 2x^2 + 3x - 1$ (ii) $y = -\dfrac{1}{2}x^2 + 7x$

13.3 方程式與函數的關係

方程式是函數的**制約**，函數是方程式的**解放**。詳言之，函數 $y = f(x)$ 的制約 （限制 $y = 0$），就得到方程式 $f(x) = 0$。反過來，方程式 $f(x) = 0$ 的解放 （從 0 值解放為各種可能的 y 值），就得到函數 $y = f(x)$。

因此，函數 $y = f(x)$ 的圖形跟 x 軸交點的 x 坐標，就是相應的方程式 $f(x) = 0$ 的實數解答。若沒有交點，就沒有實數解答，只有複數解答。若有 m 個交點，就有大於或等於 m 個的實數解答，因為其中可能會有重根，其餘為複數解答。這就是方程式解答的幾何解釋。

👍 **註**

在方程式 $f(x) = 0$ 中的 x 是未知數，但在函數 $y = f(x)$ 中的 x 是變數，稍有差異。在多變數的情形，未知數與變數往往難以區分。

△ 甲、一次方程式的圖解

一次方程式 $ax + b = 0$ 與相應的一次函數 $y = ax + b$，關係很密切。

✏️ **例題 15**

作一次函數 $y = 3x - 2$ 的圖形，這是一條直線，它跟 x 軸交點的 x 坐標為 $x = \dfrac{2}{3}$。這就是相應一次方程式 $3x - 2 = 0$ 的解答，見圖 13–12。

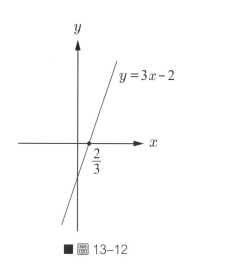

■圖 13–12

⚠乙、二元一次聯立方程式的圖解

考慮一般的二元一次聯立方程組：

$$\begin{cases} a_1x + b_1y = c_1 \\ a_2x + b_2y = c_2 \end{cases}$$

這是坐標平面上的兩條直線，它們的交點坐標恰好就是解答。

坐標平面上的兩條直線有下列三種情況：

(i)相交於一點。

(ii)平行而分離。

(iii)重合。

分別表示聯立方程組具有：唯一解，無解，以及無窮多解。見圖 13–13 至圖 13–15。

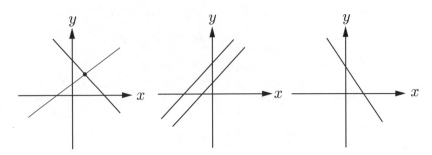

■圖 13–13　相交於一點　■圖 13–14　平行而分離　■圖 13–15　兩線重合

⚠丙、一元二次方程式的圖解

　　二次方程式 $ax^2+bx+c=0$ 的解答，就是相應二次函數 $y=ax^2+bx+c$ 的圖形（拋物線）跟 x 軸交點的 x 坐標。

　　拋物線跟 x 軸相交的情形有下列三種：

⒤相交於兩點。

⒤相交於一點。

⒤不相交。

分別對應方程式 $ax^2+bx+c=0$ 具有：相異兩個實根，相等兩個實根，以及兩個共軛複數根。

13.4　二次函數的極值

二次函數 $y=f(x)=ax^2+bx+c, a\neq 0$ 的圖形只有兩種情形：

1. 當 $a > 0$ 時，開口向上，見圖 13–16。此時必存在一點 x_0，使得 $f(x_0)$ 的值為最小，亦即

$$f(x_0) \le f(x) \text{，} \forall x \in \mathbb{R} \text{（表示「對所有 } x \in \mathbb{R} \text{ 皆成立」）}$$

2. 當 $a < 0$ 時，開口向下，見圖 13–17。此時必存在一點 x_1，使得 $f(x_1)$ 的值為最大，亦即

$$f(x_1) \ge f(x) \text{，} \forall x \in \mathbb{R}$$

我們稱 x_0 為**最小點**，$f(x_0)$ 為**最小值**；x_1 為**最大點**，$f(x_1)$ 為**最大值**。所謂求最大值與最小值的問題，就是要找出：最小點與最小值，最大點與最大值。這有時候也簡稱為求**極值問題**。

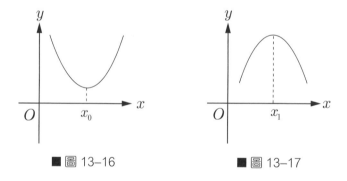

■圖 13–16　　　　■圖 13–17

　　下面我們就來探求對二次函數的最大值與最小值。為了讀出最大值與最小值，我們將 $y = ax^2 + bx + c$ 變形為

$$y = f(x) = a[(x + \frac{b}{2a})^2 + \frac{-\Delta}{4a^2}]$$

因為

$$(x + \frac{b}{2a})^2 \ge 0 \text{，} \forall x \in \mathbb{R}$$

所以

$$(x+\frac{b}{2a})^2+\frac{-\Delta}{4a^2} \geq \frac{-\Delta}{4a^2} \ , \ \forall x \in \mathbb{R}$$

接著分兩種情形討論：

1.當 $a>0$ 時，則有

$$f(x)=a[(x+\frac{b}{2a})^2+\frac{-\Delta}{4a^2}] \geq a \cdot \frac{-\Delta}{4a^2} = \frac{-\Delta}{4a} \ , \ \forall x \in \mathbb{R}$$

由此看出，只有在 $x=-\dfrac{b}{2a}$ 時，上式的等號才成立。因此，$x=-\dfrac{b}{2a}$

為二次函數 $y=f(x)=ax^2+bx+c$ 的最小點，而最小值為

$$f(\frac{-b}{2a})=\frac{-\Delta}{4a}=\frac{4ac-b^2}{4a}$$

2.當 $a<0$ 時，則有

$$f(x)=a[(x+\frac{b}{2a})^2+\frac{-\Delta}{4a^2}] \leq a \cdot \frac{-\Delta}{4a^2} = \frac{-\Delta}{4a} \ , \ \forall x \in \mathbb{R}$$

由此可看出，只有在 $x=-\dfrac{b}{2a}$ 時，上式的等號才成立。因此，$x=-\dfrac{b}{2a}$

為二次函數 $y=f(x)=ax^2+bx+c$ 的最大點，而最大值為

$$f(\frac{-b}{2a})=\frac{-\Delta}{4a}=\frac{4ac-b^2}{4a}$$

註

此地我們用到不等號的操作規則：假設 $a \geq b$。若 $c>0$，則 $ac \geq bc$；
若 $c<0$，則 $ac \leq bc$。

我們把上述結果總結為如下的定理：

定理 2

二次函數 $y = f(x) = ax^2 + bx + c$ $(a \neq 0)$ 恆有最大值與最小值。

(i) 當 $a > 0$ 時，$x = -\dfrac{b}{2a}$ 為最小點，$f(\dfrac{-b}{2a}) = \dfrac{-\Delta}{4a} = \dfrac{4ac - b^2}{4a}$ 為最小值。

(ii) 當 $a < 0$ 時，$x = -\dfrac{b}{2a}$ 為最大點，$f(\dfrac{-b}{2a}) = \dfrac{-\Delta}{4a} = \dfrac{4ac - b^2}{4a}$ 為最大值。

例題 16

求二次函數 $y = f(x) = 3x^2 - 6x + 5$ 的極值。

解答

首項係數 $a = 3 > 0$，故函數有最小值。仍然採用配方法：

$$f(x) = 3(x - 1)^2 - 3 + 5 = 3(x - 1)^2 + 2$$

因此，當 $x = 1$ 時，有最小值 $f(1) = 2$。 □

例題 17

求二次函數 $y = f(x) = -x^2 - 3x + 2$ 的極值。

解答

首項係數 $a = -1 < 0$，故函數有最大值。仍然採用配方法：

$$f(x) = -(x + \frac{3}{2})^2 + \frac{9}{4} + 2 = -(x + \frac{3}{2})^2 + \frac{17}{4}$$

因此，當 $x = \dfrac{-3}{2}$ 時，有最大值 $f(\dfrac{-3}{2}) = \dfrac{17}{4}$。 □

例題 18

拉拉山有一畝水蜜桃果園，如果種 300 棵果樹，則平均每棵生產 400 個水蜜桃。今若多種 1 棵果樹，則每棵少生產 10 個水蜜桃；若少種 1 棵果樹，則每棵多生產 10 個水蜜桃。問應該種幾棵果樹，才能得到最大收穫量？

解答

假設多種 x 棵果樹，則收穫量為

$$y = f(x) = (300 + x)(400 - 10x)$$
$$= -10x^2 - 2600x + 120000$$
$$= -10(x + 130)^2 + 289000$$

因此，當 $x = -130$ 時，亦即種 $300 - 130 = 170$ 棵，每棵平均生產

$$400 - 10 \times (-130) = 1700 \text{ 個水蜜桃}$$

此時有最大的收穫量為 $f(-130) = 289000$。 □

13.5 頭腦的體操 （習題解答請見 p. 380）

1. 求下列函數的最大值或最小值：

   (i) $y = f(x) = -4x^2 - 3x + 1$ (ii) $y = f(x) = 3x^2 + 5x - 2$

2. 在周界長為固定的長方形中，證明當長方形是正方形時的面積為最大。

3. 在面積為固定的長方形中，證明當長方形是正方形時的周界為最小。

4. 二次函數的圖形通過點 $(2, 3)$ 並且在 $x = -3$ 有最大值 7，求此二次函數。

5. 將長度為 5 的線段切成兩段，一段圍成圓，另一段圍成正方形。問應如何分割可使面積之和為最小？

6. 用 110 公尺的線段圍成長方形，長比寬多 25 公尺。問長方形的面積為多少？但現在只有 100 公尺的線段圍成長方形，長為 40 公尺，寬為 10 公尺。圍得 400 平方公尺。可否變更長方形的尺寸，使得面積為最大。

7. 觀察下列兩個二次函數 $y = ax^2 + bx + c$ 的圖形，試判定係數 a, b, c 的正負號：

(i)   (ii)

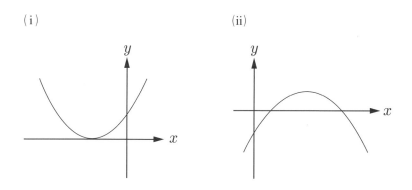

8. 對於任意實數 x，皆有 $x^4 - x + 1 > 0$，試證之。

9. 將長度為 a 的線段切成兩段，使其乘積為最大。問應如何切割？又最大的面積為多少？（註：不要小看這個不起眼的問題！在數學史上，這是一個名題，法國數學家費瑪因研究它而得到微分法的偉大概念。）

13.6 喝茶時間

變數無窮

有人問畢卡索 (Picasso, 1881–1973)：

「你所畫的『和平』作品，小鳥在金魚缸裡，魚卻在鳥籠中，這究竟是什麼意思呢？我看不懂。」

畢卡索回答道：

「因為和平的時候，任何事情都有可能發生。」

這一則對話的標題「變數無窮」甚有數學意味！數學是在引入「**變數**」概念之後，才能表現**函數**，掌握「普遍」，觸摸「無窮」。創作與學習都需要自由與和平的環境氣氛，無限可能才會像春天的紫羅蘭到處開花。

我們研究一個自然現象，經常是研究它的兩個變量 x 與 y 之間的函數因果關係，結晶為函數 $y = f(x)$ 的概念，代表著**自然律 (law of nature)** 或更廣的**數學律 (law of mathematics)**。

因為大自然喜歡把她的祕密以函數的形式隱藏起來，所以研究函數與掌握函數變成非常重要的一件事情（當然祕密不限於多項函數）。數學所要研究的主題是：數、方程式、函數、空間與圖形；而函數是以後微積分的主角，要對函數作微分、作積分，然後利用微積分來探索大自然的祕密。在現代數學的花園裡，函數是一朵含苞的花，將來學到微積分的泰勒 (Taylor) 展開時，就是要讓這朵花綻放開來。

　　袁子才說：「汝苟欲學詩，功夫在詩外。」我們改為：「汝苟欲學 x，功夫在 x 外。」此地 x 為一個變數，可以填入你想要的有意義的東西。這是一種「變數化思考」，抽象化與普遍化思考。

14

三次與四次方程式

三次與四次方程式

■卡丹

卡丹 (Cardan, 1501 – 1576) 在 1545 年出版 《大術》 (Ars Magna, The Great Art)，公佈一般三次與四次方程式的解答公式。他在書的最後寫著：

Written in five years, may it last many thousands.
寫作五年，期望流傳千古。

他盼望「著作千秋業，長留宇宙一瓣香」。結果他辦到了。

我們已經看過一次與二次方程式：$ax + b = 0,\ ax^2 + bx + c = 0$。這裡出現了「**式子**」$ax + b$ 與 $ax^2 + bx + c$，叫做「**多項式**」。若要處理好解方程式與函數的問題，就必須先熟悉這些式子的運算與變化規律。

14.1 複數系

利用**配平方法**，解得一元二次方程式 $ax^2 + bx + c = 0$ 的兩個根為

$$x = \frac{-b \pm \sqrt{\Delta}}{2a} = \frac{-b}{2a} \pm \frac{\sqrt{\Delta}}{2a}$$

當判別式 $\Delta = b^2 - 4ac < 0$ 時，方程式沒有實數根，因為任何實數的平方必大於等於 0，所以負數的開平方會產生虛數 $i = \sqrt{-1}$。

例題 1

求解二次方程式 $x^2 - 4x + 13 = 0$。

解答

由解答公式得到

$$x = \frac{-b \pm \sqrt{b^2 - 4ac}}{2a}$$

$$= \frac{4 \pm \sqrt{16 - 4 \times 13}}{2 \times 1}$$

$$= \frac{4 \pm \sqrt{-36}}{2}$$

$$= 2 \pm 3i \qquad \square$$

甲、基本的定義

這裡出現了形如 $a + bi$ 的數，叫做**複數 (complex numbers)**，其中 a 與 b 都是實數，分別叫做 $a + bi$ 的**實部 (real part)** 與**虛部 (imaginary part)**。i 叫做**單位虛數**，它具有 $i^2 = -1$ 的特徵性質。

所有複數所組成的集合叫做**複數系** $\mathbb{C}$，亦即

$$\mathbb{C} = \{a + bi \mid a, b \in \mathbb{R}\}$$

當 $b = 0$ 時，複數 $a + 0i$ 等同於實數 a，或乾脆就看作是實數 a，特別地 $0 + 0i$ 就是 0。因此，實數系是複數系的一部分，亦即實數系是複數系的子集合。另外，$0 + bi = bi$ 叫做**純虛數**。

複數 $a - bi$ 叫做 $a + bi$ 的**共軛複數**，反之亦然。我們乾脆就說 $a - bi$ 與 $a + bi$ **互為共軛 (conjugate)**。例如，複數 $2 + 3i$ 與 $2 - 3i$ 互為共軛，複數 $-5 + 7i$ 與 $-5 - 7i$ 亦然。

到達複數系我們才足以應付，求解一元二次以及更高次的方程式。

乙、虛實原理

定理 1　（**虛實原理**）

設 $z_1 = a + bi$ 與 $z_2 = c + di$ 為兩個複數，那麼

$$z_1 = z_2 \Leftrightarrow a = c \text{ 且 } b = d$$

也就是說，兩個複數相等的充要條件為實部與虛部分別對應相等。

證明

如果 $a=c$ 且 $b=d$，那麼 $a+bi$ 與 $c+di$ 是同一個複數，所以 $a+bi=c+di$。反過來，假設 $a+bi=c+di$，則 $(a-c)=(b-d)i$。兩邊平方，得到

$$(a-c)^2=-(b-d)^2 \text{ 或 } (a-c)^2+(b-d)^2=0$$

從而 $a-c=0$ 且 $b-d=0$，亦即 $a=c$ 且 $b=d$。∎

推論 1

$a+bi=0 \Leftrightarrow a=0$ 且 $b=0$。

推論 2

$a+bi \neq 0 \Leftrightarrow a^2+b^2 > 0$。

註

法國數學家阿達馬 (Hadamard, 1865–1963) 說：

The shortest and best path between two truths of the
real domain often passes through the imaginary one.

在實數領域中的兩個真理，透過複數領域經常是最短捷徑。

這是虛實原理的結論。若要舉深刻的例子必須等到學過三角學之後。

例題 2

求滿足 $(3+2i)x-(1-i)y=1+4i$ 的實數 x 與 y。

解答

將左項整理為 $a+bi$ 之形

$$(3x-y)+(2x+y)i = 1+4i$$

由虛實原理得到

$$3x-y=1 \text{,} \quad 2x+y=4$$

解此聯立方程式得到

$$x=1 \text{,} \quad y=2 \qquad \square$$

問題 1

求滿足式子 $(2+4i)x+(1-3i)y = 5+6i$ 的實數 x 與 y。

丙、複數的四則運算

設 $z_1 = a+bi$ 與 $z_2 = c+di$ 為兩個複數，我們定義四則運算如下：

1. 加法：$z_1+z_2 = (a+c)+(b+d)i$（實部與虛部分別相加）

2. 減法：$z_1-z_2 = (a-c)+(b-d)i$（實部與虛部分別相減）

3. 乘法：$z_1 z_2 = (ac-bd)+(ad+bc)i$

4. 除法：$z_1 \div z_2 = \dfrac{z_1}{z_2} = \dfrac{ac+bd}{c^2+d^2} + \dfrac{bc-ad}{c^2+d^2}i$

因此，兩個複數經過四則運算，仍然得到一個複數。複數系的運算律都跟實數系相同，我們在下一小節列出來。

複數的乘法與除法演算，表面看起來有點複雜，其實它們都有脈絡可循：我們把 i 看作文字符號，然後利用運算律，按照通常的式子作演算，遇到 i^2 就用 -1 取代，這樣就好了。

我們先看乘法演算：

$$(a + bi)(c + di) = a(c + di) + bi(c + di) \qquad （分配律）$$
$$= ac + adi + bci + bdi^2 \qquad （分配律與結合律）$$
$$= (ac - bd) + (ad + bc)i \qquad （分配律與交換律）$$

例題 3

$(c + di)(c - di) = c^2 - d^2i^2 = c^2 + d^2$。

再看除法演算，這必須假設 $z_2 = c + di \neq 0$，即 $c^2 + d^2 > 0$：

$$\frac{a + bi}{c + di} = \frac{(a + bi)(c - di)}{(c + di)(c - di)} = \frac{(ac + bd) + (bc - ad)i}{c^2 + d^2}$$
$$= \frac{ac + bd}{c^2 + d^2} + \frac{bc - ad}{c^2 + d^2}i$$

不必背記公式，只要知道背後的原理，然後順理成章推導出結果。

例題 4

求兩複數 $4 - 3i$ 與 $2 + i$ 的和、差、積、商。

解答

$$(4 - 3i) + (2 + i) = (4 + 2) + (-3 + 1)i = 6 - 2i \qquad （和）$$
$$(4 - 3i) - (2 + i) = (4 - 2) + (-3 - 1)i = 2 - 4i \qquad （差）$$
$$(4 - 3i)(2 + i) = 8 - 2i - 3i^2 = 8 - 2i + 3 = 11 - 2i \qquad （積）$$
$$\frac{4 - 3i}{2 + i} = \frac{(4 - 3i)(2 - i)}{(2 + i)(2 - i)} = \frac{8 - 10i + 3i^2}{4 - i^2} = \frac{5 - 10i}{5} = 1 - 2i \qquad （商）$$

△丁、複數系的運算律

複數系跟實數系一樣，具有相同的運算律。不過，我們只列出下面 8 條，解方程式常用者：

設 $z_1 = a_1 + b_1 i,\ z_2 = a_2 + b_2 i,\ z_3 = a_3 + b_3 i$ 為任意三個複數，那麼就有：

1.交換律：
$$z_1 + z_2 = z_2 + z_1 \qquad （加法交換律）$$
$$z_1 \cdot z_2 = z_2 \cdot z_1 \qquad （乘法交換律）$$

2.結合律：
$$(z_1 + z_2) + z_3 = z_1 + (z_2 + z_3) \qquad （加法結合律）$$
$$(z_1 \cdot z_2) \cdot z_3 = z_1 \cdot (z_2 \cdot z_3) \qquad （乘法結合律）$$

3.分配律： $\quad z_1 \cdot (z_2 + z_3) = z_1 \cdot z_2 + z_1 \cdot z_3 \quad （乘對加的分配律）$

4.零為加法單位元素： $\quad z_1 + 0 = z_1 \quad （在加法之下，0 不動人分毫）$

5.零為乘法的黑洞： $\quad 0 \cdot z_1 = 0 \quad （在乘法之下，0 吸吞一切）$

6.壹為乘法單位元素： $\quad 1 \cdot z_1 = z_1 \quad （在乘法之下，1 不動人分毫）$

7.消去律： $\quad$ 若 $z_1 + z_3 = z_2 + z_3$，則 $z_1 = z_2 \quad （加法消去律）$

$\qquad\qquad$ 若 $z_1 \cdot z_3 = z_2 \cdot z_3$ 且 $z_3 \neq 0$，則 $z_1 = z_2 \quad （乘法消去律）$

8.解方程式原理： $\quad$ 若 $z_1 \cdot z_2 = 0$ 則 $z_1 = 0$ 或 $z_2 = 0$

👆 註

數學家對於複數一直都疑惑不安，直到能夠把複數表現為平面上的點之後，才安心地接受。複數系與平面合而為一，今日叫做高斯平面或複數平面。

⚠ 戊、複數不能排序

複數唯一的缺點是不能排序，應驗「美人必有一陋」的諺語。不過，存在有缺點，可以消除心理上的緊張。

首先，複數當然可以按照「**字典順序**」來排序：

1. 若 $a < c$，則規定 $a + bi < c + bi$。
2. 若 $b < d$，則規定 $a + bi < c + di$。

這種排序在生活上可能有用，但在數學上沒有用。事實上，數學的排序有一定的章法。詳言之，我們有：

定理 2

複數系無法找到一種排序，使得滿足排序公理（見第 9 章第 4 節）。

證明

利用歸謬法。因為 $i \neq 0$，所以由三一律得知 $i > 0$ 或 $i < 0$。今假設 $i > 0$。在公理 3 中取 $x = y = i$，則得 $i^2 > 0$ 或 $-1 > 0$（至此還沒有矛盾！）兩邊同加 1，得到 $0 > 1$。再對 $-1 > 0$ 使用排序的公理 3，得到 $1 > 0$。因此，我們同時有 $0 > 1$ 與 $1 > 0$，這就違背了三一律。從而，由 $i > 0$ 的假設會導致矛盾。同理可證，由 $i < 0$ 的假設，也會導致矛盾。因此，複數系無法排序，使其滿足排序公理 1 至 4。 ∎

👆 註

關於數系的延拓，在複數系 $\mathbb{C}$ 之後，為了追求代數學的解放 (the liberation of algebra)，還發展出**四元數 (quaternions)**（放棄「交換律」）與**八元數 (octonions)**（放棄「交換律」與「結合律」）。這部分留待大學的抽象代數學講述。

△己、複數平面

　　在平面上取好一個直角坐標系，我們可以將複數圖解：把一個複數 $x+yi$ 對應坐標平面上一個點 (x, y)；反過來，用坐標平面上一個點 (x, y) 來表現複數 $x+yi$。換言之，複數與坐標平面上的點，一個對應一個。整個坐標平面就對應整個複數系。我們將兩者等同，視為二合一。因此，坐標平面可以看作複數系，而稱為**複數平面**，其中的 x 軸與 y 軸分別叫做**實軸**與**虛軸**。參見圖 14–1。

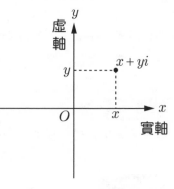

■圖 14–1　複數平面

✏ 例題 5

在複數平面上，圖示下列的複數：$2+3i$, $-2+2i$, $-4-3i$, $4-4i$。

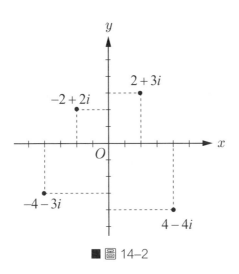

■ 圖 14–2

在數學史上，最早考慮複數圖解的是挪威製圖師韋塞爾 (Caspar Wessel, 1745–1818)（1797 年）以及瑞士的會計員阿干 (Jean Robert Argand)（1806 年）。但是，兩人都沒有提到複數平面，並且他們的工作都沒有受注意。高斯在證明代數學根本定理（見第 16 章）時，提出複數平面的概念。因為高斯的名氣太大，所以複數平面又叫做**高斯平面**。圖 14–3 就是高斯平面的郵票。

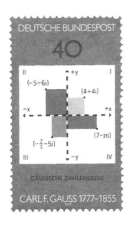

■ 圖 14–3　高斯平面的郵票

數學家起先無法接受虛數與複數，認為這些都是人為虛構出來的，等到高斯平面出現後，複數有了幾何表現與解釋，複數才踏實起來。複數雖然是人為引進的，但奇妙的是，在物理學中，尤其是電磁學與量子力學，卻不可或缺。複數之為用大矣哉！

✏️ **例題 6**

在高斯平面上，共軛複數：$x+yi$ 與 $x-yi$，$-5+3i$ 與 $-5-3i$ 的圖解恰好對稱於 x 軸（實軸、橫軸）。

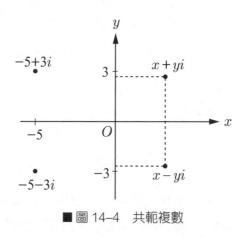

■ 圖 14–4　共軛複數

14.2 三次方程式

△ 甲、幾何三大難題

　　三次方程式最早出現在倍立方問題與三等分角問題。古希臘的幾何有尺規作圖的三大難題：

1. **方圓問題**：給一個圓，作一個正方形，使其面積等於圓的面積。
2. **倍立方問題**：給一立方體，另作一個立方體，使其體積等於原立方體的體積之兩倍。

3.三等分角問題： 任給一個角，過角的頂點作兩直線，將此角三等分。

注意到，尺規不能有刻度，並且只能施行**有限步驟**的作圖（吾生有涯，不能做無涯的事）。

採用代數的語言來說，這三個問題分別就是要作出線段 x，使其滿足下面的方程式：

1. $x^2 = \pi a^2$，即 $x = a\sqrt{\pi}$。
2. $x^3 = 2a^3$，即 $x = a\sqrt[3]{2}$。
3. 假設這個角為 θ，由三角學的三倍角公式：

$$\cos\theta = 4\cos^3(\frac{\theta}{3}) - 3\cos(\frac{\theta}{3})$$

例如取 $\theta = 60°$，且令 $x = \cos(\frac{\theta}{3})$，則 $\cos\theta = \frac{1}{2}$，於是上式變成

$$8x^3 - 6x - 1 = 0$$

這三個問題是有關解二次與三次方程式的問題，在 19 世紀用代數方法都已證明：尺規作圖是辦不到的。這是神妙的事情。對於第 3 個問題當然不排除，存在有特殊的角可以三等分，例如 $\theta = 90°$。

解過二次方程式之後，我們自然會問：三次與四次方程式如何求解呢？在數學史上，兩者都是難題。

首先複習一下解二次方程式的配平方法，從中可以得到啟發。不失其一般性，一個「真的」一元二次方程式可以寫成

$$x^2 + bx + c = 0 \tag{1}$$

必要時除以首項係數就好了。施展配平方法

$$x^2 + 2\frac{b}{2}x + (\frac{b}{2})^2 + c - (\frac{b}{2})^2 = 0$$

$$(x + \frac{b}{2})^2 = (\frac{b}{2})^2 - c$$

現在作變數代換，令 $y = x + \frac{b}{2}$ ，就得到

$$y^2 = (\frac{b}{2})^2 - c \tag{2}$$

注意到：我們也可以令 $x = y - \frac{b}{2}$ ，直接代到(1)式，經過整理就得到(2)式。要點是，經過配平方一次項就消去。

　　現在解(2)式

$$y = \pm \sqrt{(\frac{b}{2})^2 - c}$$

從而得到解答

$$x = -\frac{b}{2} \pm \sqrt{(\frac{b}{2})^2 - c}$$

　　接著我們來探討三次方程式，首先必須介紹三次方根的概念。

△乙、三次方根

　　仿照平方根的論述，解三次方程式，我們會遇到三次方與開三次方的概念。

✎ 例題 7

式子 $2^3 = 2 \times 2 \times 2 = 8$ 叫做「2 的三次方等於 8」；反過來，我們要探求 8 的**三次方根**，這就是要問三次方程式 $x^3 = 8$ 的解答是什麼？ 顯然 $x = 2$ 為一個解答，記為 $x = 2 = \sqrt[3]{8}$ 。　　　　　□

例題 8

式子 $(-5)^3 = -125$ 叫做「-5 的三次方等於 -125」；於是三次方程式 $x^3 = -125$ 的一個解答為 $x = -5$，記為 $x = -5 = \sqrt[3]{-125}$。 ☐

註

三次方程式 $x^3 = 8$ 還有其它兩個根，我們等一下再來探求。方程式 $x^3 = -125$ 亦然。

一般而言，我們有如下三次方根的定義：

定義

設 a 為**一個實數**，那麼我們規定 $\sqrt[3]{a}$ 為滿足 $(\sqrt[3]{a})^3 = a$ 的一個**實數**。我們稱 $\sqrt[3]{a}$ 為 a 的一個**三次方根**。

⚠丙、三次方程式的解法

例題 9

解三次方程式 $x^3 - 1 = 0$。

解答

分解因式 $x^3 - 1 = (x-1)(x^2 + x + 1) = 0$，於是

$$x - 1 = 0 \quad \text{或} \quad x^2 + x + 1 = 0$$

解得

$$x = 1 \text{ 或 } x = \frac{-1 \pm \sqrt{3}i}{2} = -\frac{1}{2} \pm \frac{\sqrt{3}}{2}i$$

為了以後方便使用，我們令 $\omega = -\frac{1}{2} + \frac{\sqrt{3}}{2}i$，則 $\omega^2 = -\frac{1}{2} - \frac{\sqrt{3}}{2}i$ 且 $\omega^3 = 1$。因此，$x^3 - 1 = 0$ 的三個根為 $1, \omega, \omega^2$，並且由根與係數的關係知 $1 + \omega + \omega^2 = 0$。 □

📝 例題 10

解三次方程式 $x^3 - 2 = 0$。

⚙️ 解答

令 $x = \sqrt[3]{2}y$，代入 $x^3 - 2 = 0$，得到 $y^3 - 1 = 0$，由上例知

$$y = 1 , \omega , \omega^2$$

於是我們求得三次方程式 $x^3 - 2 = 0$ 的三個根為

$$x = \sqrt[3]{2} , \sqrt[3]{2}\omega , \sqrt[3]{2}\omega^2$$

同理 $x^3 - a = 0$ 的三個根為

$$\sqrt[3]{a} , \sqrt[3]{a}\omega , \sqrt[3]{a}\omega^2$$ □

📝 例題 11

解三次方程式 $x^3 - 6x^2 + 20x - 33 = 0$。

⚙️ 解答

配立方
$$x^3 - 3x^2 \cdot 2 + 3x \cdot 2^2 - 2^3 + 8x - 25 = 0$$
$$(x - 2)^2 + 8x - 25 = 0$$

令 $y = x - 2$，即 $x = y + 2 = y - \dfrac{(-6)}{3}$

$$y^3 + 8y = 9$$

由觀察立知 $y = 1$ 為一個解答。因此上式可分解為

$$(y - 1)(y^2 + y + 9) = 0$$

另外兩根為

$$y = \frac{-1 \pm \sqrt{1 - 36}}{2} = \frac{-1 \pm \sqrt{35}\,i}{2}$$

從而原方程式的解答為

$$x = 3 \,，\, x = \frac{3 \pm \sqrt{35}\,i}{2} \qquad\qquad \square$$

現在考慮一般的一元三次方程式

$$x^3 + bx^2 + cx + d = 0 \tag{3}$$

施展配立方法，這相當於令 $x = y - \dfrac{b}{3}$，代入上式

$$(y - \frac{b}{3})^3 + b(y - \frac{b}{3})^2 + c(y - \frac{b}{3}) + d = 0$$

經過展開與化簡，就得到

$$y^3 + py + q = 0 \tag{4}$$

其中

$$p = c - \frac{b^2}{3} \,，\, q = d - \frac{bc}{3} + \frac{2b^3}{27}$$

注意到，(4)式已經沒有二次項，可恨的是它還有一次項。二次方程式是經過配平方後就沒有一次項，於是可解出來。因此，三次方程式比較難纏。現在我們要來求解(4)式。

讓我們作一下分析：整個關鍵在於作 **「兩元化」** 的思考，令

$y = u + v$（讓 u 與 v 待定），代入(4)式，得到

$$(u+v)^3 + p(u+v) + q = 0$$

亦即

$$u^3 + v^3 + (3uv+p)(u+v) + q = 0 \qquad (5)$$

兩元化的手法讓工作的自由度增加：今若選取 u 與 v 使得

$3uv + p = 0$，亦即 $v = -\dfrac{p}{3u}$，那麼(5)式就簡化下來了，得到

$$u^6 + qu^3 - \frac{p^3}{27} = 0$$

這是 u^3 的二次方程式，解得

$$u^3 = -\frac{q}{2} \pm \sqrt{(\frac{q}{2})^2 + (\frac{p}{3})^3}$$

根據例題 10，令 α 為

$$u^3 = -\frac{q}{2} + \sqrt{(\frac{q}{2})^2 + (\frac{p}{3})^3} \qquad (6)$$

的一根，則(6)式的三個根為（見例題 10）

$$\alpha \text{，} \alpha\omega \text{，} \alpha\omega^2$$

對應地，v 的值為

$$-\frac{p}{3\alpha} \text{，} -\frac{p}{3\alpha\omega} \text{，} -\frac{p}{3\alpha\omega^2}$$

從而，(4)式的三個根為

$$y_1 = \alpha - \frac{p}{3\alpha} \text{，} y_2 = \alpha\omega - \frac{p}{3\alpha\omega} \text{，} y_3 = \alpha\omega^2 - \frac{p}{3\alpha\omega^2}$$

再由 $x = y - \dfrac{b}{3}$ 就得到(3)式的三個根：

$$x_k = y_k - \frac{b}{3} \text{，} k = 1, 2, 3$$

叫做**卡丹公式**（Cardan's formula，Cardan 是 Cardano 的英文名字）。

注意到，只要將三次方程式的係數作**四則運算**與**開方演算**就可以得到卡丹公式，這種形式的解答叫做**根式解**。

例題 12

解方程式 $x^3 + 9x - 6 = 0$。

解答

令 $x = u + v$，代入原式得到

$$u^3 + v^3 + (3uv + 9)(u + v) - 6 = 0$$

令 $3uv + 9 = 0$，即 $v = \dfrac{-3}{u}$，代入上式，則得

$$u^6 - 6u^3 - 27 = 0$$

解得 $u^3 = -3$ 或 9。取 $u = -\sqrt[3]{3}$，則得到三個根：

$$x = -\sqrt[3]{3} + \sqrt[3]{9} \ , \ x = -\sqrt[3]{3}\,\omega + \sqrt[3]{9}\,\omega^2 \ , \ x = -\sqrt[3]{3}\,\omega^2 + \sqrt[3]{9}\,\omega$$

若取 $u = \sqrt[3]{9}$ 時，仍然得到這三個根 □

問題 2

我們觀察到：$1 + 2 + 3 = 1 \times 2 \times 3$。問還有哪三個接續的整數相加與相乘，都得到相同的結果？

問題 3

解方程式：(i) $x^3 + 6x - 20 = 0$　(ii) $x^3 - 3x^2 + 9x - 9 = 0$。

14.3 四次方程式

我們由特殊而易解的四次方程式解起。

例題 13

解方程式 $x^4 - 1 = 0$。

解答

作因式分解

$$(x^2 - 1)(x^2 + 1) = 0$$

$$(x - 1)(x + 1)(x^2 + 1) = 0$$

解得四個根

$$x = 1, \, -1, \, i, \, -i \qquad \square$$

例題 14

解方程式 $x^4 - 25x^2 + 144 = 0$。

解答

這表面是四次方程式，實質是 x^2 的二次方程式。令 $u = x^2$ 作變數變換，則原式變成

$$u^2 - 25u + 144 = 0$$

解得

$$x^2 = u = \frac{25 \pm \sqrt{625 - 576}}{2} = 16 \text{ 或 } 9$$

開平方得到四個根：

$$x = \pm 4, \quad x = \pm 3$$ □

✏️ 例題 15

解方程式 $2x^4 - 9x^3 + 14x^2 - 9x + 2 = 0$。

⚙️ 解 答

我們注意到係數的對稱性。把相同係數的項合在一起，並且除以 x^2，就得到

$$2(x^2 + \frac{1}{x^2}) - 9(x + \frac{1}{x}) + 14 = 0$$

施展配方法，改寫成

$$(x^2 + 2 + \frac{1}{x^2}) - \frac{9}{2}(x + \frac{1}{x}) + 5 = 0$$

或者

$$(x + \frac{1}{x})^2 - \frac{9}{2}(x + \frac{1}{x}) + 5 = 0$$

這是 $(x + \frac{1}{x})$ 的二次方程式，解得

$$(x + \frac{1}{x}) = \frac{9}{4} \pm \sqrt{\frac{81}{16} - 5} = \frac{5}{2} \text{ 或 } 2$$

求解 $x + \frac{1}{x} = \frac{5}{2}$，即解 $x^2 - \frac{5}{2}x + 1 = 0$，得到 $x = 2, \frac{1}{2}$。其次，再求解 $x + \frac{1}{x} = 2$，即解 $x^2 - 2x + 1 = 0$，得到 $x = 1$（兩重根）。因此，我們求得四個根為 $1, 1, \frac{1}{2}, 2$。 □

✏️ **例題 16**

解方程式 $x^4 - 6x^3 + 5x^2 + 12x - 12 = 0$。

⚙️ **解答**

我們觀察到 $x = 1$ 與 $x = 2$ 都是方程式的根，故多項式

$$x^4 - 6x^3 + 5x^2 + 12x - 12$$

有因式 $x - 1$ 與 $x - 2$。用 $(x-1)(x-2) = x^2 - 3x + 2$ 去除上式，得到

$$x^2 - 3x - 6$$

因此，原方程式可以分解為

$$x^4 - 6x^3 + 5x^2 + 12x - 12 = (x^2 - 3x + 2)(x^2 - 3x - 6) = 0$$

解 $x^2 - 3x + 2 = 0$ 與 $x^2 - 3x - 6 = 0$，得到四個根為

$$x = 1 \text{，} 2 \text{，} \frac{3 + \sqrt{33}}{2} \text{，} \frac{3 - \sqrt{33}}{2} \qquad \square$$

✏️ **例題 17**

解方程式 $x^4 + 3x^3 + 12x - 16 = 0$。

⚙️ **解答**

作因式分解

$$(x^4 - 16) + (3x^3 + 12x) = 0$$
$$(x^2 + 4)(x^2 - 4) + 3x(x^2 + 4) = 0$$
$$(x^2 + 4)(x^2 + 3x - 4) = 0$$

解 $x^2 + 3x - 4 = 0$ 與 $x^2 + 4 = 0$，得到四個根為

$$x = 1 \text{，} -4 \text{，} 2i \text{，} -2i \qquad \square$$

現在考慮一般的四次方程式：

$$x^4 + bx^3 + cx^2 + dx + e = 0 \qquad (7)$$

我們要來介紹 1545 年法拉利 (Ferrari, 1522–1565) 的解法，法拉利是卡丹的學生。

移項得到

$$x^4 + bx^3 = -cx^2 - dx - e$$

將左式配方

$$(x^2 + \frac{1}{2}bx)^2 = (\frac{1}{4}b^2 - c)x^2 - dx - e$$

兩邊同加 $(x^2 + \frac{1}{2}bx)y + \frac{1}{4}y^2$（引入一個自由因子 y），得到

$$(x^2 + \frac{1}{2}bx + \frac{1}{2}y)^2 = (\frac{1}{4}b^2 - c + y)x^2 + (\frac{1}{2}by - d)x + \frac{1}{4}y^2 - e$$

右項為 x 的二次式，它是完全平方式的充要條件為判別式為 0：

$$\Delta = y^3 - cy^2 + (bd - 4e)y - b^2e + 4ce - d^2 = 0$$

這是 y 的三次方程式，叫做原方程式的**預解式**。我們可以解此預解式，例如假設 y_1 為其一根，從而

$$(x^2 + \frac{1}{2}bx + \frac{1}{2}y_1)^2 = (\alpha x + \beta)^2$$

於是得到

$$x^2 + \frac{1}{2}bx + \frac{1}{2}y_1 = \alpha x + \beta$$

或者

$$x^2 + \frac{1}{2}bx + \frac{1}{2}y_1 = -\alpha x - \beta$$

解這兩個方程式，就得到原方程式的四個解答，叫做 Ferrari 公式。

註

只要將四次方程式的係數作**四則運算**與**開方演算**就可以得到 Ferrari
公式，這種形式的解答叫做**根式解**。

例題 18

解方程式 $x^4 + 2x^3 - 12x^2 - 10x + 3 = 0$。

解答

將原式移項變成

$$x^4 + 2x^3 = 12x^2 + 10x - 3$$

將左邊配平方

$$(x^2 + x)^2 = 13x^2 + 10x - 3$$

於是

$$(x^2 + x + \frac{1}{2}y)^2 = (y + 13)x^2 + (y + 10)x + (\frac{1}{4}y^2 - 3) \tag{8}$$

故預解式為

$$(y + 10)^2 - 4(y + 13)(\frac{1}{4}y^2 - 3) = 0$$

亦即

$$y^3 + 12y^2 - 32y - 256 = 0$$

由因式定理知，$y = -4$ 為其一根。代入(8)式，得到

$$(x^2 + x - 2)^2 = 9x^2 + 6x + 1 = (3x + 1)^2$$

於是

$$x^2 + x - 2 = 3x + 1 \text{ 或 } x^2 + x - 2 = -3x - 1$$

亦即

$$x^2 - 2x - 3 = 0 \text{ 或 } x^2 + 4x - 1 = 0$$

解得

$$x = 3 , -1 , -2 \pm \sqrt{5} \qquad \square$$

例題 19

分解因式 $x^8 + x^7 + 1$。

解答

因為 $x^9 - 1 = (x-1)(x^8 + x^7 + \cdots + x + 1)$

$(x^3)^3 - 1 = (x^3 - 1)(x^6 + x^3 + 1)$

$x^6 - 1 = (x^3)^2 - 1 = (x^3 + 1)(x^3 - 1)$

所以 $x^8 + x^7 + 1 = (x^8 + x^7 + \cdots + x + 1) - (x^6 + x^5 + \cdots + x)$

$$= \frac{x^9 - 1}{x - 1} - x(x^5 + x^4 + \cdots + x + 1) = \frac{x^9 - 1}{x - 1} - x \cdot \frac{x^6 - 1}{x - 1}$$

$$= \frac{(x^3)^3 - 1}{x - 1} - x \cdot \frac{(x^3 + 1)(x^3 - 1)}{x - 1}$$

$$= \frac{(x^3 - 1)(x^6 + x^3 + 1)}{x - 1} - x \cdot \frac{(x^3 + 1)(x^3 - 1)}{x - 1}$$

$$= (x^2 + x + 1)(x^6 + x^3 + 1) - x(x^3 + 1)(x^2 + x + 1)$$

$$= (x^2 + x + 1)[(x^6 + x^3 + 1) - x(x^3 + 1)] \qquad \square$$

14.4 歷史故事與評論

解三次與四次方程式比較是屬於技術性問題，這相當於打三個結與四

個結的難題，通常中學的數學教科書較少探討。不過，若從歷史發展
的角度來看，卻具有承先啟後的深刻作用。

奧瑪珈音（Omar Khayyam，約 1050–1123）是波斯的天文學家、
數學家兼詩人：他採用幾何方法求解三次方程式，也寫了膾炙人口的
詩集——《魯拜集》(Rubaiyat)。

1515 年左右，費羅 (del Ferro, 1465–1526) 解決了 $x^3 + qx = r$，缺
少平方項的三次方程式。 1535 年左右，塔塔利亞 （Tartaglia，約
1499–1557） 解決了 $x^3 + px^2 = r$，缺少一次項的三次方程式。1545 年
法拉利得到一般四次方程式的解答公式。 1545 年卡丹出版 《大術》
(Ars Magna, The Great Art)，公佈一般三次與四次方程式的解答公式。

Kac 如何成為數學家？

數學家卡茲 (M. Kac, 1914–1984) 在高中二年級的暑假，遇到三次
方程式。他花了一個暑假的時間，用自己獨創的方法解出來，這讓他
走上了數學之路，成為一位數學家（參見第 15 章）。

在 16 世紀初，三次方程式首次得到解決，這是古希臘將近兩千年
之後第一個顯著的數學進展。它揭露了代數的威力，讓歐洲人恢復自
信心。這個意義非凡。

笛卡兒（1637 年）與費瑪（1629 年）很快就開闢出一條通往幾何
學的新路徑，他們幾乎在同一時間創立解析幾何，成為研究幾何學的
皇家大道，並且給牛頓與萊布尼茲的微積分鋪下堅實的基礎。

費曼的評論

物理學家費曼評論說：

在 16 世紀初塔塔利亞發現三次方程式的解法，是歐洲數學最重要的進展。這個解法本身雖無大用處，卻證明了現代人可以做到古希臘人做不到的事情。在心理上的重大意義，是激發出信心，有助於文藝復興運動的興起，讓歐洲人不再一味模仿古人。

值得一提的是，在 20 世紀發展出來的隨機微積分 (Stochastic Calculus)，裡面有一個著名的 Feynman-Kac 公式，讓距離很遙遠的兩個名字與工作連結在一起，這實在有夠神奇。所有的學問都是有機連結在一起。

14.5 頭腦的體操 （習題解答請見 p. 382）

1. 解方程式：$x^4 - 7x^3 - 2x^2 + 7x + 1 = 0$。

2. 解下列方程式：

   (i) $x^4 - 3x^2 + 6x - 2 = 0$ (ii) $x^3 - 6x - 9 = 0$

   (iii) $x^3 - 6x^2 + 3x - 2 = 0$ (iv) $x^4 - 10x^2 + 4x + 8 = 0$

3. 解方程式：$x^3 + 6x + 7 = 0$。

4. 解方程式：$(x-1)(x-3)(x+5)(x+7) + 15 = 0$。

5. 邊長為 50 公分的正方形紙張，在四個角落都切掉邊長為 x 公分的小正方形，使其容積為 6000 立方公分，求 x。

14.6 喝茶時間

⬡ 神話故事 （解方程式如解開哥登結）

在希臘神話故事裡，弗里吉亞 (Phrygia) 有一個複雜的難結，國王哥狄俄斯 (Gordius) 曾用它來綁戰車，叫做哥登結 (Gordian Knot)。按神諭的說法，能解開者就可以當亞細亞之王。後來亞歷山大 (Alexander, 356–323 B.C.) 用劍劈開了這個結，這是以蠻力解決問題。我們解代數方程，絕不使用蠻力，而是遵循著「還原與對消」的理路，藝術地解決問題。

解方程式就像在解開哥登結，方程式的次數相當於打結的個數，一次方程式打一個結，二次方程式打兩個結，三次方程式打三個結，結打得越多越難解開。

欣賞奧瑪珈音在《魯拜集》裡的一首詩：

> A book of Verses underneath the Bough,
> A Jug of Wine, a Loaf of Bread and Thou
> Beside me singing in Wilderness
> Oh, Wilderness were Paradise enow!
>
> 手握一卷詩在樹下乘涼
> 一壺酒，一塊麵包和妳
> 伴我在荒野中吟唱
> 啊，荒野就是天堂！

15

我如何成為一位數學家？

15

我如何成為一位數學家？

◎Mark Kac

■ 卡茲 (1914–1984)

這是在 1930 年夏天，在波蘭的 Krzemieniec 所發生的事情。那年我 16 歲。高中最後一年在九月就要開學，我必須思考未來的前途，作生涯規劃。因為數學與物理都是我的拿手，所以選擇讀工程似乎是實在與合理的事情。「一個家庭一個哲學家就已足夠」，這是我母親表述問題與建議解答的方式。「一個家庭一個哲學家」是指我的父親，他在德國的萊比錫大學讀哲學並且得到博士學位，其後又在莫斯科大學得到歷史與語言學結合的博士學位。儘管有這些優秀的學歷，但是由於社會普遍的反猶，讓他無法找到任何教職，除了在 Tarbut 學校當了兩年短

暫的校長之外。我父親參與我的外祖父經營的紡織事業，多年後失敗，他只好靠著微薄的家教收入維生。他可能是歷史上懂得希伯來文、拉丁文、希臘文、甚至是斯拉夫舊教文的唯一商人。因為他的一些學生是當地希臘正教學院的學生，所以他很方便就學得後者。

這樣的生活並不是我母親對她的兒子所期望的，因此讀工程似乎是正確的方向。然而，在 1930 年的夏天，在我的心目中，選擇大學的科系並不是最重要的事情。因為一個經常折磨數學家與科學家間歇性發作的「疾病」，突然發生在我的身上，那就是：**對一個問題著迷**。發病的症狀都類似，而且很容易辨認，特別是患者的妻子更是心有戚戚焉，因為患者表現出的反社會行為持續加強。最常見的是，茶飯不思，也不睡覺。我的症狀特別顯著，因此家人開始為我擔心。

事實上，我的問題並沒有什麼了不起，甚至也不會產生重大的後續發展，這就是三次方程式的求解問題。答案早在 1545 年就由義大利數學家卡丹發表了。我所不知道的只是，他是如何想到與推導出來的。

在波蘭教育專家們為中學所設計的數學課程，在解完二次方程式之後就停止了。對於三次或更高次方程式好奇的學生，他們就回答說：「這對你們太高深了」，或者說：「不要急，當你以後讀到高等數學時，就會學到。」因此這個問題就形成一個禁地。但是我不理會它，決心要自己弄明白三次方程式的求解問題。

我拿起一本暑期數學讀物，打開在三次方程式這一節，讀到第一行我就被打敗了。開頭這樣寫著：「令 $x = u + v$。」因為我知道答案是兩個立方根之和，所以令 $x = u + v$，顯然是預期這樣的解答形式，但是整體說起來，我覺得這對學習者是不公平的。

在這個節骨眼上，我很接近於數學教學的一個奇妙分水嶺：一邊

是如何想出證明或推理的策略，這大部分是超越邏輯範疇；另一邊是證明或推理的技巧，這是純演繹的工作，因此具有邏輯與形式的特性。〔譯者註：這是發現與證明的分水嶺，先有發現，才有證明。〕換言之，這是在求知過程中，動機與實踐的區別。不幸地，絕大部分的數學書都只呈現後者，而忽略前者。

在不了解背後的動機之下，我無法接受形式的推演。直接令 $x = u + v$，而不說明為什麼要這樣做，這對我是一種冒犯。我問父親，但是他太專注於他那瀕臨衰敗的商業，以至於對我沒有什麼幫助。因此我立定決心，要自己尋找一個滿意且不同的推導方法。我父親持懷疑的態度，這從他願意出高價就看得出來：只要我做成功，他就給我 5 元波蘭幣的獎金（這在當時是一個不小的數目）。

在我這一生中，有好多次因沉迷於問題而發狂的紀錄，有些問題在數學與科學上還產生過一些影響，但是在 1930 年後，我從未像這次那麼努力與狂熱於工作。我很早就起床，幾乎沒有時間吃早餐，我整天都在做計算，在一大堆白紙上寫滿公式，直到深夜累壞倒在床上。跟我講話是沒有用的，因為我只會回應以無意義的單音節咕嚕聲。我停止會見朋友，甚至放棄跟女朋友約會。由於缺少策略，我的工作漫無方向，經常重複走著沒有結果的老路，蹣跚於死胡同。

直到有一天早晨，答案出現在眼前，卡丹公式就在眼前的紙頁上面！我花一整天或更多的時間，從如山的紙堆中拾取論證的線索。最後終於把整個推導過程精煉成為三到四頁。我父親把我辛勞的成果瀏覽一遍後，就付給我獎金。

不久學校開學了，我把整理好的文章交給數學老師。他是一個親切的人，喜愛伏特加酒，他在聖彼得堡 (St. Petersburg) 大學受過良好

的教育，但是當我認識他時，他已很少記得他所學的，並且也不在乎。不過，他還是很小心地研讀我的文章，並且代我投稿到華沙 (Warsaw) 的《少年數學家》(*Mlody Matematyk*) 這本雜誌。這似乎就結束了，因為雜誌社一直沒有通知我文章已收到，又經過了幾個月也沒有從遙遠的華沙傳來任何訊息。

　　然後，在 1931 年 5 月初，距離期末考只有幾個禮拜的時間，好消息突然降臨。在早上的後半，宗教靈修的課程正要開始。因為只有信奉羅馬天主教的同學要接受教導，對於我們少數幾個非天主教徒的學生，這段是自由時間。現在上課鐘響了；朦朧微暗的走廊幾乎沒有學生。我稍遲離開教室，在匆忙之中差一點就撞上正要進入教室的牧師。就在這時，我看見校長朝我走來。我猜這必是衝著我而來，因為宗教課從未有外行的專家會來造訪，而且我的周遭沒有人，走廊也只是通到教室的死巷。

　　根據我的經驗，會見校長大概不會是什麼好事，於是我開始回想，到底我有沒有做錯什麼事情，才讓校長走出辦公室來找我（有別於通常的召人進入校長室），我擔心可能要被處罰。事實上，從他的神祕表情看來，他將要獎賞我！甚至在他要開口之前，還特別調整一下自己以示莊重，這是一個學生在快要畢業的前夕所無法想像的事。他的第一句話就讓事情明朗。他說：「教育部的參事，Antoni Marian Rusiecki 閣下，正在本校訪問，下午兩點半在他的辦公室要接見你。」這時果戈里（Gogol，俄國劇作家、小說家，1809–1852）的《巡案將軍》(*The Inspector General*) 的景象立刻在我的腦海浮現，不過 Antoni Marian Rusiecki 是「真實的」人物，這讓我有幾秒鐘的時間一直回味著「參事閣下」這句話。原來 Rusiecki 是 *Mlody Matematyk* 雜誌的主

編。

在兩點半正，我以週末的最佳整裝打理，去會見 Rusiecki 先生。他個子高大，有點瘦，蓄小鬍子，戴著金邊眼鏡。他對我講話時，宛如我們的地位是平等的。

「我們已經收到你的論文，會拖這麼久的理由是，在編輯會議的討論中，起先我們相信你的方法是已經知道的，因為在文獻上有許多不同的方法可以推導出卡丹公式，也許你只是重新發現其中之一而已。然而，經過我們搜尋文獻的結果，最後確信你的方法是新的，因此我們準備要刊登你的論文。」他們實現了承諾。在我畢業幾個月後，論文登出來了，我用 Katz 的名字發表，因為我覺得德文的拼字 Katz，比斯拉夫文的 Kac 還要優雅。

在我會見 Rusiecki 先生要結束前，他問我將來有什麼計畫。我告訴他說，家人要我讀工程。他說：「不，你應該讀數學，顯然你對數學有天分。」我聽從他的勸告，走上數學之路，這救了我的生命。我的數學足夠好，也足夠幸運，我在 1938 年申請到博士後出國深造的研究獎學金。這是由波蘭富有的猶太家庭 Parnas 所捐贈，規定要有一個名額給猶太申請者，這是兩年期的獎學金。我在 1938 年 12 月抵達 John Hopkins 大學，二次世界大戰讓我滯留在美國，有家歸不得。如果我當初去讀工程，無疑地，我必然留在波蘭，跟我的家人和六百萬猶太同胞一樣，走上被希特勒殺害的相同命運。

最後附言：幾年前我的朋友，也是美國年輕的數學之星 Gian-Carlo Rota，在洛克斐勒大學演講，題目是 "Umbral Calculus"，探討用新方法來處理不變式理論 (invariant theory)。在演講中，Rota 順便討論 Sylvester 定理，這是有關於兩變數齊次式的一個美妙結果。他說：「我

現在展示給你們看，如何用 Sylvester 定理來求解三次方程式。」我只聽他講幾句話，立刻就感覺到電流傳佈全身；因為我認識到，那就是在 1930 年夏天我所發現的方法。

(*Courtesy of The Estate of Mark Kac.*)

✡ **譯者註**

卡茲是波蘭裔的美國數學家，專攻機率論及其在物理學上的應用。本文是從他的自傳《**機運之謎**》（*Enigmas of Chance*，1985 年出版）這本書翻譯出來的。我再引卡茲的一段話：

> 自從 1930 年的夏天，當我重新推導出卡丹公式，嘗到發現的喜悅之後，除了數學之外我就不想再做其它的事情。更精確地說，我只想做數學及其對物理學的應用。

他又說：

> 我要讚美威力無比，但卻反覆無常的機運女神——泰姬 (Tyche)。雖然我花費許多的數學生命，嘗試要證明她確實不存在，但是她仍然不吝惜地給我個人的生命帶來好運和幸福。

我們可以說「三次方程式的卡丹公式救卡茲一命」。因緣非常奇妙。

■ 眼瞎的機運女神——泰姬：眼閉則靈開

16

代數學根本定理

代數學根本定理

■ 高斯的郵票

高斯的座右銘：

Thou, Nature, art my godess

To thy laws my services are bound.

大自然，妳是我的女神

我為妳的律法而獻身。

—*Shakespeare*—

從解方程式的觀點來看，複數系已到達完美的境地，因為任何方程式都有解答了，不會再跑到界外。這就是著名的代數學根本定理。本章我們就來簡介這個美妙的結果。

16.1　多項式的演算

⚠ 甲、多項式的定義

一般而言，形如

$$f(x) = a_n x^n + a_{n-1} x^{n-1} + \cdots + a_1 x + a_0 \tag{1}$$

的式子叫做**多項式**，其中 $a_n, a_{n-1}, \cdots, a_1, a_0$ 為 $n+1$ 個數（實數或複數皆可）叫做此多項式的**係數**。a_n 稱為**首項係數**，a_0 稱為**常數項**。如果 $a_n \neq 0$，那麼 n 就叫做此多項式的**次數**，記為 $\deg f(x)$。例如：$2x^4 + 8x^3 + 3x^2 + x + 1$ 為四次多項式，$5x^5 + x^4 - 2x^3 + 13x^2 + 4x - 9$ 為五次多項式。

在(1)式中，多項式 $f(x)$ 的各項冪次，由高次至低次排列，然後相加起來，這稱為**按降冪排列**。如果 $f(x)$ 寫成由低次至高次排列

$$f(x) = a_0 + a_1 x + a_2 x^2 + \cdots + a_n x^n$$

那麼就叫做**按升冪排列**。這兩種寫法都會用得到，比較常用的是降冪式。

多項式是記號經過有限次的乘法與加法組合而成，其中的 x 可以代入任意的數。因此，一個多項式舞弄著無窮多個的數，我們可以想

像它在跳著「群數之舞」。從數上升到式,從一飛躍到無窮,多項式的威力比數更強大,這是顯然的。

⚠ 乙、多項式的加法與乘法

多項式是數的推廣,是比較複雜而高等的數。數可以作四則運算,多項式亦然。在運算上我們只要記住,在多項式 $f(x)$ 中,x 也是一個數,只是暫時未知而已,因此都具有數的一切性質。

✎ 例題 1

設 $f(x) = 5x^5 + x^4 - 2x^3 + 13x^2 + 4x - 9$, $g(x) = 2x^4 + 8x^3 + 3x^2 + x + 1$,求它們的和 $f(x) + g(x)$。

⚙ 解答

$f(x) + g(x)$

$= (5x^5 + x^4 - 2x^3 + 13x^2 + 4x - 9) + (2x^4 + 8x^3 + 3x^2 + x + 1)$

$= 5x^5 + x^4 - 2x^3 + 13x^2 + 4x - 9 + 2x^4 + 8x^3 + 3x^2 + x + 1$

　　　　　　　　　　（因為結合律成立,故可去掉括號）

$= 5x^5 + (x^4 + 2x^4) + (-2x^3 + 8x^3) + (13x^2 + 3x^2) + (4x + x) + (-9 + 1)$

　　　　　　　　（因為交換律成立,故各項的順序可以交換）

$= 5x^5 + 3x^4 + 6x^3 + 16x^2 + 5x - 8$ 　　　　　　　　□

由上面的演算可知,求兩多項式之和的步驟如下:將同類項合併,係數相加。我們也可以採用直式來演算:

$$
\begin{aligned}
f(x) &= 5x^5 + x^4 - 2x^3 + 13x^2 + 4x - 9 \\
+)\ g(x) &= \qquad\quad 2x^4 + 8x^3 + 3x^2 + x + 1 \\
\hline
f(x) + g(x) &= 5x^5 + 3x^4 + 6x^3 + 16x^2 + 5x - 8
\end{aligned}
$$

例題 2

假設 $f(x) = 2x^3 - 3x^2 + 4x - 1$，$g(x) = 3x^2 + x + 2$，求它們的乘積 $f(x) \cdot g(x)$。

解答

整個乘法演算是根據分配律與指數律：$x^m \cdot x^n = x^{m+n}$。

$f(x) \cdot g(x) = (2x^3 - 3x^2 + 4x - 1)(3x^2 + x - 2)$

$= (2x^3 - 3x^2 + 4x - 1)3x^2 + (2x^3 - 3x^2 + 4x - 1)x + (2x^3 - 3x^2 + 4x - 1)(-2)$

$= (6x^5 - 9x^4 + 12x^3 - 3x^2) + (2x^4 - 3x^3 + 4x^2 - x) + (-4x^3 + 6x^2 - 8x + 2)$

$= 6x^5 + (-9x^4 + 2x^4) + (12x^3 - 3x^3 - 4x^3) + (-3x^2 + 4x^2 + 6x^2)$

$\quad + (-x - 8x) + 2$

$= 6x^5 - 7x^4 + 5x^3 + 7x^2 - 9x + 2$ □

⚠丙、多項式的除法

多項式是數的推廣，我們先複習數的除法。

例題 3

$23 \div 7 = 3$ ……餘數 2，我們就記成 $23 = 7 \times 3 + 2$。 □

　　一般而言，$a \div b = q$ ……餘數 r，這就是

$$a = bq + r$$

我們稱 a 為**被除數**，b 為**除數**，q 為**商**，r 為**餘數**。注意到，餘數 r 一定小於除數 b：$0 \leq r < b$。

　　當 $r = 0$ 時，我們稱 a 可以被 b **整除**，或 b 可以**整除** a。實際的除法演算通常是採用**長除法**。

✏ 例題 4

$9786 \div 13 = ?$

⚙ 解 答

我們施展長除法的演算：

```
        7 5 2
13 ) 9 7 8 6
     9 1
     ─────
       6 8
       6 5
       ─────
         3 6
         2 6
         ─────
           1 0
```

$$\therefore 9786 = 13 \times 752 + 10 \qquad \square$$

　　接著，我們考慮兩個多項式的除法演算。

📝 **例題 5**

求 $(6x^3 - 5x^2 + 4x - 1) \div (3x^2 + x + 2)$ 的商式與餘式。

⚙ **解答**

採用長除法：

$$
\begin{array}{r}
2x \;-\; 1 \cdots\cdots\cdots\cdots\cdots 商式 \\
3x^2 + x + 2 \,\overline{)\, 6x^3 \;-\; 5x^2 \;+\; 4x \;-\; 1 } \\
\underline{-)\;\; 6x^3 \;+\; 2x^2 \;+\; 4x} \\
-3x^2 \;+\; 0 \;-\; 1 \\
\underline{-)\;\; -3x^2 \;-\; x \;-\; 2} \\
x \;+\; 1 \cdots\cdots 餘式
\end{array}
$$

除式 $\cdots\cdots 3x^2 + x + 2$

因此，商式為 $2x - 1$，餘式為 $x + 1$。我們可以寫成：

$$6x^3 - 5x^2 + 4x - 1 = (3x^2 + x + 2)(2x - 1) + (x + 1) \qquad \square$$

　　一般而言，設 $f(x)$ 與 $g(x)$ 為兩個多項式，作除法演算 $f(x) \div g(x)$，就得到**商式** $q(x)$，以及**餘式** $r(x)$，使得

$$f(x) = g(x)q(x) + r(x) \text{，} \deg r(x) < \deg g(x)$$

👆 **註**

我們不寫成 $0 \le \deg r(x) < \deg g(x)$，為什麼？因為如果是整除的話，餘式 $r(x) \equiv 0$ 為零多項式，通常就規定它的次數為 $-\infty$，所以我們寫成 $\deg r(x) < \deg g(x)$ 才不會產生困擾。

✡ **除法原理**

數的除法 $a \div b$：$a = bq + r,\ 0 \le r < b$。

式的除法 $f(x) \div g(x)$：$f(x) = g(x)q(x) + r(x)$，$\deg r(x) < \deg g(x)$。

△丁、餘式定理與因式定理

對於除式是一次式的特殊情形，我們可以得到兩個重要結果：

定理 1 （餘式定理）

設 $f(x)$ 為一個多項式，那麼 $f(x)$ 除以 $x - a$ 的餘數就是 $f(a)$。

證 明

由除法原理得知 $f(x) = (x - a)q(x) + r$，把 x 用 a 代入就得到

$$r = f(a)$$

利用餘式定理，我們立即得到：

推 論 （因式定理）

設 $f(x)$ 為一個多項式，那麼就有：

$f(a) = 0 \Leftrightarrow x - a$ 可以整除 $f(x) \Leftrightarrow x - a$ 為 $f(x)$ 的因式。

例題 6

求 $f(x) = x^3 - 5x^2 + x - 3$ 除以 $x - 2$ 的餘式。

解 答

餘數為 $f(2) = 2^3 - 5 \times 2^2 + 2 - 3 = -13$ □

例題 7

求 $f(x) = 7x^4 + x^3 - 5x^2 + x - 3$ 除以 $x + 2$ 的餘式。

解 答

餘數為 $f(-2) = 7 \times (-2)^4 + (-2)^3 - 5 \times (-2)^2 + (-2) - 3 = 79$ □

例題 8

設 $f(x) = x^4 - 3x^3 + 3x^2 - 3x + 2$，則可算得 $f(1) = 0 = f(2)$。由因式定理知 $f(x)$ 具有 $x - 1$ 與 $x - 2$ 的因式。 □

例題 9 （三合一）

多項式 $x^2 - x - 1 \longleftrightarrow$ 方程式 $x^2 - x - 1 = 0 \longleftrightarrow$ 函數 $y = x^2 - x - 1$。

□

16.2 四個基本問題

一般而言，解代數方程式就是要探究下列四個基本問題：

1.存在性問題：解答存在嗎？(若不存在解答，就不必費心去求解了。)

2.唯一性問題：解答有幾個？只有一個嗎？(解答的唯一性特別珍貴。)

3.**建構問題**：如何實際建構出解答或求近似根？

4.**解答的性質與行為問題**：研究解答的性質與行為。

其中要以建構問題最重要，存在性與唯一性問題比較是屬於理論層次的問題。將來對於求解微分方程以及其它更高等的各種方程，都是要思考這四個問題。

✏ 例題 10

對於二次方程式 $ax^2 + bx + c = 0$ $(a \neq 0)$ 的求解，這四個基本問題完全得到解決：解答存在，有兩個，有各種解法（交叉相乘法、公式解法）。解答的性質：當判別式 $\Delta > 0$ 時，方程式有兩個相異實根；當 $\Delta = 0$ 時，有兩個相等實根；當 $\Delta < 0$ 時，有兩個共軛複數根。類似地，三次與四次方程式亦然。　　　　　　　　　　　　　　　　　　　　　□

　　存在性與唯一性問題當然也很要緊：若知道解答不存在，那就不用去找了；若知道解答唯一，而且別人已找到一個，那就不用再費心去找了。下面我們舉兩個關於存在性的例子。

✏ 例題 11

證明：1 是最大自然數。

⚙ 證明

假設 x 為最大自然數，則 x^2 也是自然數，故 $x^2 \leq x$。另一方面，我們又有 $x^2 \geq x$。於是 $x^2 = x$ 或 $x(x-1) = 0$。從而，$x = 0$（不合）或 $x = 1$。因此，1 是最大自然數，活見鬼！　　　　　　　　　■

自然數系是無界的，不存在有最大的自然數，但是我們去假設它存在，就可以推導出「1 是最大自然數」，這樣荒謬結果。

這個例子啟示我們：如果上帝、鬼神不存在，我們去假設祂們存在，那麼從古到今人類談了那麼多的上帝、鬼神，得到的結論可能會很荒謬。當然，也可能很美妙。無中生有的事情，任何可能都有可能。

例題 12　（福爾摩斯原理，Sherlock Holmes's Principle）

偵探大師福爾摩斯（Sherlock Holmes，住倫敦貝克街 221B 號）對他的助手華生 (Watson) 醫生說：我偵察凶殺案件所根據的方法是，把所有可能的嫌疑犯都列出來，然後逐一消去不可能，直到剩下最後一個嫌疑犯，不論是多麼地不可能，必是真凶。但是這必須要存在有真凶才行，否則仍然會冤枉好人。例如死者不是他殺的，而是自殺的。因此，存在性很重要！　　　　　　　　　　　　　　　　　　□

16.3　代數學根本定理

定理 2　（代數學根本定理，The fundamental Theorem of Algebra）

任何以複數為係數的 n 次 $(n \geq 1, a_n \neq 0)$ 多項方程式

$$a_n x^n + a_{n-1} x^{n-1} + \cdots + a_1 x + a_0 = 0 \tag{2}$$

在複數系中必存在有（至少）一根。

　　這個定理的證明，在 1797 年由高斯的博士論文首度提出，1799 年發表，標誌著代數學發展的一個高潮。今日通常在大學的「複變函數論」中才給出這個定理的證明，故此地從略。在數學中，凡是用「根本」來形容的定理，必是該領域的核心結果。推薦閱讀的書籍 [28] 提出了 12 種證法，至少都要用到高等微積分以上的數學工具。

　　在(2)式中，$n \geq 1$ 的條件不能棄掉。因為取 $a_n = a_{n-1} = \cdots = a_1 = 0$ 且 $a_0 \neq 0$ 時，(2)式就變成 $a_0 = 0$，這叫做零次多項方程式，亦即(2)式只含非零常數項。零次多項方程式顯然**無解**。

　　另外，零多項方程式的次數通常定義為 $-\infty$，任何數都是它的根，故有**無窮多個解答**。這些都是極端的特例，千萬不要忽略。

故事

　　有幾位物理學家聚在一起聊天，其中一位提出一個問題：有一隻狗，尾巴綁著炒菜盤，向前跑，欲其不發出聲音，要如何才能辦得到？當場沒有人回答得出來！因為大家習以為常地以為狗向前跑就是速度 $V \neq 0$，而沒有考慮到靜止不動也是跑的特例。本題的答案是，讓狗的速度 $V = 0$ 就好了。

　　根據因式定理與代數學根本定理立即就得到：

推論 1 　（唯 n 性定理）

任何次數 n 大於或等於 1 的複係數多項方程式，在複數系中，必存在有 n 個根（重根計較重複度）。

證明

考慮多項方程式 $f(x) = x^n + b_{n-1}x^{n-1} + b_{n-2}x^{n-2} + \cdots + b_1x + b_0$。由代數學根本定理知：在複數系中，它存在有一個根 α_1。再由因式定理知，$f(x)$ 有因式 $x - \alpha_1$，故可以寫成

$$f(x) = (x - \alpha_1)f_1(x)$$

其中 $f_1(x)$ 為 $n-1$ 次多項式。如果 $n-1 = 0$，即 $n = 1$，那麼已經證明完畢。如果 $n-1 > 0$，對 $f_1(x)$ 再使用一次代數學根本定理與因式定理，我們就得到 $f_1(x) = (x - \alpha_2)f_2(x)$。從而

$$f(x) = (x - \alpha_1)f_1(x) = (x - \alpha_1)(x - \alpha_2)f_2(x)$$

按此要領不斷做下去，有限步驟就會停止，最後得到

$$f(x) = (x - \alpha_1)(x - \alpha_2) \cdots (x - \alpha_n)$$

解方程式 $f(x) = 0$，就得到 n 個根：

$$x = \alpha_1，x = \alpha_2, \cdots，x = \alpha_n$$

這其中可能會有重複。∎

註

所謂「重根計較重複度」是指，兩重根就算兩個，三重根就算三個，等等。

推論 2

如果重根不計較重複度，那麼任何次數 n 大於或等於 1 的多項方程式，在複數系中至多只有 n 個相異根。

⚙ **推論 3**

任何次數 n 大於或等於 1 的多項式必可分解成 n 個一次因式的乘積。

　　這表示我們可以用一次因式之簡來御任何多項式之繁。因此,「**一次因式**」相當於多項式的「**原子**」。

　　代數學根本定理回答的是,方程式解答的存在性問題,而不是唯 n 性問題 (解答有幾個)。許多人混淆不清,誤以為後者就是代數學根本定理。從證明的角度來看,真正具有深度與困難的是存在性定理,而不是唯 n 性定理。

　　每一門數學差不多都只有一個根本定理,通常表達著研究對象的結構,其它的結果基本上都是由此衍生出來的。例如:算術 (數論) 有「**算術根本定理**」,表達自然數的結構;代數學有「**代數學根本定理**」,表達多項式的結構;微積分學有「**微積分根本定理**」,告訴我們如何用微分來算積分;歐氏平面幾何學有「**畢氏定理**」,這是幾何學的基石。這些都是像一首詩的「**詩眼**」。

　　物理學家費曼每遇到一個含有 π 的公式,他就喜歡問:「圓在哪裡?」類似地,以後我們每讀一門數學,就應該要問:

　　　　什麼是根本定理?什麼是根本概念?

我們要時時懷著問題意識,這樣才比較容易看到東西,看清事情。

16.4 數系延拓的回顧

從解方程式的觀點來看,數系延拓到達複數系就已經完美無缺,不必再延拓了。但是,後來又從複數系延拓到四元數系與八元數系,這並不著眼在解方程式,而是著眼在解放代數運算律的觀點。

一個完美的系統通常也表示最具有威力且最有用,這是數學的奧妙之一。複數系就是一個活生生的實例。這只要想到電磁學與量子力學都要用到複數系就足夠理解了。數學理論與物理理論的完美也具有相同的功效。

數系的延拓是從自然數系出發,到整數系、有理數系,再到實數系、複數系,逐漸擴展,集合的元素不斷增多,它們具有如下的包含關係:

$$N \subset Z \subset Q \subset R \subset C$$

這些數系是數學最重要的基石,我們把複數分類如下:

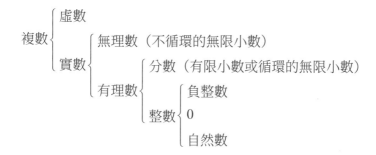

總結一下數系的延拓,我們列出下面的**流程圖**:

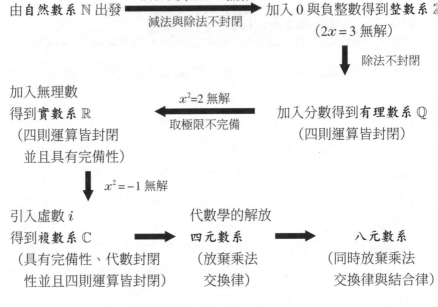

由自然數系 N 出發 $\xrightarrow{\quad x+5=3 \text{ 與 } x+3=3 \text{ 無解}\quad}$ 加入 0 與負整數得到整數系 $\mathbb{Z}$

減法與除法不封閉 $\qquad\qquad\qquad (2x=3 \text{ 無解})$

除法不封閉

加入無理數 $\xleftarrow{\quad x^2=2 \text{ 無解}\quad}$ 加入分數得到有理數系 $\mathbb{Q}$

得到實數系 $\mathbb{R}$ 取極限不完備

（四則運算皆封閉 （四則運算皆封閉）

並且具有完備性）

$x^2=-1$ 無解

引入虛數 i 代數學的解放

得到複數系 $\mathbb{C}$ 四元數系 八元數系

（具有完備性、代數封閉 （放棄乘法 （同時放棄乘法

性並且四則運算皆封閉） 交換律） 交換律與結合律）

數系延拓的歷史發展

上述我們採取目前流行的順序：$\mathbb{N} \subset \mathbb{Z} \subset \mathbb{Q} \subset \mathbb{R} \subset \mathbb{C}$ 來談數系的延拓。這是按邏輯的方便說法。然而，實際歷史的發展，卻按下列六個階段的順序來進行：

1. 人類最先熟悉的是自然數系 $\mathbb{N}$。
2. 然後才逐漸發展出正的有理數。
3. 接著古希臘人發現正的無理數。
4. 再來是引進 0 與負數，得到實數系 $\mathbb{R}$（從而整數系 $\mathbb{Z}$ 與有理數系 $\mathbb{Q}$ 自動都有了）。
5. 引進虛數 i 與複數系 $\mathbb{C}$。

6.發展四元數（1843 年）與八元數（1845 年）。

　　在這個延拓過程中，正的有理數的世界反映人類最早熟知的「存有世界」，然後逐漸擴展到陌生的「未知世界」。這個發展有幾個關鍵的困難：

1. **0**：代表「空無」。起初數學家很難接受「空無」是一個數。引出 0 不可以當除數以及 $0 \div 0$ 的困擾。

2. **負數**。這比 0 更難接受。同時也引出「負負得正」以及 $-1 : 1 = 1 : -1$ 的疑惑。

3. **無理數**。這是大困難，因為涉及無窮，很難說清楚什麼是無理數。

4. **虛數與複數**。它們的出現表示，連想像與虛擬世界的東西，都可以成為數，這太虛玄了，難於理解。

　　從實在的「存有世界」，到「空無世界」、「負的世界」，透過開平方演算，再到「無理的世界」以及「虛擬的世界」。雖然經常發生「夏蟲不足以語冰」的困境，但是最後都克服了，形成人類文明的進行曲。

16.5　根式解的問題

一次、二次、三次、四次的方程式都解決了。我們看出，方程式的次數越高，求解起來越困難。

　　二次方程式 $ax^2 + bx + c = 0$ 的解答 $x = \dfrac{-b \pm \sqrt{b^2 - 4ac}}{2a}$ ，利用係數作**四則運算**與**開方演算**就可以得到的。3 次與 4 次方程式亦然。對

於這種情形，我們就稱方程式具有**根式解 (radical solution)**。

於是我們自然要問：

五次以上的方程式具有根式解嗎？

代數學根本定理只是說，在複數系中解答存在，但是並沒有說方程式具有根式解的形式。這是一個數學難題，數學家費去不少的心血，歷經兩個世紀依然沒有解決。

直到 19 世紀上半葉，才由挪威數學家阿貝爾 (Abel, 1802–1829) 以及法國數學家伽羅瓦 (Galois, 1811–1832) 解決掉，而且是否定的解決！這是一段輝煌燦爛的歷史。

定理 3

任何五次以上（含五次）的方程式，都存在不具有根式解者。

這個定理的證明必須用到大學的「抽象代數」，超出本書範圍，故從略。它跟代數學根本定理構成了代數學的兩個高峰成就。

注意到，這個定理並沒有排除：存在有特殊的五次以上的方程式，具有根式解。例如 $x^5 - 1 = 0$ 就有根式解：由因式分解

$$x^5 - 1 = (x-1)(x^4 + x^3 + x^2 + x + 1)$$

我們得到

$$x - 1 = 0 \text{ 或 } x^4 + x^3 + x^2 + x + 1 = 0$$

這兩個方程式都具有根式解。

但是，$x^5 - 4x + 2 = 0$ 就不存在根式解，證明留給大學的抽象代數。事實上，正是為了探討根式解的難題才發展出 **「群論」 (group theory)**，然後逐漸開拓出「抽象代數」的理論。

　　代數學的主題是方程式論,亦即探討求解方程式的四類基本問題。我們打個比方來說:方程式相當於「失火」,解方程式是「滅火」,數系及其運算結構就是為了系統地滅火所建立起來的「消防系統」。抽象代數的出發點是方程式論,不過更著眼在建立整個消防系統。

　　現代數學是公理化的數學,以最簡潔的話來說就是:

集合 + 結構

這是受到抽象代數的啟發與影響而產生出來的。數學的結構不外是:運算的、大小順序的、向量的、拓樸的、測度的、……等等。

16.6 一個偉大的觀點

古希臘的**原子論**就是要追究物質的結構以及生成、變化之道。他們透過**想像的實驗**,並且採用**分析與綜合法**,先對物質做分析,得到基本的組成要素,叫做**原子**(「不可分割」之意);反過來,再做綜合,由原子組合成各種物質。整個合起來就得到:

定理 4 (物質的結構定理)
凡是物質都是原子組成的,原子的不同排列與組合就產生萬物。

 註
今日物質細部的結構與組合、變化之道由物理學與化學提供。

引申開來或作類推，我們研究任何事物時，總是要問：

它的基本組成要素是什麼？結構定理又是什麼？

這就是在施展原子論的精神與方法。我們舉兩個例子：

例題 13

古埃及人發明象形文字，蘇美人發明楔形文字，這些都是難以學習的。自從那位不知名的天才，對人類的聲音加以分析，得到基本的組成要素，並且創造少數幾個字母來表示，然後拼出所有的聲音、文字。在人類文明史上，拼音字母的發明是多麼重大的進展，使得太初有言 (words)，太初有道 (logos)！　　　　　　　　　　□

例題 14

十進位的命數系統，用 10 個阿拉伯數字就可以表達出所有的無窮多個數。音樂將聲音分解為 12 個基本音，再組合出所有的樂曲。　　　□

原子論的精神與方法到處有用，我們再看眼前當下的兩個例子。把它應用到自然數的領域，就得到**質數**（不可再分解）的概念與**算術根本定理**。再應用到多項式的領域，就有**一次式**（不可再分解）與**代數學根本定理**。以後還可以應用到歐氏幾何學與微積分。簡直就是「理一分殊，月印萬川，同條共貫」。

我們列成下面的類推對照表：

領域	基本要素	結構定理
大自然領域	原子	物質結構定理
自然數領域	質數	算術根本定理
多項式領域	一次式	代數學根本定理

註

算術根本定理是說：任何大於 1 的自然數都可以分解成質因數的乘積，並且若不計較質因數的順序，則分解是唯一的。

16.7　代數學的大樹

代數學的主要特色就是**抽象化、符號化**與**公理化**，以提煉出一套基本的論述語言，用來清晰地描述世界上定量的這一層面，但絕不是符號遊戲。

　　代數學是方法論大師笛卡兒解題最重要的一環，他提出解題的四步驟：

1.任何問題化成數學問題。

2.數學問題化成幾何問題。

3.幾何問題化成代數問題。

4.代數問題化成解方程問題。

方程式是開啟數學寶庫的金鑰匙，其中第 3 步就是解析幾何的工作。因此，解析幾何是笛卡兒解題方法論的自然產物，並且只是其中的一

環而已。這種代數化的思想，一直是數學的主流思想。笛卡兒與韋達甚至懷抱著：代數可以使得「**沒有未解決的問題留下來。**」(To leave no problem unsolved.) 的夢想。

因此，解析幾何是笛卡兒解題方法論的自然產物。

笛卡兒把知識想像成一棵樹，不妨叫做「**知識樹**」。他說：

> 哲學（一切學問的總稱），就其整體來說，好像是一棵樹，形上學 (Metaphysics) 是它的根，物理學是它的幹，然後由此幹所生出的枝椏就是所有的科學，它們大略分成醫學、工藝學與倫理學等三種。

我們模仿笛卡兒，也將代數想成一棵「**代數樹**」：根部是數系及其運算律，樹幹是未知數 x 與方程式，枝椏分為一次、二次、三次、四次、……方程式的解法，最上面的花果就是各種應用。學問如一棵大樹的成長。「**代數樹**」欣欣向榮，萬古長青。

16.8　結　語

從具體的數，創造出「替代數」：未知數 x 與變數 x, y。這是了不起的一步進展，比美於人類之創造出文字，或經濟活動之創造出貨幣，對人類文明的影響無窮，後續的發展潛力也無窮。

有了代數的抽象符號，才有**方程式、公式**與**函數**可言。例如，加法交換律不能用 $2+3=3+2$，而要用 $a+b=b+a$ 來表達，其中 a 與 b 為任意數。前者只是一個特例，後者才是貨真價實「**涉及無窮**」的

普遍定律。又如自由落體定律，用符號 $S = \dfrac{1}{2}gt^2$ 來表達，一目了然。

我們可以想像得到，若無抽象符號，要研究與論述這些概念，是多麼困難的一件事！學習就是要讓眼界不斷提高，使得今日的抽象會變成明日的具體，這就是進步。

我們列成圖 16–1 對照表：

方程式是函數的**制約**，函數是方程式的**解放**。詳言之，函數 $y = f(x)$ 的制約（限制 $y = 0$），就得到方程式 $f(x) = 0$。反過來，方程式 $f(x) = 0$ 的解放（從 0 解放為可能的 y 值），就得到函數 $y = f(x)$。

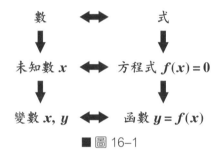

■圖 16–1

大自然喜歡把她的祕密藏在方程式與函數的形式裡，所以研究這兩者就成了數學的主要論題。數學是人類叩問自然、跟自然對話所產生出來的。數學家追求邏輯上的可能模式 (patterns)，尋找數與幾何圖形的可能規律，展現人類的創造想像力 (creative imaginations)。這是一種驚心動魄的觀念探險之旅 (the exciting adventures of ideas)。

由各種算術應用**問題**出發，錘煉出代數方法。解方程式是代數學發展的主軸，然後漸漸深入到探討背後數系的結構本身，建立「解方程式」的整個結構系統，這就是代數學。抽象程度越來越高，往後更發展出線性代數，抽象代數，……等等。

多項方程式解答的存在性，是數學的大問題與難題，一直要等到高斯證明了代數學根本定理才解決。因為如果無解的話，就會立下一道不可逾越的牆，也表示代數的不完美，有缺陷。

數、方程式、函數與圖形是數學所要研究的主題。代數學探討前三者。接下來的一冊是歐氏幾何學，我們要研究**圖形**這個論題。

莎士比亞說：「毛毛蟲與蝴蝶是大不相同的，但是蝴蝶是從毛毛蟲蛻變而成的。」我們可以把這句話改寫為：「算術與代數是大不相同的，但是代數是從算術蛻變而成的。」欲欣賞蝴蝶，就要愛護毛毛蟲。要欣賞彩虹，就要喜歡下雨。

16.9 頭腦的體操 （習題解答請見 p. 387）

1. 設 $f(x)$ 為一個多項式且 $a \neq 0$，證明 $f(x)$ 除以 $ax - b$ 的餘數為 $f(\dfrac{b}{a})$。

2. 設 $f(x)$ 為一個多項式且 $a \neq 0$，證明：

   $f(\dfrac{b}{a}) = 0 \Leftrightarrow ax - b$ 可以整除 $f(x) \Leftrightarrow ax - b$ 為 $f(x)$ 的因式。

3. 設多項式 $f(x)$ 除以 $x - a$ 的餘數為 A，又 $f(x)$ 除以 $x - b$ 的餘數為 B。試求 $f(x)$ 除以 $(x - a)(x - b)$ 的餘式。

4. 設 $f(x) = x^4 - 2x^3 + 4x^2 + ax + 3$ 之一因式為 $x - 3$，求 a 之值。

5. 設 $f(x)$ 為整係數多項式，a, b 為不同的整數，證明：$(a - b)|(f(a) - f(b))$，即 $f(a) - f(b)$ 可被 $a - b$ 整除。

6. 有一張長方形的紙，長為 a，寬為 b $(a > b)$，截掉一個以 b 為邊長的正方形，剩下一個小長方形。若原長方形與小長方形的長與寬之

比值相等，求 $\dfrac{a}{b}$ 之比值。

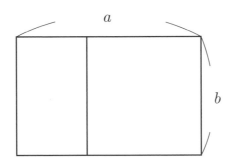

7.解方程式：$x^5 - 1 = 0$。

16.10 喝茶時間

利用數與 x 透過乘法與加法，數學家創造出多項式與多項方程式。後者是一條捆住未知數 x 的繩索，方程式的次數越高表示這條繩索打越多的結，要解開它就越困難。幸運的是，高斯的代數學根本定理告訴我們：在複數系裡，一次以上的多項方程式一定有解答。這表示複數系對於代數學具有完美性或代數封閉性。

對人類來說，一般而言「未知的東西」是神祕的、好奇的、害怕的、恐懼的。然而愛因斯坦卻說神祕的體驗是最美的，這應該跟他小時候美妙的代數經驗有關：

The most beautiful experience we can have is the mysterious. It is the fundamental emotion which stands at the cradle of true art and true science. Whoever does not know it and can no longer wonder, no longer marvel, is as good as dead, and his eyes are dimmed.

我們所能擁有的最美妙的經驗是神祕的體驗。它是站在真正藝術與真正科學的搖籃邊的基本感情。體驗不到它並且對周遭不再驚奇、不再讚賞的人，無異是行屍走肉，並且他的眼睛是暗淡的。

17

一個統合的觀點

一個統合的觀點

■ 畢達哥拉斯
（出處：Shutterstock）

All is number. Number rules the universe.

萬有皆數。數統治著宇宙。

—*Pythagoras*—

起先，大自然把她的**祕密**以「**一個數**」的形式藏在「**數之海**」裡，今日稱為「**數系**」。古希臘哲學家赫拉克利特說：

> The Lord whose is the oracle at Delphi
> neither reveals nor hides but gives tokens.

德爾斐的神諭既不顯露，也不隱藏，但會給出徵象。我們把它改為：

> 大自然既不顯露，也不隱藏，但她會透露出一些線索。

由此數學展開漫長的追尋未知之旅，本書我們只介紹「從算術到代數」的發展。按數學史來看，這一段發展所費的時間最長，從古代巴比倫開始，由「**文詞代數**」、「**簡字代數**」，到 16 世紀的「**符號代數**」，再到 18、19 世紀的「**方程式論**」，以及 20 世紀的「**近世抽象代數**」，一脈相承，代數學才算完成。但是，學無止境，後續發展永不止息，至今方興未艾。

事實上，未知數的概念早就有了，但都是使用複雜的符號（文詞或簡字）來代表，這阻礙了代數學的發展。

韋達首先用子音字母代表已知量，用母音字母代表未知量。接著笛卡兒加以改進：用 a, b, c 代表已知的常數，用 x, y, z 代表未知數。這是重大突破！韋達夢想著：

> To leave no problem unsolved.
> 沒有未解決的問題留下來。

在某種程度內，他的夢想算是實現了。有詩為證：

> 從數之海，x, y 躍出
> 一切問題，大放光明

17.1　算術：直接探求答案

算術方法就是要根據已知線索（數據），利用一些洞察力與數的四則運算，直接去算出答案，從而找到祕密。例如和差問題，雞兔同籠問題，流水問題，工程問題，……，求解每一個問題都各有巧妙的想法。

　　算術方法有優點，也有缺點。優點是可以發揮想像力，求得多樣的解法；缺點是個別問題只能個別解決，並且所能解決的問題也相當初等且侷限。學問之道是找尋更高、更廣的觀點，發展出一個普遍方法，一舉解決整類的所有問題，又具有向上生長的潛力。

17.2　代數：間接探求答案

於是「吾道一以貫之」的代數方法就誕生了，從而發展出更上一層樓的**代數學**。所謂**代數方法**就是拋出奇妙的 x, y，叫做**未知數**，想像答案已經找到，就是 x, y，然後根據線索列出**方程式**，接著利用**數系的運算律**解開方程式，我們就真正得到答案了。這個方法雖然比較抽象，但卻是一種結構性的、普遍性的解決問題的方法。抽象才能抓住本質與普遍。事實上，數學的發展是透過不斷抽象化的提升過程，並且講究方法論。對於小六到國一的學生，代數學是最早接觸到的從具體轉變到抽象的範例。這個關卡的轉變，如果順利的話，往後的數學學習才會順暢，否則就會有困難。

我們再用一個比喻來說明代數方法。

從前有一位漁夫經常要出海捕魚。大海裡生長著各式各樣的魚，漁夫要捕捉其中一條神祕的魚 x。於是漁夫就去編織一個網子，拋撒到大海裡，把這一條神祕的魚捕捉住，拖上船來，再解開網子得到魚。

這就是代數方法：未知數 x 是神祕的魚，方程式是網子，網住 x，解方程式是解開網子得到魚，探討解答的性質與行為是研究這條魚。最後，不要忘掉料理成海鮮，品嘗美味。這個過程包含有五個步驟，我們列成如下的類推對照表：

漁夫捕魚術	代數方法
1.大海中有神祕的魚	設定未知數 x
2.編織網子拋網捕魚	用方程式捆住 x
3.然後解開網子得到魚	求解方程式得 x
4.研究魚的屬性與結構	研究解答的性質與結構
5.最後是煮魚品嘗美味	了悟與欣賞

代數方法就是捕捉未知數的藝術。諺語說：

> 給他魚不如教他捕魚術。

代數就是要教我們「**捕魚術**」，在思想大海或大自然中捕捉未知數的藝術。

科學建造理論來捕捉大自然的祕密，也具有異曲同工之妙。18 世紀德國浪漫主義天才詩人諾瓦利斯的一句話值得欣賞與銘記：

> Theories are nets : only he who casts will catch.
> 理論如網子：只有拋撒網子的人才能捕捉到東西。

17.3　變數與函數

有了初步代數學做基礎，就可以再向上發展，追求更深刻的東西。我們轉變觀念，把 x, y 提升為**變數**的概念，它們都在「**數之海**」裡有關係地變化著，記成 $y = f(x)$，這就得到**函數**的概念。

　　這次大自然把她更高的**祕密**以**函數**藏在「**數之海**」的兩變數裡。函數代表**自然律 (laws of nature)**，表現兩變數之間的因果關係。探索自然律是科學研究的最重要目標。因此，在數學的這一面，我們要先把函數研究清楚，就是為了要探索大自然而作準備。

　　我們用下面三層的圖解來表達上述二節的內涵：

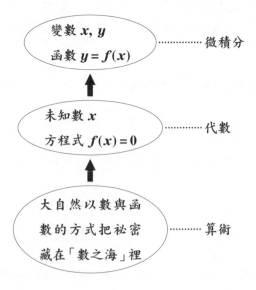

數學從「常量」進步到「變量」；從數到未知數，再到變數；從方程式到函數；這是由於出現了最恰當的符號 x, y，才讓數學鮮活起來，充滿著生命力。

數學是一種科學、一種哲學、一種藝術、一種語言。

作為一種科學，數學除了本身美麗與嚴謹的體系之外，它是描述自然現象的最有力工具，伽利略說：

自然之書是用數學語言寫成的，不懂數學就讀不懂這本書。

作為一種哲學，數學是愛智的典範，追求精確的知識，發展出一套邏輯融貫的知識系統，使得我們的經驗可以得到解釋。

數學是人類思想的創造，所有的創造與發明都是一種藝術。數學家創造一個理論，發現一個定理、公式，就相當於藝術家創造一件作品，詩人寫出一首詩，都是創造想像力的展現。

數學是關於數量與圖形的語言，推理與計算的語言，第二外國語言，更是大自然的語言。計算與推理用來保證跨出的每一步都是堅實穩固的。數學（與物理學）的語言包括四個層次：

自然語言 (Natural Language)：即日常生活所用的語言。

專技語言 (Technical Language)：即數學的專門術語，例如函數、多項式。

符號語言 (Symbolic Language)：例如 $y = f(x)$，$ax^2 + bx + c = 0$。

圖形語言 (Graphic Language)：例如幾何圖形，函數的圖形。

17.4 抽象是優點

從數學史與方法論的觀點來看，數學是不斷地**抽象化、提升**與**推廣**的過程，使得可以透過計算、推理與證明來表達精確的思想。其實，計算也是一種至精至簡的推理。抽象化才能抓住「**本質**」，掌握「**普遍**」，觸摸「**無窮**」。事實上，**數學是研究無窮的學問**。抽象是大優點，而不是缺點。

音樂跟數學類似，都是抽象的、符號的，也都是因為抽象而美麗。但是數學與音樂有一點不同：不懂數學的人，絕對無法欣賞數學之美。但是不懂音樂的人，仍然在相當程度內可以欣賞音樂。

透過抽象化，思想才能起飛，翱翔天際。學習數學如果沒有體驗到這個大優點，而只看到抽象的面目可憎，感受不到它的美，當然會落得討厭數學，甚至痛恨數學，這實在是非常可惜。

數學家的工作有一大半是把別人的成果變成自己的「特例」，這就是「推廣」。推廣包括：把條件減弱，將幾個結果統合起來，作類推，引入更高的新觀點。這有如一棵樹的生長，不斷地生長，生長，再生長。

有一句批評人的話，說某人是「見樹不見林」。我們學習任何東西是「**要見樹也要見林**」。這樣才可以達到對整體與細部真正的理解。

有觀點才看得見世界（或事物），但是我們又深知每一種觀點都不免有侷限性，所以我們要不斷地追尋更高、更廣、更新的觀點。

「上下四方」謂之宇，「古往今來」謂之宙。宇宙是有機合一的整體，人也是宇宙的產兒，從而任何東西都因緣和合，互相關聯，數學亦然。在數學中，我們遇到任何東西，都可以向四面八方去拓展，讓

創造想像力飛揚，展現邏輯關係網以及任何有機連結：

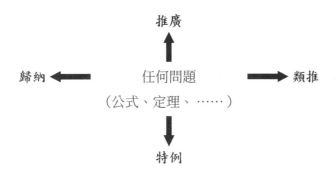

17.5　未來的展望

數學研究**數**與**圖形**的性質與規律，用邏輯來貫串，處處講究計算與證明，並且組織成嚴謹的知識系統。在數的這一面，表現為數的四則運算、方程式與函數；在形的這一面，表現為圖形及其所在空間的性質，發展為幾何學。因此數、方程式、函數、圖形與空間是數學所要研究的主題，形成算術、代數學與幾何學。

　　小學數學包括算術與基本幾何圖形的認識。算術研究數的四則運算以及其各種四則應用問題，到了國中開始學習代數的計算與幾何的證明。

　　接著是高中數學，再將未知數上升為變數，從而產生函數 $y = f(x)$ 的概念。變數讓我們可以將普遍表現為一般公式，並且捕捉到無窮，品嘗美麗。從常量數學演進到變量數學，讓數學開始飛翔，俯視山河大地！

　　研究圖形及其所在的空間，就發展出**幾何學**。由於研究方法的進展，從**平面幾何學**，到**坐標幾何學**（或叫**解析幾何學**），再到**向量幾何學**。平面幾何就是歐氏平面幾何；坐標幾何就是引入坐標系，將幾何的點表為坐標，從而將數與圖形，亦即代數與幾何溝通起來；向量幾何就是把數量再加上方向，得到向量的概念，向量可以做運算，透過運算來掌握幾何，威力更強大。平面幾何是國中數學的題材，數系、函數、坐標幾何與向量幾何是高中數學的重心。高中數學還包括一些離散數學，例如**排列**與**組合**，**點算的機率**，以及**記述統計**（又叫做敘述統計）。

　　更上一層樓的發展是**微積分**，它是由微分與積分組成的。微積分的主角是函數。微分是求函數圖形上一點的切線；積分是求函數圖形在一個定義範圍上，所圍成領域的面積；兩者具有密切的關係。微積分的學習會經歷一趟驚心動魄的思想探險之旅，是高中數學的總驗收，更是進入現代數學的必經門戶。

　　宇宙、大自然、生命、生活、一首好詩、一件偉大藝術品、……都在向人們提出永恆的謎題 x，任人編織方程式，做出自己的答案。它們永遠只透露一些端倪，提出新問題，來回應人們所求得的答案。

最後，我們引述愛因斯坦的一段名言當作本書的結尾：

Imagination is more important than knowledge.

For knowledge is limited,

whereas imagination embraces the entire world,

stimulating progress, giving birth to evolution.

想像力比知識還重要。

因為知識是有限的，而想像力是無窮的，

它可以含納整個世界，

激發進步，產生演化。

推薦閱讀的書籍

首先介紹兩本以小說的形式寫成的數學書，寫得相當成功。用故事把數學的韻味與美麗都表現出來了，非常適合中學生的研讀。[2] 甚至是採用天方夜譚式的寫法，將故事安置在神祕的阿拉伯文化的背景裡，令人悠然神往。適合小六生以上的人研讀。

[1] 小川洋子，**博士熱愛的算式**。王蘊潔漢譯，麥田出版社，2004。

[2] Malba Tahan，**數學天方夜譚：撒米爾的奇幻之旅**。鄭明萱漢譯，貓頭鷹出版社，2009。

下面五本都是標準的書，講述從算術到代數的發展，寫法各有不同的風味，適合小六生以上的人研讀。

[3] 峻才編譯，**數學頭腦**。國家出版社，臺北，1979。

[4] 楊維哲，**代數是什麼？**。五南出版社，臺北，2008。

[5] 凡異編輯部，**趣味代數**。凡異出版社，1985。

[6] 伊庫那契夫，**數學隨筆──行走在科學世界裡**。王力漢譯，五南出版社，臺北，2008。

[7] 小島寬之，**用小學數學看世界**。陳昭蓉漢譯，世茂出版公司，臺北，2010。

數是數學的主角，下面四本書講述數的概念與符號的發展，以及數學的有趣人文與掌故，適合國中生以上的人研讀。[11] 可練習讀英文，Tobias Dantzig 是數學名家，又是寫數學科普的高手。

[8] Denis Guedj，**數字王國，世界共通的語言**。雷淑芬漢譯，時報出版社，臺北，2002。

[9] Robert Kaplan，**從零開始——追蹤零的符號與意義**。陳雅雲漢譯，究竟出版社股份有限公司，臺北，2002。

[10] 張海潮，**說數**。三民書局，臺北，2006。

[11] Tobias Dantzig, *Number—the Language of Science*. A Plume Book, 2007。

數學是一部最精純的方法論。下面這兩本書是有關思考的方法論，[12] 探討數學的解題方法，[13] 是一般思考的方法。適合國中生以上的人研讀。波理雅 (1887 – 1985) 是傑出的數學家，又是數學教育的「教父」，他的書是屬於必讀的好書之等級。

[12] G. Polya（波理雅），**怎樣解題**。蔡坤憲漢譯，天下文化出版社，臺北，2006。

[13] David Perkins，**阿基米德的浴缸——突破性思考的藝術與邏輯**。林志懋漢譯，究竟出版社，2001。

下面三本書適合國中生以上的人研讀。[14] 與 [15] 著重在數學的探索與連貫。[16] 具有一些數學史的味道。

[14] 蔡聰明，**數學的發現趣談，第二版**。三民書局，臺北，2010。

[15] 蔡聰明，**數學拾貝**。三民書局，臺北，2003。

[16] 洪萬生、英家銘、蘇意雯、蘇惠玉、楊瓊茹、劉柏宏，**當數學遇見文化**。三民書局，臺北，2009。

汝苟欲學詩，功夫在詩外。同理，汝苟欲學數學，功夫在數學外。

學數學除了數學本身之外，還要對於周邊的物理學、數學家的傳記、人文背景都要有所了解。下面五本書基本上是數學家與物理學家的傳記，值得一窺他們的想法與觀點。

[17] 凡異編輯部，**現代數學巨星──希爾伯特的故事**。凡異出版社，1986。

[18] 湯川秀樹，**旅人──湯川秀樹自述**。王寶蓮漢譯，遠流出版公司，臺北，1990。

[19] Richard Feynman，**你管別人怎麼想**。尹平、王碧漢譯，天下文化出版公司，臺北，1991。

[20] Hardy，**一位職業數學家的辯白**。水木耳漢譯，凡異出版社，1986。

[21] John Casti and Werner DePauli，**數學巨人哥德爾──關於邏輯的故事**。林志懋漢譯，究竟出版社，2005。

用漫畫與詩來表現數學，這比較少見，要寫得好很不容易。[22] 是用漫畫來描寫英國哲學家兼邏輯家羅素追求切確真理的勇往直前精神，寫得相當成功。羅素是 1950 年諾貝爾文學獎得主，在第一次世界大戰時，因反戰曾坐過牢。[23] 是綠島大坐牢家曹開在監牢裡用數學來入詩，不但稀有而且也值得一讀。

[22] Apostotos Doxiadis and Christos H. Papadimitriou，**數學邏輯的奇幻之旅**。劉復苓漢譯，繁星多媒體公司，2008。

[23] 曹開，**給小數點台灣──曹開數學詩**。王宗仁編訂，蕭蕭校審，晨星出版社，臺中，2007。

關於數學史方面的書有很多，但不見得適合初學的人。因此，我

們只介紹下面兩本。讀數學史可以讓我們具有長遠時間的發展觀，以及整體的透視。

[24] 林聰源編著，**數學史——古典篇**。凡異出版社，1995。

[25] I. G. Bashmakova and G. S. Smirnova, *The Beginning and Evolution of Algebra*. The Mathematical Association of America, 2000.

下面兩本都是談論畢氏定理的歷史發展，遠源流長，應用廣泛，幾乎觸及各分枝領域的數學 ，甚至是物理學 。畢氏定理至少有 520 種證法，堪稱是數學的第一，被稱為數學皇冠上的一顆鑽石。[26] 甚至還輕輕觸及愛因斯坦的狹義相對論。

[26] Eli Maor, *The Pythagorean Theorem — A 4000-Year History*. Princeton University Press, 2007.

[27] Alfred S. Posamentier, *The Pythagorean Theorem — The Story of Its Power and Beauty*. Prometheus Books, 2010.

最後一本講述代數學根本定理的 12 種證明，它們至少都要用到高等微積分以上的高等數學，所以不適合在本書裡介紹證明。這個定理標誌著代數學成就的一個里程碑。

[28] Benjamin Fine and Gerhard Rosenberger, *The Fundamental Theorem of Algebra*. Springer-Verlag, 1997.

習題解答

　　學習數學的要領是先把課文中的概念、公式、定理與方法讀懂，再來就是解題練習。兩者同樣重要，不可偏廢。題目不要貪多，但求徹底做完全，並且盡早建立自己獨立學習的能力。

　　怎樣解題？Polya[12] 是這方面的經典名著，極力推薦研讀。解題就是要鍛鍊思考、想像力、論述推理與計算過程，講究合邏輯並且用清晰流暢的「數學作文」表達出來。這些恰是現代學生最缺乏的訓練。

　　由於受到篇幅的限制，我們對於大部分的問題只給出簡答，而無法附上詳細的論述過程。但要切記：自己想出的一個答案，勝過別人告訴你的一千個答案。

第 0 章　正逆兩類算術問題

問題 1 參見推薦閱讀的書籍 [14] 的第 1 章，裡面有詳論。

問題 2 哥哥給弟弟 1 元（或反過來），則哥哥減弟弟的差額減少（或增加）2 元。

問題 3 烏龜 7 頭，章魚 8 頭。

0.4 頭腦的體操

1. 長為 45 公分，寬為 35 公分。
2. 小惠現年是 16 歲。
3. 烏龜有 37 頭，鶴有 15 頭。

4. 雞有 150 頭，章魚有 50 頭。

5. 雞有 5 頭，兔有 7 頭。

6. 雞有 12 頭，兔有 0 頭。

7. $\square = 7 - 3 = 4$　　　　　　$\square = 147 \div 7 = 21$

　$\square = 5 + 9 = 14$　　　　　$\square = 13 \times 53 = 689$

8. 10 元硬幣有 1011 枚，50 元硬幣有 1000 枚。

9. 兩人合作 6 天完成。

10. 鉛筆有 66 支，小朋友有 15 人。

11. 有 3 點 $16\dfrac{4}{11}$ 分兩針重合。

12. 筆記簿一本為 100 元，筆一支為 70 元。

13. 四腳椅有 13 張，三腳椅有 10 張。

14. 逆流而上需要花 4.5 小時。

15. 【解法 1】對游泳選手而言：

經過一逆游一順游，水流的效果恰好抵消掉。因此，可以視同為在靜止的河水中思考這個問題。於是游泳選手逆游 10 分鐘，又花了 10 分鐘就可追到帽子，總共花了 20 分鐘。

現在再來看河水：

河水花了 20 分鐘走了 1000 公尺，因此水流的速度為

$$1000 \div 20 = 50 \text{ 公尺／分鐘}$$

【解法 2】假設游泳選手在靜水中的速度為 u 公尺／分鐘，水流的速度為 v 公尺／分鐘。游泳選手逆流游 10 分鐘，距離甲橋上游為 $10(u-v)$ 公尺。游泳選手回頭順游的瞬間，距離帽子有

$$10(u-v) + 10v = 10u \text{ 公尺}$$

游泳選手每分鐘只能追上 u 公尺 （游泳選手與帽子都有水流的幫忙），所以游泳選手要花

$$10u \div u = 10 \text{ 分鐘}$$

追上帽子。因此，游泳選手與帽子都花了 20 分鐘在乙橋會合。從而水流的速度為

$$1000 \div 20 = 50 \text{ 公尺／分鐘}$$

【註】本題有趣的是，游泳選手的速度不相干，可為任意常數 u。

　　　上述的【解法 1】是高明的解法。

第 1 章　神奇奧妙的 x

問題 1　成功 = 努力工作 + 適度休息 + 少說廢話。

問題 2　某數為 $\dfrac{31}{5}$。

問題 3　書有 50 本，小朋友有 8 人。

問題 4　一共有四個答案：16，27，38，49。

1.4 頭腦的體操

1.(i) $x = 2$　(ii) $x = \dfrac{1}{4}$　(iii) $x = \dfrac{431}{41}$。

2.百元鈔有 10 張，五百元鈔有 7 張。

3.三個連續奇數為 19，21，23。

4.千元鈔有 9 張，五百元鈔有 16 張。

5.梯形的下底長度為 10 公分。

6.原數為 142857。注意：進位問題。

7.請讀者自己做，再核對第 0 章的答案。

8.此人原有的錢為 1480 元。

9.具有此性質的最小數為 2519。

10.最小的數為 23。

第 2 章　代數的謎題

問題 1　海芋總共有 120 支。

問題 2　假設總工程的量為 a，則甲一天做 $\dfrac{a}{6}$，乙一天做 $\dfrac{a}{7}$。兩人合作，一天做 $\dfrac{a}{6} + \dfrac{a}{7} = \dfrac{13}{42}a$，完成總工程需 $a \div \dfrac{13}{42}a = \dfrac{42}{13} = 3\dfrac{3}{13}$ 天（a 消掉）。由此可知，做工程問題從頭就可假設總工程量為 1，而不失其一般性。

問題 3　結果都是 7。

問題 4　某數為 $\dfrac{k - bc + d}{ac}$。

問題 5　假設你心中想的數為 $7 + x$，順時針數 $7 + x$，再沿著圓圈逆時針數 x 個，正好到達切入幣；由切入幣的下一個逆時針數到第 7 個（尾巴部分的個數）就是你心中所想的硬幣，這跟 x 無關。

2.7 頭腦的體操

1.(i) $x = \dfrac{1}{2}$　(ii) $x = -8$　(iii) $x = 0$　(iv) $x = -3$。

2.畢氏有 28 位弟子。

3.蜂群總共有 60 隻。

4.原數為 53。

5. 大數為 16，小數為 9。

6. 童子有 14 人，桃子有 54 個。

7.
```
            9 7 8 0 9
   124 ) 1 2 1 2 8 3 1 6
         1 1 1 6
         ─────────
             9 6 8
             8 6 8
             ─────────
             1 0 0 3
               9 9 2
             ─────────
                 1 1 1 6
                 1 1 1 6
                 ─────────
```

8.
```
            8 0 8 0 9
   124 ) 1 0 0 2 0 3 1 6
          9 9 2
         ─────────
             1 0 0 3
               9 9 2
             ─────────
                 1 1 1 6
                 1 1 1 6
                 ─────────
```

第 3 章　有理數系與運算律

問題 1　令 $S = 1 + 2 + 3 + \cdots + n$

則 $S = n + (n-1) + (n-2) + \cdots + 1$

兩式相加得

$2S = n(n+1)$

$$\therefore S = \frac{1}{2}n(n+1)$$

問題 2 因為 $\frac{1}{2} + \frac{1}{3} + \frac{1}{6} = 1$ ，所以年輕人的 1 頭駱駝加進來成為 12 頭，全被三兄弟分光了。老大、老二與老三分別得到 6 頭、4 頭與 2 頭。年輕人損失自己的 1 頭駱駝。

問題 3 $0.\overline{123} = \frac{41}{333}$ 。

3.6 頭腦的體操

1. 兩人在早上 6 點出發。

2. $0.4\overline{12} = \frac{412}{999}$ ，$7.12\overline{34} = \frac{35261}{4950}$ 。

3. 因為一逆一順，水流的作用互相抵消掉，所以可看作是在靜止水中的問題。因此，船經過 23 分鐘可追到帽子。

4. 因為 $\frac{n}{m} - \frac{n+1}{m+1} = \frac{n-m}{m(m+1)}$ ，所以當 $n > m$ 時，$\frac{n}{m} > \frac{n+1}{m+1}$ 。從而

$$\frac{74286237}{73542326} > \frac{74286238}{73542327}$$ 。

5. 由 $\frac{1}{a} + \frac{1}{b} = \frac{2}{a+b}$ 可得 $a^2 + b^2 = 0$ ，即 $a = b = 0$ 。因此，沒有這種 a 與 b 存在。

6. 要找出 a, b, c 使得 $\frac{10a+b}{10b+c} = \frac{a}{c}$ ，亦即 $10a(c-b) = c(a-b)$

這是一個不定方程式，經過詳細討論後，只有下列 13 種答案：

$$\frac{16}{64}, \frac{26}{65}, \frac{19}{95}, \frac{49}{98}, \frac{11}{11}, \frac{22}{22}, \dots, \frac{99}{99}$$ 。

7. (i) 令　$S = \qquad a \qquad + \quad (a+d) \quad + \cdots + [a+(n-1)d]$

則　$S = [a+(n-1)d] + [a+(n-2)d] + \cdots + \qquad a$

兩式相加，除以 2，得到 $S = \dfrac{n}{2}[2a + (n-1)d]$。

(ii)令 $S = a + ar + \cdots + ar^{n-1}$ ......(1)

則 $rS = \quad ar + \cdots + ar^{n-1} + ar^n$ ......(2)

$(1) - (2)$，再除以 $(1-r)$，得到 $S = \dfrac{a(1-r^n)}{1-r}$。

8.令 $S = 1 + 2 + 2^2 + \cdots + 2^{63}$，則

$$1 + S = 2 + 2 + 2^2 + \cdots + 2^{63} = 2^2 + 2^2 + \cdots + 2^{63}$$

$$= 2^3 + 2^3 + \cdots + 2^{63}$$

$$= \cdots = 2^{64}$$

$\therefore S = 2^{64} - 1$

也可以這樣做：

$$S = 1 + 2 + 2^2 + \cdots + 2^{63} \qquad \cdots\cdots(3)$$

$$2S = \quad 2 + 2^2 + \cdots + 2^{63} + 2^{64} \cdots\cdots(4)$$

$(4) - (3)$得到 $S = 2^{64} - 1$。

第 4 章　姑媽的祕密

4.5 頭腦的體操

1.父年 56 歲，女兒的年齡 24 歲。

2.阿嬤是 72 歲。

3.兄 14 歲，弟 5 歲。

4. $x = 30$。

5. 2 年後父親的年齡是女兒的 3 倍。5 年前父親的年齡是女兒的 5 倍。

6.(i) $x = 7$　(ii) $x = 4$。

第 5 章　還原之大法

5.4 頭腦的體操

1. 按題意可假設甲有 $n \times 60 + 90$ 元，乙有 $n \times 50$ 元，並且 $\dfrac{n \times 60 + 90}{n \times 50}$ $= \dfrac{3}{2}$，解得 $n = 6$。因此甲有 450 元，乙有 300 元。

2. 欲求 $1800 \le x^2 \le 1899$ 的 x。只有 $43^2 = 1849$ 滿足 $1800 \le 43^2 \le 1899$，所以笛摩根在 1849 年的年齡為 43 歲，他的出生年為 $1849 - 43 = 1806$ 年。

3. 大數為 230，小數為 46。

4. 這首打油詩的意思是：三角學與幾何學的書本總價格為 8 角（8 毛錢），三角學的書本是 3 毛錢，問幾何學的書本是多少錢？

5. 分析過程：

$$\sqrt{ab} \ge \frac{2ab}{a+b}$$

$\Rightarrow (a+b)^2 ab \ge 4a^2 b^2$

$\Rightarrow (a+b)^2 \ge 4ab$

$\Rightarrow (a-b)^2 \ge 0$，此式顯然成立。

證明：因為 $(a-b)^2 \ge 0$

　　　　兩邊同加 $4ab$ 得到 $(a+b)^2 \ge 4ab$

　　　　兩邊同乘以 ab 得到 $(a+b)^2 ab \ge 4a^2 b^2$

　　　　兩邊同除以 $(a+b)^2$ 得到 $ab \ge (\frac{2ab}{a+b})^2$

　　　　兩邊同開平方得到 $\sqrt{ab} \ge \dfrac{2ab}{a+b}$，證畢。

第6章 運動現象的問題

6.5 頭腦的體操

1. 分針與時針在 3 點又 $49\frac{1}{11}$ 分成一直線。

2. 經過 $16\frac{4}{11}$ 分兩針首度成直角。

3. 假設阿基里斯的速度為 10 公尺／秒，烏龜為 0.5 公尺／秒，烏龜在阿基里斯的前方 950 公尺。阿基里斯每秒追上 9.5 公尺，只要花 $950 \div 9.5 = 100$ 秒就可追上烏龜。季諾利用「無窮步驟」來論述阿基里斯永遠追不上烏龜，其實這無窮步驟所花的時間之和是個有限值，所以阿基里斯當然是追上了烏龜。不過，這需要用到極限 (limit) 的論述，超乎本書的範圍。

4. 船在靜水中的速度為 10 公里／時，水流的速度為 2 公里／時。

5. 月球一天走 $\frac{1}{28}$ 的軌道，所以滿潮的時間提前 $24 \times \frac{1}{28} = 0.857$ 小時 $= 51.42$ 分，亦即明天在早上 11 點 8.58 分滿潮（忽略地球微小的公轉）。

第7章 雞兔同籠問題

問題 1 將一頭兔換成一頭雞，腳會減少 2 隻。將一頭雞換成一頭兔，腳會增加 2 隻。

問題 2 若全是兔，則腳數有 4×35，多了 $4 \times 35 - 94$ 隻腳。今用一頭兔換一頭雞，腳數減少 $(4 - 2)$ 隻，總共換了

$$(4 \times 35 - 94) \div (4 - 2) = 23 \text{ 次}$$

故雞有 23 頭。

問題 3　雞有 7 頭，章魚有 13 頭。

問題 4　鶴有 17 頭，龜有 15 頭。

問題 5　10 元的水果買 12 個，20 元的水果買 8 個。

問題 6　每頭雞與兔都長出 4 個頭，共有 $35 \times 4 = 140$ 個頭，亦即雞有 4 個頭，2 隻腳；兔有 4 個頭，4 隻腳。$140 - 94 = 46$ 表示兔已消去，剩下 2 個頭的雞共有 46 個頭，所以 $46 \div 2 = 23$ 表示雞有 23 頭，從而兔有 12 頭。這相當於如下的代數解法：

$$\begin{cases} x + y = 35 \cdots\cdots (1) \\ 2x + 4y = 94 \cdots (2) \end{cases}$$

$(1) \times 4 - (2)$：

$$2x = 4 \times 35 - 94$$

$$\therefore x = (4 \times 35 - 94) \div 2$$

$$= 23$$

問題 7　如上題之代數解法。

7.8 頭腦的體操

1.(i)係數化成整數再求解，$x = 8$，$y = 12$。

　(ii)兩式分別相加與相減就會得到很簡單的方程組，解得 $x = 3$，$y = 2$。

　(iii)$x = \dfrac{71}{13}$，$y = \dfrac{-2}{13}$。

　(iv)$x = \dfrac{1029}{329}$，$y = \dfrac{128}{47}$。

2.龜有 23 頭，章魚有 27 頭。

3. $a = 2$，$b = 3$。

4.(i)令 $u = \dfrac{1}{x}$，$v = \dfrac{1}{y}$ 再求解。$x = \dfrac{2}{5}$，$y = \dfrac{1}{9}$。

　(ii) $x = \dfrac{29}{2}$，$y = \dfrac{37}{2}$。

5.烏龜有 23 頭，鶴有 37 頭。

6.雞鴨各有 35 頭。

7.龜有 13 頭，鶴有 39 頭。

8.雙頭蛇有 31 尾，九頭鳥有 19 隻。

9.三腳凳有 8 張，四腳椅有 13 張。

第8章　一次方程式

問題 1 父年 52 歲，子年 26 歲。

問題 2 牛羊合吃 $3\dfrac{1}{3}$ 天吃光。

問題 3 分配律與消去律。

問題 4 筆記 1 本 30 元，鉛筆 1 支 10 元。

8.4 頭腦的體操

1.(i) $x = \dfrac{-1}{2}$　(ii) $x = 4$　(iii) $x = \dfrac{4}{3}$　(iv) $x = \dfrac{1}{2}$。

2.(i) $x = 2$，$y = 3$　(ii) $x = 2$，$y = 1$　(iii) $x = 4$，$y = 3$。

3.此數為 34。

4.大數為 13，小數為 5。

5.雞有 12 頭，兔有 18 頭。

6.有 6 個人，桃數為 43 個。

7. $(a+b)(a-b) = b(a-b)$ 消去 $a-b$ 有問題，因為 $a-b=0$，不能當除數。

8. 長頸鹿有 17 頭，鴕鳥有 35 頭。

第 9 章　實數系與運算律

9.6 頭腦的體操

1. $(a+b)^3 = (a+b)(a+b)^2$　定義

$$= a(a+b)^2 + b(a+b)^2 \quad 分配律$$

$$= a(a^2 + 2ab + b^2) + b(a^2 + 2ab + b^2) \quad 平方公式$$

$$= (a^3 + 2a^2 b + ab^2) + (ba^2 + 2ab^2 + b^3) \quad 分配律與交換律$$

$$= a^3 + 3a^2 b + 3ab^2 + b^3 \quad 結合律與交換律$$

2. 兩邊同除以 $(b-a)$ 這一步有問題，因為 $b-a=0$ 不能當除數。

3. 利用反證法。若 m 為偶數，則 $m=2k$。於是 $m^2 = (2k)^2 = 4k^2 = 2(2k^2)$ 為偶數。這就跟原假設 m^2 為奇數矛盾。因此 m 為奇數。

4. 假設 $\sqrt{3}$ 為一個有理數，則 $\sqrt{3} = \dfrac{n}{m}$，其中 m 與 n 為自然數且互質。兩邊平方得 $n^2 = 3m^2$，故 n^2 為 3 的倍數，從而 n 為 3 的倍數，令 $n = 3k$，代入 $n^2 = 3m^2$，得到 $m^2 = 3k^2$，所以 m 也是 3 的倍數，從而 m 與 n 不互質，這是一個矛盾。因此，$\sqrt{3}$ 為一個無理數。

5. $(x-a)(x-b)(x-c) \cdots (x-y)(x-z) = 0$，因為其中有一個因式為 $x-x=0$。

6. 因為 $a:b = b:\dfrac{1}{2}a$，所以 $\dfrac{a^2}{b^2} = 2$，從而 $\dfrac{a}{b} = \sqrt{2}$。

7. 假設 $a+x$ 與 ax 為有理數，則會推導出一個矛盾。

8. $\dfrac{a+b}{2}$ 與 $a+\dfrac{\sqrt{2}}{2}(b-a)$ 分別為介於 a 與 b 之間的有理數與無理數。

第 10 章 畢達哥拉斯定理

問題 令直角三角形兩股為 x 與 y，面積為 $A=\dfrac{1}{2}xy$ 且 $x^2+y^2=100$。

由乘法公式得 $x^2+y^2=(x-y)^2+2xy$，亦即 $100=(x-y)^2+4A$，

於是 $A=25-\dfrac{1}{4}(x-y)^2$。從而當 $x=y=\sqrt{50}$ 時，有最大面積

25。

10.6 頭腦的體操

1. 由畢氏定理知，$\overline{BD}=\sqrt{40^2+30^2}$

$=50$。

令 $\overline{BG}=x$，則 $\overline{GD}=50-x$。

再令 $\overline{AG}=a, \overline{GF}=b, \overline{BF}=c$。

在直角三角形 ABF 中，我們有

$$x^2=ab \cdots\cdots (1)$$

在直角三角形 ABD 中，我們有

$$a^2=x(50-x) \cdots\cdots (2)$$

$$\frac{1}{2}\times 50 \times a = 600 \cdots\cdots (3)$$

由(3)知 $a=24$，代入(2)得

$$x^2+50x+576=0$$

解得 $x=32$（不合）與 $x=18$。（參見第 11 章）

再由(1)式得 $b=13.5$。從而

$$\overline{AF} = a + b = 24 + 13.5 = 37.5$$

由畢氏定理知

$$c^2 = (37.5)^2 - 30^2 = 506.25$$

於是 $c = 22.5$。從而陰影領域的面積為

$$30 \times 40 - 22.5 \times 30 = 525$$

2. 利用畢氏定理與解方程式得到，A 點與魚的距離為 18 公尺，B 點與魚的距離為 32 公尺。

3. 由畢氏定理得 $d^2 = s^2 + h^2$，以 $h = d - p$ 代入化簡，得 $s^2 + p^2 = 2dp$，解得 $d = \dfrac{s^2 + p^2}{2p}$，$s = \sqrt{2dp - p^2}$，$p = d - h = d - \sqrt{d^2 - s^2}$。

4. 不是根據「畢氏定理」，而是根據「畢氏逆定理」。

5. 根據畢氏定理。

6. 由三角形內角和為 180 度知，正三角形一個內角為 60 度，正方形一個內角為 90 度，正五邊形一個內角為 108 度，正六邊形一個內角為 120 度。因此，只有正三角形，正方形與正六邊形可以鋪成地板，恰好只有三種樣式。正五邊形就鋪不成地板，三個嫌少，四個又太多。參見下圖。

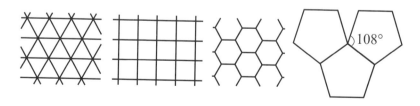

正多面體在一個頂點處，同一種正多邊形至少要三個並且角度和必須小於 360°。因此，只有五種正多面體：正四面體、正六面體、正八面體、正十二面體與正二十面體。參見下圖。

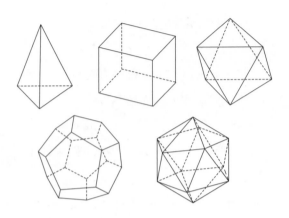

7. 因為 $2x^2 + 2x + k > 2x^2 + 2x > 2x + 1$，由畢氏定理得到

$(2x^2 + 2x + k)^2 = (2x^2 + 2x)^2 + (2x + 1)^2$

$\Rightarrow 4(k-1)x^2 + 4(k-1)x = 0$

$\Rightarrow (k-1)(x+1) = 0$

又因為 $x > 1$，故 $x + 1 > 2 > 0$，所以 $k - 1 = 0$，亦即 $k = 1$。

8. 參見推薦閱讀的書籍 [15] 第 12 章的畢氏三角形。滿足 $x^2 + y^2 = z^2$ 的正整數 (x, y, z) 叫做畢氏三元數。它有下面三個公式：

畢氏公式：$x = 2n + 1$，$y = 2n^2 + 2n$，$z = 2n^2 + 2n + 1$

柏拉圖公式：$x = 2n$，$y = n^2 - 1$，$z = n^2 + 1$

以上的 n 皆為自然數，但後者還需要 $n > 1$。

歐氏公式：$x = k(m^2 - n^2)$，$y = 2kmn$，$z = k(m^2 + n^2)$

其中 k, m, n 皆為自然數，$m > n$ 且 m 與 n 互質。

前兩個公式只給出部分的解答，只有歐氏公式才給出所有的解答。

9. (i) 2π　(ii) $\dfrac{5}{2}\pi$　(iii) $\dfrac{9}{4}\pi$。

10. 由畢氏定理知，兩個小半圓之和等於大的半圓，故

$$\mathrm{I + II + III + IV = III + IV + \triangle ABC}$$

因此，$\mathrm{I + II = \triangle ABC}$

【註】$\triangle ABC$ 不需等腰直角三角形。

第 11 章 一元二次方程式

問題 1 $x = \dfrac{3}{2} \pm \dfrac{\sqrt{5}}{2}$ （配方法）。

問題 2 $x = \dfrac{1 \pm \sqrt{5}}{2}$ （代公式）。

問題 3 $x \doteqdot 107.5$ 公尺。

11.6 頭腦的體操

1. 讀者要提出自己的見解，這可能會隨著年歲與經驗的增長而改變。這裡僅提出數學家項武義教授的說法以供參考：唯用是尚，則難見精深，所及不遠。

2. 解 $x^2 - 10x + 40 = 0$ 得到 $x = 5 \pm \sqrt{15}\,i$。

3. 若 x 為方程式 $ax^2 + bx + c = 0$ 的一根，令 $y = \dfrac{1}{x}$，則方程式變成

$cy^2 + by + a = 0$，它的根為

$$y = \frac{-b \pm \sqrt{b^2 - 4ac}}{2c}$$

於是

$$x = \frac{1}{y} = \frac{2c}{-b \pm \sqrt{b^2 - 4ac}}$$

4. 假設總共有 n 個人，那麼 n 個人中的任何一個人都可跟其他 $n-1$ 個人握手，總共握了 $n(n-1)$ 次。但是，其中有甲握乙且乙握甲的

重複，所以必須除以 2。於是得到方程式

$$\frac{n(n-1)}{2} = 66 \text{ 或 } n^2 - n - 132 = 0$$

亦即 $(n-12)(n+11) = 0$，解得 $n = 12$ 或 -11（不合）。因此總共有 12 人。

5. 設三個連續整數為 $n-1,\ n,\ n+1$，則 $n^2 = (n-1)(n+1) + 1$，於是 $n^2 = n^2$。因此，n 可為任何整數，亦即任何三個連續整數都是答案。

6. 長為 8，寬為 4。

7. 猴群總共有 16 隻或 48 隻。

8. (i) $x = \dfrac{1 \pm \sqrt{7}i}{2}$，兩個共軛複數根。

(ii) $x = -\dfrac{1}{4}$，兩個相等的實根。

(iii) $x = \dfrac{-2 \pm \sqrt{20}}{8}$，兩個相異的實根。

9. (i) 判別式 $\Delta = (m+3)^2 - 16m = m^2 - 10m + 9 = (m-1)(m-9) = 0$

解得 $m = 1$ 或 $m = 9$。當 $m = 1$ 時，$x = -2$；當 $m = 9$ 時，$x = -6$。

(ii) 判別式 $\Delta = (2m-4)^2 - 12 = 0$，解 $m^2 - 4m + 1 = 0$ 得到 $m = 2 \pm \sqrt{3}$。

當 $m = 2 + \sqrt{3}$ 時，$x = -\sqrt{3}$；當 $x = 2 - \sqrt{3}$ 時，$x = \sqrt{3}$。

10. $\alpha + \beta = \dfrac{5}{3}$，$\alpha\beta = \dfrac{2}{3}$

(i) $\alpha^2 + \beta^2 = (\alpha + \beta)^2 - 2\alpha\beta = (\dfrac{5}{3})^2 - 2 \times \dfrac{2}{3} = \dfrac{13}{9}$

(ii) $(\alpha - \beta)^2 = (\alpha + \beta)^2 - 4\alpha\beta = (\dfrac{5}{3})^2 - 4 \times \dfrac{2}{3} = \dfrac{1}{9}$

(iii) $\alpha^3 + \beta^3 = (\alpha + \beta)^3 - 3\alpha\beta(\alpha + \beta) = (\dfrac{5}{3})^3 - 3 \times \dfrac{2}{3} \times \dfrac{5}{3} = \dfrac{35}{27}$

(iv) $\dfrac{\alpha^2}{\beta} + \dfrac{\beta^2}{\alpha} = \dfrac{\alpha^3 + \beta^3}{\alpha\beta} = \dfrac{35}{27} \div \dfrac{2}{3} = \dfrac{35}{18}$。

11.假設火星人是使用 b 進位制，$b > 10$。若從火星人的眼光來看，方程式為

$$(5)_b x^2 - (50)_b x + (125)_b = 0$$

換成 10 進位是

$$5x^2 - (5b+0)x + (b^2 + 2b + 5) = 0$$

已知 $x = 5$ 為一根，所以 $5 \times 5^2 - (5b+0) \times 5 + (b^2 + 2b + 5) = 0$，化簡得

$$b^2 - 23b + 130 = 0 \ \text{或} \ (b-13)(b-10) = 0$$

解得 $b = 10$（不合）或 $b = 13$。因此，火星人為 13 位制。從火星人的眼光來看，方程式為 $(5)_{13} x^2 - (50)_{13} x + (125)_{13} = 0$，換成地球人的 10 進位制就是

$$5x^2 - 65x + 200 = 0 \ \text{或} \ (x-5)(x-8) = 0$$

解得 $x = 5$ 或 $x = 8$。因此，另一根為 $x = 8$。

12. $x^2 + \dfrac{1}{x^2} = (x + \dfrac{1}{x})^2 - 2$，再令 $u = x + \dfrac{1}{x}$，則原方程式變成

$u^2 + 6u + 9 = 0$，解得 $u = -3$。於是 $x + \dfrac{1}{x} = -3$，亦即 $x^2 + 3x + 1 = 0$，解得 $x = \dfrac{-3 \pm \sqrt{5}}{2}$。

13.兩數為 $\dfrac{1+\sqrt{5}}{2}$，$\dfrac{5+\sqrt{5}}{2}$ 或 $\dfrac{1-\sqrt{5}}{2}$，$\dfrac{5-\sqrt{5}}{2}$。

14. $cx^2 + bx + a = 0$。

15.正方形的邊長為 $\dfrac{1}{2}$。

16.長為 $\dfrac{a+\sqrt{a^2-4b}}{2}$ ，寬為 $\dfrac{a-\sqrt{a^2-4b}}{2}$ 。注意：$a^2-4b\geq 0$ 。

17.(i) $x=2$ 或 $x=3$　(ii) $x=\pm\sqrt{2}$ 或 $x=\pm\sqrt{3}$

　(iii) $x=\dfrac{5\pm\sqrt{17}}{2}$ 或 $x=\dfrac{5\pm\sqrt{7}i}{2}$ 。

18.猴子總共有 16 隻或 48 隻。

19. $x^3+x-\dfrac{1}{x}-\dfrac{1}{x^3}=(x^3-\dfrac{1}{x^3})+(x-\dfrac{1}{x})$

$$=(x-\dfrac{1}{x})^3+3(x-\dfrac{1}{x})+(x-\dfrac{1}{x})=2^3+4\times 2=16 。$$

20. $x=\dfrac{-3\pm\sqrt{5}}{2}$ 或 $x=-3\pm\sqrt{8}$ 。

第 13 章　二次函數的極值

問題　(i) $y=2x^2+3x-1=2(x+\dfrac{3}{4})^2-\dfrac{17}{8}$

頂點坐標為 $(-\dfrac{3}{4},-\dfrac{17}{8})$ ，

對稱軸為 $x=-\dfrac{3}{4}$ 。作圖如右圖。

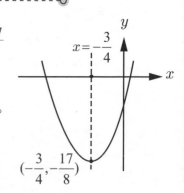

(ii) $y=-\dfrac{1}{2}x^2+7x=-\dfrac{1}{2}(x-7)^2+\dfrac{49}{2}$

頂點的坐標為 $(7,\dfrac{49}{2})$ ，對稱軸為

$x=7$ 。作圖如右圖。

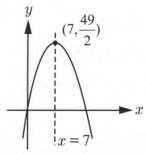

13.5 頭腦的體操

1.(i) $y = -4x^2 - 3x + 1 = \dfrac{25}{16} - 4(x + \dfrac{3}{8})^2$

因此，當 $x = -\dfrac{3}{8}$ 時，y 有最大值 $\dfrac{25}{16}$。

(ii) $y = 3x^2 + 5x - 2 = 3(x + \dfrac{5}{6})^2 - \dfrac{49}{12}$

因此，當 $x = -\dfrac{5}{6}$ 時，y 有最小值 $-\dfrac{49}{12}$。

2.設長方形的周界為 $2L$，長為 x，寬為 y，則 $x + y = L$ 且面積

$A = xy = x(L - x) = \dfrac{L^2}{4} - (x - \dfrac{L}{2})^2$。因此，當 $x = \dfrac{L}{2} = y$ 時，正方形

有最大面積為 $\dfrac{L^2}{4}$

3.設長方形的長為 x，寬為 y，面積 $A = xy$ 固定。由算幾平均不等式

$\dfrac{x + y}{2} \geq \sqrt{xy} = \sqrt{A}$，並且等號成立 $\Leftrightarrow x = y$。

當 $x = y$ 時，$\dfrac{x + y}{2} = x = \sqrt{A}$，此時正方形的周界 $4x$ 達到最小值

$4\sqrt{A}$。

4.可設 $y = a(x + 3)^2 + 7,\ a < 0$。由 $3 = a \cdot 5^2 + 7$ 得 $a = \dfrac{-4}{25}$。因此二次函

數為 $y = \dfrac{-4}{25}(x + 3)^2 + 7$。

5.將長度為 5 的線段切成 $4x$ 與 $5 - 4x$ 兩段，$4x$ 圍成正方形，$5 - 4x$

圍成圓，則兩者的面積和為 $A = x^2 + \dfrac{1}{4\pi}(5 - 4x)^2$

利用配方法可得，當 $x = \dfrac{5}{\pi + 4}$ 時，A 有最小值。

因此，將 5 切成兩段 $\dfrac{20}{\pi + 4}$ 與 $\dfrac{5\pi}{\pi + 4}$ 時，面積和 A 為最小。

6.長方形的面積為 600 平方公尺，圍成正方形有最大面積 625 平方公
　尺。

7.(i) $a > 0, b > 0, c > 0$　(ii) $a < 0, b > 0, c < 0$。

8. $x^4 - x + 1 = (x^2 - \frac{1}{2})^2 + (x - \frac{1}{2})^2 + \frac{1}{2} > 0, \forall x \in \mathbb{R}$。

9. $f(x) = x(a - x) = \frac{a^2}{4} - (x - \frac{a}{2})^2$。因此，當 $x = \frac{a}{2}$ 時，亦即平分為

兩段，有最大面積 $\frac{a^2}{4}$。

第 14 章　三次與四次方程式

問題 1 $x = \frac{21}{10}, y = \frac{4}{5}$

問題 2 三個數為 $-1, 0, 1$ 或 $1, 2, 3$ 或 $-3, -2, -1$。

問題 3 (i)觀察到 $x = 2$ 為一根，故原式可分解為

$(x - 2)(x^2 + 2x + 10) = 0$，解得 $x = 2$ 或 $x = -1 \pm 3i$。

(ii)令 $x = y + 1$ 代入 $x^3 - 3x^2 + 9x - 9 = 0$，化簡得到 y^3 $+ 6y + 2 = 0$。以 $y = u + v$ 代入，化簡得到 $u^3 + v^3$ $+ (3uv + 6)(u + v) - 2 = 0$

令 $v = \frac{-6}{3u} = \frac{-2}{u}$ 代入得到 $u^3 - \frac{8}{u^3} - 2 = 0$，亦即 $u^6 - 2u^3 -$ $8 = 0$

$\Rightarrow (u^3 + 2)(u^3 - 4) = 0$，解得 $u^3 = -2$ 或 4。取 $u^3 = -2$，解得 $u = -\sqrt[3]{2}$，$-\sqrt[3]{2}\omega$，$-\sqrt[3]{2}\omega^2$ 從而 $v = \frac{2}{\sqrt[3]{2}}$，$\frac{2}{\sqrt[3]{2}}\omega^2$，$\frac{2}{\sqrt[3]{2}}\omega$

因為 $x = y + 1 = u + v + 1$，所以三根為

$$x_1 = -\sqrt[3]{2} + \frac{2}{\sqrt[3]{2}} + 1$$

$$x_2 = -\sqrt[3]{2}\,\omega + \frac{2}{\sqrt[3]{2}}\omega^2 + 1$$

$$x_3 = -\sqrt[3]{2}\,\omega^2 + \frac{2}{\sqrt[3]{2}}\omega + 1$$

14.5 頭腦的體操

1. 因為 $x = 0$ 不是方程式的解答，故方程式可除以 x^2 而不影響解答：

$$x^2 - 7x - 2 + \frac{7}{x} + \frac{1}{x^2} = 0 \text{，} (x^2 - 2 + \frac{1}{x^2}) - 7(x - \frac{1}{x}) = 0$$

亦即 $(x - \frac{1}{x})^2 + 7(x - \frac{1}{x}) = 0$，$(x - \frac{1}{x})(x - \frac{1}{x} + 7) = 0$

當 $x - \frac{1}{x} = 0$ 時，$x^2 - 1 = 0$，解得 $x = \pm 1$。

當 $x - \frac{1}{x} + 7 = 0$ 時，$x^2 + 7x - 1 = 0$，解得 $x = \frac{-7 \pm \sqrt{53}}{2}$。

2. (i) $x^4 - 3x^2 + 6x - 2 = 0$

在缺三次項之下，我們介紹笛卡兒的未定係數因式分解法。

令 $x^4 - 3x^3 + 6x - 2 = (x^2 + 2kx + l)(x^2 - 2kx + m)$

比較兩邊對應項的係數得到

$$\begin{cases} l + m - 4k^2 = -3 \\ 2k(m - l) = 6 \\ lm = -2 \end{cases}$$

消去 l 與 m 得到

$$16k^6 - 24k^4 + 17k^2 - 9 = 0$$

容易驗知 $k = 1$ 為一根，於是 $l = -1$，$m = 2$

從而原方程式分解為

$$(x^2 + 2x - 1)(x^2 - 2x + 2) = 0$$

解得

$$x = -1 \pm \sqrt{2} \text{ 或 } x = -1 \pm i \text{。}$$

(ii) $x^3 - 6x - 9 = 0$，令 $x = u + v$，得到 $(u+v)^3 - 6(u+v) - 9 = 0$，

展開得到 $u^3 + v^3 + (3uv - 6)(u+v) - 9 = 0$

取 $v = \dfrac{6}{3u} = \dfrac{2}{u}$，則上式變成 $u^3 + \dfrac{8}{u^3} - 9 = 0$

從而

$$u^6 - 9u^3 + 8 = 0 \text{ 或 } (u^3 - 1)(u^3 - 8) = 0$$

任取 $u^3 = 8$（取 $u^3 = 1$ 最後會得到相同的結果），解得

$$u = 2 \text{，} 2\omega \text{，} 2\omega^2$$

從而

$$v = \frac{2}{2} \text{，} \frac{2}{2\omega} \text{，} \frac{2}{2\omega^2}$$

亦即

$$v = 1 \text{，} \omega^2 \text{，} \omega$$

因此三個根為 $x_1 = 2 + 1 = 3$，$x_2 = 2\omega + \omega^2$，$x_3 = 2\omega^2 + \omega$。

(iii) $x^3 - 6x^2 + 3x - 2 = 0$

以 $x = y + 2$ 代入，整理後得到 $y^3 - 9y - 12 = 0$

再以 $y = u + v$ 代入，得到

$$u^3 + v^3 + (3uv - 9)(u+v) - 12 = 0$$

取 $v = \dfrac{9}{3u} = \dfrac{3}{u}$ 代入，得到

$$u^6 - 12u^3 + 27 = 0 \text{ 或 } (u^3 - 3)(u^3 - 9) = 0$$

再取 $u^3 = 3$（若取 $u^3 = 9$，最後的結果相同），解得

$$u = \sqrt[3]{3} \text{，} \sqrt[3]{3}\,\omega \text{，} \sqrt[3]{3}\,\omega^2$$

於是

$$v = \frac{3}{\sqrt[3]{3}} \; , \; \frac{3}{\sqrt[3]{3}\,\omega} \; , \; \frac{3}{\sqrt[3]{3}\,\omega^2} \; \text{或} \; v = \sqrt[3]{9} \; , \; \sqrt[3]{9}\,\omega^2 \; , \; \sqrt[3]{9}\,\omega$$

因為 $x = y + 2 = u + v + 2$，所以三根為

$x_1 = \sqrt[3]{3} + \sqrt[3]{9} + 2$，$x_2 = \sqrt[3]{3}\,\omega + \sqrt[3]{9}\,\omega^2 + 2$，$x_3 = \sqrt[3]{3}\,\omega^2 + \sqrt[3]{9}\,\omega + 2$。

(iv) $x^4 - 10x^2 = -4x - 8$，左項配平方，得到

$$(x^2 - 10)^2 = -10x^2 - 4x + 92$$

兩邊同加 $2y(x^2 - 10) + y^2$（引入自由因子 y），方程式變成

$$(x^2 - 10 + y)^2 = (2y - 10)x^2 - 4x + (92 - 20y + y^2) \cdots\cdots (*)$$

若 y 選為使右項判別式為 0，即

$$4(2y - 10)(92 - 20y + y^2) = 16$$

則右項為完全平方。整理上式得到

$$y^3 - 25y^2 + 192y = 462$$

令 $y = z + \dfrac{25}{3}$ 代入，得到

$$z^3 = \frac{49}{3}z + \frac{524}{27}$$

利用卡丹公式解得一根 $z = -\dfrac{4}{3}$，於是 $y = 7$ 代入 $(*)$ 式得到

$$(x^2 - 3)^2 = 4x^2 - 4x + 1 = (2x - 1)^2$$

從而 $x^2 - 3 = \pm(2x - 1)$，亦即

$$x^2 - 2x - 2 = 0 \; \text{與} \; x^2 + 2x - 4 = 0$$

解得四根為

$$1 + \sqrt{3} \; , \; 1 - \sqrt{3} \; , \; -1 + \sqrt{5} \; , \; -1 - \sqrt{5}$$

3.以 $x = u + v$ 代入 $x^3 + 6x + 7 = 0$，整理後得到

$$u^3 + v^3 + (3uv + 6)(u + v) + 7 = 0$$

令 $v = \dfrac{-6}{3u} = \dfrac{-2}{u}$ 代入，得到 $u^6 + 7u^3 - 8 = 0$ 或 $(u^3 - 1)(u^3 + 8) = 0$

解 $u^3 + 8 = 0$ 得到

$$u = -2 , -2\omega , -2\omega^2$$

從而

$$v = 1 , \omega^2 , \omega$$

因此三根為 $x_1 = -2 + 1 = -1$，$x_2 = -2\omega + \omega^2$，$x_3 = -2\omega^2 + \omega$。

4. $$(x-1)(x-3)(x+5)(x+7) + 15 = 0$$

$$\Rightarrow [(x-1)(x+5)][(x-3)(x+7)] + 15 = 0$$

$$\Rightarrow (x^2 + 4x - 5)(x^2 + 4x - 21) + 15 = 0$$

令 $y = x^2 + 4x$，則上式變成

$$(y-5)(y-21) + 15 = 0$$

$$\Rightarrow y^2 - 26y + 120 = 0$$

$$\Rightarrow (y-6)(y-20) = 0$$

所以

$$y = 6 \text{ 或 } y = 20$$

當 $y = 6$ 時，$x^2 + 4x - 6 = 0$，解得 $x = -2 \pm \sqrt{10}$

當 $y = 20$ 時，$x^2 + 4x - 20 = 0$，解得 $x = -2 \pm 2\sqrt{6}$。

5. 根據題意立方程式 $(50 - 2x)^2 x = 6000$，亦即

$$4x^3 - 200x^2 + 2500x - 6000 = 0$$

兩邊除以 4 得到

$$x^3 - 50x^2 + 625x - 1500 = 0$$

因式分解得到

$$(x - 15)(x^2 - 35x + 100) = 0$$

解得

$$x = 15 \ \text{或} \ x = \frac{35 \pm \sqrt{825}}{2} \doteq 31.86 \ \text{與} \ 3.14$$

雖然有三個根，但是符合情況的只有

$$x = 15 \ \text{與} \ x = \frac{35 - \sqrt{825}}{2} \doteq 3.14$$

因為 $x \doteq 31.86$ 會把紙張完全切光。

第 16 章 代數學根本定理

16.9 頭腦的體操

1. $f(x)$ 除以 $ax - b$ 得到 $f(x) = (ax - b)q(x) + r$

   所以 $f(\frac{b}{a}) = 0 \times q(\frac{b}{a}) + r = r$（餘數）。

2. 若 $f(\frac{b}{a}) = 0$，則餘數 $r = 0$，所以 $f(x) = (ax - b)q(x)$

   於是 $(ax - b)$ 可整除 $f(x)$，從而 $(ax - b)$ 為 $f(x)$ 的因式。反過來，

   若 $(ax - b)$ 為 $f(x)$ 的因式，則 $f(x) = (ax - b)q(x)$。於是 $(ax - b)$

   可整除 $f(x)$ 並且 $f(\frac{b}{a}) = 0 \times q(\frac{b}{a}) = 0$。

3. 設 $f(x) = (x - a)(x - b)q(x) + (cx + d)$, c 與 d 待定。

   已知 $f(a) = A, f(b) = B$，所以得到

   $$ca + d = A$$
   $$cb + d = B$$

   解得

   $$c = \frac{B - A}{b - a} \ , \ d = \frac{bA - aB}{b - a}$$

   因此，餘式為一次式

$$\frac{B-A}{b-a}x+\frac{bA-aB}{b-a}$$

4. $f(3)=81-54+36+3a+3=0$，所以 $a=-22$。

5. 設 $f(x)=c_n x^n+c_{n-1}x^{n-1}+\cdots+c_1 x+c_0$ 為整係數多項式，則

$$f(a)=c_n a^n+c_{n-1}a^{n-1}+\cdots+c_1 a+c_0$$

$$f(b)=c_n b^n+c_{n-1}b^{n-1}+\cdots+c_1 b+c_0$$

兩式相減得

$$f(a)-f(b)=c_n(a^n-b^n)+c_{n-1}(a^{n-1}-b^{n-1})+\cdots+c_1(a-b)$$

右邊每一項都有 $a-b$ 的因數，故 $f(a)-f(b)$ 可被 $a-b$ 整除。

6. 由題意知 $a:b=b:a-b$，於是 $(\frac{a}{b})^2-\frac{a}{b}-1=0$。

解得 $\dfrac{a}{b}=\dfrac{1\pm\sqrt{5}}{2}$（負的不合），故 $\dfrac{a}{b}=\dfrac{1+\sqrt{5}}{2}\doteqdot 1.618$，

這是一個**黃金數 (golden number)**。

7. 因為 $x^5-1=(x-1)(x^4+x^3+x^2+x+1)$，所以就是解方程式 $(x-1)(x^4+x^3+x^2+x+1)=0$，得到 $x=1$ 以及 $x^4+x^3+x^2+x+1=0$。

因為 $x=0$ 不是這個方程式的根，故可將方程式除以 x^2，得到

$$x^2+x+1+\frac{1}{x}+\frac{1}{x^2}=0$$

整理與配方為

$$(x+\frac{1}{x})^2+(x+\frac{1}{x})-1=0$$

解得

$$x+\frac{1}{x}=\frac{-1\pm\sqrt{5}}{2}=\alpha,\ \beta$$

其中 $\alpha = \dfrac{-1+\sqrt{5}}{2}$，$\beta = \dfrac{-1-\sqrt{5}}{2}$。於是問題變成解方程式：

$$x + \frac{1}{x} = \alpha \text{ 與 } x + \frac{1}{x} = \beta$$

亦即

$$x^2 - \alpha x + 1 = 0 \text{ 與 } x^2 - \beta x + 1 = 0$$

解得

$$x = \frac{\alpha \pm \sqrt{\alpha^2 - 4}}{2} \text{ 與 } x = \frac{\beta \pm \sqrt{\beta^2 - 4}}{2}$$

加上 $x = 1$，總共有五個根。

索 引

數學、詩與美

Ron Aharoni ／著
蔡聰明／譯

數學與詩有什麼關係呢？似乎是毫無關係。數學處理的是抽象的事物；詩處理的是感情的事情。然而，兩者具有某種本質上的共通點，那就是：美。本書嘗試要解開這兩個領域之間的類似之謎，探討數學論述與詩如何以相同的方式感動我們，並證明它們能夠激起相同的美感。

數學拾穗

蔡聰明／著

本書收集蔡聰明教授近幾年來在《數學傳播》與《科學月刊》上所寫的文章，再加上一些沒有發表的，經過整理就成了本書。全書分成三部分：算術與代數、數學家的事蹟、歐氏幾何學。最長的是第 11 章〈從畢氏學派的夢想到歐氏幾何的誕生〉，嘗試要一窺幾何學如何在古希臘理性文明的土壤中醞釀到誕生。最不一樣的是第 9 章〈音樂與數學〉，也是從古希臘的畢氏音律談起，把音樂與數學結合在一起，所涉及的數學從簡單的算術到高深一點的微積分。其它的篇章都圍繞著中學的數學核心主題，特別著重在數學的精神與思考方法的呈現。

數學拾貝

蔡聰明／著

數學的求知活動有兩個階段：發現與證明。並且是先有發現，然後才有證明。在本書中，作者強調發現的思考過程，這是作者心目中的「建構式的數學」，會涉及數學史、科學哲學、文化思想等背景，而這些題材使數學更有趣！

千古圓錐曲線探源

林鳳美／

為什麼會有圓錐曲線？數學家腦中的圓錐曲線是什麼？
只有拋物線才有準線嗎？雙曲線為什麼不是拋物線？
學習幾何的捷徑是什麼？圓錐曲線有什麼用途？
讓我們藉由此書一起來探討圓錐曲線其中的奧祕吧！

窺探天機 ——你所不知道的數學家

洪萬生／主

我們所了解的數學家，往往跟他們的偉大成就連結在一起；
但可曾懷疑過，其實數學家也有著不為人知的一面？
不同於以往的傳記集，本書將帶領大家揭開數學家的神祕
貌！敘事的內容除了我們耳熟能詳的數學家外，也收錄了我
較為陌生卻也有著重大影響的數學家。

追本數源 ——你不知道的數學祕密

蘇惠玉／

養兔子跟數學有什麼關係？
卡丹諾到底怎麼從塔爾塔利亞手中騙走三次方程式的公式解
牛頓與萊布尼茲的戰爭是怎麼一回事？
本書將帶你直擊數學概念的源頭，發掘數學背後的人性，讓
從數學發展的故事中學習數學，了解數學。

不可能的任務 ——公鑰密碼傳奇

沈淵源／

近代密碼術可說是奠基於數學（特別是數論）、電腦科學及
明智慧上的一門學科，而其程度既深且厚。本書乃依據加密
數的難易程度，對密碼系統作一簡單的分類；本此分類，再
各個系統作一深入淺出的導引工作。

按圖索驥

──無字的證明
──無字的證明 2

蔡宗佑／著
蔡聰明／審訂

以「多元化、具啟發性、具參考性、有記憶點」這幾個要素做發揮，建立在傳統的論證架構上，採用圖說來呈現數學的結果，由圖形就可以看出並且證明一個公式或定理。讓數學學習中加入多元的聯想力、富有創造性的思考力。

針對中學教材及科普知識中的主題，分為兩冊共六章。第一輯內容有基礎幾何、基礎代數與不等式；第二輯有三角學、數列與級數、極限與微積分。

國家圖書館出版品預行編目資料

從算術到代數之路：讓 x 噴出，大放光明／蔡聰明著.
－－三版一刷.－－臺北市：三民，2022
面；　公分.－－（鸚鵡螺數學叢書）

ISBN 978-957-14-7375-8　（平裝）
1. 數學教育 2. 代數 3. 中小學教育

523.32　　　　　　　　　　　　　110022821

鸚鵡螺 數學叢書

從算術到代數之路—讓 x 噴出，大放光明—

作　　者	蔡聰明
總 策 劃	蔡聰明
發 行 人	劉振強
出 版 者	三民書局股份有限公司
地　　址	臺北市復興北路 386 號 (復北門市) 臺北市重慶南路一段 61 號 (重南門市)
電　　話	(02)25006600
網　　址	三民網路書店 https://www.sanmin.com.tw
出版日期	初版一刷 2011 年 10 月 二版三刷 2019 年 11 月 三版一刷 2022 年 9 月
書籍編號	S314890
I S B N	978-957-14-7375-8

三民書局